Sue Miller

Ein besonderer Gast

Sue Miller

Ein besonderer Gast

Roman

Aus dem Amerikanischen
von Anne Steeb und Bernd Müller

Wolfgang Krüger Verlag

Die amerikanische Originalausgabe erschien 1995
im Verlag HarperCollins, New York

Deutsche Ausgabe:

Satz: Wagner GmbH, Nördlingen
Druck und Einband: Clausen & Bosse, Leck
Printed in Germany 1995
ISBN 3-8105-1248-6

Gedruckt auf chlor- und säurefreiem Papier

Für Doug

1

1982, im Alter von zweiundsiebzig Jahren, veröffentlichte Lily Roberts Maynard ihr erstes Buch. Es erschien bei Tabor Press, einem kleinen feministischen Verlag in Chicago. Tabor Press war nach Judith Tabor benannt, deren Mann mit dem Vertrieb von Kühlfahrzeugen ein Vermögen gemacht hatte und aus deren Nachlaß der Verlag finanziert wurde. Die Namen Judith und Gabriel Tabor tauchten hier und dort in Chicago auf derselben Gedenkplakette auf – in öffentlichen Bibliotheken, Museen und Krankenhausabteilungen. Tabor Press dagegen war Judith Tabors persönliches Projekt gewesen, von ihr nach dem Ableben ihres Gatten gegründet und ausschließlich von Frauen geführt.

Die erste Auflage von Lily Maynards Buch belief sich auf ganze fünfhundert Exemplare, aber die Bücher waren schön, sorgfältig aufgemacht und hergestellt, mit marmoriertem Vorsatzblatt und der Reproduktion eines Holzschnitts, der eine Kirche mit spitz zulaufendem Turm darstellte, zu Beginn jedes Kapitels. Lily nahm ihr Buch gern in die Hand. Sie genoß es, bedächtig die dicken, cremefarbenen Seiten umzublättern und ihre eigenen Worte zu lesen, derart gewandelt durch die Autorität – und Gewichtigkeit, meinte sie – des Gedruckten, daß sie häufig verblüfft war über ihre Schlagkraft. Das Buch trug den Titel *Verfechterin der Integration: Spirituelle Lebenserinnerungen*.

Tabor Press wurde damals von einem Komitee aus vier Frauen geleitet, die sich nach dem Rotationsprinzip mit dem Vorsitz abwechselten. Die Frau, die den Vorsitz führte, als Lily Maynards Buch herausgegeben wurde, eine magere, energische Person namens Betsy

Leaming, war zufällig auch diejenige am Haus, die sich am meisten für kommerzielle Erfolge interessierte, und die einzige, die etwas von Öffentlichkeitsarbeit verstand. Sie schickte Lilys Buch mit einem Begleitschreiben an die Redakteure der Frauenseiten einiger größerer Zeitungen des Mittleren Westens. Der Brief faßte Lilys Lebenslauf kurz zusammen: die behütete, verwöhnte Jugend in Minneapolis, der von ihrem Vater erzwungene Abgang vom College, nachdem sie bei der Präsidentschaftswahl 1932 für Roosevelt gestimmt hatte, ihre Hochzeit und das völlig andere Leben in Chicago mit Paul Maynard, einem jungen, radikalen, protestantischen Pfarrer, der an eine Kirche in der Innenstadt berufen worden war. Er berichtete von den bitteren Auseinandersetzungen und der letztendlichen Trennung des Paars wegen religiöser und ideologischer Differenzen, die sich um Integration und die Black-Power-Bewegung drehten, und vom anschließenden »langsamen Erkennen dessen, was übrig war«, wie Lily selbst es formuliert hatte. Der Brief erläuterte einige der unterschiedlichen Standpunkte, von denen aus ein Interviewer das vorliegende Material angehen mochte. Vor allem aber war ihm ein Foto von Lily beigelegt, das schlohweiße Haar zum Knoten geschlungen, die Augen dunkel und durchdringend. Sie war auf ihre stets ernste, nüchterne Art eine bemerkenswert gutaussehende junge Frau gewesen, doch das Alter hatte ihr Gesicht weicher werden lassen und zu einer melancholischen, sanfteren Schönheit verklärt.

Lily war, wie sich herausstellte, eine gute Interviewpartnerin, mal elegant, mal streitlustig. Zitierbar. Sie stellte fest, daß sie gern redete. Sie hatte Spaß an dem Gefühl, daß man ihren Ansichten in der Öffentlichkeit Bedeutung beimaß, und das machte sie noch zitierbarer. Wenn sie sich zurücklehnte und einen Ausspruch tat, erhellte nun oft ein beinahe mutwilliges Lächeln ihr melancholisches Gesicht. Als sie über den Reiz sprach, den Saul Alinskys radikale Theorie der Gemeindearbeit auf die Kirchenältesten ihres Chicagoer Viertels ausgeübt hatte, schüttelte sie den Kopf und seufzte: »Diese alten Kirchenoberen hatten es einfach satt, für betulich gehalten zu werden. Der Gedanke, mit den harten Jungs gemeinsame Sache zu machen, gefiel ihnen. Alinsky hat ihnen wieder das Gefühl gegeben, echte Männer zu sein.« Zum Radikalismus der sechziger Jahre: »Er war im wesentlichen ein Aufruf zum Straßentheater, eine unverbindliche Sehnsucht nach mehr Dramatik im politischen und öffentlichen Leben. Man hat nur allzugern vergessen, das echte Veränderungen immer langwierig, träge, mühevoll und vermutlich größtenteils ziemlich langweilig vonstatten gehen.«

Die Zahl der Bestellungen nahm zu, und Tabor ging ein zweites Mal in Druck. Betsy Leaming ließ ihrem ersten Brief die Kopie eines Interviews mit Lily Maynard in der *Chicago Tribune* folgen. Es gab überschwenglich positive Kritiken. Die Interviews mehrten sich, ebenso die Bestellungen. Tabor sah sich außerstande, die Nachfrage zu decken. Schließlich verkaufte der Verlag die Rechte an ein wesentlich größeres Haus in New York, das Lilys Buch im Grunde neu herausbrachte. Diesmal gab es Besprechungen in der Werktags- und Sonntagsausgabe der *New York Times*. Auf einmal wurde Lily eingeladen, an Hochschulen zu lesen, bei feministischen Kongressen Vorträge zu halten, vor kirchlichen Frauengruppen zu sprechen. Die Fahnenabzüge der Bücher anderer Autoren kamen regelmäßig durch ihren Briefschlitz gepoltert, versehen mit der Bitte um ihren Kommentar. Weitere Interviews folgten, und in einem erbaulichen Artikel in *Newsweek* zum Thema »Altern in Amerika« wurde sie ausführlich erwähnt. Sie war eine Person des öffentlichen Lebens geworden.

Ihre Kinder reagierten mit Verwirrung auf die Wandlung, auf den Umstand, daß sie ihre Mutter, die immer ehrfurchtgebietend und distanziert gewesen war, in ihrem Werk und in Interviews genauer kennenlernten, als sie selbst sie, wie sie es im Scherz zu bezeichnen begannen, »im wirklichen Leben« gekannt hatten.

Clary schrieb an ihren Bruder Alan: »Ich muß dir meine Erbitterung über Mutters Erfolg beichten und darüber, daß sie (o weh, da kommt er, der Vorwurf) das ganze Elend unserer Familie zu ihrem persönlichen Triumph macht. Noch dazu in einen spirituellen Triumph. Und seltsamerweise nehme ich ihr auch das Geschick übel, das sie dabei hat walten lassen, die Pluspunkte, die sie dafür einstreicht.«

Auch wenn Alan selbst genug an seiner Mutter auszusetzen hatte, war er doch überzeugt, ihrer Leistung in der Öffentlichkeit und ihrer persönlichen Wandlung toleranter gegenüberzustehen. Und das, obwohl er von den drei Kindern unter der Glaubenskrise seiner Mutter wohl am meisten zu leiden gehabt hatte. Als jüngstes Kind der Familie war er fünf Jahre nach seiner Schwester Clary zur Welt gekommen, und er war derjenige, der allein mit Lily zusammengelebt hatte, nachdem die Ehe seiner Eltern gescheitert war, da die beiden Mädchen sich bereits aufs College verabschiedet hatten. Er erinnerte sich noch gut an die stummen Mahlzeiten mit Lily, ehe er sich auf sein Zimmer geflüchtet hatte, um seine Hausaufgaben zu machen – an das unablässige, für ihn abstoßende Geräusch, das seine Mutter beim Kauen und Schlucken von sich gab, so daß er sich ihrer körperlichen Gegenwart allzu deutlich bewußt war. Wann immer er ihre Schritte draußen auf dem Flur hörte, war er reglos verharrt, aus Angst, sie könne an seine Tür klopfen und sich mit ihm unterhalten wollen.

Aber Alan war inzwischen glücklich verheiratet und hatte seine unangenehme Jugendzeit hinter sich gelassen. Als er die Buchbesprechungen in der *Times* aufgeschlagen hatte und dort zum ersten Mal unerwartet dem überraschten, aber zugleich herrischen Blick seiner Mutter begegnet war, der Raum und Zeit zu überbrücken schien, hatte er sich sicher gefühlt.

Wie sich Rebecca fühlte, wußte niemand. Sie war seit 1971 verschwunden, als eine Bombe, an deren Bau sie beteiligt gewesen war, aus Versehen hochging. Zwei ihrer Freunde waren bei der Explosion gestorben, und das FBI hatte sie an ihrem Tod für mitschuldig erklärt. Clary und Alan hatten zum letzten Mal 1989 von ihr gehört. Clary hatte daheim in Kalifornien an ihrer sonnigen Auffahrt unter der breiten Krone einer immergrünen Eiche gestanden und einen Umschlag ohne Absender geöffnet, der in Pittsburgh, Pennsylvania, aufgegeben worden war. Drinnen hatte eine altmodische dicke An-

sichtskarte mit gerundeten Ecken und Poststempel Guatemala gesteckt. Auf ihrer Vorderseite war der verblaßte Schnappschuß eines städtischen Platzes zu erkennen, der von einer schmucken weißen Kirche beherrscht wurde. Auf der Rückseite hatte Rebecca in enger Handschrift die Hoffnung geäußert, daß es Clary und ihren Kindern gutging und daß Alan glücklich war. Sie hatte geschrieben, sie habe Arbeit zu erledigen, die ihr wichtig sei, und ihr Leben sei von kollektiven Opfern und tiefer Befriedigung erfüllt. Clary hatte geweint, als sie Alan die Karte am Telefon vorlas. Sie erinnere sich so deutlich an sie, hatte sie gesagt. An die vielen Gelegenheiten, als Rebecca Clary erlaubt hatte, zu ihr ins Bett zu klettern, als sie miteinander geflüstert und gelacht hatten, über Jungs, über die Lehrer, über ihre Mutter. An das Kellerfenster, das Rebecca offengelassen hatte, damit sie spät abends herein- und hinausklettern konnte. An ihre Ausflüge mit dem Zug in die Stadt, wo sie so taten, als wären sie Italienerinnen oder Deutsche und sich aus den Namen von Künstlern und Lebensmitteln das passende Vokabular zusammengesetzt hatten: »Caravaggio prego, tintoretto manicotti pesto olio olivo. Si, si.« Fürs Deutsche mußten Philosophen herhalten und gutturales Gebrabbel.
In ihrem Buch hatte Lily ausgesagt, das Schwerste an Rebeccas Verschwinden sei für sie die Art und Weise gewesen, wie es ihr den Konflikt mit ihrem Mann – mit Paul – vergegenwärtigt habe, über die Rolle, die Konfrontation und Gewalt bei der Veränderung der Welt zu spielen hatten. Unter Rebeccas Foto im Buch stand folgender Text: »Rebecca mit 18 Jahren, bevor ich sie verloren habe.« Einer von Clarys Haupteinwänden gegen das Buch war der unterschwellige Anspruch ihrer Mutter, Rebecca irgendwann einmal »besessen« zu haben.

Alan und Gaby wohnen am Flußufer. Auf dem Feld neben ihrem Haus haben sie junge Apfelbäume gepflanzt – Duchess, Gravensteiner, Yellow Newton, Jonathan. Gaby hat es sich in den Kopf gesetzt, daß diese Bäume eines Tages den knorrigen Obstbäumen ähneln werden, die sie auf dem Land in der Nähe des Hauses ihrer Großmutter

in Frankreich gesehen hat. Die kleinen belaubten Stengel werden sich krümmen und verdicken, und sie wird ihre Früchte zu Apfelmost und Kuchen verarbeiten. Sie und Alan werden darüber alt werden, daß sie ihren Enkelkindern beim Spielen zwischen den Bäumen zusehen. Es behagt ihr, so über ihr Leben zu denken.
An diesem Abend haben sie Freunde zum Abendessen da, eine Mahlzeit, die Gaby mit Können und Sorgfalt zubereitet hat. Auf dem runden Tisch stehen zwischen flackernden Kerzen und zerknitterten bunten Servietten ihre dickrandigen weißen Teller mit den krümeligen Resten einer Zitronentorte, die sie zum Nachtisch verspeist haben. Sie haben alle reichlich getrunken, und sie unterhalten sich angeregt über den Wahnsinn, der in ihren Familien herrscht. Als Alan sich – mit großem Eifer – auf das Thema gestürzt hat, war er überzeugt, daß niemand mit ihm mithalten könne: die geschiedenen Eltern, die gefühlskalte, berühmte Mutter, die Schwester, die in Kalifornien New Age praktiziert, die andere Schwester, die nach Mittelamerika geflohen und seither verschollen ist. Aber er hat sich getäuscht. Tim Garner hat eine Schwester, die wegen Totschlags im Gefängnis sitzt, Melanie Mercer einen Vater, der Milch einkaufen gegangen und nie wiedergekommen ist. Es findet sich ein Bruder, der glaubt, daß die CIA seine Gedanken lesen kann, ein zweiter, der Hare-Krishna-Anhänger ist, ein dritter, der sechsmal verheiratet war. Sie lachen immer lauter über jedes zusätzliche Detail, das im Kerzenschein ans Licht kommt, so unglaublich erscheint ihnen alles. Tränen funkeln in ihren Augen.
»Was für durch und durch *amerikanische* Geschichten«, sagt Gaby mit einer Verwunderung, aus der nur Alan ein Werturteil heraushört.
Doch ehe er in die Defensive gehen kann, sagt Tim: »Du hast völlig recht. Es gibt nichts, worüber wir uns schämen müßten. So ist es nun einmal in Amerika.« Sie lachen.
Hätten sie jetzt den Blick vom unabgeräumten Tisch abgewandt, vom Kreis der vertrauten Gesichter im gelblich warmen Licht, hätten sie ringsum das Spiegelbild des Eßtischs in den Glaswänden des Hauses

gesehen, und dahinter vereinzelte dunkle Bäume, das langsame Dahingleiten des Mondes am gegenüberliegenden Ufer des Flusses. Alan tut es. Er entspannt sich und merkt, daß er vorübergehend in einen Zustand verfällt, der ihm vertraut ist: Er scheint dieser Gruppe seiner engsten Freunde zu entschweben – der liebsten Freundin, seiner Frau. Es ist, als würde er sie von schräg oben beobachten, in der Kulisse, die er für sie ersonnen und gebaut hat, und denkt über geringfügige Veränderungen nach, die er noch daran vornehmen möchte.

Alan hat das Haus entworfen. Er ist Architekt und Professor für Design an einem kleinen College in Massachusetts. Das Haus steht am Ufer eines der vielen Flüsse, die in Massachusetts und Rhode Island in die Buzzard's Bay münden. Es hat vor zwei Jahren einen kleineren Preis gewonnen und ist in einer Designzeitschrift besprochen worden.

Er und Gaby leben seit sechs Jahren darin. In den zehn Jahren davor, während sie erst in unbequemen Mietwohnungen und dann im nahegelegenen Dorf im eigenen, aber beengten Haus gelebt hatten, hatten sie von diesem Haus gesprochen, als sei es schon Wirklichkeit, als würde es an einem anderen Ort längst existieren, als ginge es nur darum, dorthinzugelangen. »Mein Gott, ich kann es kaum abwarten, in meine eigene Küche zu kommen und ein bißchen mehr Arbeitsfläche zu haben«, pflegte Gaby zu sagen. Oder einen Platz für die Sportausrüstung der Kinder. Oder ein Gästezimmer mit Bad, für ihre Mutter oder Schwester, wenn sie zu einem längeren Aufenthalt aus Frankreich anreisten.

Und doch ertappt sich Alan nun, da sie hier sind, immer noch bei dem Gedanken, es sei alles nur temporär. Er denkt sich immer noch Verbesserungen aus, die sich anbringen ließen, und er entfernt sich immer noch schwebend, so wie jetzt auch, und korrigiert diesen oder jenen Aspekt seines Entwurfs im Hinblick auf Dinge, die er nicht vorhergesehen oder berücksichtigt hat. Er findet, daß immer noch etwas fehlt. »Wo wir jetzt wohnen«, sagt er manchmal, wenn von dem Haus die Rede ist. Gaby, der es vor kurzem aufgefallen ist, hat

sich angewöhnt, ihn zu berichtigen: »Wo wir *leben*, Alan, bitte schön.«
Vielleicht ist es ein Fehler, denkt er auf einmal, einen Architekten sein eigenes Haus bauen zu lassen.
Gaby hat inzwischen das Wort ergriffen. Sie spricht mit tiefer, nicht ganz akzentfreier Stimme über Clara, seine Schwester Clary – über deren Glauben an Seelenwanderung, ihre zahlreichen Scheidungen und neuen Ehen und Kinder, die alle von verschiedenen Vätern stammen. Davon, daß sie und Alan im Scherz behaupten, sie habe so viele Varianten ihres irdischen Daseins gelebt, daß es kein Wunder sei, wenn sie glaube, es gäbe noch mehr davon.
Alan denkt über sein Leben nach, sein einziges, hier, wo er jetzt wohnt. Über das Haus, das er gebaut, die Frau, die er geheiratet hat. Er beobachtet Gabys lebhaftes Mienenspiel, ihre breiten, kräftigen Hände, die ebenfalls sprechen und ihre Schilderung begleiten. Gaby ist Köchin. Sie hat ihr eigenes Feinkostgeschäft in dem teuren kleinen Dorf in der Nähe und liefert auf Bestellung Speisen und Getränke. Bei ihnen zu Hause wird gut gegessen, werden gute Weine getrunken. Ihre Kinder sind inzwischen auf dem College beziehungsweise der Universität, kommen aber gern zu Besuch. Oft sind sie an Abenden wie diesem da, helfen beim Kochen und unterhalten sich wie selbstverständlich mit Leuten, die doppelt so alt sind wie sie, oder noch älter.
Seine Freunde lachen, nachdem Gaby mit ihrer Schilderung fertig ist. Sie lachen über Clary, die arme schöne Clary, die zu so grellen, törichten Tricks gegriffen hat, um sich zusammenzuhalten, um weitermachen zu können: Kristalle, Seelenwanderung, Hellseherei. Der schrittweise Übergang von Drogen zu Vegetarismus, dann zur Psychoanalyse, dann zum Alkohol, nun der Übergang zur Gesundung. Er hat auf einmal das Bedürfnis, sie in Schutz zu nehmen.
»Natürlich«, sagt er, »hätte Clary an uns auch einiges auszusetzen, nehme ich an.«
»Ach, komm schon«, sagt Wade London. »Eure Lebensführung ist beispielhaft. Untadelig.«

»Nein, nein. Man könnte aus verschiedenen Elementen hier einiges machen.«
Gabys Blick ruht unverwandt, argwöhnisch auf ihm. Sie weiß, sie hätte nicht so über Clary reden sollen. Er ist, wenn es um sie geht, zu beschützerisch.
»Eine gewisse, äh ... yuppiehafte Versessenheit auf Details. Wißt ihr zum Beispiel, wie lange ich gebraucht habe, um diese Griffe auszusuchen?« Er weist hinter sich auf die Schrankwand mit dem Kirschholzfurnier, deren Türen und Schubladen mit quadratischen Messingknöpfen beschlagen sind. »Oder Gaby, um dieses Essen zu planen? Um es zu kochen?«
»Das Essen war fabelhaft«, lobt Melanie. »Dieses Couscous, göttlich. Und erst die *Krabben*!« Gaby freut sich, obwohl die Bemerkung nur höflich war. Sie nickt Melanie zu, die schlank und nervös ist und immer die Schlichterin spielt.
»Schön. Einverstanden«, sagt Alan. »Aber so sieht uns meine Schwester. Appetit und Gier. Komfort. Materialismus.«
Gabys Gesicht leuchtet auf, spiegelt freudiges Wiedererkennen. »Oh, Alan, das ist nicht Clara, die aus dir spricht. Es ist deine *Mutter*.« Sie hat gelernt, es so zu sagen, wie es Amerikaner aus dem Mittleren Westen tun, mit doppeltem oder dreifachem Konsonant am Ende, und alle lachen mit ihr, Sekunden später auch Alan. So ausgesprochen wird das Wort selbst zum Witz.
Und dann sagte Wade: »Ich hab vor paar Monaten in der Zeitschrift *The Atlantic* eine Erzählung von ihr gelesen. Die hat mir richtig gut gefallen.«
Alan nickt. Erzählungen hat Lily sich im Anschluß an ihre Memoiren zugewandt. »Man kann schließlich keine *zwei* Memoiren verfassen«, sagt sie. Sie hat vielleicht zehn, elf, zwölf Geschichten publiziert. Mehrere in *Ms*, drei oder vier in kleinen Magazinen, dazu in den letzten Jahren zwei in *The Atlantic* und eine im *New Yorker*. Es handelt sich um Belletristik, aber alle Einzelheiten, selbst die abstrusesten, sind Lilys Kindern so vertraut wie Zahnschmerzen. (»Natürlich lege ich mein eigenes Leben zugrunde«, hat Lily in einem Interview

gesagt, das Alan gelesen hat. »Was habe ich denn sonst zu bieten?« *Reizbar*, hatte die Reporterin sie genannt. Vielmehr hatte sie geschrieben: »Abwechselnd reizbar und aufreizend.« Das war eine Seite, die Alan weniger gut kannte.)

Was hatte Lily veranlaßt, sich der Belletristik zuzuwenden? »Ich war es leid, so verdammt diskret zu sein«, hatte sie der Reporterin mitgeteilt. Und es stimmte, daß in den Erzählungen beunruhigendere, psychisch gewalttätigere Dinge vorgingen, ganz so, als würde Lily die gefährlichen Emotionen anerkennen, die in ihrem Leben im Zaum gehalten und in ihren Memoiren nur angedeutet worden waren. In einer dieser Erzählungen entflieht eine Frau mittleren Alters ihrem Ehemann und läßt sich von einem jüngeren Mann, den sie in einem schäbigen Badeort kennenlernt, dazu ausnutzen, seine eigene im Scheitern begriffene Ehe neu zu beleben. In einer anderen entdeckt eine ältere Frau viele Jahre nach dem Vorfall, daß ein geliebter, schwieriger Sohn – ein Radikaler, von dem sie geglaubt hat, er sei umgekommen, während er eine Bombe gebaut hat – nur durch Zufall dabei war, als sie hochging, ein unbeteiligtes Opfer, betrunken, unter Drogen, schlafend in einer Zimmerecke. In einer dritten wird ein junger, idealistischer Pfarrer an einer Kirche in der Innenstadt hinters Licht geführt und ausgenutzt, als er sich um die Gangs ringsum bemüht, und die Kirche wird zum Lagerhaus für Waffen und Drogen – aber er ist so begeistert über den romantischen Wandel, den sein Leben genommen hat, so ergriffen von der Rhetorik des Aktionismus und der Gewalt, daß er selbst dem zustimmt.

Andererseits wären weder Alan noch Clary auf die Idee gekommen, die Memoiren als diskret zu bezeichnen. Lily hatte geschrieben:

An jenen sommerlichen Sonntagen unserer jungen Ehe konnte ich manchmal die Zeit in der Kirche als eine Art Droge empfinden, fast schon als Aphrodisiakum. Alle meine Sinne waren davon geschärft, von der allmählichen und mächtigen Anhäufung von Schichten physischer Wahrnehmung, verbunden mit meinem eigenen Hunger nach Religion, mit meiner Gier, könnte man sagen. Die Hitze des Mittleren Westens war draußen gegen elf Uhr immer intensiv, und die dunkle, kleine Kirche war im Gegensatz dazu kühl und feucht. Beim Eintreten erlebte man einen langen, verwirrenden Augenblick willkommener Blindheit, in meinem Fall begleitet von einem sexuell anmutenden Schwächegefühl in den Beinen. Die Luft im Innern roch köstlich nach Moder, ein pilzartiger, erdverbundener Duft, der langsam verflog, sobald sich der Raum mit Menschen füllte. Als erstes kam der Geruch von Seife und Körperpuder hinzu, dann Parfüm, und schließlich während des Gottesdienstes ein nicht unangenehmer Geruch nach Schweiß. Und natürlich schwebte über alledem immer der erotische Duft der Blumen. Sommerblumen, im Garten gepflückt von den Damen des Kirchenkomitees.

Ich kam immer zu früh, weil ich den Gedanken nicht ertragen konnte, daß mich die ganze Gemeinde ansah, während ich allein auf meinen Platz ging. *Die neue Frau des jungen Pfarrers* – so bezeichnete ich mich in Gedanken selbst. Ich meinte, das sexuelle Vergnügen, das wir einander bereiteten, müsse in jeder meiner Gesten, in meiner ganzen Haltung zu erkennen sein, und ich wußte, daß ich selbst mit lüsterner Neugier danach Ausschau gehalten hätte. Darum bemühte ich mich, immer vor der Gemeinde da zu sein. Natürlich mit Ausnahme der einen oder anderen alten Frau, die zweifellos seit dem Morgengrauen auf war, längst alle Hausarbeit erledigt hatte und nun die Zeit totschlug. Wir alle nickten grüßend mit den Köpfen – mit den Hüten, sollte ich wohl sagen. (Selbstverständlich trugen wir allesamt Hüte und obendrein Handschuhe, von denen wir hofften, daß sie zu unseren Schuhen paßten oder sich irgendwie mit unseren Hüten »vertrugen«.) Wenn ich nach dem Hinsetzen den Kopf senkte, um zu beten, war mir bewußt, daß die Krempe meines Hutes – es war in jenem ersten Sommer meiner Ehe ein breitkrempiger Hut, ein schöner Hut, den ich gekauft hatte, um von meinem jungen Ehemann noch mehr geliebt zu werden – die Welt ausschloß und verhinderte, daß ich die Damen sehen konnte. Der Hut war aus Stroh und roch leicht nach Stroh, ein sauberer, bäuerlicher Duft.

Die Musik, welche die dralle Organistin während dieser Zeit des Herumsitzens spielte, hatte auch etwas von einem Duft: nie klar definiert, immer flüchtig, beruhigend. Hin und wieder wurde sie vom Entweichen der Luft aus dem alten Windwerk der Orgel übertönt. Wenn ich es hörte, mußte ich ebenfalls keuchen, und mein schläfriger Puls trieb unregelmäßige Blüten.

Ich hörte, wie sich hinter mir der Raum langsam füllte, hörte die Schritte, die gedämpften Begrüßungen. Und dann ertönte das jähe Wumm! Wumm! Wumm! der Register, die gezogen wurden, und die Musik dröhnte, und Paul

kam herein, den Mittelgang entlang wie eine Braut. Nur entschlossener und seiner selbst sicherer, als ich es am Tag unserer Hochzeit gewesen war, als eine Braut es je gewesen ist. Er verschwand hinter der Kanzel und tauchte in ihr wieder auf, über den Blumen, verwandelt durch seine schwarze Robe, seine Feierlichkeit, und prachtvoll anzusehen für mich: mein Sendbote Gottes, mein Bräutigam. Mir war, als müßte ich in Tränen ausbrechen, wenn ich die Augen hob und ihn ansah.
Wir waren inzwischen aufgestanden. Überall im Saal erklang ein stetiges Rascheln von scharrenden Füßen, in Bewegung geratenem Fleisch, Stoffen, die sich neu drapierten – das Geräusch, das Menschen von sich geben, wenn sie einfach nur stillstehen. Der Paul, der uns überragte, war einerseits mein Paul, andererseits ein ganz anderer. Sein Gesicht war das Gesicht, das ich in der vergangenen Nacht betrachtet hatte, als er sich über mich gebeugt hatte, und war es doch wieder nicht. Seine Lippen, als sie zu sprechen begannen, waren die Lippen, die die meinen gesucht hatten, und waren es doch wieder nicht. Seine Stimme war die Stimme, die ein ums andere Mal meinen Namen gerufen hatte, und war es doch wieder nicht. »Lasset uns beten«, sagte er, und ich wurde auf sein Geheiß zum Gebet.
Es gab zwei Taufen in jenem Sommer, und beide Male empfand ich puren Neid beim Anblick des ruhigen Kindes auf dem Arm meines Mannes, beim Anblick der langen, reinweißen Stoffbahn mit Ziersaum und Stickerei, die sich über die lange, stumpfschwarze Stoffbahn von Pauls Robe ergoß, beim Anblick seines über das Kind gebeugten Gesichts, das die heiligen Worte sprach – während seine feuchten Fingerspitzen über den kahlen Schädel des Kindes strichen und ihm den Segen erteilten. Ich konnte den Neid teilweise verdrängen, indem ich mir sagte, daß wir ebenfalls ein Kind haben würden, daß es auf eben diese Weise in Pauls festem Arm liegen würde, während er sich darüberbeugte. Dabei war mir klar, daß ich nicht den Kern meines Gefühls traf. Und der bestand darin, daß ich mir irgendwie auch wünschte, selbst dieses Kind zu sein und ebenso still in seinen Armen zu liegen, mich von ihm festhalten zu lassen, während ich offen vor ihm lag, und mich segnen zu lassen im Namen des Herrn.

Konnte man das Diskretion nennen?
Natürlich waren es weniger Passagen wie diese, die Tabor Press an dem Buch und an Lily interessiert hatten. Vielmehr waren es die späteren Abschnitte, in denen sie Abstand gewann von ihrem Mann und der Idee eines männlichen, gebieterischen Gottes, in denen sie,

so stellte es jedenfalls das Buch dar, einen langsamen, aber unvermeidlich triumphalen Sinneswandel durchgemacht hatte.
(Woran sich Alan aus dieser Zeit erinnert, sind die erregten, intensiven Debatten zwischen seinen Eltern, die verstummt waren, sobald er auftauchte, an das entsetzliche Familientreffen, das einberufen worden war, um die Trennung zu erklären, und danach scheinbar jahrelang immer wieder Weinen hinter verschlossener Tür. Er hatte sich, nachdem sein Vater fort war, mit dem Gefühl herumgequält, allein für Lily verantwortlich zu sein. Wenn er sie weinen hörte, war ihm klar, daß er hätte anklopfen und ihr anbieten müssen, sie zu trösten. Sie war schließlich seine Mutter. Sie war schließlich auch nur ein Mensch und litt entsprechend. Doch das einzige Mal, daß er den Mut aufgebracht hatte, es zu tun, hatte es lange gedauert, bis die Tür aufgegangen war, und sie hatte die Zeit eindeutig genutzt, um sich zusammenzureißen. Denn als sie vor ihm gestanden hatte, war sie gefaßt gewesen, und nur ihre geröteten, geschwollenen Augen hatten sie verraten. »Ja, Alan?« hatte sie kühl gesagt, als hätte er eine Frage gestellt. »Brauchst du etwas?«)
Am Tisch ist das Gespräch inzwischen weitergegangen. Die anderen unterhalten sich gerade über einen Artikel in derselben Ausgabe von *The Atlantic*, in dem Lilys Geschichte gestanden hat, einen Artikel, der eine neue Grundlage für die Einwanderungsgesetze verlangte, in Verbindung mit einer maximal sinnvollen Bevölkerungsdichte, die für verschiedene Landesteile ein für allemal festgelegt werden sollte.
»Das ist doch lächerlich«, sagt Tim. »Solange wir die Gesundheit unserer Wirtschaft am Wohnungsbau messen, wird daraus nichts werden.«
»Gibt es so etwas wie eine gesunde Wirtschaft ohne Wohnungsbau überhaupt, ohne Bevölkerungswachstum?« fragt seine Frau Susan unwirsch.
»Anderswo ist es doch auch gegangen. Sieh dir Westeuropa in den achtziger Jahren an.«
»Ja«, mischt sich Gaby ein. Sie steht hinter Alan, außerhalb seines

Blickfelds. Sie holt Gläser und Flaschen mit Branntwein und Likör aus dem Schrank. »In Frankreich geht es seit vielen Jahren so.«
»Aber Frankreich ist heute in der Krise. Ebenso wie Schweden und die ganzen sozialistischen Länder.«
»Ja, und das ist zum Teil auf die Einwanderung zurückzuführen«, erwidert Gaby.
»Ach, Unsinn, Gaby«, wendet Tim ein. »Die haben die Arbeiter aus Afrika und sonstwo gebraucht, weil kein Franzose bereit war, die Arbeit zu tun.«
»Ja, aber sie sind gekommen und gekommen und gekommen«, sagt Gaby. »Genau das ist es, was ich sagen will.«
Sie ist aufgebracht. Alan merkt es daran, wie sie die Gläser mit ein wenig zuviel Kraft hinstellt, und er ist verblüfft darüber, wie so oft über ihre politischen Ansichten bezüglich Frankreich. Er versteht nicht die Trennlinie, die sie zieht – und er hat erlebt, wie ihr Vater und ihre Brüder sie ebenfalls gezogen haben. Sie finden einen Typen wie Le Pen widerwärtig, überhaupt alles, was offen rassistisch ist, aber sie reden auf eine Art, wie sich kein gebildeter Amerikaner trauen würde, über Schwarze und Ausländer zu reden – über ihre Faulheit, ihre schlaffe Moral, ihre Drogen, ihren Gestank, ihr merkwürdiges Essen.
»Ich sehe das so«, wirft Melanie rasch ein. »Keine Gesellschaft sollte Menschen importieren, um ihre Schmutzarbeit erledigen zu lassen. Nie. Keine Sklaven. Keine Gastarbeiter. Das ist unmoralisch. Und es führt zu großen Schwierigkeiten. Wie in Frankreich«, sagt sie zu Gaby gewandt. Sie lächelt nervös. »Wie bei uns. Statt dessen sollte es eine Art Pflichtdienst für die Drecksarbeit geben. Wie das Heer oder das Peace Corps. Nur daß jeder seine Zeit abdienen muß.«
»Und wie würdest du Drecksarbeit definieren?« fragt Wade. »Wer dürfte es definieren?«
»Na ja, das sind offensichtlich die Stellen, die in Zeiten niedriger Arbeitslosigkeit nicht besetzt werden. Dienstleistungsjobs. Aushilfsjobs.«
»Hausarbeit!« ruft Susan.

Sie alle lachen, und Alan beobachtet wieder Gaby. Ihre Gesichtszüge haben sich entspannt. Der kritische Augenblick ist vorüber.
Sie beginnen über die Umsetzung von Melanies Plan zu diskutieren. Sie tauschen ein paar Geschichten über ihre Kinder aus. Sie unterhalten sich über einen Birnenschnaps, den Gaby serviert hat. Alan beobachtet Gaby und spürt ihre Fremdheit, ihren französischen Charakter, der ihm die meiste Zeit nicht bewußt ist.
Und dann fällt ihm die Erzählung ein, die Lily in *The Atlantic* veröffentlicht hat. Eine Geschichte über eine ältere Frau, die im mittleren Alter Mann und Kinder verlassen hat, um mit einem alkoholkranken Maler durchzubrennen. Nun ist sie alt und allein und merkt, daß der Tod naht, und sie stellt sich vor, was für ein Leben ihre Kinder gelebt haben mögen. Sie ruft in den Städten, von denen sie glaubt, daß sie dort gelandet sein könnten, bei der Auskunft an, und wenn jemand dabei ist, der den Namen eines ihrer Kinder trägt, wählt sie die Nummer und horcht, ohne selbst etwas zu sagen. In jedem Fall kann sie sich davon überzeugen, daß die Stimme, die sie hört, nicht die ihres Kindes ist, und schafft es dadurch – hat Alan beim Lesen empfunden – auf irgendwie magische Weise, ihren Tod noch einen Tag hinauszuschieben.
War das in gewisser Weise eine Entschuldigung für Lilys eigenes Leben? War es ihre Spekulation über das Leben, das sein Vater nach der Scheidung geführt haben mochte? War es reine Erfindung?
Alan wußte es nicht, und er empfand die gleiche Beunruhigung, die ihn beim Lesen von Lilys Arbeiten jedesmal überkam. Bei ihren Erzählungen noch mehr als bei den Memoiren, das wird ihm nun klar. (Obwohl die Erzählungen vor kurzem als Sammelband erschienen sind, den Lily ihm hat zusenden lassen – auf der beigelegten Karte hieß es: »Mit den besten Empfehlungen der Autorin.« Sie war mit »Mutter« unterzeichnet. Er hat noch nicht darin gelesen.)
Der Abend neigt sich dem Ende zu, und als das erste Paar sich unter Entschuldigungen vom Tisch erhebt, stehen auch die anderen auf. Sie haben am nächsten Tag viel zu tun, sie haben Kinder, Gärten, Boote,

Autos, müssen Tennis und Golf spielen – Eigentum und Beziehungen, die gepflegt werden müssen.
Nachdem die Gäste fort sind, geht Alan nach draußen, um die Gläser zu holen, die sie auf der Terrasse stehengelassen haben. Sie haben am früheren Abend dort gesessen und zugesehen, wie sich das Rot der Sonne in den Federwolken am westlichen Himmel vertiefte. Dann jedoch haben sich die Stechmücken in einer leise sirrenden Wolke auf sie gestürzt, und sie sind beinahe gleichzeitig aufgestanden, haben wie wild um sich geschlagen und sind lachend nach drinnen geflohen.
Die Luft ist inzwischen kühl geworden und duftet salzig. Der Fluß unter ihm macht sich mit einem sachten Plätschern bemerkbar, doch er kann ihn nicht sehen, nimmt ihn nur als energiegeladene Schwärze unter den Bäumen wahr. Im Haus macht sich Gaby in der Küche zu schaffen. Sie bewegt sich mit typischer Flinkheit auf der hell erleuchteten Bühne, die sie zu ihrem Leben gemacht hat. Während er sie beobachtet, denkt er an einen Augenblick Anfang der Woche, als sie nachmittags zusammen im Bett gelegen, über das andere Ende der Terrasse hinaus auf die Bäume geblickt und planlos über ihre beiden Söhne gesprochen haben. Sie haben spekuliert, wie sie sich wohl verändern würden und was das Leben für sie bereithalten mochte. (Sie haben über die Jahre viele Stunden so verbracht, hier und in anderen Schlafzimmern ihrer Ehe, haben sich über ihre Kinder unterhalten und sie immer als im Werden begriffene Menschen gesehen – als eigenständige Wesen, die doch erst dabei sind, selbständig zu werden.)
Er fühlt sich nun weit von diesem Augenblick entfernt und hat das doppelte Gefühl, Gaby nachzuspionieren. Erstens, weil er sie beobachtet, ohne daß sie es weiß. Und zweitens, weil er ein Geheimnis hat, das er ihr vorenthalten hat. So hat er es sich selbst gegenüber natürlich nicht formuliert. Er meint, daß er nur auf den richtigen Augenblick wartet, um mit ihr darüber zu sprechen. Andererseits hat er deswegen das Gefühl, ihr unangenehm fern zu sein, denn ihm ist klar, daß selbst die physische Welt, derer sie sich unmittelbar bewußt ist –

die helle, heiße Küche, das Geräusch des Wassers, das aus dem Hahn fließt, das Klappern und Klirren der Teller und Töpfe, die sie zusammenräumt –, sich ganz und gar von der seinen unterscheidet.
Und wie seltsam, denkt er, daß seine Mutter an diesem Abend an ihrem Tisch erschienen war, ungebeten – jedenfalls soweit es seine bewußten Gedanken anging. Denn das ist das Geheimnis, worum geht es: daß Lily kommen und eine Weile bei ihnen bleiben muß.

2

Thomas war nicht daheim. Alan hatte dreimal geklingelt und sich dann auf die Treppe gesetzt, um auf ihn zu warten. Nun stand er wieder auf und klingelte noch einmal, obwohl er wußte, daß es vergebens war (aber vielleicht war Thomas nur eingeschlafen und befand sich im typischen Tiefschlaf des jungen Mannes). Er stellte sich seinen Sohn vor, wie er ihn so oft gesehen hatte: die lange Gestalt angewinkelt über ein Bett oder eine Couch geworfen, manchmal auch nur in einem bequemen Sessel erschlafft – mit offenem Mund, das dunkle Haar zerzaust –, hinüber, hinüber vor Erschöpfung. Aus dem offenen Fenster der Wohnung im Obergeschoß drangen erregte Stimmen, übertönten die Musik aus der Stereoanlage. Alan spähte hinter vorgehaltener Hand durch das Glas der äußeren Tür, auf die Innentür und den verdunkelten Flur dahinter. Niemand.

Er setzte sich wieder hin. Die Außentreppe war in Sonnenlicht gebadet. Die Steine wärmten sein Gesäß. Er zog die Knie an, stützte die Ellenbogen darauf. Alan war ein großer Mann, groß und blond wie sein Vater es gewesen war. Mit zunehmendem Alter war er fast hager geworden. So auf der Außentreppe hockend, machte er einen ungelenken Eindruck, als fühle er sich in seinem Körper, der nur aus Gelenken und Knochen bestand, nicht wohl. Die Musik im Obergeschoß war rhythmisch, ein pulsierendes Adagio. Barock, dachte Alan. Er hörte wieder die Stimmen, die giftige Heftigkeit in ihnen, nicht jedoch, was sie sagten. Dafür war er dankbar.

Er überblickte die sonnige Straße. Ganz Boston wirkte bei dieser Hitze atemlos und erschöpft. Nicht ein Auto fuhr auf der Straße, obwohl jeder Stellplatz besetzt war. Alan hatte über einen Häuser-

block weit weg parken müssen, und selbst dort illegal, an einer Stelle, die Anwohnern vorbehalten war. In der Umgebung von Thomas' Wohnung schien es keine legalen Parkplätze für Besucher zu geben, und das ärgerte Alan. Sollte er einen Strafzettel bekommen, würde er ihn Thomas geben, weil er ihn hatte warten lassen.
Nein, natürlich nicht. Er konnte sich vorstellen, was Thomas sagen würde: »Also, ich bin mir darüber im klaren, daß es dir stinkt, Papa, aber findest du das etwa logisch?« Logik, Logik. Thomas war überzeugt, als einziger darüber zu verfügen. Für ihn waren Alan und vielleicht sogar Gaby tyrannische alte Leute.
Zwei Studenten kamen mit ihren Instrumentenkoffern vorbei. Flach, rechteckig. Alan überlegte, daß es sich um Hörner handeln könnte. Klarinetten? Oboen? Sie waren angezogen wie Thomas, mit einem untrüglichen Instinkt fürs Hausbackene. Als wären sie Bauern oder Zimmerleute. Das Mädchen war ungeschminkt, ihr strähniges Haar nur unwesentlich länger als das des Jungen. Sie trugen beide klobige Schuhe. Oder vielleicht handelte es sich gar nicht um ein Mädchen. Alan sah ihnen nach. War das der Gang eines Mädchens? Da-damp, da-damp. Eher nicht, meinte Alan. Während er sie noch beobachtete, warf der Junge einen Zigarettenstummel auf die Straße.
Die ganze Straße war mit Müll übersät. Das Viertel lag am Rand des Ghettos. Es war von Studenten vom Konservatorium und der Northeastern University infiltriert worden, und möglicherweise fühlte sich deshalb weder die eine noch die andere Bevölkerungsgruppe dafür verantwortlich oder fand es der Mühe wert, es zu erhalten. Frische Abfälle wurden umhergeweht – Nahrungsmittelverpackungen, Plastikbecher, übriggebliebener Müll –, und alte Abfälle lagen als angegraute, wollige, nicht mehr erkennbare Materie plattgedrückt im Rinnstein. Und wenn sich der Wind regte, war nicht nur Laub, sondern auch das leise Rascheln der Einkaufstüten aus Kunststoff zu hören, die hier und dort in den Bäumen und Büschen hingen.
Alan war im Süden von Chicago aufgewachsen und wußte, daß man dies noch keineswegs als Verwahrlosung bezeichnen konnte, und doch störte es ihn. Es störte ihn, überlegte er, weil Thomas es roman-

tisch fand und es Alans Leben, Alans Zuhause vorzog. Für Thomas war dieses, sein eigenes Zuhause ... was? Real, echt, mutig. Authentisch. Wenn er Alan und Gaby besuchen kam, erkundigte er sich manchmal, was denn so los sei in den Vororten. Im Grüngürtel. Weitab vom Schuß. Im Spießerparadies.

Alan fiel auf einmal die Dreiundsechzigste Straße ein, die sie – Rebecca, Clary und er – auf dem Weg zur Sonntagsschule hatten überqueren müssen. Lily war noch zu Hause gewesen, hatte sich ums Sonntagsessen gekümmert und bis zuletzt gewartet, um zum Elf-Uhr-Gottesdienst zu gehen. Paul war schon viel früher in die Kirche aufgebrochen. Die drei Kinder waren allein gegangen, mitten durch das Ghetto. Rebecca hatte die Aufsicht geführt und Clary und den trödelnden Alan damit angetrieben, daß sie ihnen Angst vor der Straße machte, vor den Menschen, die nach durchzechter Samstagnacht immer noch vor den Bars unter der Hochbahn herumlungerten. »Er hat euch gesehen«, hatte sie voller Boshaftigkeit geflüstert. »Er wird euch kriegen. Lauft! Lauft!« Die Straße war immer noch ab und zu Schauplatz von Alans Alpträumen – eine heruntergekommene städtische Straße, verfallene, stinkende Häuser und ein schwarzer Mensch, gewöhnlich ein Mann, der hinter ihm her war. (Obwohl es das einzige Mal, daß wirklich etwas Bedrohliches passiert war, eine schwarze Frau gewesen war, die jäh aus trunkenem Schlaf in einer Toreinfahrt erwacht war und Alan im Sonntagsstaat hatte vorbeikommen sehen. Eine schwarze Frau, die gerufen hatte: »Dasja mein Baby! Mein Kind!« Sie hatte Anstalten gemacht, sich hochzurappeln, und ihre Stimme war immer schriller geworden. »Ihr nehmt mir mein Baby! Dasis mein Baby!« Damals waren sie tatsächlich gerannt, und Rebecca, die es wohl mit der Angst bekam, daß ihre Taktik bekannt werden könnte, hatte sie schwören lassen, niemals jemandem davon zu erzählen.) Hin und wieder, wenn er an Rebecca dachte, wie sie an einem unbekannten Ort ihre radikalen guten Werke tat, fragte sich Alan, was sie dazu zu sagen hätte, wenn er ihr mitteilen könnte, daß die rassistischen Alpträume, die ihn hinterher noch jahrelang verfolgt hatten, auf sie zurückzuführen waren.

Thomas tauchte auf einem Fahrrad aus dem Nichts auf, brachte es mit quietschenden Reifen zum Stehen und stellte einen Fuß auf dem Bürgersteig ab. Er atmete schwer. »He«, sagte er und grinste Alan an. Alan konnte nicht anders, er grinste zurück. Thomas' lockiges schwarzes Haar war naß, als hätte er gerade geduscht, und der Wind hatte es ihm aus dem Gesicht geweht. Das Gesicht selbst war knochig und hager – vor vier oder fünf Jahren war es plötzlich abgemagert, und irgendwie war Thomas immer noch nicht hineingewachsen. Außerdem hatte er sich seit mehreren Tagen nicht rasiert. Er stieg vom Rad und hob es sich auf die Schulter.
Alan stand auf und machte ihm Platz. »Ich brauch es eigentlich nicht extra zu sagen«, erklärte er. »Du hast dich verspätet.«
»Tut mir leid, daß ich so spät komme.« Thomas sah sich über die Schulter nach seinem Vater um, während er mit einer Hand den Schlüssel ins Schloß zu stecken versuchte. »Ich hab mich mit der Zeit vertan.« Er trat ins Haus. »Ach, nee. Das klingt, als wär ich mit etwas furchtbar Verantwortungsvollem beschäftigt gewesen. Ich hab einfach nicht aufgepaßt, wie spät es ist. Ich war bei einer Freundin zum Frühstück.« Alan nahm Thomas die Innentür aus der Hand und folgte ihm die breite, ungeputzte Treppe hinauf. Das rissige Linoleum bildete auf jeder Stufe eine flache Mulde. Auf dem Treppenabsatz waren die Geräusche des Lebens zu hören, das sich hinter verschlossenen Türen abspielte: ein laufender Fernseher, ein Baby, das lauthals brüllte, Musik – Jazz –, und dann waren sie vor Thomas' Wohnung angekommen. Die Tür war angeschlagen und zerkratzt. Thomas öffnete drei verschiedene Schlösser. Er schob sich hinein, stellte sein Fahrrad ab und brüllte: »Hallo?« Niemand antwortete ihm.
Alan ging durch den langen, schmalen Flur ins Bad. Es war schwach erleuchtet, aber er mußte sich dennoch Mühe geben, nicht zu sehen, wie schmutzig es war, nicht auf die gesprungene Kloschüssel zu achten, auf die flockigen, staubigen Haarbüschel, die sich entlang der Fußleisten kringelten, auf das Waschbecken mit den Seifenresten. Die Klospülung quietschte.
Als er zurückkam, war Thomas über einen Anrufbeantworter ge-

beugt, und eine erwachsen klingende Stimme forderte ihn auf, einen Termin mit jemandem auszumachen. Ein Piepen, dann noch eines, und dann hinterließ ein atemloses Mädchen eine lange Nachricht, die in der Hauptsache aus Vorrede bestand: »Hallo, Schatz. Wenn du diese Nachricht vor Samstag kriegst, gut, dann paß auf. Wenn nicht, hast du Pech gehabt, dann bist du eine Niete, was soll ich sagen, wieso bist du eigentlich nie daheim, du solltest diese Maschine öfter abhören, und die Nachricht ist folgende: ...« Sie kündigte eine Party an, mit Orts- und Zeitangabe.

Alan stand an der offenen Vordertür. »Können wir jetzt gehen, Thomas? Ich will nicht zu spät kommen.«

»Eine Sekunde noch.«

Eine dritte Stimme meldete sich mit der Bitte, Thomas möge mit ihm bei Wally ein Bier trinken. »Du fehlst mir, Kumpel«, sagte die Stimme und schaltete sich mit einem Klicken aus. Alan fragte sich, wie lange Thomas wohl nicht zu Hause gewesen war. Und wenn er nicht zu Hause schlief, wo dann, und mit wem schlief er?

Geht mich nichts an, ermahnte er sich selbst.

Inzwischen hatte jemand anders seinen Namen genannt und nach Thomas' Mitbewohner gefragt. Thomas stellte die Maschine auf schnellen Vorlauf.

»Thomas, ich möchte jetzt gehen. Du kannst das hinterher immer noch machen. Wir sind spät dran, nur für den Fall, daß du mich beim ersten Mal nicht gehört hast.«

Thomas schaltete die Maschine ab. Sein Gesicht war verschlossen. Das gescholtene Kind. »Na gut, gehen wir.«

Auf dem Weg zum Flugplatz erkundigte sich Alan bei Thomas nach dem Trio. Er war in diesem Sommer eigens in Boston geblieben, um mit dem Ensemble zu arbeiten, angeleitet von einem alten Professor, der bis auf diese alljährliche Aufgabe im Ruhestand war. Wie Thomas zu Gaby und Alan gesagt hatte – sie waren der Meinung gewesen, er solle sich einen Sommerjob suchen –, gab es Leute, die sich für einen Platz im Trio gegenseitig umbringen würden.

»Gut geht es«, sagte er jetzt. »Interessant ist es.« Und er erzählte ein paar Minuten lang offen und voller Begeisterung über die Musik, die sie einübten, über den alten Mann, über die unterschiedlichen musikalischen Fähigkeiten der drei Ausführenden.

Dann wurde es still. Alan warf Thomas einen Seitenblick zu. In seinem Gesicht war Ruhe eingekehrt, jener brütende Ernst, der hinter dem lauerte, was Alan als die Thomasmaske bezeichnete und die den lächelnden, unbeschwerten, braven Jungen vortäuschte.

»Hast du in letzter Zeit mit Ettie gesprochen?« fragte Thomas auf einmal.

»Deine Mutter hat mit ihm gesprochen, vor ein paar Tagen. Er will versuchen, an einem Wochenende heimzukommen, während Großmutter da ist.«

Thomas nickte so, daß sein ganzer Körper mit dem Kopf zusammen in Bewegung geriet. »Ja, das hat er mir auch gesagt. Ich wollte bloß wissen, ob ihr davon wißt.«

»Unterhaltet ihr euch öfter?«

Thomas zuckte die Achseln. »Durchschnittlich oft. Ich meine, was heißt schon öfter?«

Das ärgerte Alan. Jeder wußte, was »öfter« hieß. Er antwortete nicht.

»Wie lange bleibt Großmutter denn nun?«

»Schwer zu sagen. Wir warten im wesentlichen drauf, daß ein alter Mann stirbt.«

»Der Kerl, in dessen Wohnung sie einziehen wird?«

»Noch eine Stufe weiter. Der Alte liegt in einem Pflegebett, und die Frau, die derzeit in Großmutters künftiger Wohnung wohnt, braucht dieses Bett. Das Pflegebett. Aber sie kann nicht umziehen, ehe der alte Kerl das Zeitliche segnet. Sozusagen. Angeblich sollte es längst soweit sein – er war auf der Intensivstation und lag schon im Sterben –, aber die Wunder der modernen Medizin haben ihn gerettet.«

Auf dem stillen Fluß lagen nur wenige Boote mit schlaffen, in den Wind gedrehten Segeln. Alan lächelte Thomas zu. »Nun beten wir alle für ein Wunder der anderen Sorte.«

»Das heißt, es wird wie lange dauern? Ein Jahr?«

»Gott, nein! Ein paar Monate höchstens. Die haben's uns praktisch versprochen.«
»Na, das ist doch nicht so schlimm, Papa.«
»Du hast leicht reden.«
»Komm schon. Großmutter ist cool.«
»Sagt man etwa immer noch *cool*?«
»Keine Ahnung. Ich tu es jedenfalls.«
Sie schwiegen wieder. Alan dachte an Ettie – an Etienne, seinen anderen Sohn. Obwohl er zwei Jahre jünger war als Thomas, wirkte er älter. Er war klein wie Alans Frau Gaby, und ebenso kompakt wie sie, und vielleicht lag es zum Teil daran. Im Gegensatz zu Thomas fühlte Ettie sich wohl in seiner Haut. Er war koordiniert und anmutig und ein hervorragender Athlet in den Sportarten, in denen es nicht auf die Größe ankam – Baseball, Fußball. Auch sexuell schien er erwachsener zu sein als Thomas. Sie hatten ihn mit seiner Freundin auf seinem Zimmer erwischt, als er gerade vierzehn Jahre alt war, und ein, zwei Jahre später hatte er Thomas eine seiner Freundinnen weggenommen. An diese Episode erinnerte sich Alan nun.

Sie sei nicht seine Freundin gewesen, hatte Ettie argumentiert. Thomas habe sie noch nicht einmal ausgeführt.
»Aber du hast Bescheid gewußt! Ich hab dir gesagt, was ich für sie empfinde.« Thomas hatte geweint, und seine Stimme hatte erneut zu brechen gedroht.
Sie waren in der absurden Lage gewesen, Alan und Thomas, auf dem Flur vor dem Zimmer der Jungen zu stehen und durch die geschlossene, verriegelte Tür mit Ettie zu sprechen. Dort hatte Alan Thomas vorgefunden, als er vom Unterricht am College zurückgekommen war – auf dem Flur sitzend, die Augen geschwollen, hatte er auf den Augenblick gewartet, an dem Ettie herauskommen würde.
Weil er ihn umbringen werde, hatte er gesagt, wenn er herauskam.
Alan hatte sich die Geschichte aus ihrer beider Versionen zusammenreimen müssen, die sie von beiden Seiten der Tür her abgaben, wobei

es hinsichtlich der Fakten keine Uneinigkeit gab. Thomas hatte das Mädchen angebetet, ein Mädchen aus der Klasse unter ihm, eine Klasse höher als Ettie. Er hatte Ettie von ihr erzählt und seinen Rat gesucht, wie er an sie herankommen konnte. Er hatte überlegt, ob er sie eines Tages ins Kino einladen sollte. Er war fast soweit gewesen, seines Erachtens.

Und dann hatte sich Ettie an sie herangemacht.

Es sei nicht seine Schuld gewesen, hatte Ettie behauptet, und er hatte die Umstände erklärt, das mit der Party, daß sie ihn angerufen habe, daß sie sich mehrmals allein getroffen hatten.

Währenddessen mußte Thomas wieder mit den Tränen kämpfen, und als Ettie fertig war, hatte er sich auf die Tür gestürzt, mit den Füßen dagegengetreten und auf sie eingeschlagen. Alan hatte Anstalten gemacht, ihn zurückzuhalten, um ihn in den Arm zu nehmen, doch er war mit einem Entsetzensschrei zurückgewichen und hatte sich wieder auf den Boden gesetzt, mit dem Rücken an Etties Tür gelehnt.

Alan hatte sich auch hingesetzt, und sie hatten langsam angefangen, darüber zu reden. Thomas hatte erschöpft, wie tot gewirkt, während er Alans Fragen beantwortete. Schließlich hatte Alan Thomas überredet, mit ihm zum Essen auszugehen. Im Gehen begriffen, teilte er Ettie ihre Absicht durch die Tür mit.

»Ich hab euch wohl gehört«, hatte Ettie entgegnet. »Ich hab alles gehört, was ihr gesagt habt.«

»Sag Mama Bescheid.«

»Jawohl«, hatte er wütend geantwortet, und Alan hatte herausgehört, daß er sich verraten fühlte, weil Alan für Thomas Partei ergriffen hatte.

Als sie nach der langen, im wesentlichen schweigend genossenen Mahlzeit heimfuhren, hatte Thomas gesagt: »Weißt du, Papa, umbringen werd ich ihn aber trotzdem.«

Alan hatte Thomas im Scheinwerferlicht angesehen, das von der Straße reflektiert wurde. Sein Tonfall war nüchtern, fast beiläufig, seine Haltung entspannt.

»So geht es nicht, Thomas«, hatte Alan gesagt.
»Mir doch egal.«
»Wenn es soweit käme«, hatte Alan gesagt, »wärst du derjenige, der verletzt wird.«
»Mir doch egal.«
»Du weißt, er ist stärker als du.«
Da war Thomas in Bewegung geraten, ein Krampf, der seinen schlaksigen Körper schüttelte. »Das brauchst du mir nicht extra zu sagen«, hatte er wütend gesagt. »Natürlich weiß ich das. Jesus.«
Nach einer Weile hatte Alan gefragt: »Ich bin der Meinung, daß du im Recht bist, das weißt du doch, nicht wahr?«
»Das bedeutet mir nichts.«
»Na ja, es mag dir nichts bedeuten, aber ich will, daß du es trotzdem weißt, weil ich nicht zulassen werde, daß du es tust. Daß du ihm weh tust. Oder wahrscheinlich eher dir selbst.«
Sie waren schweigend weitergefahren. Alan fuhr an ihrer Abzweigung vorbei, doch es hatte mindestens fünf Minuten gedauert, bis Thomas gefragt hatte: »Wo fahren wir hin?«
»Weiß ich noch nicht«, hatte Alan geantwortet. »Nach Hause jedenfalls nicht.«
»Ich will, daß du mich nach Hause bringst.«
»Ich glaube, wir fahren nach New Hampshire«, hatte Alan verkündet.
Nach längerem Schweigen hatte Thomas gesagt: »Papa.«
»Wir machen Urlaub«, hatte Alan ergänzt. »Wir bleiben einfach eine Weile fort.«
»Ich will das nicht«, hatte Thomas gesagt.
»Ich auch nicht, aber so wird's gemacht. Genau das ist es, was wir tun werden.«
Und die nächsten drei Tage hatten Alan und Thomas den Norden von Neuengland bereist. Sie hatten sich Stiefel gekauft und waren in den Ausläufern der White Mountains ein wenig gewandert, über die weiten kristallenen Schneeflächen, die sich in den schattigen Waldungen hielten. Sie hatten sich die überdachten Brücken angesehen und wa-

ren durch sie hindurchgefahren, erst in die eine, dann in die andere Richtung.

Es waren Tage eigentümlicher, aber echter Freude gewesen. Sie waren von einem billigen Motel zum nächsten gezogen, von einem Restaurant zum nächsten, von einem Laden zum nächsten, der Waren des täglichen Bedarfs verkaufte, und hatten so getan, als würden sie diese schäbige Welt genießen. (»Was ist dir lieber, Velveta oder Cheese Whiz?«) Sie hatten das Bettzeug verglichen, die Matratzen, die Sauberkeit der Bäder, die Anzahl der Brandlöcher auf den Möbeln, die Anzahl der Wanzen. Und Alan war für fast jeden Augenblick dankbar gewesen.

Am Ende war es Thomas gewesen, der gemeint hatte, es sei an der Zeit, zurückzufahren. Es sei Sonntag. Seine Klavierstunde sei am Montag. Er müsse noch üben.

Sie hatten in einem sogenannten »Familienrestaurant« in einer Industriestadt in Maine gesessen. Alan hatte die Kellnerin herbeizurufen versucht, weil er bezahlen wollte. Er hatte die Hand sinken lassen und seinen Sohn angeblickt.

»Ich brauch es nicht eigens zu sagen, Thomas, darum sage ich es jetzt: Ich fahr nicht mit dir nach Hause, ehe du nicht soweit bist, das mit Ettie sein zu lassen.«

»Ja, ja.«

Und das war es gewesen. Alan hatte die Rechnung bezahlt, und dann waren sie ins Auto gestiegen und zurückgefahren. Es war wärmer geworden, je weiter sie nach Süden gelangten, aus Winter war Frühling geworden. In ihrer Abwesenheit waren die Magnolien am Bowmanpark erblüht. Als sie daheim angekommen waren, hatte sich Thomas gleich ans Klavier gesetzt. Er hatte den ganzen Tag gespielt, und Ettie war im Haus herumgegeistert wie ein Phantom.

Mehrere Monate lang hatte zwischen den Jungen peinliches Schweigen geherrscht, und dann hatte es irgendwie geendet und sie waren wieder, was sie oft gewesen waren: ungleiche Freunde – Thomas linkisch, enthusiastisch, viel zu intensiv, Ettie unabhängig und selbstbewußt.

Und er hatte immer noch soviel Erfolg bei den Frauen wie damals. Als er zu Anfang des Sommers zu Besuch dagewesen war, hatte er unzählige Anrufe zu erledigen gehabt, und er hatte ihnen allen eines Abends beim Essen gebeichtet, daß er das Ende der Beziehung zu einer Frau und den Neubeginn mit einer anderen Frau ungeschickt gehandhabt hatte und sich nun abmühen mußte, keine Gefühle zu verletzen. »Ich bin derzeit in einer ziemlich verworrenen, bigamistischen Situation«, hatte er betrübt gestanden.

Sie hatten sich über »überlappende« Frauen lustiggemacht, hatten im Stil von Groucho Marx Wortwitze zum Thema »Bigamie« gerissen, waren sich aber alle darüber im klaren gewesen, daß diese – wie sollte man es nennen? Tendenz? Fähigkeit? Unfähigkeit? – offenbar untrennbar mit Ettie verbunden war.

Und natürlich war er unendlich praktisch. Er verbrachte diesen Sommer in New York, wo er eine Art Geschäftspraktikum bei einer Bank machte, ehe er aufs College zurückging. Und was immer er am Ende tun würde – Alan war sicher, daß er Erfolg haben würde. Die Götter würden Ettie gnädig sein.

Und Thomas, wer weiß? Alan und Gaby hatten ihn gezwungen, vier Jahre College abzusitzen, was möglicherweise ein Fehler gewesen war. Nun besuchte er das Konservatorium, eine Welt, die sie nicht verstanden. Wann immer sie einen Vorschlag machten, der sein Leben betraf – den Sommerjob zum Beispiel, Ettie hatte ja schließlich auch einen –, sagte er: »Unmöglich.« Und sie erkannten, daß alle ihre Annahmen im Hinblick darauf, was gut für ihn war, irrelevant, vielleicht sogar falsch waren.

Die Fürsorge und Liebe, die Alan für seine Söhne empfand, führte dazu, daß er sich in Gegenwart beider unsicher fühlte, doch sein Verhältnis zu Thomas war womöglich noch angespannter. Seines Erachtens lag das daran, daß er sich von Natur aus mehr zu Thomas hingezogen fühlte, daß er mehr Sympathie für ihn empfand. Deshalb hatte er immer das Gefühl, Ettie in Schutz nehmen und Angst um ihn haben zu müssen, während er sich vor Thomas ein wenig in acht nahm und sich zwang, nicht auf seinen saloppen, sorglosen Charme hereinzufallen. Vor allem aber, Thomas' Begabung nicht höher einzuschätzen als die von Ettie, obwohl er es von Natur aus doch tat. Zugleich waren es diese Begabung und die unbekannte Welt, die sich seinem Sohn eröffnete, was ihm manchmal das Gefühl gab, von Thomas' Leben ausgeschlossen zu sein.

Alan war vor einigen Augenblicken aufgefallen, daß Thomas das Gespräch von Alans Interesse an seiner Musik auf Ettie gelenkt hatte, auf seinen Bruder. Es war das erste Mal, daß er dies bemerkt hatte. Vielleicht kam es Thomas selbst so vor, als sei er der natürlichere Sohn für die Familie, in die er hineingeboren war. Vielleicht machte er bewußt Platz für Ettie und wollte nicht den überwiegenden Teil der Aufmerksamkeit für sich beanspruchen.

Alan seufzte.

»Du freust dich einfach nicht darauf, stimmt's?« fragte Thomas.

Alan warf ihm einen flüchtigen Blick zu. Thomas lächelte. Er dachte an einen anderen Elternteil, ein anderes Kind: Lily und Alan. Alan lächelte ebenfalls. »Es ist nicht schlimm, wie du selbst gesagt hast. Und es ist nie langweilig, Lily da zu haben. Ich fürchte nur, sie wird viel gebrechlicher sein, als wir uns erinnern.«

Alan besuchte seine Mutter gewöhnlich ungefähr einmal im Jahr oder so in Chicago, aber diesmal war längere Zeit vergangen. Fast zwei Jahre. Clary, die Lily geholfen hatte, ihre Wohnung auszuräumen und zu verkaufen, als sie noch geglaubt hatten, sie könne gleich in die Altensiedlung ziehen, hatte ihm mitgeteilt, daß sie in der Zwischenzeit sehr nachgelassen hatte.

»Ja, ich hab sie seit, ich weiß auch nicht, seit etwa vier Jahren nicht gesehen«, sagte Thomas. »Dafür ist mir aufgefallen, daß ihre Briefe ziemlich ... spinnenhaft geworden sind. Die Handschrift, meine ich.« Er hob die Hände und hielt sie mit gepreizten Fingern hoch, als würde er ihre Festigkeit bewundern, ihre Kraft. Alan blickte zu ihnen hinüber. Sie waren groß, aber die Finger waren lang und schlank. Die Spitzen waren leicht spatelförmig.

Er betrachtete seine eigenen Hände am Steuer und überlegte, wie sehr er doch ihre Stärke, ihr Geschick als gegeben hinnahm. Er sah sie als Verlängerung seines denkenden Bewußtseins, seines Gehirns. Er sah sie als notwendiges Werkzeug. Einmal hatte er sich an der einen Hand verletzt, an der rechten. Seiner Zeichenhand. Er war wütend auf Gaby gewesen, die ihm ein Verhältnis gestanden hatte. In seiner Wut hatte er mit der Hand ein Fenster zerschlagen. Er hatte einen Nerv durchtrennt. Es hatte Monate gedauert, bis sich der Nerv regeneriert hatte, Monate, in denen er nicht gewußt hatte, ob er sich erholen würde, ob es aus war mit seiner Fähigkeit, zu zeichnen. Er und Gaby waren während dieser Zeit ungewöhnlich zärtlich miteinander umgegangen, alle beide gequält von Angst und Schuldbewußtsein. Als Erinnerung an all dies war ihm ein blasser weißer Halbmond geblieben, der sich von der losen Haut zwischen Daumen und Zeigefinger über den Handrücken erstreckte. Alan drehte die Hand am Steuer weg, so daß er ihn nicht ansehen mußte.

Alan stellte den Wagen im Parkhaus ab. Er und Thomas vereinbarten, während sie durch die feuchte, hallende Düsternis gingen, daß Thomas bei Lily bleiben sollte, nachdem sie sie begrüßt hatten, und daß Alan zum Auto zurückkehren und damit vorfahren würde, um sie und Lilys Gepäck abzuholen.

Sie trafen etwa zehn Minuten vor Lilys Flugzeug ein. Sie wollten auf den Flugsteig hinaus, doch das Schild an der Sicherheitssperre besagte, daß nur Passagiere mit Flugscheinen daran vorbeidurften. Alan ging zurück zum Ticketschalter, um Besucherkarten zu besorgen. Die Schlange davor war lang und kam nur langsam vorwärts. Er ärgerte sich wieder einmal über Thomas. Es war seine Schuld. Wäre er pünktlich gewesen, wären sie jetzt schon auf dem Flugsteig, mit den Karten. Er kehrte dorthin zurück, wo sein Sohn an der Wand lehnte, unrasiert und abgerissen. Alan fand, daß er wie ein Drogenhändler aussah.

»Es ist nicht mehr genug Zeit, Karten zu besorgen, ehe das Flugzeug landet«, sagte er. Seine Stimme war frostig. »Wir können nur hoffen, daß sie es allein schafft.«

Sie lehnten eine Minute oder zwei schweigend an der Wand. Dann sagte Thomas: »Vielleicht wird sie begleitet, so wie sie es mit Kindern machen.« Es war ihm anzuhören, daß es ihm leid tat, und Alan verzieh ihm augenblicklich. »Oder wenn sie wirklich nicht kann, setzen sie sie vielleicht in einen Rollstuhl.«

Alan zuckte die Achseln. »Na gut, machen wir uns keine unnötigen Sorgen ihretwegen. So oder so, ich bin sicher, daß Lily nichts passieren wird. Sie wird längst das Heft in der Hand haben. Welches auch immer.«

Inzwischen kamen die ersten Passagiere an ihnen vorbei. Alan trat vor und fragte einen von ihnen, woher er sei. Nicht Chicago. Washington. Er und Thomas stellten sich erneut an die Wand.

Und dann wurde der Menschenstrom doppelt so groß. Ein zweites Flugzeug mußte gelandet sein. Alan und Thomas traten einen Schritt vor und bezogen in etwa einem Meter Abstand voneinander Stellung. Sie zwangen die Menge, um sie herumzuströmen, und hielten unentwegt Ausschau.

»Nun sieh dir das an, Papa«, rief Thomas plötzlich. Alan sah zu ihm hinüber. Er lachte. »Wir sind von Lilys umzingelt.« Er zeigte auf seine unmittelbare Umgebung. »Die perfekte Tarnung.«

Und so war es auch. Auf einmal schien ringsum eine Großversammlung alter Frauen stattzufinden. Alte Frauen in Hosenanzügen und pastellfarbenen Trainingsanzügen, viele davon mit diesem seltsam hellblau getönten weißen Haar. Blumiger Puderduft lag in der Luft. Die meisten der Frauen hatten sich Namensschilder angesteckt: »Hi, ich bin Betty«, lautete die launige Beschriftung, oder: »Hi, ich bin Louise Farmer.« Sie kamen langsamer voran als die übrigen Passagiere, die mit grimmigen Gesichtern zielstrebig an ihnen vorbeieilten. Sie kamen in Gruppen zu zweit oder zu dritt, und die Rüstigen halfen denen, die an Laufgestellen oder am Stock gingen. Ihre hellen, schrillen Stimmen umwogten Thomas und Alan.

»Ich geb's auf«, rief Thomas herüber. »Es wird mir nicht gelingen, sie zu entdecken.«

»O doch«, entgegnete Alan. »Niemand ist so wie Lily. Wenn du sie siehst, wirst du wissen, daß sie es ist.«

Aber sie sahen sie nicht. Alan entdeckte sie nicht. Sie mußte sich direkt vor ihm aufpflanzen, und selbst dann riet ihm sein Instinkt, an diesem winzigen Geschöpf vorbeizusehen, das schwankend auf zwei Krücken vor ihm stand, um weiter nach seiner wahren Mutter Ausschau zu halten.

»Eine schöne Begrüßung«, sagte sie, und er wäre vor Schreck fast zusammengefahren, als er ihre Stimme hörte.

3

Gaby tappte barfuß durch die dunkle Küche, hantierte geschickt mit den vertrauten schattenhaften Gerätschaften, kochte Kaffee. Jedesmal, wenn sie die Kühlschranktür aufmachte, durchschnitt ein scharfer Lichtstrahl den Raum, und sie mußte die Augen zukneifen, aber sie machte dennoch kein Licht. Sie tat es nie. Sie mochte es zu dieser Stunde nicht anmachen. Dies war *ihre* Stunde des Tages, der Nacht.

»Wie hältst du das nur aus?« fragten ihre Freunde. »Um Gottes willen, vier Uhr morgens, das könnte ich nie.« Aber es war Gabys Tagesablauf, sie war daran gewöhnt. Nicht nur gewöhnt – sie hatte ihn sich so ausgesucht, hatte ihn so gestaltet. Wenn sie um vier Uhr dreißig mit der Arbeit anfing, war sie meist gegen zwei Uhr nachmittags wieder zu Hause. Am Nachmittag schlief sie mehrere Stunden, und dann gegen fünf stand sie wieder auf und ging noch einmal ein bis zwei Stunden bis Ladenschluß ins Geschäft.

In der Vergangenheit waren es die Kinder gewesen, die sie geweckt hatten, wenn sie mit großem Getöse von ihren nachmittäglichen Aktivitäten zurückkamen und daheim, wo immer das war, mit den Türen schlugen, umherstampften und klapperten und alles mögliche fallen ließen – Bücher, Musikinstrumente, Sportzeug. Nun war es Alan, der hereinkam und sacht ihre Schulter berührte. Oft saßen sie so und unterhielten sich in zielloser Vertrautheit, während sie langsam aufwachte. Außerdem war dies die Tageszeit, wenn die Wahrscheinlichkeit am größten war, daß sie sich liebten, während die Nachmittagssonne ins Zimmer fiel und mit warmem, hartem Licht auf ihren alternden Körpern lag. In den letzten Jahren hatte er sich

angewöhnt, fast jeden Tag mit ihr ins Geschäft zu fahren und ihr beim Abschließen zu helfen.
Im Winter, ja, da war es ihr doch manchmal zuviel. Dann fiel es besonders schwer, im Dunkeln in die eisige Umarmung des Autos zu schlüpfen, während ihr der Atem dampfend aus der Nase stieg. Bis sie vor dem Geschäft anhielt, hatte die Heizung im Wagen gerade erst angefangen, ihr lauwarme Luft um die Beine zu blasen. Auch das Geschäft selbst war kalt und dumpf, bis die Hitze des Ofens und die Backgerüche den Raum kleiner und anheimelnder erscheinen ließen.
Dagegen liebte sie Tage wie diesen, die bleiche Dunkelheit des Sommers. Die Fenster standen offen, so daß die Geräusche des Tagesanbruchs hereindrangen – das erste feine Regen der Bäume im Wind, die ungestüme, frisch erwachte Energie der Vögel. Und sie liebte es, das perlmuttfarbene Licht unmerklich erscheinen zu sehen, während sie allein in ihrem Haus herumging und Alan noch schlief. Alan, und heute auch Lily. Sie war seit vier Tagen da.
Und hatte sich allem Anschein nach bereits völlig eingelebt. Sie hatten sie in der Gästesuite untergebracht und die Einrichtung nach ihren Wünschen verändert, als eine Art Schlafbüro. Lily hatte sogleich einen Tagesablauf eingeführt, der sich auf ihre Arbeit konzentrierte, auf die Kartons voller Papiere, die sie mit dem Zug vorausgeschickt und sich nun von Alan rund um ihren Arbeitstisch hatte aufstellen lassen. Und sie hatten ebenfalls einen Tagesablauf eingeführt, einen, der sich auf sie konzentrierte.
Es war Gaby klar, daß es Alan schwerer fiel als ihr, sich an Lilys Gegenwart zu gewöhnen. Und es stimmte, daß Lily in gewisser Hinsicht die Oberhand hatte, wenn sie mit ihnen zusammen war, obwohl sie gezwungen war, ihre Erklärungen mit geschwächter, heiserer Stimme abzugeben. Sie konnte beißend, konnte sarkastisch sein, und Alan reagierte oft mit seiner eigenen Version der gleichen Einstellung.
Zum Teil liegt es daran, daß Gaby die Aufgabe übernommen hat, die alte Frau abends bettfertig zu machen. Alan hilft ihr morgens ins Bad

und läßt sie mit einer Tasse Kaffee im Bett sitzend zurück, bis Noreen kommt, die Frau, die sie als Haushaltshilfe eingestellt haben. Aber Noreen geht jeden Tag vor dem Abendessen heim, und Gaby hat rasch entschieden, daß es sowohl für Alan als auch für Lily besser sei, wenn sie für die abendlichen Verrichtungen zuständig wäre.

Andererseits ist sie selbst von der Zärtlichkeit überrascht, die sie oft für Lily empfindet, während sie ihr diesen Dienst erweist. Am Abend zuvor hatte Lily, als Gaby sie vom Bad ins Schlafzimmer geführt hat, um ihr beim Ausziehen zu helfen, auf ihre hastige, atemlose Art geraunt: »Wenn du aber alt wirst, wirst du deine Hände ausstrecken, und ein anderer wird dich gürten und führen, wo du nicht hin willst.«

»Ah«, hatte Gaby erwidert, weil ihr nichts Besseres einfiel. War das eine Art Protest gewesen?

»Johannes. Das Evangelium des Johannes«, hatte Lily geraunt.

»Ja, klar!« hatte Gaby gesagt, als würde sie sich an die Passage erinnern.

Lily hatte sich behutsam auf der Bettkante niedergelassen. Sie hatte den Kopf in den Nacken gelegt und einen Augenblick lang ein angestrengtes Gesicht gemacht. Dann hatte sie leise intoniert: »Als du jünger warst, gürtetest du dich selbst und wandeltest, wo du hin wolltest; wenn du aber alt wirst, wirst du deine Hände ausstrecken, und ein anderer wird dich gürten und führen, wo du nicht hin willst.«

Kurz darauf, als Gaby in die Knie gegangen war, um Lily die Schuhe aufzuschnüren und auszuziehen, hatte sie plötzlich das Gefühl gehabt, etwas Heiliges zu tun, im wahrsten Sinne das Gefühl, nützlich zu sein. Während der unförmige Fuß in seinem dicken Strumpf in ihrem Schoß ruhte, hatte sie gemerkt, wie ihr Tränen des Mitleids und der Liebe in die Augen gestiegen waren.

Doch daneben gibt es andere Momente, darunter auch jene, in denen Lily auf die eine oder andere Art Alan zu verhöhnen scheint. Dann kann Alan nicht widerstehen und krittelt an ihr herum, und die beiden kommen Gaby nicht wie Mutter und Sohn, sondern wie neidi-

sche Geschwister vor, die sich gegenseitig die Luft mißgönnen, die der andere atmet. Sie fühlt sich manchmal an das Gerangel erinnert, das Ettie und Thomas angezettelt haben, als sie noch klein waren. Und ihr jetziger Ärger erinnert sie an die Wut, die sie auf ihre Söhne hatte, wenn sie aneinander herumgenörgelt und sich gehänselt hatten, wenn sie losgeheult und von ihr verlangt hatten, als Schiedsrichterin zu fungieren. Sie erinnert sich noch mit einer Grimasse, wie sie ihnen einmal die Köpfe zusammengestoßen hat, um eine Rauferei zu beenden, und sie anschließend in hilflosem, schrillem Französisch anschrie, daß sie sie noch in den Wahnsinn treiben würden.
Natürlich kann Gaby bei Alan und Lily ihren Zorn nicht gleichmäßig verteilen, und so kommt es, daß Alan derjenige ist, von dem sie sich zusehends abwendet. Am Abend zuvor war er aus ihrem Schlafzimmer gekommen und hatte sie vorgefunden, wie sie in der Bibel blätterte. »Jesus, Gaby, was machst du denn da?« hatte er gefragt.
Sie war augenblicklich erbost gewesen, hatte aber ihre Stimme ruhig gehalten. »Ich suche nach etwas, das deine Mutter gerade zu mir gesagt hat, davon, daß man von anderen herumgeführt wird, wenn man alt ist.«
»Und das steht in der Bibel?« Er hatte den Gedanken irgendwie von sich gewiesen.
»Ihr zufolge bei Johannes. Kennst du den Spruch?«
»Ich weiß nichts über die Bibel.« Seine Stimme war tonlos und entschlossen gewesen. Sie hatte ihn beobachtet. Hager, barfuß, war er zur Kücheninsel gegangen, und dann darum herum. Sie hatte ihm zugesehen, wie er den Kühlschrank öffnete, einen Augenblick lang hineinschaute. Dann hatte er die Tür wieder zugemacht, ohne etwas herauszuholen, und war hinausgegangen. Natürlich kannte er sich aus in der Bibel! Er wußte ganze Passagen auswendig. Wie absurd von ihm, es zu leugnen! Gaby hatte das Buch zugeschlagen.
Nun saß sie an der breiten freistehenden Insel, die Küche und Wohnraum trennte, und hob ihre große weiße Kaffeetasse. Im Dämmerlicht nahm der Raum langsam Gestalt an, die niedrigen, eleganten

Formen des Mobiliars, das Alan ausgesucht hatte, an seinem angestammten Platz. Doch dazwischen ragten nun die Buckel und Kurven von Lilys Möbeln auf, fünf Familienstücke aus der zweiten Hälfte des neunzehnten Jahrhunderts, die sie Alan und Gaby geschenkt hatte. Im schwachen Licht ließen sie Gaby an kauernde Bestien denken, an die eingebildeten Ungetüme ihrer Kindheit – an wildes Getier, dachte sie lächelnd.

Sie waren vor Lily angekommen, waren ebenfalls mit dem Zug vorausgeschickt worden, zusammen mit dem Dutzend schwerer Kartons voller Bücher und Papiere. Alan hatte angenommen, daß Lily die Möbel mitnehmen würde, wenn sie wieder fortging. Thomas hatte Alan geholfen, und sie hatten alles ins Gästezimmer gestopft, damit Lily sich wie zu Hause fühlte. Gaby hatte die Entfernung eines Teils ihrer eigenen Einrichtung und die Aufstellung von Lilys Habseligkeiten überwacht.

Aber Lily hatte mit Erstaunen reagiert, als sie eingetroffen war. Ob ihnen ihre Absichten nicht klar gewesen seien? Diese Stühle und Tische waren Geschenke! Sie habe behalten, was sie haben wollte, versicherte sie ihnen. Alles sei bis zu ihrem Einzug in der Altensiedlung eingelagert. Die Möbel seien für Alan und Gaby, und sie sollten damit anfangen, was sie wollten. Zugleich hatte sie darauf bestanden, daß sie sofort hinaus ins Wohnzimmer geräumt wurden.

Gaby nahm noch einen Schluck Kaffee. Seltsam, dachte sie. Es hatte Lily gebraucht, um jenes Element hinzuzufügen, das dafür gesorgt hatte, daß sie sich in diesem Haus endlich zu Hause fühlte. Denn als sie eingezogen waren, hatten sie die meisten ihrer alten Möbel weggeworfen, Dinge, die sie in der Vergangenheit bei Ramschverkäufen oder auf Flohmärkten erworben hatten, oder von Freunden, die etwas nicht mehr brauchten. Alan hatte eine Vision gehabt, wie das Haus aussehen sollte, und der alte Kram hatte nicht hineingepaßt. Außerdem war ein Teil des neuen Mobiliars eingebaut, vor allem sämtliche Schränke, so daß sie die Kommoden und Holzkisten und Truhen, in denen sie früher Küchenutensilien, Handtücher und Kleidung aufbewahrt hatten, schlicht nicht mehr brauchten. Das Ergeb-

nis war eine saubere, kahle Eleganz, die in Gaby ein Gefühl der Leere aufkommen ließ.
Am Abend, nachdem sie Lilys Möbel aus dem Gästezimmer ins Wohnzimmer geräumt hatten, hatte sie im Bett gelegen und aufgeregt daran gedacht, sie neu zu beziehen, sobald die alte Frau wieder fort war. Sie hatte sich an die Vielzahl dunkelgetönter Objekte und Nippsachen im Haus ihrer Familie außerhalb von Paris erinnert, war im Geiste noch einmal durch das Labyrinth aus Tischen und Stühlen und Wandschirmen und kleinen Schreibtischen im Haus ihrer Großmutter auf dem Land gegangen.
Nun dachte sie an die anderen Architekten aus ihrem Bekanntenkreis, an ihre Häuser, die überwiegend halbleer und aufgeräumt waren. Dafür war ihr Leben ein um so größeres Durcheinander. Gaby hatte immer den Verdacht gehabt, daß dies auf Architekten mehr zutraf als auf andere Berufsgruppen. Sie hatte oft gedacht, daß es an der mangelnden Regelmäßigkeit ihres Tagesablaufs lag. Ihre Arbeitstage verliefen ungleichmäßig, veränderlich, angefüllt mit Menschen und den Launen der Menschen. Angefüllt mit Frauen. Zum Beispiel Alan: Was hatte er heute vor? Er hatte ein Haus im Bau, darum würde er vermutlich hingehen und nachsehen, ob alles nach Plan lief, vielleicht mit den Klienten – den Besitzern – Kontakt aufnehmen, falls es Probleme zu lösen galt. Er hoffte auf mindestens zwei weitere Projekte, von denen Gaby wußte, eine kleine Kirche in Vermont (dort war Geld das große Fragezeichen) und ein großer, komplizierter Anbau an einem der alten Häuser im Dorf. Deshalb würde er Zeit im Büro verbringen, Zeit am Telefon, vielleicht eine Verabredung zum Kaffee, Lunch oder einem Drink mit dem einen oder anderen. Er würde sie bezaubern, amüsieren, überreden, daß dieses oder jenes Detail oder Fassadenmaterial oder Fenster die zusätzlichen Kosten wert sei, im Verhältnis dazu, was sie davon haben würden. Überredungskünste. Ästhetische Bekehrungen. Verführung im Grunde. Und es waren häufiger die Frauen als die Männer, denen es darauf ankam, die überredet werden mußten. Vielleicht war das die Art und Weise, wie Architekten in Schwierigkeiten gerieten.

Gaby seufzte. Sie hatten gewiß ihren Anteil an Schwierigkeiten gehabt. Und sie durchgestanden. Obwohl Gaby, nicht Alan den Grund für die letzte Krise abgegeben hatte, mit ihrem Verhältnis. Und dieses Haus war, wie sie sehr wohl wußte, auch eine Verführung, dazu gedacht, sie zurückzuerobern. Es sollte dafür sorgen, daß sie sich von neuem in Alan verliebte.

»Laß es«, hätte sie am liebsten gesagt. »Das ist nicht nötig.«

Aber er hatte es für nötig befunden. Und sie nahm an, daß es in gewisser Hinsicht auch funktioniert hatte. Sie liebte das Haus. Aber andererseits hatte sie nie aufgehört, Alan zu lieben, auch wenn er das vielleicht nicht glauben mochte.

Es war nicht Gabys erster Seitensprung gewesen. Sie hatte zu Anfang ihrer Ehe schon einmal ein Verhältnis gehabt, ehe die Kinder geboren wurden, aber davon hatte Alan nie erfahren. Damals hatten sie ohnehin Probleme miteinander gehabt, zu einer Zeit, als Alan unzählige Geliebte gehabt hatte – damals hatten sie es eine offene Ehe genannt und das Wort Untreue sorgfältig vermieden.

Nein, Gabys wahrer Liebhaber, wie sie selbst ihn nannte, war zwei Jahre vor dem Haus gekommen. Sie hatte Alan erst davon erzählt, als es vorbei war. Und dann hatte sie törichterweise geglaubt, es als eine Art *Fait accompli* darstellen zu können, als Grund dafür, daß sie sich vorübergehend von ihm zurückgezogen hatte, als sei es passiert, und nun sei es vorbei.

Er war schockiert gewesen, und dann empört. Er hatte sich von ihr abgewandt, hatte mit dem Rücken zu ihr am Fenster gestanden. Dann hatte er auf einmal den Arm gehoben, und das Glas war zerschmettert.

Überall war Blut gewesen. Gaby hatte nach einem sauberen Handtuch gegriffen und es fest um Alans Hand gewickelt. Sie hatte den Jungen zugerufen, sie sollten das Abendessen auf den Tisch bringen und hinterher aufräumen, sie wisse nicht, wann sie und Alan zurück sein würden. Und dann hatte sie ihn in die Klinik gefahren.

Danach hatte die Wartezeit begonnen, während derer sie nicht gewußt hatten, ob Alans Hand richtig verheilen würde. Und Alans

Fragen, die Gaby nicht beantworten mochte. Sie wolle nicht darüber reden, hatte sie gesagt. Sie habe keine Lust auf Frage- und Antwortspiele.

Aber Alan natürlich schon. Und allmählich fand er fast alles heraus, was er wissen wollte.

Der Mann war wesentlich jünger als Gaby. Sie hatte ihn im Geschäft kennengelernt – er war jeden Morgen für einen Kaffee und ein Brötchen hereingekommen. Sie war davon ausgegangen, daß sie vielleicht ein-, zweimal miteinander schlafen würden. Sie war davon ausgegangen, weil er jünger war, »und ziemlich attraktiv«, wie sie Alan mitgeteilt hatte, daß er nur eine kurze Affäre mit ihr im Sinn hatte.

Sie hatte darauf hingewiesen, daß Alan damals häufig fortgewesen sei, daß er das Projekt in Dallas gehabt habe.

Dallas. Das war vor acht Monaten gewesen. »Demnach hat diese, diese Affäre, die erst vor kurzem geendet hat, vor acht Monaten angefangen.«

Richtig, hatte sie gesagt. Aber sie sei schon vor zwei Monaten vorbei gewesen. Und jetzt bitte keine Fragen mehr.

Aber Alan war nicht davon abzubringen. *Sechs Monate!* Sechs Monate lang war also alles eine einzige Lüge gewesen. Alles Schöne, das zwischen ihm und Gaby passiert war. Alles war passiert, während Gaby an einen anderen gedacht, sich nach einem anderen gesehnt hatte.

So war es nicht, hatte sie entgegnet. Überhaupt nicht.

Wie war es denn dann, hatte er wissen wollen. Wie war es, mit *ihrem Freund* zu schlafen? Wie war es zu der Zeit, mit Alan zu schlafen?

Und dann all die anderen Fragen. Wer war er? Was war er von Beruf? Wo waren sie für ihre Treffen hingegangen? Wie oft? Kam er immer noch im Geschäft vorbei?

Gaby hatte versucht, ihn abzuwimmeln, doch er entdeckte, daß sie sich irgendwie verpflichtet fühlte, zu antworten, wenn er eine Frage stellte, die mit einem schlichten Ja oder Nein beantwortet werden konnte. Als er sie fragte, was sexuell zwischen ihnen vorgegangen sei, hatte sie den Mund verzogen und sich von ihm abgewandt, aber es gab vieles, das er mit anders formulierten Fragen herausfinden konnte.

Sie hatte ihn damals oft dabei ertappt, wie er sie abschätzend betrachtete, bemüht, wie sie annahm, ihre Attraktivität für einen anderen zu bewerten. Sie war mit den Jahren ein wenig schwerer geworden, ohne drall oder dick zu sein. Und doch war sie solide, solide und breit gebaut. Sie hatte einen kleinen, kräftigen Körper, der eigentlich nackt besser aussah als bekleidet.

Es war zu Anfang des Frühjahrs gewesen, daß sie ihm das Verhältnis gestanden hatte. Eines Tages im Spätsommer, als bereits abzusehen war, daß seine Hand wieder funktionsfähig sein würde, hatte sie das Haus betreten, in dem sie damals lebten, das alte, verfallene Haus, das sie im Dorf gekauft hatten. Sie hatte den Garten gespritzt. Sie trug einen Bikini. Sie war barfuß, und ihre Füße waren naß und voller Grashalme. Sie war rundum braungebrannt, wie sie es im Sommer zu sein pflegte, und ihr kurzes, lockiges Haar war an der Stirn und im Nacken feucht. Sie hatte Alan eine Geschichte zu erzählen. Ein junges Paar war soeben am Haus vorbeigekommen, ein jugendliches Paar. Ihr Nachbar hatte am frühen Morgen seine Wiese gemäht, und der süße Duft nach frischem Gras war allgegenwärtig. »Himmel«, hatte das Mädchen zu dem Jungen gesagt. »Ist dir der Gestank von frisch gemähtem Heu nicht auch zuwider?«

Gaby hatte gelacht, als sie die Worte wiederholte, und Alan hatte ebenfalls gelacht. Dann war er verstummt und hatte sie unentwegt angesehen, ihren Körper, ihre Beine und Füße, und sie hatte gewußt, woran er wieder einmal dachte. Nach einer Weile stellte er die allerletzte Frage. »Du bist also fertig mit ihm. Das war's.«

Gaby hatte gezögert und dann geseufzt. Sie hatte ihm den Schmerz und sich selbst den Schmerz der Offenbarung ersparen wollen. Doch dann hatte sie mit müder Stimme gesagt: »Im Gegenteil, würde ich sagen, Liebling: Er ist ein für allemal fertig mit mir. Aber das war's tatsächlich.«

Sie hatte gehört, wie er scharf einatmete, doch er hatte sich abgewandt, noch ehe sie seine Reaktion sehen konnte. Sie hatten nie wieder über das Verhältnis gesprochen. Es gab nichts mehr, was er hätte fragen können.

Gaby hätte nicht sagen können, warum genau Alan danach nicht mehr auf den Vorfall zu sprechen kam, sondern anfing, ihr Haus zu planen – er behielt es im Kopf und veränderte es dort, bis seine Hand geheilt war und er beginnen konnte, es zu Papier zu bringen. Er hatte sie überrascht, mit seinem plötzlichen Enthusiasmus, den er für das Projekt aufbrachte. Sie selbst fühlte sich nach wie vor angegriffen und war auf der Hut. Es wäre das letzte gewesen, was ihr eingefallen wäre, soviel Energie für den Bau eines Hauses aufzuwenden, auf Alan, auf Fenster und Arbeitsflächen und Griffe und Haushaltsgeräte. Andererseits wurde ihr fast augenblicklich klar, daß er mit alledem um sie warb, daß er ihr zeigte, was er wert war. Und obwohl sie zunächst mit zerstreuter Duldsamkeit darauf reagiert hatte, wurde sie langsam mit hineingezogen, genoß sie es bald selbst, das Gebäude zu planen, in dem sie während der langen Jahre, die vor ihnen lagen, zusammen leben würden.

Gaby sieht sich um, betrachtet Alans Geschenk, das ihr bis in die Einzelheiten vertraut ist, das sie immer noch rührt, wenn sie daran denkt, wie es zustandegekommen ist.

Aber Gaby hat außerdem ein Bild von dem Haus im Kopf, von dem Alan nichts weiß und das er sich auch nicht vorstellen könnte, ein Bild, das gelegentlich aufscheint, wenn sie besonderes Vergnügen an ihrer Umgebung empfindet, eine Warnung am Rande.

Sie war eines Tages zum Haus gegangen, allein, zwei Tage vor ihrem geplanten Einzug. Sie war auf dem Nachhauseweg vom Geschäft, und es war ein spontaner Entschluß, in ihre neue, lange Auffahrt einzubiegen – um das Haus ein letztes Mal leer zu sehen, um allein durch das hallende Innere zu gehen, um in den kahlen, offenen Räumen ihre eigenen Schritte zu hören. Um sich einzureden, daß ihr Leben von neuem beginnen würde, die Illusion, die wir alle hin und wieder brauchen, der Impuls, der sie vermutlich schon zu ihrem Seitensprung getrieben hatte. In den Seitensprung, der zu alledem geführt hatte: zu dem Haus, das sie zusammen geschaffen hatten. Das Alan für sie geschaffen hatte. Seltsam, hatte sie gedacht, während sie unter den krummen Ästen des Hohlwegs hindurchfuhr, seltsam, wie sich alles geregelt hat.

Zu ihrer Überraschung hatte die Tür offengestanden, aber vor dem Haus waren keine Autos geparkt. Gaby war ahnungsvoll erschauert. Einige Bierdosen lagen verstreut im festgetretenen Lehm. Sie hatte sich nicht damit aufgehalten, sie einzusammeln, sich aber auch nicht beeilt. Sie war im Rhythmus ihres Pulsschlags hineingegangen, der ihr auf einmal in den Ohren pochte. Sie hatte von Häusern in der Umgebung gehört, die mutwillig verschandelt worden waren. Meist hatte es sich um die Ferienhäuser von Leuten gehandelt, die nur im Sommer da waren, Häuser am Ende einer Gasse oder langen Auffahrt wie der ihren, die außerhalb der Saison für Partys oder nur zum Spaß am Wochenende benutzt wurden, nachts, wenn niemand da war, der hören konnte, was dort passierte. Aber die Besitzer der Ferienhäuser waren reich, sie lebten nicht am Ort. Sie und Alan schon. Sie gehörten zur Gemeinde. Sie kannten jeden. Gaby servierte den Fischern, wenn sie morgens von den Booten kamen, regelmäßig Kaffee. Sie kannte ihre Kinder von der Baseballmannschaft, vom Hockey, Fußball oder von Basketballspielen in der Schule. Uns darf man so etwas nicht antun, hatte sie gedacht. Nicht unserem Haus.

Sie hatte in der offenen Tür gestanden. Wer immer das getan hatte, hatte im begrenzten Rahmen ganze Arbeit geleistet. Es gab keine Möbel, die man hätte verwüsten, keine Gegenstände, die man hätte stehlen, kein Geschirr, das man hätte zerschmettern können. Aber die Übeltäter hatten ringsum Bier verschüttet – der Boden war davon klebrig, die Dosen überall verstreut. Sie hatten Reinigungsmittel darübergespritzt. Gaby entdeckte die Flasche Geschirrspülmittel auf dem Boden in der Nähe der Kücheninsel und nahm an, daß deren Inhalt mit zu dem Gebräu gehörte. Sie hatten Toilettenpapier von der Rolle gewickelt und darübergebreitet, das nun kreuz und quer als festliche Girlanden herumlag, an einigen Stellen naß und festgeklebt, an anderen lose flatternd oder zitternd in der Brise, die durch die geöffneten Fenster hereinkam. Mehrere Fenster waren beschmiert und mit Handabdrücken geschmückt sowie der üblichen Ansammlung zotiger Sprüche.

Ihr erster Gedanke – der einzige Gedanke, den sie zunächst fassen konnte, von einer gewissen abstrakten Wut abgesehen – war gewesen, daß Alan das nicht sehen durfte. Er durfte nicht sehen, was man seinem Haus angetan hatte, seinem Geschenk an sie. Sie hatte ihre Schritte beschleunigt, keuchend, ohne es zu bemerken, und war zum Auto zurückgekehrt. Sie war ins Einkaufszentrum gefahren und hatte Müllsäcke gekauft, fünf Rollen Haushaltspapier, einen Mop, einen Plastikeimer, Geschirrtücher, Seife, Bodenwachs, Salmiakgeist.

Als sie zurück war und die Einkaufstüten ins Haus schleppte, war ihr aufgefallen, was sie zuvor nicht gesehen hatte: daß der Schlüssel in der Tür steckte. Alan hatte einen, aber diesen hier hatten sie für sich beziehungsweise die Bauarbeiter unter einem Stein an der Hausmauer hinterlegt. Sie war die Treppe hinuntergestiegen, war dorthin gegangen, wo der Schlüssel hätte sein sollen, und hatte den Stein umgedreht. Nichts. Wer immer es gewesen war, er hatte gewußt oder gesagt bekommen, wo der Schlüssel zu finden war.

Während sie meist auf Händen und Knien den Nachmittag durchgearbeitet, mit den Haushaltstüchern die Paste und das durchweichte Papier aufgewischt und einen Müllsack nach dem anderen gefüllt hatte, hatte sie darüber nachgedacht: Wer könnte es gewesen sein? Warum? Außer der regulären Mannschaft – die sie augenblicklich als mögliche Täter ausschloß: sie liebten das Haus – gab es eine lange Liste von Bauarbeitern zu bedenken. Dennoch tauchten ungerechterweise die Gesichter der anderen vor ihrem inneren Auge auf – der Steinmetz, der Fliesenleger, der Klempner, der Elektriker. Mit größerer Wahrscheinlichkeit ihre manchmal stumpfsinnigen, verdrießlichen Helfer. Erst als sie fertig war und daran dachte, in die übrigen Zimmer zu schauen, nur um sicherzugehen, daß dort alles in Ordnung war, entdeckte sie den kleinen Kothaufen, der in einem Winkel ihres Schlafzimmers vor sich hin stank. Und dachte: *Teenager.* Vermutlich war in dem feuchten Mischmasch, in dem sie den ganzen Nachmittag gekniet hatte, auch Urin dabeigewesen. Sie kontrollierte alle anderen Zimmer und fand einen zweiten Haufen, der trotzig neben die Toilette im Gästebad gesetzt worden war. Auf einmal sah sie die Gesichter ihrer Söhne vor sich. Sie waren abends zuvor, am Freitag, beide ausgewesen, und beide waren zur vereinbarten Zeit wieder heimgekommen. Ettie um elf, Thomas um Mitternacht. Thomas hatte das Auto gehabt. Ettie war von einem Freund heimgebracht worden, der fahren konnte.

Nachdem Gaby die beiden Haufen aufgewischt und den Boden an der Stelle geschrubbt hatte, wo sie gelegen hatten, trug sie sämtliche Müllsäcke hinaus zu ihrem Wagen. Sie räumte die Reinigungsmittel in die Schränke, die Alan dafür vorgesehen hatte. Sie schloß die Tür ab und steckte diesmal den Schlüssel ein.

Der Schuttabladeplatz war inzwischen geschlossen, so daß sie die Säcke nicht mehr hatte hinbringen können. Statt dessen war sie zurückgefahren ins Geschäft – nur ein wenig früher, als sie sonst ohnehin wiederkam, um abzuschließen – und hatte die Abfallsäcke einen nach dem anderen hinten in die Mülleimer geworfen. Dann war sie hineingegangen und hatte sorgfältig ihre Hände und Arme bis zu den Ellbogen hinauf gewaschen. Dann ihr Gesicht. Dann hatte sie sich auf die Theke gesetzt, die Beine angezogen und sie in das tief eingelassene Spülbecken gesteckt. Ihre Knie waren rot und wund. Sie hatte sie behutsam geschrubbt, sich dann vorgebeugt, um Waden und Füße zu erreichen, sich die Schenkel hochgearbeitet fast bis zum Schritt. Das Wasser war über ihre Knöchel, ihre breiten Füße gerauscht. Gaby hatte die Ellenbogen auf die Knie gestützt und hatte beobachtet, wie es einen Strudel bildete und im Abfluß verschwand.

Bei ihrer Rückkehr war Alan im Gemüsegarten gewesen. Er hatte ihr zugewinkt, und sie war hineingegangen. Beide Jungen hatten in der Küche gesessen und gegessen. Das Brot lag ausgepackt auf dem Schneidebrett, und die Arbeitsfläche war mit Krümeln übersät.

»Wo warst du bloß, Mama?« hatte Ettie gefragt. Sie hatten von ihr

erwartet, daß sie am Nachmittag daheim im Bett zu finden sei. Sie hatten von ihr erwartet, daß sie ihnen einen Imbiß servierte, ehe sie noch einmal ins Geschäft fuhr.
Gaby hatte vom einen zum anderen geblickt. Unschuldig, unschuldig. Beide hatten gekaut, Ettie ordentlich, denn seine kompakte natürliche Anmut zeigte sich selbst in diesem geringfügigen Akt. Thomas hatte einen Milchschnurrbart auf der Oberlippe, und er machte bei jeder Kaubewegung den Mund auf.
»Ich mußte im neuen Haus eine fürchterliche Schweinerei aufwischen«, hatte sie gesagt und erneut zwischen ihnen hin- und hergeblickt.
Beide Münder hatten zu kauen aufgehört. Thomas' Hand war mit dem Brot in der Luft verharrt. Ettie hatte Thomas angesehen. »Siehst du?« hatte er triumphiert. »Hab ich dir nicht gesagt, daß du diesen Typen nicht trauen kannst.«
»Halt die Klappe!« hatte Thomas gezischt.
Sie hatten alle drei schweigend dagestanden. Keiner der Jungen hatte es gewagt, Gaby anzuschauen.
Also war es Thomas gewesen, eindeutig. Gaby war rasch vorgetreten, hatte ihm rasch zwei Ohrfeigen verpaßt, zwei *gifles*.
Er war zurückgewichen, die Augen weit aufgerissen, tränenschwer und verletzt.
»Niemand von uns wird eurem Vater gegenüber davon etwas erwähnen«, hatte Gaby zu beiden gesagt. Dann hatte sie sich an Thomas gewandt. »Und ich möchte, daß du darüber nachdenkst, wie du dich bei mir dafür entschuldigen kannst, daß ich die Scheiße von deinen Freunden mit den Händen aufsammeln mußte.« Sie hatte kurz die Hände gehoben, mit den Handflächen nach oben, als wolle sie sie ihm reichen, und war dann hinausgegangen.
Natürlich hatte sich Thomas unzählige Male und unter Tränen entschuldigt. Die Sache war trauriger gewesen, als Gaby sie sich vorgestellt hatte. Er war in jenem Alter so unbeliebt, so schwierig gewesen, und er hatte geglaubt, sein Sozialleben dadurch verbessern zu können, daß er einen Ort für eine Party anbot, wo garantiert keine

Erwachsenen waren, wo man mit Sicherheit ungestört sein konnte. Doch die anderen hatten sich geweigert, das Haus zu verlassen, als er sie dazu aufgefordert hatte, und er hatte heimkommen müssen, er hatte Sperrstunde gehabt. Aber, hatte er versichert, sie hätten ihm versprochen, er habe sie versprechen lassen, daß sie aufräumen würden, ehe sie gingen. Und er habe einen von ihnen am nächsten Morgen angerufen, und der habe gesagt, selbstverständlich hätten sie aufgeräumt, und was Thomas sich eigentlich denke? Daß sie völlige Idioten wären?

Wenn Gaby nun daran zurückdenkt, verbindet sich die Vision des Hauses an jenem Tag mit dem Anblick von Thomas' tränenüberströmtem jungen Gesicht, und sie ist gleichzeitig traurig und gerührt. Sie fühlt sich ergriffen von dem Haus, ja, von dem Gefühl, daß es ein Geschenk an sie ist, aber auch seltsam bedrückt von seiner Wichtigkeit für ihre Ehe, von dem Gefühl, Alan beschützen zu müssen, das damit zusammenhängt.

Um so seltsamer ist es, daß Lilys Geschenk dafür gesorgt hat, daß sie sich endlich heimisch fühlt. Lily, der sie ihrer Ansicht nach alles hätte verzeihen können, bis auf das, was sie offensichtlich am besten konnte: Alan kleinmachen, ihn bei ihren beinahe täglichen Rangeleien kindisch und unernst erscheinen zu lassen.

Während das graue Licht nun weiter dahinschmilzt, seufzt Gaby, spült ihre Tasse aus, stellt die Milch zurück in den Kühlschrank. Sie schlüpft in ihre Clogs, schwingt sich die große Tasche über die Schulter und geht durchs Zimmer. Als sie hinter einem von Lilys Sesseln vorbeikommt, legt sie die Hand auf die geschnitzten Früchte oben in der Mitte der gerundeten Rückenlehne und streicht kurz über die glatten Formen – über Äpfel, Birnen und Weintrauben und über die massiv geäderten hölzernen Blätter.

4

Wie Lily selbst hatte auch Violet Roberts, Lilys Mutter, nach den Verhältnissen ihrer Zeit spät geheiratet. Und Henry Roberts war zweiundvierzig, als Violet seine Frau wurde. In den ersten sechs Jahren ihrer Ehe hat Violet sechs Fehlgeburten durchgemacht. Als Lily ein wenig verfrüht geboren wurde und am Leben blieb, herrschte, was ihre Pflege und Erziehung anging, eine beinahe religiöse Vorsicht und Behutsamkeit, die wie ein ewiges Wetter über ihrer Wiege hingen, über ihrem Kinderbett und dann über ihrem großen Bett.

Nach Lily gab es keine Kinder mehr. Sie wuchs in einem Haushalt voller Erwachsener auf, von denen die meisten zwei Generationen älter waren als sie. Henry, der fast fünfzig war, als Lily kam, war 1861 geboren. Obwohl er ein erfolgreicher Geschäftsmann war – leitender Angestellter bei der Lebensmittelfirma Pillsbury –, war er außerdem der viktorianischen Epoche entsprungen, und sein Gebaren war entsprechend starr und distanziert. Violet stand ohnehin in seinem Schatten, und was sie als junge Frau an Kraft gehabt haben mochte, war längst aufgebraucht durch den Kummer über die winzigen Kinder, die sie geboren, in Rüschengewänder gekleidet und begraben hatte.

Während ihrer gesamten Kindheit und Jugend zogen Lily und ihre Mutter am Sonntagnachmittag, wenn Henry seinen rituellen Mittagsschlaf hielt, noch einmal Mantel und Hut an, die für den Kirchengang bestimmt waren, und gingen auf den Friedhof, um die Blumen oder Gebinde vor den kleinen runden Grabsteinen auszuwechseln – deren jeder mit einem Namen und einem einzigen Datum versehen war, Geburt und Tod in einem. Violet sprach von jedem der grasbewachsenen Hügel, als wäre er das Kind, das darunter begraben lag (»Henry sieht wieder einmal furchtbar aus«); und mit der Zeit gelangte auch Lily dahin, daß sie der Anordnung der Buchstaben eines jeden Namen, der besonderen Art, wie sich der Boden über jedem der kleinen Gräber wölbte, eine irgendwie geartete Persönlichkeit zuschrieb. Auf jeden Fall soviel, wie sie selbst besaß.

Der ganze Haushalt war auf Lily ausgerichtet, jedoch auf seltsame Art – ohne ein einziges Zugeständnis daran, daß sie ein Kind war. Die Sorge galt hauptsächlich ihrem körperlichen Wohlergehen, eine Zwangshandlung für ihre vom Tod gezeichnete Mutter. Sie wurde regelmäßig mit Salbe eingerieben, mit Lebertran gefüttert und bekam allwöchentlich einen Einlauf. Die ganze Familie hing Horace Fletchers Theorie vom Lebensglück durch gründliches Kauen an, und ihre Mahlzeiten verliefen schweigend, bis auf das endlose Mahlen der Kiefer – und die gelegentlichen Erklärungen ihres Vaters zum Thema Politik. Zum Trinken wurden selbst bei Tisch gläserne Strohhalme verwendet, und das leise musikalische Klirren, mit dem diese Halme an die Wand der Gläser stießen, unterstrich die übrigen gedämpften Geräusche.

Lily wuchs zu einem merkwürdigen Kind heran, beinahe leblos bis auf ihre übergroße Vorsicht. Sie trug Kleidung, die gleichzeitig zu fein war – als wäre jeder Tag ein Sonntag – und seltsam schäbig. (Oft wurde sie so gekauft oder genäht, daß sie zu einem Kleid oder Mantel ihrer Mutter paßte, die inzwischen Mitte vierzig war.) Lily hatte auch eine eigentümlich altjüngferliche Art zu sprechen. Sie bezeichnete Kinder in ihrem Alter als »Gören« oder »kleine Wichte«.

Sie war bei anderen Kindern nicht besonders unbeliebt – es war nicht genug an ihr dran, um sie unbeliebt zu machen. Sie ignorierten sie schlicht. Lily war von so vielen Beispielen umgeben, wie schmerzlich es sein konnte, nicht ignoriert zu werden, daß sie dankbar war für alles, was dazu führen mochte – ihre eigene stille Art, der Reichtum ihrer Familie –, daß sie unsichtbar bleiben konnte. Und sie war unsichtbar, obwohl sie ein außerordentlich hübsches Kind war, denn andere Kinder bemerken Lebendigkeit, lange bevor sie Schönheit erkennen können, und in dieser Hinsicht gab es an Lily sehr wenig zu bemerken.

Als Lily mit sechzehn Jahren Kinderlähmung bekam, hatte es den Anschein, als sei ein langjähriger Bann gebrochen, der über dem Haus gelegen hatte: Das, worauf sie alle gewartet hatten, war endlich passiert. Violet empfand eine Art ungestümer Erleichterung, eine Kraft und Entschlossenheit in ihrem Kummer, und Henry war plötzlich sehr zuvorkommend. Die Monate, während derer Lily im Krankenhaus lag, waren die ersten, die sie fern ihrer Familie verbrachte. Das Essen war anders, es gab zu den Mahlzeiten gesüßte Getränke, die in Lilys Erinnerung grundsätzlich rot waren. Die übrigen Kinder wurden, wenn sie nicht todkrank waren, von den Krankenschwestern ermuntert, herumzutoben, und Lily hatte zum ersten Mal Freunde, lernte Schimpfworte und hörte Geschichten über die interessante und für sie gänzlich bizarre Art, wie es in anderen Haushalten zuging.

Wenn Violet im Krankenhaus zu Besuch war, erschien sie wie verwandelt – dynamisch, beharrlich verlangte sie von Lily, sich selbst zu zwingen, sich mehr zu fordern, sich mehr zu bewegen. Lily begriff, daß ihre Mutter ihr Leben lang für diesen Augenblick geübt hatte, daß sie ihre Willenskraft an Lily weitergab. Und Lily begriff auch, daß es Violets Willenskraft, die langsam die ihre wurde, zu verdanken war, wenn sie überlebte. Die Krankenschwestern hatten gegenüber manchen Kindern eine laxe Haltung: Obwohl es ihnen nicht schlechter zu gehen schien als anderen, galten sie irgendwie nicht als das, was die Schwestern als »Kämpfernaturen« bezeichneten. Sie würden es nicht schaffen. Lily erkannte, daß sie eine Kämpfernatur war, erst beinahe gegen ihren Willen und dann, als sie es in sich entdeckt hatte, genau deswegen.

Sie wurde in jenem Sommer auf die Farm ihrer Großmutter geschickt, um ihre Genesung fortzusetzen. Es handelte sich um die Mutter ihres Vaters, uralt und geistesabwesend, die im Haus vor sich hin redete – sie plauderte und lachte derart munter, daß Lily die ersten paar Male, daß sie es hörte, überzeugt war, daß Besuch gekommen sei, und sich auf ihrem Zimmer versteckt hatte. Auf der Farm gab es außerdem drei Vettern und Basen, die in einem zweiten Haus auf dem Anwesen wohnten. Man erwartete von Lily, daß sie mit ihnen spielte, daß sie draußen blieb und ihrer Großmutter aus dem Weg ging. Und das tat sie auch, obwohl sie schon viel zu alt war, um noch im eigentlichen Sinn zu spielen. Aber sie war immer noch so wenig an andere Kinder gewöhnt, daß sie sich der Aufgabe mit naiver Energie widmete, weshalb sie als Zehn- oder Zwölfjährige durchging. Jedenfalls schienen die anderen sie als Kind zu akzeptieren, trotz ihres erwachsenen Körpers. Sie gingen mit ihr um, als hielten sie sie für behindert, irgendwie zurückgeblieben oder beschränkt. Aber bei ihren Spielen war sie ihnen wirklich eine Hilfe. Eine der stärksten, klarsten Erinnerungen an ihre Jugend ging auf diese Umstände zurück. Lily hatte sie in ihr Buch aufgenommen.

Maggie und ich waren hinuntergegangen auf die ungemähte Wiese, um Gänseblümchen zu pflücken und daraus Kränze für unser Haar zu flechten. Ich hatte das noch nie gemacht, und Maggie mußte mir zeigen, wie es geht. Sie verlangsamte das Tempo ihrer geschickten kleinen Hände, so daß ich sehen konnte, wie sie die Stengel umeinanderschlang. Wir hockten jede für sich im hohen Gras und mußten uns kaum rühren, um die scheinbar unendliche Vielzahl der Blumen zu erreichen. Maggie saß ungefähr zwei Meter von mir entfernt, und es kam mir vor, als würde ich sie, meine hübsche kleine Cousine, durch einen Schleier sehen, der aus den hohen Grashalmen gemacht war, den Gänseblümchen und Butterblumen, die über den niedrigen Erdbeersträuchern nickten. Sie trug, daran erinnere ich mich, eine geblümte Schürze über ihrem Kleid. Die Sonne stand hoch, und die Hitze war für Maine ungewöhnlich brütend. In unserem luftlosen Universum roch ich die Erdbeeren, hörte das stetige tiefe Summen von tausend Bienen, die in diesem Blütenmeer herumflogen. Mit Sorgfalt schlang ich die abgerissenen grünen Stengel mal links, mal rechts herum zu Zöpfen und stellte mir dabei vor, dies sei eine Krone, die auf magische Weise mein wahres Ich offenbaren würde.

Plötzlich hielten Maggie und ich gleichzeitig inne. Wir saßen still da und blickten einander an. Meine Tante Lydia, Maggies Mutter, hatte nach uns gerufen. »Lily?« Die Stimme ließ die zweite Silbe eine Tonstufe höher klingen. »Maggie?« Wieder und immer wieder. Wir sahen uns an und antworteten nicht. Wir fühlten uns gleichzeitig als Fremde, die sich nicht genötigt sehen, einander zu erkennen, und als Verschwörer, die stillschweigend einen Pakt abschließen. Bald darauf entfernte sich die Stimme, und wir konnten nur noch das klägliche Echo, das »Iii?«, »Iii?« der wiederholten zweiten Silbe unserer Namen hören, wie ein Vogel, der in der Ferne ruft. Dann war es vorbei. Wir seufzten tief, beugten uns wieder über unsere Arbeit und waren uns in unserer abgeschiedenen Welt näher als je zuvor. Ich habe mich, glaube ich, einem anderen Menschen nie näher gefühlt. Noch heute kann ich an einem heißen Tag, wenn ich die Bienen summen höre, die Augen schließen und um mich herum das sanfte Wogen der Gräser und Blumen sehen, den üppigen heißen Duft des Sommers riechen und Sehnsucht nach einem solchen Gefühl der – willentlich herbeigeführten – Einheit mit einem anderen Menschen empfinden. Denn ich war überzeugt, daß ich für den Vorfall verantwortlich war. Ich, Lily Roberts, hatte an jenem Ort gespürt, wie sich mein Wille regte und bemerkbar machte und sich dem eines anderen Menschen zugesellte.

Warum wir meiner Tante nicht geantwortet hatten, weiß ich nicht genau. Nur daß es nicht sein durfte, das wußten wir. Es war nicht statthaft, es durfte ihr nicht gestattet werden! Und darum wurde es ihr nicht gestattet. In diesem Augenblick erfuhr ich ein solches Gefühl des Triumphs und der Freude, ein solches Gefühl der Erkenntnis meiner selbst, meiner selbst als *Lily*, daß ich es nie vergessen werde.

In ihren Memoiren hatte Lily das Wiederauftreten dieses Gefühls im Laufe ihres Lebens verfolgt – ihr *Lily-Sein*, könnte man sagen. Der schnelle Triumph und die ebenso schnelle Unterdrückung des Gefühls, als sie für Roosevelt gestimmt hatte und deshalb von ihrem Vater aus Vassar abgezogen wurde, dem Elitecollege für Frauen – ja, so war es ihr in Erinnerung geblieben, als beinahe physisches Herausziehen. Er kam unangekündigt mit dem Zug nach Poughkeepsie gefahren, nachdem er ihren Brief erhalten hatte. (Der Brief war vorsichtig formuliert und höflich. Er legte mit penibler Logik die Gründe dar, warum Lily Roosevelt Hoover vorgezogen hatte. Er war unterschrieben mit »Deine auf immer hingebungsvolle Tochter, Lily«.) Bis sie erfuhr, daß ihr Vater auf dem Universitätsgelände war, hatte er bereits den Dekan aufgesucht und angeordnet, daß ihre Habseligkeiten gepackt und ihr nachgeschickt wurden. Er gab ihr zwanzig Minuten, um einen Übernachtungskoffer zu packen, und dann ging er geradewegs mit ihr zum Bahnhof. Er sprach auf der langen Heimfahrt kein Wort mit ihr, und sie spürte fortan kein Regen ihrer Willenskraft, ihres Selbstwertgefühls mehr, bis sie Paul Maynard kennenlernte, der gekommen war, um als Aushilfspastor in ihrer Kirche zu fungieren, solange Dr. Atherton krank war.

Und nun sitzt Lily im Gästezimmer von Alans Haus, das nach ihren Wünschen eingerichtet worden ist, und geht die Briefe durch, die ihr Paul damals und ein wenig später geschrieben hat, vor ihrer Ehe, als er bereits vorausgefahren war zu der Kirche in Ohio. Alan und Gaby haben ein Mädchen für sie eingestellt, Noreen, dumm wie Bohnenstroh, aber gutherzig, das ist Lily bereit zuzugestehen. Und Noreen hat Lily für den Morgen zurechtgemacht. Den Karton mit Papieren – hauptsächlich diesen Briefen, aber auch einigen von ihrer Mutter – hat sie vor ihr auf den Tisch gestellt, und gleich daneben eine Schale Haferbrei mit Ahornsirup, der inzwischen kalt geworden ist.

Nachdem Lily einen jeden Brief langsam und nachdenklich ein letztes Mal gelesen hat, reißt sie ihn mit zittriger Präzision erst einmal, dann ein zweites Mal durch und läßt ihn in ihren Papierkorb fallen, der zu diesem Zweck dicht an ihren Sessel herangeschoben worden ist. Sie tut dies alles, weil sie alt ist. Sie meint, daß sie im Sterben liegt. Das Sterben hat begonnen. Und sie hat der Welt genau das hinterlassen, was sie nach ihrem Willen über Paul und sie, über ihre Liebe, ihre Ehe und deren Ende erfahren soll. Diese Briefe gehen außer ihr niemanden etwas an. Sie möchte nicht, daß irgend jemand, und sei es ein Familienmitglied, darin herumwühlt, nachdem sie nicht mehr ist. (So hat sie es Noreen gegenüber formuliert, und die hat ihr recht gegeben. Und während sie es sagte, hatte sie es sich genauso vorgestellt: große Hände, tierische Pranken, die mit keinem bestimmten Körper verbunden waren, die brutal in ihren Briefen herumwühlten – in ihren Erinnerungen – und sie aus schierer Achtlosigkeit verstreuten. Die sie, so sah es Lily, *verletzten*.)

Die Korrespondenz ist in Schnellheftern abgelegt, nach Jahren geordnet, gewöhnlich drei oder vier Jahre in einem Hefter, aber manchmal auch nur eines, wenn es viele Briefe sind. Lily hat sie so zusammengestellt, als sie ihre Memoiren zu schreiben begann. Sie ist sie seither nicht mehr durchgegangen. Ja, doch, hin und wieder hat sie auf der Suche nach einer bestimmten Erinnerung, um der Idee für eine Geschichte Substanz zu verleihen, einen bestimmten Brief herausgesucht oder ein Jahr ihres Lebens durchgelesen. Aber einige dieser frühen Briefe hat sie seit zwanzig oder noch mehr Jahren nicht mehr gelesen, und ganz gewiß nicht der Reihe nach.

Als Paul nach Ohio umzog, waren sie bereits verlobt und hatten vor, noch im selben Jahr zu heiraten. Paul war allein vorausgereist, »um sich häuslich einzurichten«, womit, das wußten alle, gemeint war: um zu sparen. (Obwohl Lily damals schon an das für sie angelegte Geld herangekommen wäre, durfte ihr Geld, darauf bestand er, nicht für gemeinsame Unkosten verwendet werden.) Die meisten Briefe enthielten lange Schilderungen von gesellschaftlichen Ereignissen in Belvaine, Beschreibungen von Leuten, die sie kennenlernen sollte, insbesondere der Frauen, die gesagt hatten, sie freuten sich auf ihre Ankunft. Manchmal wurde Paul von einer Familie aus der Gemeinde zu einem Tagesausflug eingeladen, um eine in der Nähe gelegene geschichtliche Sehenswürdigkeit oder ein Naturwunder zu besichtigen. Lily ist nun, da sie die Briefe liest, erstaunt über die Kraft, die er für diese Begegnungen und Ausflüge übrig hatte, über die Sorgfalt, mit der er in diesen Briefen auf Details eingeht, über sein Bemühen, ihr einen Eindruck davon zu vermitteln, wie es dort war. Er hatte erreichen wollen, daß sie sich damals schon dorthin gehörig, zu ihm gehörig fühlte.

Ich habe hier oft an Dich gedacht, Lily, und oft richtet sich, wenn ich über ein Ereignis nachdenke, meine Frage darauf, wie Du reagieren oder wie Du etwas Bestimmtes erleben würdest. Das ist einerseits so, als würde ich die Welt mit neuen Augen betrachten, und andererseits ein wenig verwirrend, und gelegentlich tue ich mir dabei selber leid.

Ich habe mit den Barretts einen Ausflug unternommen, zu siebt in ihr Auto gezwängt an einem Tag, an dem die Temperatur bestimmt auf über dreißig Grad angestiegen war, zu einer Erhebung, die hierzulande als »Berg« gilt. Wir haben ihn erstiegen, was eine Ewigkeit zu dauern schien, weil die beiden kleinsten Kinder so langsam vorankamen. Der Berg ist eigentlich ein großer Hügel, aber immerhin hatte er einen weiten und sehr schönen Ausblick über welliges Land zu bieten, wo die Feldraine (oder waren es Wasserläufe, Bäche?) durch Gebüsch oder Bäume markiert waren.
Madam Barrett hatte sich mit dem Picknick selbst übertroffen. Es gab nicht nur Schinken, sondern auch kaltes Huhn, einen Kartoffelsalat, eingemachte Zwiebeln und rote Bete und Gurken, Muffins und zwei Sorten Kuchen. Ach ja, und kalte Limonade und Bier, das Bier für die Herren, also Barrett und mich. Ich habe wie ein Scheunendrescher reingehauen und habe an Mrs. Barretts zuvorkommendem Benehmen gemerkt, daß sie sich meine Junggesellenverköstigung im Pfarrhaus nur allzugut vorstellen konnte.
Auf dem Heimweg haben wir einen langen Umweg gemacht, angeblich, um mir das Tal des Ox River zu zeigen. Barrett redete wie schon beim Essen nahezu ununterbrochen. Ich hatte das Gefühl, daß er Politik betrieb, daß er seine Ansichten über die Gruppe von Männern darlegt, der er in der Kirchengemeinde vorsteht, und über die verschiedenen Fraktionen, die sich herauskristallisiert haben, als sie einen neuen Pastor wählen mußten – ein Verfahren, liebe Lily, das beinahe zwei Jahre gedauert hat. Du siehst also, daß ich etwas ganz Besonderes bin, und daß es keine Kleinigkeit ist, Mrs. Paul Maynard zu werden! Jedenfalls war ich von der Hitze und der Sonne und dem Bier und der ständigen Begleitmusik von Barretts erregter Stimme so benommen, daß ich nach einer Weile drauf gekommen bin, das Experiment zu wagen, selbst mit keinem Wort zu antworten.
Sicher, das Flußtal war üppig grün und auf sanfte Art schön, mit gelegentlichen Ausblicken über das dunkle Wasser auf die dahinterliegenden Felder, aber Barrett hat weder dies noch meine zusammengepreßten Lippen bemerkt. Er hat auf dem ganzen Weg nach Hause ununterbrochen geredet, und ich habe mich insgeheim über den Scherz gefreut, den ich mit ihm getrieben habe.
Und als wir dann alle ausgestiegen waren, ich, um mich zu verabschieden, die Barretts, um sich die Beine zu vertreten und die Sitzordnung zu wechseln, hat mich Mrs. Barrett beiseitegenommen und leise angesprochen. Ob mir etwas nicht bekommen sei, was ich gegessen hätte? O nein, hab ich ihr versichert, es habe alles köstlich geschmeckt. Gut, sagte sie. Und dann betont, aber

vielleicht nicht, ohne selbst amüsiert zu sein: »Ich hab mir nur Sorgen gemacht, weil Sie auf dem Heimweg so still geworden sind.«
Da habe ich mich für mein kleines Spiel geschämt, Lily, und war beeindruckt von ihrer Güte und Achtsamkeit. Sie ist, würde ich meinen, nur wenige Jahre älter als Du, allerdings ausgelaugt durch die Unzahl kleiner Barretts und vielleicht auch durch den großen. Ich habe an jenem Abend um mehr Großzügigkeit im Geiste gebetet, habe aber, wie es mir hier häufig passiert, das Gefühl gehabt, daß ich ohne Anstrengung dazu fähig wäre, wenn Du hier wärst. Da wären Deine Augen, denen mein Blick über einer ungenießbaren Mahlzeit oder einer endlosen Schilderung der nebensächlichen Beschwerden eines anderen hinweg begegnen könnte, und die Aussicht, mich später mit Dir darüber zu amüsieren. Weißt Du noch, wie wir zusammen gelacht haben, nachdem uns die Weeds beim Gemeindefest mit Beschlag belegt hatten? Nicht unfreundlich, meine ich, sondern mit erleichterndem Humor. (Ich erinnere mich, daß ich Dir mein Taschentuch geliehen habe, damit Du Dir die Tränen abwischen konntest, und daß ich es mehrere Tage später als frisch gebügeltes Quadrat zurückbekommen habe, das ich wochenlang in meiner Schublade aufbewahrte, weil ich bei seinem Anblick an Dich denken mußte, lachend, bis die Tränen flossen.) Ach, komm bald, Lily! Und erleichtere mir wieder mein Leben! Nimm einen Teil meiner Bürde von mir.

Dein Dir ergebener
Paul

Nachdem Lily den Brief gelesen hat, legt sie ihn vor sich hin. Die Erinnerung versetzt ihr einen Schock. Vor langer Zeit hatte sie, erfüllt von Wut und Bitterkeit darüber, was Paul – aus ihrer Sicht – ihrer Ehe antat, ihrem Leben zu zweit, ihrer gemeinsamen Kirche, ihre Liebe in ganz anderen Kategorien als jenen beurteilt, die ihr beim Lesen dieses Briefes wieder eingefallen sind. Sie hatte die Lily, die aus dem Haus ihres Vaters ausgezogen war, um Paul zu heiraten, als jemanden gesehen, der von einer erdrückenden Beziehung in eine andere übergewechselt war. Sie hatte über ihre Ehe wie über einen häßlichen Kokon geschrieben, in dessen Innerem sie langsam in ein Wesen verwandelt wurde, das sich nur durch Abstoßen des Kokons daraus befreien konnte. Und genauso erinnert sie sich auch daran, von erbitterter später Einsicht bestimmt. Sie hatte die Freude in ihrem Herzen vergessen – wie hatte sie das vergessen können? –, wann immer seine Briefe kamen, die angenehme Vorstellung, ihr Leben mit dem von Paul zu vereinen.

Paul! denkt sie jetzt, und sie sieht ihn so, wie er damals war: hochgewachsen, mit schweren Knochen, aber mager, und so blond, daß seine Augenbrauen und Wimpern verschwanden und er aus der Ferne betrachtet seltsam alt und gebrechlich wirkte – und aus der Ferne, von der gegenüberliegenden Seite eines Zimmers aus hatte sie ihn zum ersten Mal gesehen, im Gemeindesaal beim Einstandsfest. Aber dann hatte er an ihrem Tisch haltgemacht und war ihnen vorgestellt worden, in der Hand einen Teller, auf dem das Essen so hoch getürmt war, daß Lily sich fragte, ob es ihn nicht in Verlegenheit brachte, solchen Hunger zuzugeben (er hatte ewig Hunger, stellte sie später fest). Da hatte sie gesehen, daß er dichte blonde Augenbrauen und Wimpern hatte. Daß er mit seinen scharf blickenden grauen Augen, dem vorgeschobenen Kiefer und der langen Nase wahrhaftig wie ein Wolf aussah. Und so hungrig! Er hatte sie mit den Augen verschlungen, und sie war es, die den Blick abgewandt hatte.

Die Vorstellung kommt Lily neu vor: Sie erschüttert sie. Außerdem überflutet sie plötzlich die Erinnerung an ihr jugendliches Ich – sie muß damals fünfundzwanzig gewesen sein –, an ihre bedingungslose Liebe zu Paul. Er hatte sie gefragt ... nein, er hatte nicht einmal fragen müssen! Sie hatte gespürt, was er wollte, und hatte sich ihm zuvorkommend dargeboten.

Lilys Gesicht ist, obwohl sie es selbst nicht weiß, eine kummervolle Maske. Und dann ändert sich ihre Miene, nur ein wenig. *Sie will das nicht.* Sie schüttelt den Kopf. *Das kann nicht sein. Nein.* (Sie muß den Gedanken nicht zu Ende denken, spürt aber, wie schiere Willenskraft in ihrem Innern eine Tür schließt, und dann das willkommene Empfinden, wieder in Sicherheit zu sein, die bedrohlichen Gefühle nicht mehr in Betracht ziehen zu müssen.)

Sie schnaubt und nimmt noch einen kleinen Löffel Haferbrei.

Lily wird den ganzen Morgen brauchen, um den Brei aufzuessen. Soweit ist es gekommen. Parkinson. Bisher am schlimmsten im Gesicht, das zu ausdrucksloser, kindlicher Erwartung erstarrt ist; und in ihrer Kehle, so daß Schlucken eine langsame, bewußt kontrollierte Aktion ist. Sie ißt mit Gaby und Alan zu Abend, nimmt jedoch fast nichts zu sich, sondern wartet lieber, bis sie wieder allein ist, um mit fester Nahrung fertigzuwerden (Gaby, die gemerkt hat, wie wenig Lily selbst dann herunterbringt, hat begonnen, Lilys Abendessen im Mixer zu zerkleinern, ehe sie es ihr bringt). Das Trinken fällt ihr leichter, und sie tut es, so daß sie am Ende der Mahlzeit schon das eine oder andere Mal ein wenig beschwipst gewesen ist. Als Alan am Abend zuvor seine Sorge zum Ausdruck gebracht hat, hat sie gesagt: »Kalorien sind Kalorien, mein lieber Junge.«

Natürlich gleicht sie selbst immer mehr einem Kind, sagt sich Lily wehmütig. Es lohnt sich, das zu bedenken. Noch nicht soweit gekommen, daß sie Windeln anlegen muß, aber es dauert nicht mehr lange, wenn sie es zuläßt. Mit dem gemanschten Essen, dem Erwachsenenessen in Püreeform, ist es längst soweit. Und mit dem Babysitter, der dafür sorgt, daß sie aufs Klo kommt, wenn sie muß, der ihr beim Anziehen hilft und ihre Mahlzeiten zubereitet.

Sie sagt sich, daß sie Noreen gern hat. Sie hat sich sogar in Anbetracht ihrer geminderten Energie reichlich angestrengt, Noreen für sich einzunehmen, denn sie hätte auch den leisesten Hinweis unerträglich gefunden, daß Noreen sie verabscheute. Und sie hat damit bis zu einem gewissen Grad Erfolg gehabt. Noreen ist überzeugt, für einen bedeutenden Gast zu sorgen, eine berühmte Autorin, eine *Persönlichkeit*, und Lily hat sie subtil dazu ermutigt.

Obwohl sie gemerkt hat, daß Noreen eingeschnappt war, als sie erwähnt hatte, daß sie zum Tee Besuch erwarte.

Gäste sind Lilys Laster, das einzige außer dem Alkohol, das ihr geblieben ist. Schreiben war ein Laster gewesen, doch Lily hat im vergangenen Jahr Schwierigkeiten gehabt, ihm überhaupt noch zu frönen. Gäste sind das Überbleibsel jenes Lebens. Sie würde keinen Besuch bekommen, wenn sie nicht geschrieben hätte, und nun findet sie ein Leben ohne sie unvorstellbar.

Die Möglichkeit, daß sie die ihr so zuteil werdende Aufmerksamkeit genoß, hatte sich so langsam offenbart, daß sie anfangs nicht erkannt hatte, was es für sie bedeutete. Zunächst waren es nur ein paar Briefe gewesen, von Leuten, die wissen wollten, ob sie sich mit ihr treffen könnten, zu einem Drink oder zum Kaffee oder zum Lunch; ob sie dieser Literaturzeitschrift oder jener Zeitung ein Interview geben wolle. Lily hatte immer ja gesagt; und allmählich hatte sie festgestellt, daß diese Begegnungen sie belebten, erfrischten. Sie hatte das Gefühl, eine Variante ihrer selbst aufzudecken – stark, eigensinnig –, die sie zuvor nicht ganz verstanden hatte. Sie gab sich verspielt. Sie erfand manchmal Dinge. Oder veränderte sie. Verzerrte sie.

Dann hatte die Parkinsonsche Krankheit angefangen, und es war ihr immer schwerer gefallen, zu schreiben. Die letzten Geschichten, die Lily publiziert hat, sind schon vor Jahren entstanden. Sie hat sie ein wenig überarbeitet, ehe sie sie losgeschickt hat, und hat allen gegenüber so getan, als seien es ihre neuesten Ergüsse. Aber insgeheim hat sie es besser gewußt. Und insgeheim hat sie außerdem erkannt, daß sie begonnen hat, die Gäste als Möglichkeit zu nutzen, um ihr Leben zur Fiktion zu machen, seit sie nicht mehr ohne weiteres in der Lage ist, Fiktionen aufs Papier zu bannen. Hin und wieder hat sie in letzter Zeit mitten in einer Schilderung auf einmal gemerkt, wie weit sie sich beim Erzählen von der Wahrheit entfernt hat, und sie ergötzt sich daran. Sie hält inne, zuckt die Achseln. »Natürlich ist es gut möglich, daß das alles so nicht passiert ist«, sagt sie und lächelt. »Wer weiß?« Und sie schenkt dem Gast mehr Wein ein, mehr Tee oder Kaffee, und die Kanne oder Flasche in ihrer zitternden Hand trifft klirrend auf die Tasse, das Glas. *Rätselhaft* hat man sie genannt. *Komplex*. Und es kommen immer mehr Gäste.

Lily hat eine Liste von Leuten aus der Gegend nach Bowman mitgebracht, mit denen sie korrespondiert hat und die den Wunsch geäußert haben, sie kennenzulernen. Und trotz Noreens Mißmut – als ob sie täglich Besuch einlade – hat sie in den zweieinhalb Wochen ihres Aufenthalts nur zwei davon zu sich gebeten. Am Nachmittag erwartet sie den dritten Besuch, und sie hat sich vorgenommen, diesmal etwas Besonderes daraus zu machen.

Sie hat es beim Essen an ihrem ersten Abend hier verkündet. Alan hatte ihr soeben von Noreen erzählt und erläutert, daß sie nicht den ganzen Tag zu Hause sein könnten und daß es sich als die Lösung angeboten habe, jemanden einzustellen, der ihr behilflich war.
»Dann wird es hier ja gesellig zugehen«, hatte Lily gesagt. »Ich werde nämlich außerdem eine Amanuensis haben.«
»Eine was?« hatte Thomas gefragt. »Das klingt ja wie ein chirurgischer Eingriff.«
»Ist es aber nicht«, hatte sie lässig gesagt. »Wenn wir ein Lexikon da hätten, könnte ich es nachschlagen.« Sie hatte sich im Zimmer umgesehen und sich dann an Alan gewandt. »In meiner Jugend hatten wir für Gelegenheiten wie diese ein Lexikon im Speisezimmer.«
Alan hatte Lily aus tiefem Schlaf wecken müssen, damit sie am Abendessen teilnehmen konnte, und als sie die Augen aufschlug, hatte sie ihn nicht gleich erkannt. Sie hatte verängstigt gewirkt. Aber die Zärtlichkeit, die der Anblick seiner Mutter in ihm ausgelöst hatte, hatte sich im Laufe der Mahlzeit verflüchtigt. »Das war, nehme ich an, eben jenes Speisezimmer, in dem die Vorteile des Klassensystems mit solcher Sorgfalt erklärt wurden? Wo du vor allem gelernt hast, so sachkundig Tee auszuschenken?« Er hatte seiner Stimme den Anflug kindischen Trotzes angehört.
Lily hatte gelacht, ein Lachen, das unfroh wirkte, weil ihre Miene sich nicht veränderte. »*Touché*«, hatte sie gesagt. »Aber wenn ich das Buch nicht geschrieben hätte, würde dir die Munition fehlen, nicht wahr?« Sie hatte sich Thomas zugewandt. »A-ma-nu-en-sis«, hatte sie gesagt. »Die Frau wird für mich schreiben, weil ich selbst es nicht mehr kann. Hauptsächlich.« Und sie hatte die Hand hochgehalten, die verkrümmte, zitternde Hand. Sie hatten sich alle genötigt gesehen, sie zu betrachten.
Sie genießt es, hatte Alan gedacht. *Das Dramatische dieser Krankheit, die Aufmerksamkeit, die sie ihr einbringt.*

Lily ist fürs erste mit dem Haferbrei fertig, mit den Briefen des Jahres 1935 (am Ende hat sie, wie sie meint, fast ohne Zögern sämtliche

Briefe von Paul aus diesem Jahr zerrissen). Sie nimmt die kleine silberne Glocke zur Hand, die Gaby ihr gegeben hat, und läutet nach Noreen. Noreen ruft etwas, das Lily nicht genau versteht, aber nachdem eine Minute verstrichen ist, begreift sie, daß sie warten muß.
Sie hätte selbst aufstehen können – daheim hat sie es gemußt und auch getan –, aber es fällt ihr schwer, und sie ist bereit, zu warten. Das schlichte Warten macht ihr jedoch jäh die Spannung in ihrem Körper bewußt, sein Bestreben, sich in Stein zu verwandeln und gänzlich zu erstarren. Genau so sieht sie ihre Krankheit: als etwas, das einen eigenen Willen hat. Sie stirbt, sie erstarrt, sie spürt es deutlich und hält es aus, mit offenen Augen. Die Zeit steht still. Sie überlegt, ob sie noch einmal zur Glocke greifen soll. Aber sie tut es nicht. Ruft nicht. Rührt sich nicht.
Und dann bricht Noreen über sie herein. Sie plaudert, schiebt den Tisch fort, und Lily spürt ein Nachlassen, ihr Gedankenstrom reagiert wieder auf Noreens Geschnatter. Sie hat gebacken, ja, für Lilys Besucherin, sagt sie. »Ich mußte die Plätzchen vom Blech nehmen, damit sie nicht kleben, und dann hab ich gedacht, also, jetzt kann ich gleich noch den letzten Schub in den Ofen tun. So, dann wollen wir mal, hoppla, und schon geht es los.« Ihre Stimme klingt melodisch und auf laute Art fröhlich.
Lily geht an Noreens Arm mühelos ins Bad. Noreen hilft ihr aufs Klo und geht. Wenige Sekunden, nachdem Lily die Spülung betätigt hat – darauf haben sie sich geeinigt –, reißt Noreen die Tür auf und bietet Lily wieder ihren Arm dar. Auf dem Weg zurück ins Gästezimmer sagt Lily: »Es ist schon seltsam, nicht wahr, Noreen? Daß ich mit Ihrer Hilfe so gut vorwärtskomme, allein dagegen nur ruckartig. Wie ein Roboter. Wir könnten uns gemeinsam als Revuegirls engagieren lassen, meinen Sie nicht auch, meine Liebe?«
Lily lächelt Noreen an und bekommt dafür ein Lächeln von Noreen.
»Nicht mit meinen Beinen«, antwortet Noreen.
Noreen ist eine stämmige, unscheinbare Frau. Farblos, findet Lily. Sie hat sich das spülwasserfarbene Haar so heftig dauergewellt, daß es aussieht wie die Staubflocken unter den Möbeln. Ihre graue, emp-

findliche Haut ist unter der dicken Schminke immer noch sichtbar, und ihre Augen, die sie mit leuchtendblauer Wimperntusche umgeben hat, haben eine Farbe, die Lily nicht zu benennen gewußt hätte. Sie trägt zur Arbeit Jeans und eine ärmellose Bluse, manchmal an heißen Tagen auch Shorts. Ihr Fleisch ist weiß und sieht weich aus. Nur ihr Lächeln belebt sie für kurze Zeit, so wie jetzt auch.

Nachdem Lily sich umgezogen hat, lehnt sie sich im Sessel zurück, um sich von Noreen schminken zu lassen. Am liebsten ist ihr einfache Grundierung, ein wenig Rouge, Lippenstift und ein Hauch von Schwarz, um ihre dunklen Augenbrauen nachzumalen. »Ich finde, daß ich mit dunkleren Brauen mehr Autorität ausstrahle«, hat sie zu Noreen gesagt.

Noreen verteilt Grundierung auf Lilys Gesicht, und die alte Frau wendet es ihr gierig zu, um das liebevolle Streicheln entgegenzunehmen. »Zu meiner Zeit, wissen Sie, Noreen«, sagt sie, »haben einen die Leute für billig gehalten, wenn man Make-up getragen hat, und sei es nur so wenig, wie Sie mir jetzt auflegen.« Noreen gibt ein zustimmendes Geräusch von sich. »Bis in die sechziger Jahre hinein ging nur Lippenstift, und vielleicht noch ein bißchen Augenbrauenstift und Wimperntusche. Aber *Rouge*! Unerhört, außer für Freudenmädchen. Oder Schauspielerinnen. Und Eyeliner, nein, nein, nein!«

Lily spürt, wie die Worte in ihrer Kehle vor lauter Zittern außer Kontrolle zu geraten drohen, und ihre Gedanken eilen dahin, während sie sich an jene Zeit erinnert. Noreens Zungenspitze bildet eine feuchte Kurve zwischen ihren Lippen, während sie mit leichter Hand Lilys Brauen nachzieht. Sie runzelt die Stirn, hört vielleicht gar nicht richtig zu. »Als die sechziger Jahre kamen und meine Mädchen anfingen, sich die Augen schwarz zu umranden, kam ich mir vor, als sei eine Zigeunerbande bei mir eingezogen. Wer waren diese schlampigen Geschöpfe?«

Lily spricht weiter. Die Worte purzeln hervor, erläutern, wie sie einzelne Leute in der Kirche wegen der Art, wie sie geschminkt waren, falsch beurteilt hat, wie ihr langsam klargeworden war, daß sich auch in dieser Hinsicht alles veränderte. »Nun, warum auch nicht? habe ich schließlich gedacht. Die ganze Welt schien zu verfallen, warum sollte es dann nicht dazu kommen, daß junge Mädchen es vorzogen, wie Prostituierte auszusehen? Daß sie anfingen, so kurze Kleider zu tragen, daß man ihre Unterwäsche sehen mußte? Warum sollte es nicht ein Kleidungsstück namens *Hot pants* geben? Warum nicht?« (Die Bitterkeit in ihrer Stimme kommt daher, daß sie im Erinnern kurz Pauls ansichtig geworden ist, wie er damals war. Sie sieht sein Abwenden von ihrem gemeinsamen Leben als Teil der allgemeinen Umwälzung. Nun räuspert sie sich und versucht, ihre Gedanken von ihm abzulenken. Sie ist mit all dem längst fertig, seit langer, langer Zeit.)

»Wissen Sie, Noreen, daß es bis in die sechziger Jahre hinein ebenso undenkbar war, daß eine Frau Bluejeans oder sonstige Hosen anzog, wenn sie in die Stadt mußte? Oder auch nur auf die Straße? Von diesen Neonpyjamas, die die Frauen hier in der Gegend tragen, ganz zu schweigen!« Lily hat den Witz über die leuchtendbunten Trainingsanzüge, mit denen die Urlauber in der Stadt herumlaufen, gegenüber Noreen schon einmal gemacht. Lily ist durchaus imstande, mit Klassenunterschieden ihr Spielchen zu treiben, obwohl sie sich nie erlauben würde, es in bezug auf Rassenzugehörigkeit ähnlich zu halten. »Wie sich alles verändert hat, meinen Sie nicht auch? Wir waren so reglementiert, so eingeschränkt. Und dennoch war das Leben damals allgemein viel reizvoller, und es läßt sich nicht mit Endgültigkeit sagen, ob die eine Art besser ist als die andere.«

Noreen nickt. Sie hat die ganze Zeit genickt und gelegentlich etwas dazu gesagt. Nun hebt sie Lilys Kinn an. »Halten Sie einen Augenblick den Mund still, Liebes. So ist es brav«, sagt sie. Sorgfältig trägt sie Lilys Lippenstift auf.

Als Lily vor dem Spiegel steht, ist sie erfreut. Sie findet, daß sie aufrecht und imposant wirkt. Sie trägt ein weites, weiches Baumwollhemd in sehr hellem Grün mit dreiviertellangen Ärmeln. Ihre Hose ist aus dem gleichen Stoff, und sehr bequem. Um den Hals hat sie die kleinen Goldperlen geschlungen, die ihrer Mutter gehört haben. Am frühen Morgen hat Noreen sie frisiert und ihr Haar im Nacken zum

Knoten aufgesteckt, und die Schminke sorgt dafür, daß sie gepflegt und wach aussieht. Sie stützt die zitternden Hände auf ihre Stöcke und ruft Noreen heiter zu: »Auf, auf! Vorwärts, Noreen. Ins Wohnzimmer!«

Noreen grinst, als sie Lilys Arm nimmt. Sie freut sich über ihren Schützling wie ein kleines Mädchen über eine sorgfältig angezogene und gekämmte Puppe. Lily ist in gewisser Hinsicht ihre Puppe. Sie sieht, denkt Noreen, wie eine süße, kleine alte Dame aus, obwohl sie eindeutig einen schlechten Tag hat und sich so ruckartig bewegt, als würde ständig elektrischer Strom durch ihre Knochen fließen.

Sie setzt Lily in einen Sessel. Dann rückt sie den Kaffeetisch und den zweiten Sessel so zurecht, wie Lily es befiehlt. Lily sagt zu ihr, daß sie sowohl Wein als auch Kaffee und Tee anbieten soll, und daß sie die Plätzchen gleich herbringen soll. Nachdem sich der Aufruhr mit ihrer Besucherin gelegt habe, könne sie sich auf die Veranda setzen und entspannen, oder einkaufen gehen, wenn es sein müsse.

Während Noreen in der Küche das Tablett zurechtmacht, blickt sie zu Lily in ihrem Sessel auf der gegenüberliegenden Seite des Raums hinüber. Die Sonne scheint auf die Hände der alten Frau, und die Handflächen haben sich nach oben gedreht, als wolle sie danach greifen. Ihre Stöcke lehnen am Sessel. Ihr Gesicht ist ausdruckslos und offen, ohne Intelligenz.

Dann sieht sie, daß Noreen sie beobachtet. Etwas tut sich in ihrem Innern, eine chemische Reaktion, und sie ruft mit plötzlicher Munterkeit in der hastigen, leisen Stimme: »Ich sage, laßt sie nur kommen, Noreen! Mal sehen, was wir von Miss Linnett Baird zu halten haben.«

5

Dabei war es Linnett gewesen, die die Bedingungen vorgeschlagen hatte. Sie wollte einen langen Artikel schreiben. Sie halte sich lieber, hatte sie Lily geschrieben, ein paar Wochen lang in Gegenwart der betreffenden Person auf, als ausführliche Interviews durchzuführen. Aber sie wisse, wie beschwerlich das sei, und frage sich nun, ob sie Lily einen Dienst erweisen könne – als Sekretärin vielleicht? Köchin? Chauffeuse? Gab es ein Wort wie Chauffeuse überhaupt? Sie könne für Lily tätig sein, damit es ihr weniger beschwerlich erscheine. Und Gott sei Dank hatte Lily sich entschieden, sie als Sekretärin zu beschäftigen. Denn Linnett hatte, wie sich herausstellte, das Bein in Gips. Sie war zwei Wochen zuvor beim Joggen gestürzt.

Es war am frühen Morgen geschehen, als sie noch so verschlafen und wütend war, daß sie nicht darauf geachtet hatte, wohin sie trat. Sie mußte einen langen, grasbewachsenen Hang hinablaufen, um einen Pfad zu erreichen, der in der Nähe ihres Hauses am Stausee entlangführte. Sie war diesen Hang hinabgerannt, den Oberkörper zurückgelehnt, um die Neigung auszugleichen, die Hände vor den Brüsten, um zu verhindern, daß sie im Hinablaufen wippten. Da hatte sich ihr Fuß in einem Loch verfangen, einem tiefen Loch, das ein Tier gegraben hatte. Sie hatte mitten im Sturz den Knochen brechen gehört.

Wütend war sie gewesen, weil sie mit einem Mann geschlafen hatte, mit dem sie nicht hatte schlafen wollen und mit dem sie auf die Dauer nichts zu tun haben wollte. Aber sie hatte ein wenig zuviel getrunken – Linnett trank oft ein wenig zuviel –, und es war einfach passiert. So beschrieb sie es später ihrer Freundin Natalie, die kam, um sie vom

Krankenhaus abzuholen. *Es ist einfach passiert.* Und hinterher war sie eingeschlafen, ohne ihn zum Gehen aufzufordern, so daß er, als sie wieder aufwachte, immer noch da war. Er hatte weit mehr als die Hälfte des Bettes eingenommen, hatte auf dem Rücken gelegen und tief und laut keuchend geatmet. Sie war liegengeblieben und hatte ihn vielleicht eine Minute lang beobachtet, während verschwommene Eindrücke von ihrem groben, lieblosen Geschlechtsakt am Abend zuvor sie überfluteten. In einem seiner Nasenlöcher hatte ein weißlicher Fussel gehangen, der bei jedem Ausatmen flatterte.

Sie war langsam und vorsichtig aus dem Bett gestiegen, um ihn nicht zu wecken. Während sie ihr Trainingszeug überstreifte und sich Wasser ins Gesicht spritzte, war ihr der Abscheu gegen sich selbst bewußt geworden, der in ihrem Innern heranwuchs. Und die Wut. Sie hatte mit Genugtuung zur Kenntnis genommen, wie verquollen ihr Gesicht an jenem Morgen war, wie unattraktiv sie aussah. »Nicht nur aus deinem Leben wirst du ihn nun vermutlich nicht mehr verbannen können«, hatte sie zu ihrem Spiegelbild gesagt, »sondern nicht einmal aus deinem *Bett*.« Und dann hatte sie leise aufgelacht über ihre eigenen unsinnigen Prioritäten. »Spinnerin«, hatte sie sich selbst ins Gesicht gesagt.

Als sie runde zehn Minuten später im kühlen, feuchten Gras gesessen und sich den Knöchel festgehalten hatte, während ihr unfreiwillig die Tränen über die Wangen liefen, war ihr der abwegige, aber befriedigende Gedanke gekommen, daß sie nun wenigstens nicht nach Hause gehen und ihn wecken oder beim Frühstück höflich plaudern oder darauf warten mußte, daß er ging, ehe sie zu arbeiten anfangen konnte. Vor ihrem inneren Auge leerte sie die drei Räume ihres kleinen Hauses, sah sie das Durcheinander ihrer wenigen Habseligkeiten, das im stillen, staubigen Sonnenlicht ihrer harrte, sah ihr Bett als unbesetztes Gewirr zerknitterter Laken.

Und tatsächlich war er drei Stunden später, als Natalie sie zu Hause abgesetzt hatte und sie sich die Stufen hochgearbeitet und ihre Küche betreten hatte, nicht mehr da. Er hatte einen Zettel auf ihrem Kissen hinterlassen – er raschelte, als sie sich darauffallen ließ. Sie hatte ihn zur Hand genommen und hoch über sich gehalten, um ihn zu lesen. »Wo bist du nur geblieben?« stand darauf. »Ich ruf dich später an.« Sie hatte laut gestöhnt. Sie hatte ihren Kopf auf dem Kissen langsam hin- und hergedreht. Ihre Augen waren durchs Zimmer geschweift, über die alte holzverschalte Decke, die gesprungene Lackierung, die sich wellte und von den Fensterflügeln abschälte, die Ansammlung von Bildern, die mit Reißzwecken an den bemalten Holzwänden befestigt waren: John Lennon, nackt an Yoko Ono geschmiegt, Baryschnikow mitten im Sprung, Linnett selbst in einer anderen Inkarnation – das Haar zum Afro-Look gekräuselt, ihre kleine Nichte auf der Hüfte – und Fotos von verschiedenen Leuten, die sie interviewt hatte. Ihr war schwindelig von den Medikamenten, die man ihr gegeben hatte. Sie war müde und hatte einen leichten Kater und fiel rasch in tiefen Schlaf.

Der Gipsverband verlief von der halben Wade bis zu ihren Zehen. Als sie aufwachte, noch benommen von den Schmerztabletten, die sie geschluckt hatte, blieb sie im Bett liegen und überdachte die nächsten sechs Wochen ihres Lebens, insbesondere die Vereinbarung, die sie mit Lily Maynard getroffen hatte. Zunächst kamen ihr diesbezüglich Zweifel. Doch es war schon zu weit gediehen. Sie hatte einen Spesenvorschuß von der Zeitschrift *New Yorker* erhalten. Sie hatte ein kleines Haus auf einem Anwesen ganz in der Nähe von Lilys derzeitigem Aufenthaltsort gemietet. Es gab eigentlich keinen Grund, die Verabredung abzusagen. Sie würde langsamer vorwärtskommen, von einer gewissen Unbeholfenheit geplagt. Sie würde nicht die langen Spaziergänge mit Lily Maynard unternehmen können, die sie sich vorgestellt hatte, und sie würde sie in bestimmten Situationen um Geduld bitten müssen. Andererseits war es nicht so, daß sie Pflege gebraucht hätte, und sie konnte Lily mit Sicherheit auch so den zugesagten Dienst erweisen.

Nein, das alles hieß nur, daß sie ein paar Zugeständnisse machen mußte. Sie würde einen Rucksack oder etwas Ähnliches brauchen, um darin alles mögliche zu transportieren. Und sie war erst einmal eindeutig nicht in der Lage, die Gangschaltung ihres Autos zu bedienen. Wen kannte sie, der einen Automatikwagen fuhr und mit dem sie das Auto tauschen konnte?

Sie stand auf und setzte Kaffee auf. Dann rief sie ihren geschiedenen Mann in der Universität an.

»Baird hier«, sagte er, als wäre er noch irgendwo in einer Nachrichtenredaktion.

»Hier ist auch Baird«, antwortete sie.

Schweigen. »Kann ich dich zurückrufen?« fragte er dann mit unbeteiligter Stimme. »Ich hab eine Studentin bei mir.«

Ein goldiges kleines Ding, hörte sie heraus. »Klar«, entgegnete sie. »Oder wie wär's, wenn du heute nachmittag nach Dienstschluß auf ein Bier vorbeikommst?«

»Gegen fünf Uhr dreißig?«

»Ist mir recht«, sagte sie.

»Bis dann«, bestätigte er und legte auf.

Als sein Wagen draußen vorfuhr, hatte Linnett ihr Bett gemacht und einige geschäftliche Telefonate erledigt. Sie hatte eine Katzenwäsche hinter sich und hatte auch ihr Haar gewaschen. Sie hatte die Zutaten für eine *Salsa* kleingehackt und ein paar *Nacho*chips in eine Schüssel gekippt. Nun saß sie mit einem Glas Bier in der Hand auf ihrer durchhängenden Verandacouch, die Beine aufs Geländer gelegt. Sie hatte vor ungefähr einer halben Stunde ein Barbiturat geschluckt und sich in die Gefilde unbestimmten Wohlwollens gegenüber der ganzen Welt begeben.

»He«, sagte er, als er die Stufen heraufkam. »He, hast du einen Go-Go-Stiefel an, oder hast du dir das Bein gebrochen?« Er trug seine sommerliche Lehreruniform – ausgebeulte Leinenjacke, gestreiftes Hemd, Bundfaltenhose und weiße Tennisschuhe. Keine Socken. Er war ein hochgewachsener Mann mit beginnender Glatze, ein wenig übergewichtig.

»Den Knöchel«, korrigierte sie. »Aber ich hab keine Schmerzen.«

Er trat zu ihr und klopfte behutsam an den Gips. »Wann? Wie?«

»Ach, du bist und bleibst ein Journalist. Wo bleibt dein Mitgefühl? Das ist das Wichtigste.«
Er lächelte sie an. »Wo gibt's für mich ein Bier? Das ist das Wichtigste.«
»Drinnen. Kühlschrank.« Er schickte sich an, ins Haus zu gehen. »Bring auch gleich die Chips und das übrige Zeug mit«, rief sie ihm nach. »Ich hab mich zurückzuhalten versucht, bis du kommst.«
Nachdem er mit einem Bier neben ihr auf der Couch Platz genommen und Chips und Salsa zwischen sie gestellt hatte, erkundigte er sich erneut: »Wie ist es dazu gekommen?«
»Ich bin heut morgen beim Joggen gestürzt.«
»Was für ein Klischee.«
»Ich weiß. Tut mir leid. Aber wenigstens war es kein Herzinfarkt. Das wäre wirklich abgeschmackt gewesen.«
Er kaute vernehmlich. »Tut es denn weh?«
»Ja, aber ich hab Medikamente.«
»He, was hast du bekommen?«
»Du kriegst nichts davon ab.«
Er stieß sie leicht mit dem Ellbogen an. »Miststück«, sagte er umgänglich.
Sie saßen einen Augenblick lang in freundschaftlichem Schweigen da und überblickten das Gestrüpp, das Linnetts Vorgarten war. Ein Stück die kaum befahrene Straße entlang erhob sich, wo einst ein Maisfeld gewesen war, eine soldatische Reihe nagelneuer, noch im Rohbau befindlicher Häuser, die ersten eines umfangreichen Siedlungsprojekts. Er ergriff erneut das Wort. »Das wird dich wohl ein wenig stören.«
»Nicht sehr. Aber ich hab ein Problem, bei dem du mir behilflich sein sollst.«
»Bitte nicht.«
»Du weißt doch noch gar nicht, worum es sich handelt.«
»Linnie. Ich mein es ernst. Mein eigenes Leben ist alles, was ich derzeit bewältigen kann.« Er schüttelte den Kopf. Hängebackig, dachte sie. Er kriegt Hängebacken.

»Es ist nichts Besonderes«, sagte sie.
Er seufzte. »Also, worum geht es? Worum?«
»Ich möchte mit dir das Auto tauschen. Deines hat eine Automatikschaltung.«
»Es ist unzureichend versichert«, beeilte er sich, ihr mitzuteilen.
»Ach was, ich fahre ohnehin besser als du. Und mein Auto ist besser als deines. Du kommst gut dabei weg.«
»Wie lange?«
»Einen Monat. Anderthalb.«
»Und was hab ich davon?«
»Wie gesagt: Ein besseres Auto, eine bessere Fahrerin für dein Auto.«
»Und sonst?«
Sie zeigte mit ihrer Flasche auf die Schüsseln zwischen ihnen. »Soviel Bier und *Salsa,* wie dein Herz begehrt.«
»Und wie steht's mit meinen anderen Herzenswünschen?« Er zog die Brauen hoch wie Groucho Marx.
»Die haben mit deinem *Herzen* nichts zu tun, Idiot.« Er lächelte. »Du bist bloß geil, Franky, mein Junge.«
Er nickte eifrig. »Wie wahr. Wie wahr.«
»Such dir jemanden. Du gibst dir ja nicht einmal Mühe. Du liebäugelst nur immer mit deinen Studentinnen. Was, wie ich dir sogleich sagen muß, inzwischen gegen die Regeln ist.«
»Woher willst du das wissen? Daß ich liebäugle?«
»Ich weiß Bescheid. Ich bekomme alles mögliche zu hören.«
»Klatsch ist widerlich. Du solltest darüber erhaben sein.«
»Außerdem ist mir zu Ohren gekommen, daß du auf einer Party bei Eda und Earl warst, wo es unzählige ledige, erwachsene Frauen gab, daß du aber die ganze Zeit in der Küche gesessen und Scrabble gespielt hast.«
Er zuckte die Achseln und knusperte noch einen Chip. Nachdem er ihn geschluckt hatte, sagte er: »Hättest du Lust zu spielen?«
»Scrabble?«
»Bien sûr.«

»Wie steht's nun mit dem Auto?«
»Schon gut, du kannst das Auto haben. Laß uns Scrabble spielen.«
Während des Spiels erzählte sie ihm von Lily, von dem Artikel, den sie schreiben wollte. Und dann wurde ihr bewußt, daß sie ihm die Tatsache wie so oft in der Vergangenheit als eine Art Trophäe darbot: »Siehst du, wie klug ich bin?«
Und wie er es so oft in der Vergangenheit getan hatte, gab er ihr Ratschläge, anstatt sie zu loben. »Die ist ausgelutscht, Lin. Ich hab wohl in den letzten vier, fünf Jahren ein halbes Dutzend Artikel über sie gelesen. Such dir besser einen neuen Ansatzpunkt. Welchen Ansatzpunkt hattest du dir gedacht?«
Nun, da sie mit seinem Wagen in die kleine Stadt Bowman einfuhr, hörte sie wieder seine Stimme, erinnerte sich daran, wie er ausgesehen hatte, wie sich Gereiztheit auf seinem Gesicht ausgebreitet hatte, als er von ihrem Coup erfuhr, wie sich seine Mundwinkel gemein verzogen hatten, ehe er anfing, zu sprechen. Kurz darauf hatte er ein Q auf ein Feld mit dreifachem Buchstabenwert gesetzt, und sie hatte das Brett umgekippt, um das Spiel zu beenden.
Sie fuhr langsam durch die Straßen. Es war Freitag, und sie sollte nicht vor Montag bei Lily anfangen. Sie hatte sich das Wochenende gegeben, um sich zurechtzufinden, sich an ihre Umgebung zu gewöhnen. Es gab ein altes Stadtzentrum – fünf oder sechs Häuser um eine Grünfläche, darunter auch die unentbehrliche Kirche, mit einer Uhr im hohen Glockenturm. Sie hatte zwei bis drei Kilometer vor der Stadt ein Einkaufszentrum bemerkt, mit dem Supermarkt einer großen Kette, aber hier war alles geschmackvoller angelegt. Im Erdgeschoß mehrerer großer alter Häuser befanden sich ein Eissalon, ein Feinkostladen, ein Antiquitätengeschäft, ein Buchladen. Linnett machte bei der Maklerfirma gleich außerhalb der Stadt halt, um den Schlüssel zu ihrem gemieteten Haus abzuholen und sich den Weg beschreiben zu lassen.
Am nächsten Tag, einem Samstag, schloß sie ihren Computer an und packte ihre Bücher und Notizen aus. Dann stieg sie in Franks Auto

und fuhr wieder los. Sie entdeckte ein Spirituosengeschäft und kaufte eine Flasche Gin und Bier. Sie ging in den Supermarkt und veranstaltete, langsam hinter dem Einkaufswagen herhinkend, einen Großeinkauf. Sie setzte sich auf eine Bank auf der Veranda vor dem Eissalon und aß eine Waffeltüte mit Pistazien- und Schokoladeneis, während sie das samstägliche Treiben vor sich auf der Straße beobachtete.
Die Stadt war von jener Sorte, die sie verrückt machte – scheinbar vorwiegend von Rentnern bevölkert, die Männer in grünen oder karierten Hosen, die drahtigen grauhaarigen Frauen zu zweit oder dritt im Eiltempo unterwegs, in teure Trainingsanzüge gehüllt. Andererseits fiel ihr ein stetiger Strom alter Lieferwagen auf, einige hinten mit Hummerkörben beladen, andere mit Gerätschaften, die, wie sie zu erkennen glaubte, der Schiffahrt dienten. Als sie ihre Waffel aufgegessen hatte, erkundete sie die Straße, auf der sie entlanggefahren waren. Harbor Road, die Hafenstraße. Sie endete dem Namen entsprechend am Wasser, an einem geschützten Hafenbecken mit zwei, drei hineinragenden Docks. Einige der Lieferwagen, die sie gesehen hatte, oder ähnliche Fahrzeuge waren in einer Reihe an einer halbhohen Zementmauer geparkt. Sie blieb eine Weile im Auto sitzen und hörte der lauten Unterhaltung zweier Männer bei der Arbeit in solide gebauten, abgenutzten Booten zu, die am größten Dock festgemacht waren. Es handelte sich um ein ihrer Meinung nach typisches Männergespräch, um Fachsimpelei: hauptsächlich aus Zahlen bestehend, in diesem Fall das Gewicht irgendeines Fangs betreffend, und dann Geld – der Preis, der an verschiedenen Orten pro Pfund bezahlt wurde, Benzinkosten, Reparaturkosten. Das Wasser im Hafenbecken glitzerte im Sonnenlicht. An den Anlegeplätzen weiter draußen schaukelten Boote, die wie luxuriöse Kabinenkreuzer aussahen, und in der Ferne auf dem Meer konnte Linnett mindestens ein Dutzend Segelboote erkennen, die über das silbrige Wasser glitten.
Am Abend entdeckte sie eine Bar in einem alten Hotel in der übernächsten Ortschaft, in der es hoch herging – unter den Gästen befanden sich ebenfalls Fischer, wie sie lauschend feststellte. Kurz

nach acht traf auf einer Woge lauter Stimmen eine ganze Softballmannschaft ein. Sie trugen ausnahmslos T-Shirts, auf denen »Cox Hardware« geschrieben stand. Anlaß für Witze über harte Schwänze und dergleichen, nahm sie an.

Sie verbrachte den ganzen Abend dort, sah auf einem übergroßen Fernsehschirm in einer Ecke über der Bar zu, wie die Red Sox ihr Baseballspiel verloren, und beobachtete die Klientel, die langsam immer betrunkener und lauter wurde. Gegen Ende des Spiels fingen die Anwesenden an, sich in bezug auf den weiteren Abend füreinander zu interessieren. Man wurde auf Linnett aufmerksam, aber im Grunde war dies eine Gesellschaft, die sich kannte, die das Gefühl des Vertrauten genoß. Als Linnett nicht so zugänglich war, wie sie es hätte sein können, ließ man sie in Ruhe. Gegen elf Uhr abends trat sie den Heimweg an. Im Dorf waren bereits fast alle Lichter aus.

Am nächsten Tag fuhr sie zum Supermarkt im Einkaufszentrum und kaufte sich die *New York Times*. Sie setzte sich auf die kleine Terrasse vor ihrem Haus, trank Kaffee und arbeitete sich durch die dicke Sonntagsausgabe. Als sie damit fertig war, ging sie ins Haus und las noch einmal die Notizen, die sie sich über Lily Maynard gemacht hatte. Sie blätterte die Sammlung Kurzgeschichten durch und sah sich ihre Unterstreichungen und Anmerkungen an. Dann ging sie noch einmal langsamer die Memoiren durch.

Ursprünglich waren es die Memoiren gewesen, die Linnetts Interesse an Lily Maynard geweckt hatten. Nicht nur aus den Gründen, aus denen Feministinnen sie gutgeheißen hatten, und nur anfangs, weil sie von ihrem Erfolg in der Öffentlichkeit fasziniert war: die alte Frau und das sensationell erfolgreiche Erstlingswerk. Nein, erst als sie zu lesen begann – schon bei den allerersten Absätzen –, hatte Linnett überlegt, daß sie Lily interviewen wollte. Die Welt, die sie verkörperte, war Linnett wie ein unerschlossenes Territorium erschienen. Außerdem wirkte die Art, wie sich Lily ihren Erinnerungen hingegeben hatte, die Art, wie ihre Prosa dahinfloß, irgendwie entgleist, beinahe achtlos, aber doch stilistisch überzeugend.

Wir trafen uns vierzehn Jahre lang immer am Dienstagabend. Wir trafen uns, um in der Bibel zu lesen, und wir lasen auch in der Bibel, aber außerdem schufen wir eine Welt, und noch mit meinem letzten Atemzug will ich Zeugnis ablegen, will ich bezeugen, daß diese Welt funktionierte. Wir waren alle Frauen, wir waren alle verschiedener Hautfarbe, und wenn wir uns versammelten, kam es uns auf nichts anderes an als auf die Liebe, die zwischen uns herrschte.

»Darum auch wir, weil wir eine solche Wolke von Zeugen um uns haben, lasset uns ablegen alles, was uns beschwert, und die Sünde, die uns ständig umstrickt, und lasset uns laufen mit Geduld in dem Kampf, der uns verordnet ist ... Denn welchen der Herr liebhat, den züchtigt er, und er straft einen jeglichen Sohn, den er aufnimmt.« So lasen wir, und bis der Abend vorüber war, hatten wir von Matties Sohn gesprochen, der mit siebzehn schon Vater geworden und für sie verloren war, von Shirleys Mann, der zum wiederholten Mal untreu geworden war, vom Tod meiner Mutter oder vom Verlust eines Kindes oder vom Versiegen der Hoffnung und des Glaubens an die Möglichkeit menschlicher Güte. Und in jener Welt der Frauen im mittleren Alter, die sich im Süden von Chicago in gewöhnlichen Wohnzimmern versammelten, gab es Trost und Zuspruch und Entlastung selbst von der schwersten aller Bürden. Und es gab Gelächter und echte Kameradschaft.

Ich hatte, bis ich ungefähr zehn Jahre alt war, noch nie einen schwarzen Menschen gesehen – einen Neger, wie wir damals sagten. Ich fuhr mit meiner Mutter in St. Paul mit dem Omnibus, als auf einmal der Mann einstieg. Mein Vater hatte etwas gegen Neger. Seiner Ansicht nach waren sie weder sauber noch anständig. Andererseits hielt er sich für einen Christen, und er war Amerikaner, und deshalb war er überzeugt, daß Neger, wenn sie nur wollten, ein ebenso respektables Dasein führen könnten wie wir, und daß sie uns gleichgestellt hätten sein können. Daß sie es nicht waren, lag demnach daran, daß sie nicht genug Willenskraft und moralisches Rückgrat aufbrachten. Dieser Mann war gut angezogen, obwohl seine Kleidung abgetragen war. Er nahm auf einer der langen offenen Sitzbänke Platz, die vorn im Bus die eine Seite einnehmen. Im Gegensatz zu den übrigen männlichen Fahrgästen nahm er seinen Hut ab und legte ihn sich auf den Schoß. Zu meinem Erstaunen hatte sein Haar einen rötlichen Schimmer. Außerdem bemerkte ich, daß seine um den Hut gelegten braunen Finger auf der Innenseite verblaßten und fast so hellhäutig waren wie die eines Weißen. Ich starrte ihn unverhohlen an, obwohl ich wußte, daß sich das nicht gehörte, doch als ich meiner Mutter einen Blick zuwarf, um festzustellen, ob sie es bemerkt hatte, starrte sie ihn ebenfalls an.

Sie fühlte sich genötigt, einen Kommentar abzugeben, nachdem wir aus dem Bus ausgestiegen waren. Nach einigem Räuspern und Zögern meinte sie, es sei mir vielleicht aufgefallen, daß an dem Mann, der zugestiegen war, etwas anders gewesen sei. »Ja, Mutter. Er war ein Neger.« Ja, und offenbar ein sehr netter Mann, befand sie. Sie kam an jenem Nachmittag in der Stadt noch mehrmals darauf zu sprechen. Ob mir dies an ihm aufgefallen sei oder jenes? Ob ich gemerkt hätte, wie höflich er seinen Hut auf dem Schoß gehalten habe? Ich hatte es gemerkt. Da sieht man's mal, sagte sie. Ja. Schließlich sagte sie noch: »Daheim erzählen wir nichts davon.« Und ich begriff augenblicklich, obwohl das, was sie gesagt hatte, keinen direkten Hinweis enthielt, daß wir es deshalb nicht erzählen durften, weil sonst mein Vater darauf bestanden hätte, daß wir nicht mehr mit dem Bus fuhren.

Linnett bewunderte diese vier Absätze wegen ihrer Ehrlichkeit und weil sie rasch einen Eindruck von einer bestimmten Lebensweise vermittelten. Sie war fasziniert von der Art, wie sie einander kommentierten. Ihr gefiel die plötzliche Wendung hin zu ihrem Vater, die Lily Maynard im dritten Absatz vollführt hatte. Sie überlegte, wie bewußt Lily sich ihres Stils war, ob eine Lektorin vorgeschlagen hatte, ihrem Vater einen eigenen Absatz zu widmen, ob Lily sich dagegen gewehrt hatte.

Weiter ging es im ersten Kapitel um die Kirche in Chicago, zu der Paul und Lily versetzt worden waren, über die Versuche des vorigen Pastors und dann Pauls, ihre integrierte Gemeinde zu bewahren, während das Viertel ringsherum sich in ein Ghetto verwandelte. Lily schrieb davon, wie unvorbereitet sie auf diesen Kampf gewesen war.

Ich kam mit den Stimmen meiner Eltern im Kopf, die sagten, was sie so deutlich mir gegenüber nie ausgesprochen hatten: daß Neger anders waren, minderwertig und außerdem irgendwie bedrohlich. Daß sie erträglich waren, wenn sie mit gesenktem Blick kriecherischen Respekt bewiesen, nicht jedoch, wenn sie »aufsässig« waren. Andererseits glaubte ich, daß vor Gott alle Menschen gleich sind. Und ich glaubte wie Paul, daß Christ sein hieß, seinen Nächsten wirklich zu lieben, egal, um wen es sich handelt. Hatte sich der Herr denn nicht auch auf die Seite der Geringsten dieser Welt geschlagen, der Sünder und Diebe, der Siechen und Pharisäer? Lehrte unser Glaube nicht, daß auch wir dem Sündenfall erlegen waren, daß wir alle Sünder waren, daß selbst ein Mann wie mein Vater nicht besser war als ein Dieb?

Linnett hatte selbst keine Erfahrungen mit Religion, obwohl sie als kleines Mädchen gelegentlich eine Kirche besucht hatte, meist zu Ostern oder Weihnachten mit ihrer Mutter. Die Vorstellung, daß Lilys Glaubensgrundsätze Ansprüche an sie gestellt, ihr Anweisungen für ihr Verhalten im Alltag erteilt hatten, war für Linnett faszinierend. Sie hatte die Memoiren gelesen, aufgeregt und bewegt von den gegensätzlichen Mächten des Glaubens und des Verlustes, interessiert an Lilys Schreibstil und bezaubert von dem Eindruck, den sie von Lilys Charakter vermittelten.

Nun saß sie in ihrem kleinen Haus und las eine Passage im letzten Drittel des Buchs, nachdem Lily und ihr Mann auf Schwierigkeiten bezüglich der Richtung gestoßen waren, in die er die Kirche lenkte, als er die Politisierung seines Amtes begrüßt hatte, als er angefangen hatte, sich für die Lehren Saul Alinskys zu interessieren. Dieser radikale Anführer trachtete damals in der Nachbarschaft die Gemeinde zu organisieren, ermunterte sie dazu, auf ihren Rechten zu bestehen, sich gegen den Apparat aufzulehnen, gegen die ökonomischen Verhältnisse, die sie praktisch zu Gefangenen gemacht hatten. Paul begann seine Rolle so zu verstehen, daß er den Zusammenhalt der Schwarzen, den Widerstand der Schwarzen stärken mußte.

Eines Abends, wir waren längst zu Bett gegangen, klingelte das Telefon. Ich hatte einen leichteren Schlaf, darum war ich es, die aufstand und nach unten eilte in Pauls Arbeitszimmer, um ranzugehen, auf dem Weg rasch und nacheinander um jedes der Kinder fürchtend. Ich erkannte die Stimme am anderen Ende der Leitung als die von Larry Sims, der eines von Pauls neuen sozialen Projekten leitete. Er sagte mir jedoch nicht, wer er war. Er fragte nur, ob Paul da sei, und sagte, es sei ein dienstlicher Notfall eingetreten.

Ich weckte Paul, legte mich wieder ins Bett und fühlte mich vertrieben, ausgeschlossen aus seiner neuen Welt. Als er wieder ins Schlafzimmer kam und sich anzuziehen begann, fragte ich ihn, was denn los sei.

»Bloß irgendwas mit ein paar von den Jugendlichen.«
Ich konnte sein Gesicht nicht sehen – er hatte sich vorgebeugt und zog im Licht der Flurlampe ein Kleidungsstück nach dem anderen an –, aber ich konnte die fiebernde Erregung in seiner Stimme hören. Ehe er ging, sagte er, er wisse nicht genau, wann er wieder da sein werde, daß jedoch kein Anlaß zur Sorge bestünde.
Ich erinnere mich, daß er vergessen hatte, das Flurlicht auszuschalten, so daß ich noch lange im Halbdunkel dalag und den Ablauf der Ereignisse durchdachte, der uns hierhergeführt hatte, bis zu dem Punkt, an dem Paul sich lebendiger gefühlt hatte als je zuvor, ich dagegen alt und einsam. Und jeder von uns war ganz sicher, daß er im Recht war.
Er kam erst gegen Mittag nach Hause. Bis dahin hatte ich mein seelisches Gleichgewicht wiedererlangt. Ich bereitete für ihn Rühreier zu und öffnete eine Dose Suppe. Wir aßen zusammen in jenem höflichen Schweigen, das auf zwei Leute mit unterschiedlichem Erlebnisstand hindeutet. Es war ihm anzusehen, daß er glücklich war und aufgewühlt von den mir nach wie vor unbekannten Ereignissen der Nacht – manchmal ging es darum, für einen Festgenommenen die Kaution zu stellen, manchmal darum, jemanden zu bestechen, um einem anderen die Inhaftierung zu ersparen. Ich war sehr wütend über das, was ich als sein destruktives, schäbiges Vergnügen an dieser neuen und grellen Welt ansah, und dann wütend über mich, weil ich so vorschnell urteilte und so selbstgerecht war. Als ich das Geschirr ins Becken gleiten ließ, um es abzuwaschen, nachdem er hinaufgegangen war, um ein wenig zu schlafen, tat ich es mit solcher Heftigkeit, daß ich zwei Teller zerschlug. Ich mußte mich beherrschen, die Scherben nicht einfach auf den Boden zu werfen. Ich tat es nicht. Ich trat auf das Pedal am Abfalleimer und legte die zerbrochenen Geschirrstücke behutsam auf den an jenem Morgen angefallenen Müll. Dann breitete ich eine Papierserviette darüber, damit Paul nicht zu sehen bekam, was ich getan hatte. Ich hatte Angst, er könne glauben, daß ich sie absichtlich zerschmettert hatte. Und vielleicht war dem unbewußt tatsächlich so.

An den Rand am Ende dieser Passage schrieb Linnett: »Nachfragen: unbewußt. Wut. Im Leben nicht oft abreagiert, oder?«
Spätabends am Sonntag fuhr Linnett auf der Straße namens Broom Lane bis zu dem Briefkasten mit der Aufschrift Maynard, nur um festzustellen, wie lange sie am folgenden Nachmittag brauchen würde, um dorthin zu gelangen. Sie konnte das Haus von der Straße

aus nicht sehen – der Kiesweg war von Baumkronen überdacht. Linnett fuhr bis zum nächsten Briefkasten weiter und wendete dort.
Am Montag fuhr sie wieder hin, langsam und unerwartet nervös. Die Zweige, die in die Auffahrt hineinragten, schrammten an Franks Auto entlang. Linnett mußte den Ellenbogen einziehen, damit er nicht zerkratzt wurde. Sie fuhr aus den Bäumen heraus auf offenes Gelände, das nach links hin abfiel. Am oberen Ende konnte sie die Reihe junger Apfelbäume erkennen. Die Auffahrt machte einen Bogen nach rechts, wo die Bäume dicker waren. Linnett parkte unter einer Buche neben einem großen, verbeulten Station Wagon. Sie riß die Tür auf, hob ihre Krücken hinaus und lehnte sie gegen das Auto. Ungelenk zerrte sie den Rucksack heran und mühte sich damit ab, ihn sich auf den Rücken zu schnallen. Dann hievte sie sich aus dem Auto und schleppte sich auf Krücken langsam über den unebenen Boden.
Die Modernität des Hauses überraschte sie. Sie hatte sich ein altes Haus vorgestellt, mit einer breiten Veranda, auf der sie sitzen und sich mit Lily Maynard unterhalten konnte. Als Zugeständnis an die örtliche Architektur war dieses Haus mit Schindeln gedeckt, die soeben angefangen hatten zu verwittern. Andererseits aber hatte es einen ganz eigenen Charakter, mit einer hohen Fensterfront, die horizontal verlief, und einem grün gestrichenen Rohr als Geländer, an dem sie nun Halt suchte, während sie eine nach der anderen die breiten Stufen erklomm. Sie klingelte. Durch das Fenster neben der Tür konnte sie sehen, daß das Innere ein einziger großer Raum war, mit einer Fensterreihe auf der anderen Seite, die sich nach dem Fluß unterhalb des Hauses hin öffneten.
Noreen machte die Tür auf, und Linnett beobachtete, wie ihre Augen rund wurden beim Anblick ihrer auf Krücken gestützten Gestalt.
»Tag«, sagte Linnett. »Ich bin gekommen, um Lily Maynard zu sehen. Linnett Baird.«
»Kommen Sie rein«, antwortete Noreen. Sie trat einen Schritt zurück und hielt Linnett die Tür auf. »Da entlang. Sie erwartet Sie schon.« Sie zeigte auf das große Zimmer.

Linnett sah sich rasch um – eine Küche an der gegenüberliegenden Wand, und vor den Fenstern zum Fluß ein Eßtisch mit Stühlen ringsherum. Die Möbel im Wohnbereich waren elegant und modern, bis auf einen Konzertflügel in der Ecke und den einen oder anderen Sessel aus der Zeit um die Jahrhundertwende. In einem davon lehnte seltsam schräg wie eine Puppe, die man achtlos hingesetzt hat, eine magere alte Frau mit weißem Haar. Sie war in etwas gekleidet, das wie ein Pyjama aussah, blaßgrün. Linnett humpelte langsam durch den Raum und starrte sie dabei an. Lily Maynards Gesicht wirkte schockierend leer. Als sie jedoch Linnetts ansichtig wurde, leuchteten ihre Augen auf, als amüsiere sie sich über ihr Mißgeschick.
Linnett war nur noch ein kurzes Stück von ihr entfernt, da beugte die alte Frau sich vor und legte die Hand auf die zwei Krücken, die an ihrem Sessel lehnten. »Na«, sagte sie mit atemloser, hastiger Stimme, »wie ich sehe, sind wir beide gerüstet, uns von unserer besten Seite zu zeigen.«

Als sie am späteren Nachmittag wieder daheim war, daheim in ihrem gemieteten Haus, schenkte Linnett sich einen Gin Tonic ein. Dann nahm sie am Computer Platz. *Lily* nannte sie das Dokument. Und sie gab folgendes ein:

Was einem als erstes auffällt, sind ihre Augen, durchdringendes Dunkelbraun, funkelnd vor Gewitztheit und Intelligenz. Als nächstes ihre Stimme, leicht und mädchenhaft, beinahe unbetont, so eilig hat sie es mit dem, was sie sagen will. Dann, daß sie schön ist, eine unmögliche Schönheit, zusammengesetzt aus den falschen Bestandteilen: weißes Haar, die reine, aber runzlige Haut, die Altersflecken auf den Händen und im Gesicht. Und dann, erst dann begreift man richtig: Lily Maynard ist eine steinalte Frau, will sagen, über achtzig Jahre alt. Aber natürlich ist man deshalb gekommen: um mit der Frau zu reden, die das Altsein – jedenfalls in der literarischen Welt – interessant gemacht hat.

6

Binnen zwei Tagen nach Lilys Ankunft in Bowman hat Alan den überwiegenden Teil seines Arbeitstages von seinem Zimmer im Haus in sein Büro in der Stadt verlegt. Er hat das Büro bis dahin hauptsächlich unterhalten, um Termine mit Klienten wahrzunehmen und als Archiv für seine Entwürfe. Fast jeden Tag hat er in den ersten paar Wochen von Lilys Aufenthalt alles mögliche, das er – so sieht er selbst es – daheim hat mitgehen lassen, die schmale Treppe hochgeschleppt, hinauf zur Tür, auf der sein Name steht. Dennoch stößt er nach wie vor auf Fehlendes, auf Dinge, die er braucht und die nicht da sind – Dias, ein Nachschlagewerk, ein bestimmter Katalog. Aber er behilft sich, hält sich fern vom Haus. Was er benötigt, kann immer bis morgen warten. Er hat ohnehin nicht viel zu tun.

Natürlich könnte er an den Vorlesungen arbeiten, die er im Herbst halten wird.

Natürlich ist er ein Mensch, der immer an Projekten gearbeitet hat, wenn nicht viel zu tun war – Kunsttischlerei, Wettbewerbe, an denen es teilzunehmen galt. (Mehrere Jahre lang hat er Cembalos gebaut, wenn nicht genug andere Arbeit da war, und während dieser Zeit ist bei Thomas das Interesse an der Musik erwacht.)

Was weiß er von Lilys Leben in seinem Haus? Genug. Er weiß, daß sie oft Besuch bekommt. Er hat die Einkaufszettel gesehen, die Lily mit ihrer Krakelschrift für Gaby oder Noreen ausfüllt. Noreen hat deswegen um Lohnerhöhung gebeten. Sie habe, sagt sie, nicht damit gerechnet, mehrmals in der Woche Mittagessen oder Nachmittagstee für drei bis vier Personen zubereiten zu müssen.

Er weiß, daß diese Woche die Sekretärin angefangen hat und daß sie

Lily zusagt. Gaby ist ihr des öfteren begegnet und meint, die Frau wirke nett, aber irgendwie hart. Sie haben sogar darüber gelacht: Hart muß sie sein, um mit Lily arbeiten zu können.
Und er ist froh, daß er in der Situation überhaupt etwas zu lachen hat. Weil nämlich Alan von seiner Reaktion auf Lily überrascht worden ist. Er ist überrascht und verwirrt. Er hat nie vorgegeben, eine intime oder gar harmonische Beziehung zu ihr zu haben. Andererseits hätte er vor diesem Besuch behauptet, sie hätten miteinander zu einer Art friedlichem Ausgleich gefunden.
Tatsächlich ist er beinahe sofort, nachdem sie hier in sein Leben getreten war, wütend geworden, erst auf sie und dann auf sich selbst, wegen seiner Wut. Er hat sich vor sich selbst, bei sich selbst gerechtfertigt: Sonst hat er sie immer besucht, in seinem ehemaligen Zuhause, in ihrer Wohnung. Nie hat sie mehr als ein oder zwei Nächte in einem seiner Häuser verbracht. Nie hat er sich auf ihr Leben, ihren Tagesablauf einrichten müssen. Nie war sie so alt, so anspruchsvoll gewesen. Doch das hilft ihm nicht weiter, macht ihn ihr gegenüber nicht ungezwungener. Inzwischen ist er soweit, diese Gefühle seiner Reaktion auf das zuzuschreiben, wozu sie ihren Besuch offenbar zu nutzen gedenkt: zur Vernichtung seiner Vergangenheit.
Denn Alan ist es, der ihr den Papierkorb leert, und er hat die sorgsam zerrissenen Seiten gesehen, die Lilys Geschichte darstellen. Seine eigene Geschichte: die Handschrift seines Vaters, Worte, die ihm entgegenspringen. Er gestattet sich, sie wahrzunehmen, nur die Sätze, die Worte auf den zerrissenen Seiten, die obenauf liegen. Erst dann wirft er sie in den grünen Plastiksack, kippt Müll darüber, bindet den Sack oben zu und schafft ihn in den Schuppen. Seine Empörung – ist es das, was er empfindet? – behält er jedoch für sich. Er hat Lily gegenüber kein Wort darüber verloren. Was hätte er auch sagen sollen? Er hat nicht gewußt, daß es solche Briefe, solche Papiere gab. Wie hätte er jetzt sein Recht auf sie geltend machen können, das Recht, sie aufzubewahren? Was hätte er mit ihnen anfangen sollen? Hätte er sie überhaupt ganz lesen wollen? Hätte er mehr wissen wollen als das, was seine Mutter längst publik gemacht hatte über das,

was zwischen ihr und seinem Vater vorgefallen war? Darüber, wie er aufgewachsen war und was ihnen das bedeutet hatte?
Ja, durchaus, das wird ihm jetzt klar. Ihm ist an dieser Geschichte gelegen. Sie hätte ihn inzwischen nicht mehr kümmern dürfen, tut es aber doch. Das liegt zum Teil daran, daß er sein Erwachsenendasein als mühsame Lektion begreift – als Lektion für einen, dem das Lernen schwerfällt –, in deren Verlauf er die Elemente seiner Kindheit zusammengefügt hat, vor denen er einst geflohen ist und die er nun kennen, verstehen will. Oder gar meistern. Er ist nach seinem Empfinden spät auf einige notwendige Fragen über sich selbst gestoßen. Und nun muß er mit ansehen, wie das, was die Antworten – zumindest einige Antworten – enthalten könnte, für immer verlorengeht.
Da waren natürlich die Memoiren. Sie hatten Alan eine bestimmte Version seiner Vergangenheit ins Gedächtnis gerufen. Doch diese Version stammte von Lily, ging auf ihre Deutung, ihr Verständnis der Ereignisse zurück. Das interessierte ihn zwar sehr, aber er verspürte beim Lesen nur eine Art distanzierter Neugier. Sie waren zu sehr ihre Schilderung, ihre Auffassung, um ihm weiterzuhelfen.
Andererseits enthielten die Memoiren auch Fotos, ein wahres Dikkicht zwischen Seite hundertsiebenundachtzig und hundertachtundachtzig, lauter Schwarzweißfotos. Von den älteren Bildern waren ihm die meisten vertraut, wie er beim genauen Hinsehen feststellte. Er hatte sie in den Alben gesehen, die auf dem untersten Brett der Anrichte auf dem Flur gestanden hatten. Diese Alben waren verschwunden, als seine Eltern sich getrennt hatten, und er hatte nicht mehr an sie gedacht. Bis zu jenem Augenblick hatte er ganz vergessen, daß es sie gab.
Einige der Bilder waren für Alan bloße Kuriositäten – die von Lilys Vorfahren, aus ihrer Kindheit und Jugend, dann die späteren, die ihre Bekannten an der Kirche von Blackstone zeigen, sie selbst in ihrem Arbeitszimmer und so weiter. Einige waren bloß amüsant oder interessant: sie und Paul zusammen, die Kinder, als sie noch klein waren, und dann über die Jahre hinweg diverse familiäre Gruppierungen.

Auf einem Bild ist beispielsweise Rebecca zu sehen, in Pose gesetzt, wohl für das offizielle Abgangsfoto von der High School. Ihr Haar ist zu einer peniblen Innenrolle eingedreht, ihre Gesichtshaut und ihre Intensität restlos wegretuschiert, so daß ihr Blick in die Zukunft nur noch töricht und unwissend erscheint. Einfältig. Und Clary als junges Mädchen im Glockenrock, der sich über weißen Tennisschuhen und Baumwollsocken bauscht. Und Alan selbst ist auch vertreten, in erwartungsvoller Haltung auf dem Baseballfeld, kurz vor dem Ausholen zu einem Wurf, in der ausgebeulten Uniform jener Zeit so hilflos mager wie Thomas jetzt.

Die Fotos von Paul, seinem Vater, haben Alan dagegen fasziniert und verwirrt. Eines davon zeigt ihn als jungen Mann auf der Kanzel. Er hat die Arme zu beiden Seiten aufgestützt, und sein Gesicht ist ernst und offen, das Gesicht eines Gläubigen. Wann immer Alan als Kind während der Predigt oder beim Gebet aufgesehen hatte, hatte ihm sein Vater Angst gemacht. Die Kanzel der Kirche von Blackstone hatte vorgeragt wie der Bug eines Schiffs, das scheinbar mühelos über das Meer der Gesichter der versammelten Gemeinde gleitet, und der Blick hinauf war nicht schmeichelhaft gewesen. Das Licht hatte boshaft in Pauls Brillengläsern gefunkelt, und aus seinen Nasenlöchern, so kam es Alan vor, war büschelweise dunkles Haar hervorgewachsen.

Als kleines Kind hatte Alan Wachsmalkreiden und Papier mitnehmen dürfen. Er hatte sich damit beschäftigt und versucht, nicht zu seinem Vater aufzublicken, dem Richter. Doch ungefähr ab seinem zehnten Lebensjahr hatte man von ihm erwartet, zuzuhören und ohne Ablenkung am Gottesdienst teilzunehmen. Damals hatte er erkannt, daß sein Vater zwei grundverschiedene Seiten hatte. Daheim war er liebevoll, zu Scherzen aufgelegt, manchmal ein Hanswurst. In der Kirche dagegen war er feierlich, streng, dort verlangte er von Alan mehr – das war ihm schon damals klar –, als er je zu leisten vermochte. Alan erinnerte sich, in der Kirche zu Clary und Rebecca, zu seiner Mutter hinübergeblickt zu haben. Damals hatte er in ihren erhobenen Gesichtern stolze Zärtlichkeit

aufblitzen sehen. Er hatte gesehen, daß sie vor diesem Paul keine Angst hatten. Er war ihr Pfarrer, ja, aber auch Ehemann und Vater. Und tatsächlich sind auf dem Bild beide Seiten von Paul zu erkennen. Das hat Alan nachdenklich gestimmt: Warum hat er ihn nicht so sehen können – als Ganzes?
Aber das war ihm nun einmal nicht gelungen, und Alan hatte schon zu dem Zeitpunkt, als sein Vater für ihn in zwei Teile zerfallen war, ganz richtig begriffen, daß die ernste, die feierliche Seite – die für ihn unzugänglich war und ihm Angst machte – diejenige Seite war, die Paul wichtiger nahm.
Als Paul in späteren Jahren versucht hatte, mit Alan zu sprechen (Alan stellte sich vor, daß diese Gespräche fast immer von Lily angeordnet worden waren: »Ich finde, du solltest dich einmal mit Alan unterhalten, und zwar über ...« Worüber auch immer, Schulnoten, Drogen, Mädchen), hatte sich Alan immer unzulänglich gefühlt, als hoffnungsloser Fall, und er hatte Paul dieses Gefühl übelgenommen.
»Was versuchst du eigentlich zu erreichen, mein Sohn?« hatte Paul eines Tages gefragt. Das war nach der Trennung gewesen – Alan war fünfzehn Jahre alt, und Paul hatte ihn zum Essen ausgeführt. Sie saßen sich in einer Nische in einem Restaurant namens *Tropical Hut* gegenüber. Pauls Gesicht hatte, als er die Frage stellte, im gedämpften, orangefarbenen Lampenlicht offen und gütig ausgesehen. Er war für Alan da und bot ihm sein Verständnis an.
»Mein Gott! Ich *versuche* überhaupt nichts zu *erreichen*, Papa«, hatte Alan verächtlich geantwortet.
Dabei hatte er das Gefühl gehabt, daß von ihm erwartet wurde, schwieriger und ichbezogener zu sein, als er es war. Daß er mit seinem Verhalten hätte versuchen müssen, etwas zu erreichen, anstatt einfach zu tun, was ihm naheliegend erschien. Das bedeutete in seinem Alter, Unmengen Marihuana zu rauchen und den geeigneten Ort und Zeitpunkt zu bestimmen, um mit einem Mädchen namens Mary Ann Singletary allein zu sein.
Alan war erleichtert gewesen, als Paul nach Kalifornien umgezogen

war. Er war damals siebzehn, im vorletzten Jahr an der High School. Paul hatte die Kirche unter skandalträchtigen Umständen verlassen. Da er sich für die örtliche Gemeinde engagierte und für das, was später die Black-Power-Bewegung genannt werden sollte, hatte er einer Gang aus dem Viertel erlaubt, die Kirche als Versammlungsraum zu benutzen. (Das war zudem der letzte Schritt zur Spaltung der Kirchengemeinde gewesen und hatte seine schwarzen Gemeindemitglieder aus dem Mittelstand in die Flucht geschlagen. Denn ausgerechnet diese Gang hatte den Kindern der Gemeindemitglieder auf dem Schulweg das Essensgeld abgenötigt – überhaupt alles Geld, das sie dabeihatten.) Ein junges Mädchen hatte behauptet, bei einem der unbeaufsichtigten »Jugendbund«-Treffen vergewaltigt worden zu sein.

Paul war auf Betreiben der Kirchenleitung ausgeschieden und hatte schließlich eine Stellung in Berkeley angenommen, einen schlecht bezahlten Job als Gemeindehelfer. Er hatte regelmäßig an Alan geschrieben, doch mit ihrer Beziehung im eigentlichen Sinn war es seither vorbei. Paul reiste zu den üblichen Anlässen in den Osten, doch sein Leben spielte sich anderswo ab.

Alan hatte seine Erleichterung jahrelang geleugnet. Noch als er anfangs mit Gaby über sein Elternhaus gesprochen hatte, über sein Leben als junger Mann, hatte er ihr erzählt, er habe sich damals von Paul im Stich gelassen gefühlt. Und natürlich hatte er die Wahrheit gesagt, als er Gaby gegenüber vertreten hatte, er finde es unverantwortlich von seinem Vater, ihn auf Gedeih und Verderb jemandem wie Lily ausgeliefert zu haben. Doch das war nur eine Wahrheit, eine unter vielen.

In Lilys Memoiren hieß es:

Nach Pauls Umzug nach Kalifornien hatten wir, ich auf jeden Fall und die Kinder wohl auch, fast das Gefühl, als sei er in eine andere Dimension übergegangen. Seine Briefe an sie und seltener auch an mich berichteten von einer Welt, die uns gänzlich fremd war, die jedoch binnen weniger Jahre zur vertrauten Erscheinungsform amerikanischer Kultur wurde. Zunächst jedoch trafen diese Berichte ein wie Zeitkapseln aus der Welt, zu der wir unterwegs waren, wie Nachrichten aus unser aller Zukunft: veränderte Bewußtseinszustände, verwässerter Buddhismus und immer, immer die Annahme der politischen Wut und der Rhetorik der Black-Power-Bewegung.

Alan konnte sich nur an den allgemeinen Tenor der Briefe erinnern, die Paul ihm aus Kalifornien geschrieben hatte, an den Tonfall des *älteren Freundes*, den Paul eindeutig anstrebte. Und an den Ärger, den er damit bei ihm auslöste: Paul war nicht einmal ein Vater, und schon gar kein Freund! Warum sollte sich Alan für die Aktivitäten der Kommune interessieren, der Paul angehörte, für seine politischen Ansichten, seine Anliegen, seine Glaubenssätze? Schließlich hatte er Alan im Stich gelassen! Warum sollte er sich für diese Seite Pauls interessieren, für diese Version? Es war die andere Seite, nach der er sich gesehnt und auf die er nun erbittert und wütend verzichtet hatte.

Lily hatte, nachdem sie einen Brief von Paul zerrissen und zerknüllt in Alans Papierkorb vorgefunden hatte, einmal gefragt, ob er selbst seinem Vater je schreibe.

»Nie«, hatte Alan geantwortet.

»Du solltest es versuchen«, hatte Lily gesagt. »Versuch, ihm zu verzeihen. Es war immerhin ich, die der ganzen Sache ein Ende gemacht hat, nicht er.« Sie hatte an der Tür zu Alans Zimmer gestanden, die dunklen Brauen in Sorge gerunzelt. »Ich meine, wenn es jemanden gibt, auf den du Grund hast, wütend zu sein, dann bin ich es.« Sie hatte die Hand gehoben und sie sich an den Busen gelegt.

Das bin ich auch, hatte Alan sagen wollen. Doch er hatte es nicht getan. Er hatte die Achseln gezuckt, sich abgewandt und an seinem Schreibtisch sitzend darauf gewartet, daß sie ging.

Es gab in den Memoiren ein zweites Bild von Paul, auf das Alan immer wieder zurückkam. Er saß draußen unter Fichtenzweigen und hatte ein altes Flanellhemd an. Er war von seinen Kindern umgeben. Rebecca hatte ihm von hinten die Arme um den Hals gelegt. Ihre kleinen verschlungenen Hände bildeten unter seinem Kinn ein kompliziertes Halsband, und ihr lachendes Gesicht ruhte an seinem.

Clary stand neben ihm. Sie hatte sich an ihn gelehnt und blickte hungrig zu ihm und Rebecca auf. Und Alan, das Baby, saß zwischen den Beinen seines Vaters, in einen Strickanzug gekleidet, der seine dicken nackten Beine und winzigen krummen Füße preisgab. Pauls Hände umfingen Alans kleinen Leib und stützten ihn. Alan lehnte sich gegen den Bauch und die Brust seines Vaters. Er hatte den Kopf zurückgeworfen und bemühte sich, seine Schwestern und seinen Vater zu sehen. Er wirkte eifrig und lächelte, geschützt von seinem Vater inmitten seines persönlichen Universums. Wann, fragte sich Alan, und wie waren dies und die Frau, die wohl die Kamera gehalten hatte, für Paul so unwichtig geworden, so entbehrlich, daß er sich unterstanden hatte, auf und davon zu gehen und das neue Amerika aufzubauen?

Alan hatte einmal den Versuch unternommen, die Antwort darauf zu finden. Er war damals zweiundzwanzig, im Sommer nach seinem Collegeabschluß. Paul war frisch operiert gewesen und hatte nicht zur Zeremonie kommen können. Gegen Ende des Sommers hatte Alan seinen Job gekündigt und war über Land nach Kalifornien gefahren, auf einem Motorrad, das er von seinem Lohn gekauft hatte. In bestimmten Städten und Ortschaften hatte er Freunde vom College, bei denen er übernachten konnte. Ansonsten schlief er nachts auf dem Boden, in einem Schlafsack. Er hatte im Frühjahr des letzten Studienjahres viel über diese Reise gesprochen, mit jedem, der bereit war, zuzuhören. »Die Kurve kratzen«, hatte er es genannt. Er hatte verkündet, er wolle mit seinem Vater »reinen Tisch machen«. An einer heißen Quelle in der Wüste von Anzo Borrego hatte er eine Postkarte mit der Abbildung einer Wüstenszene gekauft und sie an Gaby in Frankreich adressiert. (Um diese Zeit war Gaby eigentlich nur eine Idee, wenn auch eine, die ihm nicht aus dem Kopf ging. Sie war die ältere Tochter einer Familie, bei der er zu Beginn des zweiten Studienjahres als Austauschstudent gewohnt hatte.) »Grüße aus Nirgendwo, USA«, hatte er geschrieben. »Ich bin fast den ganzen Weg durch dieses endlose Land auf einem Motorrad hierhergefahren. Es war ein verrücktes, einsames, beglückendes Abenteuer mit dem Endziel, meinen Vater zu finden. Es sendet liebe Grüße Dein Bewunderer in Amerika – Alan.«

Tatsächlich hatte Alan die Reise damals längst satt, den ewig gleichen Vorgang des Fahrens Tag um Tag. Und die Tage mußten lang sein, damit er es vor Semesterbeginn bis nach Kalifornien und zurück nach Boston schaffen konnte. Er hatte die schmutzigen, verschmierten öffentlichen Duschen auf den Campingplätzen satt, auf denen er jeden dritten oder vierten Tag haltmachte. Er hatte das miese Essen, den schlechten Kaffee, den Gestank seines eigenen Schweißes satt, den unaufhörlichen heißen Wind auf seinem Gesicht.

Paul lag ihm Sterben, das hatte Alan gleich erkannt, als sein Vater die Tür aufmachte, obwohl er noch niemanden sterben oder tot gesehen hatte. Paul schien geschrumpft zu sein, und seine Haut war nicht einfach bleich, sondern gräulichgelb. Er trug ein verwaschenes Jeanshemd und Khakihosen mit Bundfalten unter dem schmalen Gürtel.

Alan mit seinem von Sonne und Wind gebräunten Gesicht, seiner Levi's und der Motorradjacke, groß und kerngesund, war sich riesig vorgekommen, viel zu laut. Irgendwie exzessiv. Doch Pauls blasses, verkniffenes Gesicht hatte sich beim Anblick seines Sohnes geöffnet und entspannt. Sie hatten sich die Hand geschüttelt.

Alan war zwei Tage bei seinem Vater geblieben und hatte von alledem geredet, was er sich zu sagen vorgenommen hatte. Er hatte mehrere Anläufe unternommen, doch sein Tonfall war, sobald er davon anfing, anklagend und schroff geworden, und Paul schien entschlossen zu verhindern, daß sich Unstimmigkeiten zwischen ihnen ergeben würden.

Als Alan das letzte Mal davon angefangen hatte, hatten sie gerade einander gegenüber in Pauls spartanisch eingerichtetem Wohnzimmer Platz genommen. Paul hatte von der Anstrengung, seinen Sessel zu erreichen, leise gekeucht. Alan redete noch um den heißen Brei herum, doch seine Stimme hatte bereits angefangen, sich zu verhärten, als Paul die Hand gehoben hatte, wie um ihn abzuwehren. »Kein Zweifel, ich habe Fehler gemacht«, hatte er gesagt. »Was es auch sei, es tut mir leid. Wichtig ist nur, daß du hier bist. Es hat keinen Sinn, sich mit der Vergangenheit aufzuhalten.« Sie hatten einen Augenblick lang beide geschwiegen.

Himmel, hatte Alan gedacht. Wieso bin ich dann eigentlich gekommen?

Dann hatte Paul angefangen zu husten. Unfähig, wieder aufzuhören, war er aufgestanden und hatte sich langsam mit schlurfenden Schritten in sein Schlafzimmer zurückgezogen. Nachdem die Tür zu war, hatte Alan allein dagesessen. Er hatte sich im Zimmer umgesehen, aus dem Fenster geschaut. Das helle kalifornische Sonnenlicht wurde von den kahlen pastellfarbenen Bauten gegenüber reflektiert. Auf der Straße spielten schwarze Kinder; sie beschimpften einander lässig in jener Sprache, die sich Alan selbst in den nächsten Jahren aneignen sollte. Lange Zeit war das Geräusch des Hustens alles, worauf er sich konzentrieren konnte.

Viel später erst kam er darauf, daß Paul ihm möglicherweise ein Geschenk gemacht hatte, anstatt nur sich selbst zu verteidigen. Daß er Alan bewußt von einer Grausamkeit abgehalten hatte, deren Wunden nicht mehr hätten heilen können und die Alan darum in Zukunft nur bedauert hätte. Und dafür war Alan später dankbar. Andererseits aber fühlte er sich beraubt, vor den Kopf gestoßen und traurig über den Mann, der sein Vater war. Wie Rebecca hatte er die Antworten auf alle Fragen Alans vorweggenommen, noch ehe Alan gewußt hatte, wie er sie stellen sollte. Wer bist du? Was habe ich dir bedeutet, daß du mich so einfach verlassen konntest?

Das Problem ist, daß sich Alan nicht an Paul erinnern kann, an Paul, wie er war. Und wie es die Bilder klarmachen. Er kann sich nicht an den heiteren, lachenden Vater erinnern, an den jungen Mann, der in seiner Intensität die Umrandung der Kanzel umklammert. Folgendes weiß er: daß Paul mit ihnen gespielt, ihnen vorgelesen hat. Daß er es war, der kam, mit den Kindern das Abendgebet zu sprechen. Daß er Alan das Eislaufen beigebracht hat und wie man einen Ball wirft. Er erinnert sich deutlich daran, jedoch ohne Paul zu sehen. Wenn er jetzt an Paul denkt, sieht er den sterbenden Paul vor sich. Er sieht ihn im nackten, harten Licht des leeren Wohnzimmers, entkräftet und geschwächt. Er sieht die ausgebleichte, sonnige Welt des Slums, in dem Paul damals lebte. Er entsinnt sich, wie Pauls Husten geklungen hat und daß auf der anderen Straßenseite, während er zuhören mußte, wie sein Vater nach Luft schnappte, ein großer grauhaariger schwarzer Mann gemächlich und mit Sorgfalt sein Auto poliert hatte, bis es im Sonnenschein glänzte.

Nun, da er die Briefe in der Handschrift seines Vaters entdeckt, wird er wieder an seinen Verlust erinnert, wie beim ersten Mal, als er Lilys Memoiren durchgeblättert hat und auf die Fotos gestoßen ist. Und er ist Lily böse, weil ihr so gar nicht bewußt ist, was sie von ihm verlangt. Sie nimmt an, daß er diese Schreiben einfach wegschaffen wird, damit sie vernichtet werden, und geht wie selbstverständlich davon aus, daß sie die einzige ist, der etwas an ihnen liegt und der sie jene verlorene Welt heraufbeschwören konnten.

Und er kann weder darüber noch über sonst etwas mit Lily sprechen. Er weiß nicht, wie. Die Beziehung zwischen ihm und ihr ist und bleibt oberflächlich.

Beim Abendessen behilft man sich mit leichtem Geplauder, das oft ein wenig bissig wird und bei Alan manchmal plötzlich in unerklärtem, nicht hinterfragtem Schweigen endet, einem Schweigen, das Gaby zur Verzweiflung treibt. Und dann das, was Gaby nicht mitbekommt, wenn er am Morgen nach seiner Mutter sieht, ehe Noreen eingetroffen ist, um ihr Kaffee zu bringen und ihr ins Bad zu helfen. Sie hat dann eines ihrer weißen Nachthemden an, und häufig hat sie zum Schutz vor der morgendlichen Kühle das abgetragene, fleckige Bettjäckchen übergezogen, um das sie soviel Aufhebens macht. Die Haut ihrer Beine, die sie mit seiner Hilfe aus dem Bett schwingt – von denen Alan zuviel gesehen hat, ebenso wie den spärlichen, eisengrauen Flaum ihrer Schamhaare –, ist gelblich und schlaff. Er bleibt auf dem kleinen Flur, der zum Gästetrakt gehört, vor dem Bad stehen, den Kopf der Tür zugeneigt, wie sie es getan haben muß, als ein kleinerer Alan vor langer Zeit in Chicago das Bad benutzt hatte. Er horcht, wie sie vielleicht einst gehorcht hat, auf ihre intimsten Geräusche und ruft, wenn sie zu lange zu brauchen scheint: »Alles in Ordnung?«

Was ihn das kostet, weiß er nicht zu sagen. Was es ihn kostet, den Müll auf die Briefe zu schütten, die seine Vergangenheit für immer davontragen, weiß er nicht zu sagen. Ob diese Handlungen das Schlimmste sind, oder ob es die Wut auf sie ist, die er im Verlauf eines jeden Abendessens aufsteigen fühlt, weiß er nicht zu sagen. Er kann mit Gaby über all das nicht sprechen, es sei denn in sarkastischem Ton, und wenn er die Sorge um ihn in ihrem Gesicht sieht, versucht er gleich auch noch, einen Scherz daraus zu machen.

Vielleicht ist es die Flucht vor alledem, die Alan binnen einer Woche nach Lilys Ankunft veranlaßt hat, auch das Büro in der Stadt zu verlassen, manchmal schon recht früh am Morgen, oft gleich nachdem er dort angekommen ist. Zunächst hat er so getan, als habe es mit anstehenden Projekten zu tun. Er hat nach dem Haus gesehen, das in Bowman gebaut wurde, bis er das Gefühl hatte, daß seine allzu häufigen Besuche für die Bauarbeiter zum Kuriosum wurden. Den nächsten Tag verbrachte er damit, bis in die kleine Stadt in Vermont zu fahren, wo man ihn möglicherweise beauftragen würde, eine Kirche zu bauen, nur um ein paar Maßangaben zu überprüfen, die er am Telefon hätte klären können.

Nun weiß er immer öfter nicht, wohin. Ein paarmal ist er zum Hafen hinuntergegangen, hinunter ans Wasser, wo er um diese Zeit im Auto sitzen und zusehen kann, wie die Fischerboote ihren Fang anlanden. Doch er kommt sich auffallend müßig vor, wenn er so dasitzt. Mehrere Male ist er auf den städtischen Parkplatz gefahren und zum Strand hinuntergegangen, vorbei an den männerlosen Gruppen gebräunter Frauen und Kinder, an Scharen von Teenagern mit tragbaren Kassettengeräten und Frisbees. Er kennt diese Leute, er weiß, daß sie nicht aus privilegierten Verhältnissen stammen; sie sind aus der Stadt und sprechen mit schwerfälligem städtischem Akzent. Aber er denkt darüber nach, wie privilegiert sie den meisten Leuten vorkommen würden – die Frauen, die nicht arbeiten müssen, die lachen und schwatzen und sich über ihre Ehemänner beschweren, während sie in der Sonne immer brauner werden, während die Kinder im brackigen Wasser planschen und im Sand graben und Burgen bauen und die mitgebrachten Kühltaschen nach einem Imbiß durchwühlen.

Er erinnert sich, daß sie Gaby verrückt gemacht haben, die endlos langen Tage des Kinderhütens und des Geredes mit anderen Frauen, als die Kinder noch klein waren. Woran hatte es gelegen, daß ihr so unbehaglich zumute gewesen war? Sie hatte sich fremd gefühlt. Sie war nicht gewohnt, was ihr damals als die Untätigkeit und Maßlosigkeit der amerikanischen Hausfrau erschien. Sie hatte angefangen, aus ihrer eigenen Küche Speisen und Getränke zu liefern, als Ettie noch keine zwei Jahre alt gewesen war, und sie hatte darüber nicht mit sich reden lassen.

Alan fühlt sich derzeit auch untätig und rastlos – ein Mann, der eindeutig zuwenig zu tun hat. Gegen Ende der dritten Woche von Lilys Besuch fährt er meist noch weiter fort, einmal die rund hundertfünfzig Kilometer bis Boston, ohne etwas Bestimmtes vorzuhaben.

Er klingelt an jenem kühlen, heiteren Tag an Thomas' Tür, doch es macht niemand auf. Er sucht sich einen Parkplatz an der Back Bay und schlendert durch die geschäftigen Straßen. Er überlegt, wie sehr sich das Viertel seit seiner Studentenzeit verändert hat. Er hatte damals Freunde, die in gemieteten Zimmern an der Beacon Street oder Commonwealth Avenue wohnten – in behelfsmäßig eingerichteten Zimmern, Wohnstuben in den prächtigen Stadthäusern, die mit Hilfe schäbiger Trennwände zweigeteilt worden waren. Man konnte die Gespräche oder das einsame Husten desjenigen hören, der nebenan wohnte. Nun sind dieselben Gebäude in teure Eigentumswohnungen aufgeteilt oder in einigen Fällen als luxuriöse Einfamilienhäuser renoviert worden, die Fenster mit Ziervorhängen und Rolläden versehen, die Flure glänzend vor poliertem Messing.

Er geht an einem Haus an der Newbury Street vorbei, in dem er und Gaby in den ersten Jahren ihrer Ehe gelebt haben, in der Mansardenwohnung, zwei Zimmer und eine Kochnische droben unterm Dach. Aus den Vorderfenstern hatten sie Ausblicke auf das Prudential-Gebäude und die erste Bauphase des Hancock Center. Es war heiß unter dem Dach geworden im Sommer, und ihm fällt wieder ein, daß sie während jener Monate zu Hause die meiste Zeit nackt herumgelaufen waren. Im zweiten Sommer war sie mit Thomas schwanger gewesen. Von der Newbury Street her blickt er zu diesen Fenstern auf und empfindet unverhofft aufwallende Freude beim Gedanken an sie, wie sie damals war, die Hüften breiter geworden, der Bauch hart und gedehnt, die Brüste aufgebläht und mit silbrigen Schwangerschaftsstreifen überzogen.

Auf einer anderen Fahrt nach Norden biegt er einer Eingebung folgend zur Plimouth Plantation ab. Es ist ein grauer Tag mit leichtem Nieselregen, und er hofft, daß er wenn schon nicht der einzige, so doch ein einsamer Besucher sein wird. Doch es halten bereits sechs oder sieben gelbe Schulbusse davor. Einen Augenblick lang überlegt er, ob er gleich zurückstoßen und weiterfahren soll, aber etwas rührt ihn an den geduckten Formen der Nachbauten im Stil des siebzehnten Jahrhunderts, ihre düstere, freudlose Kargheit in der schweren feuchten Luft, und er schaltet den Motor aus. Er kann die schrillen Stimmen der Kinder hören, sobald er die Wagentür geöffnet hat, weithin vernehmlich, aber gedämpft durch die dicke Luft. Kein Echo. Er bezahlt bei einer kostümierten Frau Eintritt und wird sich der Widersinnigkeit, der Merkwürdigkeit seines Hierseins jäh bewußt. Was hat das mit Lily zu tun? Warum sollte er, der sich ihretwegen entwurzelt fühlt, ausgerechnet diesen seltsamen Ort aufsuchen?

So seltsam nun auch wieder nicht, sagt er zu sich. Er interessiert sich für diese Häuser. Und er nimmt sie sorgfältig in Augenschein, die alte Bauweise mit Pfosten und Balken, die steilen Reetdächer, die winzigen Fenster. Die Fenster, so stand es im Führer, seien so klein gewesen, um zu verhindern, daß im Winter das letzte bißchen Wärme entwich, nur daß sie damals mit geöltem Papier bespannt gewesen seien, geölt, um Durchsichtigkeit zu erzielen, damit es drinnen heller wurde.

Gott, wie jämmerlich! denkt er. Und das alles wofür? Für ein Ideal des Lebens, eine nahezu abstrakte Vorstellung von Freiheit, die erstarrt und dadurch zum Gefängnis geworden war. Er stellt sich in das eine Zimmer, aus dem das gesamte Innere eines der Häuser besteht, und versucht sich das Geschöpf vorzustellen, das dazu fähig wäre, hier mit seiner Frau, seinen Kindern zu leben, ohne wahnsinnig zu werden. Das hier leben und sich wünschen könnte, noch weiter vorzudringen, den Wald, die Indianer noch weiter ins Landesinnere zurückzutreiben. Seine eigenen Vorfahren aus Pauls Zweig der Familie waren damals hier gewesen, hatten in einem Dorf wie diesem gelebt, hatten geheiratet, Kinder bekommen, Landwirtschaft betrieben und gepredigt – in der Gewißheit, daß Gott sie aufgerufen hatte, Anspruch auf dieses Land zu erheben und bis in alle Ewigkeit die Art zu verändern, wie es genutzt wurde. In der Gewißheit, daß Gott sie dazu bestimmt hatte, den dunkelhäutigen Menschen um sie herum Erleuchtung zu bringen.

Es mutet ihn plötzlich als geradezu apokalyptisch an, daß jene Überzeugungen, daß das Gefühl tatkräftiger Gewißheit, gepaart mit Frömmigkeit, in der einen oder anderen Form in der Geschichte der Neuen Welt bis in seine Generation überdauert hat und dann allem Anschein nach erstorben ist. Rebecca, Clary, er selbst – niemand von ihnen hat sich in dem Sinn *berufen* gefühlt, etwas zu tun. Selbst Rebecca brachte mit ihrem Radikalismus hauptsächlich Wut zum Ausdruck. Sicher hat ein Soziologe, ein Historiker herausgefunden, warum es dazu gekommen ist, was da vorgefallen ist. Aber Alan konfrontiert im Augenblick nur sich selbst mit der Frage: Was ist passiert, was hat sich geändert, um ihn, den Sohn von Leuten wie Paul und Lily, zu dem zu machen, was er ist?

An einem weiteren Tag fährt er gleich nach Norden, dann nach Westen, ohne morgens überhaupt noch ins Büro zu gehen. Er fährt auf schmalen Straßen durch den Süden von Massachusetts, durch die alten Städte, die einem anderen Jahrhundert angehören, einer anderen Zeit, und erreicht nach einer Weile die Grenze zu den Berkshires. Er hat Hunger – er hat morgens daheim nur rasch eine Scheibe Toast zu sich genommen, und es ist inzwischen früher Nachmittag. Doch in jeder Stadt hält ihn etwas davon ab, haltzumachen. In der einen scheint es kein Café zu geben. In der anderen gibt es eines, aber das gehört der Imbißkette *Dunkin Donuts*. Und bei jeder Stadt hat er ohnehin kaum die Mitte erreicht, ehe er wieder draußen ist, auf den gewundenen Waldstraßen, die plötzlich hinausführen in hügeliges Gelände mit weiten Ausblicken, während in der Ferne geduckt und blau die Berge dahingleiten.

Und dann gelangt er in eine Stadt, Emmett, deren Name ihm augenblicklich vertraut vorkommt. Er fährt langsamer als vorgeschrieben und versucht dahinterzukommen, warum. Und wird der verblaßten, durchnäßten rosa Schleifen ansichtig, die hier an einem Baum festgemacht sind, dort an einem Briefkasten, und die Endpfosten am Treppengeländer des Gasthofs namens Emmett Inn schmücken. Ja: In dieser Stadt wird ein kleines Mädchen vermißt. Vermißt, fällt ihm jetzt wieder ein, seit rund einem Monat – seither hat er nichts mehr darüber gelesen, aber er erinnert sich, wann es passiert ist. Vor Lilys Ankunft: die Bilder in der Zeitung von den bekümmerten Eltern, von Polizisten mit Hunden, die an der Leine zerren, von Dutzenden von Nachbarn, die ausgeschwärmt sind in die steil ansteigenden Wälder außerhalb der Stadt. Und natürlich das Bild des kleinen Mädchens, ein Schulfoto, hat er damals gemeint – das lächelnde, dunkelhaarige Kind vor einem künstlichen Himmel, mit einer Brille auf der Nase, die ihm viel zu groß ist. Alan hatte den Drang verspürt, jeden Artikel darüber zu lesen, und in den ersten vier, fünf Tagen hatte es davon eine ganze Menge gegeben.

Er hat nun vor dem Emmett Inn geparkt und bleibt noch einen Augenblick im Wagen sitzen. Er erinnert sich an die Beschreibung des Mädchens und daran, wie beeindruckt er war, daß die Eltern genau wußten, was es angehabt hatte, daß es nagelneue Turnschuhe getragen hatte. Er hatte an seine Söhne denken müssen, als sie noch jünger waren, an die Intensität, mit der sie ihm damals physisch bewußt waren. Ja, selbst die Kleidung, die sie sich täglich zum Anziehen aussuchten – eine Kappe, auf der einer bestand, eine Jacke, von der der andere sich nicht trennen mochte, selbst als sie zu klein wurde, die neuen Schuhe, die für sie von magischer Wichtigkeit waren. Er konnte sich vorstellen, daß er selbst genau wie diese Eltern sagen würde: »Er hatte knöchelhohe schwarze Turnschuhe an, mit gestreiften Schnürsenkeln.« So etwas weiß man über sein Kind, so etwas würde einem zu schaffen machen. Er konnte ihre panische Angst nachvollziehen. Außerdem fielen ihm mehrere alptraumhafte Versionen davon ein, was dem kleinen Mädchen zugestoßen sein könnte, obwohl er sich jedesmal bemühte, sie nicht zu Ende zu denken. Doch das Böse, die Vorstellung des Bösen übte eine verführerische Macht auf ihn aus.

Er geht in den Emmett Inn. Es ist ein schäbiges, heruntergekommenes Lokal mit Linoleumfußboden im Vorraum. Er empfindet es seltsamerweise als Erleichterung, daß es ohne Kinkerlitzchen und modischem Firlefanz eingerichtet ist. Er betritt den Speisesaal zur Linken des weitläufigen Vorraums. Die rund zehn unbesetzten Tische haben rotweiß karierte Tischdecken und sind mit Besteck, Papierservietten und Gläsern zum Abendessen gedeckt. Die Kaffeetassen stehen umgekehrt auf ihren Untertellern. »Hallo?« ruft er.

Niemand antwortet. Wieder im Vorraum angekommen, entdeckt er die Klingel am Empfang und drückt darauf. Irgendwo aus der Tiefe des Gebäudes erschallt wie zur Antwort ein Geräusch, ein dumpfer Aufprall. Gleich darauf kommt eine Frau, ungefähr in seinem Alter, mit karierter Bluse und Bluejeans, die breite geschwungene Treppe herabgeeilt. Sie schnappt nach Luft, und ihr dünnes, glattes Haar ist zum Pferdeschwanz gebunden und hängt schlaff herab. Ihre Ärmel sind aufgerollt, ihre Arme massig und kräftig aussehend, gebräunt. Die Küche sei geschlossen, teilt sie ihm mit. »Ich kann Ihnen höchstens Kaffee und Nachtisch servieren, wenn Sie wollen. Wir haben Pie gebacken. Sonst gibt's erst wieder was zum Abendessen. In der Küche ist jetzt niemand.«

»Das reicht mir. Pie reicht mir«, antwortet Alan. »Was für Sorten haben Sie denn?«

»Genau eine.« Sie grinst. Sie hat einen blassen, feinen Schnurrbart, ist aber dennoch auf verblüffende Weise hübsch. »Mit Heidelbeeren.

Ist aber selbstgemacht.« Es liegt an ihrer Stimme, erkennt er. Ihre Tonlage, ihr weicher Klang. Sie gehört zu einer anderen Frau, und bei ihr wirkt sie seltsam faszinierend.

»Dann mit Heidelbeeren«, sagt er. »Und Kaffee. Fabelhaft.«

»Ist gut.« Sie bittet ihn in den Speisesaal. »Setzen Sie sich hin, wo Sie wollen«, ruft sie mit klangvoller Stimme, während sie dem hinteren Ende des Vorraums zustrebt.

Alan nimmt in der Nähe der Vorderfenster Platz, mit Blick über die breite Veranda auf sein draußen geparktes Auto und dahinter die Hauptstraße. Auf der Veranda stehen weiß gestrichene Schaukelstühle aufgereiht. Die Brise versetzt sie in sachte Bewegung, als würden lauter unsichtbare alte Damen auf ihnen sitzen. Lauter Lilys.

Gleich darauf kommt die Frau mit einem Tablett durch die Schwingtür auf der Rückseite des Speisesaals. Sie stellt die Heidelbeer-Pie vor Alan auf den Tisch, dreht seine Tasse um, füllt sie mit Kaffee aus einer dampfenden Glaskanne und legt die Rechnung neben sein Gedeck.

»Wenn Sie gleich bezahlen könnten, laß ich Ihnen einfach die Kaffeekanne da. Dann können Sie sich selbst bedienen, wenn Sie noch was davon möchten.« Sie riecht nach Zitrone und Putzmittel.

Alan steht auf, fischt vier Eindollarscheine aus seiner Brieftasche. »Stimmt so«, sagt er zu ihr.

»Danke«, entgegnet sie. »Ich hab droben noch einiges zu erledigen.« Sie verläßt den Saal durch den breiten Durchgang zum Vorraum. Er hört sie mit schweren Schritten die ausgetretene Treppe hinaufgehen.

Alan bleibt ungefähr eine halbe Stunde sitzen, ißt langsam die Pie auf und trinkt zwei Tassen Kaffee. Er fühlt sich seltsam heimisch und behaglich. Er findet, daß die Pie herrlich schmeckt, und ihm wird jäh bewußt, wie ausgehungert er war. Gaby, weiß er, würde sie zu süß finden, den Teig zu zäh. Er ißt alles auf und fährt dann mit der Gabel über den Teller, um die Krümel aufzusammeln. Über sich hört er die Frau auf- und abgehen, einmal sogar ihre Stimme, die in der Ferne kurz in Gesang ausbricht.

Vor dem Fenster werden die hohen Bäume – Roßkastanien mit ihren schön geformten Blättern – auf einmal von einem Windstoß geschüttelt. Die Häuser, die Alan sehen kann, sind weiß getüncht, weiß mit schwarzen Fensterläden genau wie in Bowman und Hunderten anderer Orte in New England. So kann ich mir das Leben vorstellen, denkt er, ein anderes Leben als das meine. Als alleinreisender Mann, als Mann der Straße. Als Mann ohne Mutter, ohne Frau und Kinder. Ist es das, was er mit diesen langen Fahrten für sich herzustellen versucht? Die Illusion eben dieser Freiheit, dieser Leere? Ist es das, was er sich wünscht, frei und ungebunden durch die Lande zu fahren?

Und wäre es so ein Mann gewesen, der das kleine Mädchen mitgenommen hatte, der es in seinem Auto irgendwohin mitgenommen und ihm was auch immer angetan hatte? Ein Mann ohne Bindungen, ohne Beziehungen?

Oder vielleicht, denkt er, war es jemand von hier, aus der Stadt. Jemand wie er. Jemand, dem alle trauen, jemand, der jetzt noch mitten unter ihnen lebt. Jemand, der selbst rosa Schleifen um den Baum in seinem Vorgarten gebunden hat. Jemand, der bei der Suchaktion dabei war, der den Eltern sein Beileid ausgesprochen hat. Vielleicht gar jemand mit eigenen Kindern. Denn ist es nicht das, was uns die Geschichte gelehrt hat – daß ein Mensch abgrundtief böse sein kann und zugleich im häuslichen Sinne normal, ja sogar gut?

Eine Frau kommt auf dem Bürgersteig vorbei, einen Kinderwagen vor sich herschiebend. Das Baby hat nur seine Windeln an und sitzt aufrecht im Wagen. Eine Hand hält die Flasche, an der es nuckelt, die andere zwirbelt eine Strähne blondes Haar. Die Mutter ist jung. Sie trägt Bluejeans und raucht eine Zigarette. Unter einem kurzen Stretchoberteil ist ein Stück nackte Taille zu sehen. Sie sieht abgebrüht aus, gewöhnlich. Und dann ist sie verschwunden, und die Straße wird wieder ins neunzehnte Jahrhundert zurückversetzt. Die Illusion des neunzehnten Jahrhunderts.

Wir sind es, die alles verderben, denkt er: diese Landschaft, die Stille und Schönheit dieser Städte. Die Zuflucht, die sie bieten könnten von allem, was nicht stimmig ist im heutigen Leben, im urbanen Amerika. Dem kann man gar nicht weit genug entfliehen.

Die Roßkastanien rauschen, die rosa Bänder tanzen an den Eckpfosten.

Und dann erinnert sich Alan, daß er schließlich vor nichts weiter auf der Flucht ist als vor Lily.

7

Es ist vermutlich eine berechtigte Frage, inwieweit sich Lily Maynard des Eindrucks bewußt ist, den sie macht, doch ist diese Frage nicht leicht zu beantworten. Es gibt Momente, ja, in denen alles bewußt eingesetzt erscheint, wenn eine Kunstpause entsteht, gefolgt von einem langen, listigen Seitenblick, ehe eine provokative oder neckische Äußerung getan wird. Über ihre Ehe: »Natürlich wußten im Grunde weder mein Mann noch ich Bescheid übereinander, bevor wir geheiratet haben – nichts wußten wir. Aber es war zu jener Zeit Männern und Frauen ohnehin unmöglich, sich zu kennen.« Über ihren Erfolg: »Ich genieße ihn sehr, wie ich es früher im Leben nicht gekonnt hätte. Ich habe solange gebraucht, um zu begreifen, daß ich die ganze Zeit nur auf Rache aus war.«
Dann jedoch gibt es Momente, in denen die dunklen Augen unvermittelt vor Tränen verschwimmen, in denen sie mitten im Satz verstummt und ihn nicht beenden kann – beenden will?

»Wohin soll das führen?« hatte Linnett getippt. Und es noch einmal versucht.

Es waren natürlich die eigentümlichen Umstände, unter denen sie berühmt wurde, das Wann und Wie, was mich anfangs am Thema Lily Maynard gereizt hat. Hingegen war es das Rätsel, wer und was sie jetzt ist, das mich veranlaßt hat, weiter Fragen zu stellen. Wie kommt es zum Beispiel, daß eine Frau, deren Kinderstube sie für nichts so gut vorbereitet hat wie dafür, bei einer Gemeindeversammlung den Vorsitz zu führen, ein Buch schreibt, das soweit geht, den Einfluß der Kirche auf die Integrationsbewegung in Amerika zu negieren? Wie kommt es, daß eine Frau, die dazu erzogen ist, an die angeborene Minderwertigkeit von Amerikanern afrikanischer Herkunft zu glauben, überhaupt so leidenschaftlich von der Notwendigkeit einer Integration überzeugt ist? Wie kommt es, daß eine Frau, die man gelehrt hat, an ihre

Rolle als Gehilfin, Hüterin des Herdfeuers, Gemahlin, Mutter, Chefköchin und Abwäscherin – also jedes Klischee der Nachkriegsära – zu glauben, sich scheiden läßt und das einsame Leben der Schriftstellerin wählt?

»*Merde*«, sagt Linnett nun laut.
Noch ein Anfang:

Zum Zeitpunkt unseres Kennenlernens befindet sich Lily Maynards Leben passenderweise wieder einmal im Umbruch. Sie steht kurz davor, aus der Wohnung in Chicago, in der sie dreißig Jahre lang über ihr Leben nachgedacht und sowohl in ihrer Prosa als auch in den berühmten Memoiren darüber geschrieben hat, in eine nahegelegene Ruhestandssiedlung umzuziehen. Und den Augenblick des Übergangs vom einen zum anderen verbringt sie in einer kleinen Stadt in New England im eleganten, modernen Haus ihres Sohnes, eines Architekten. Wenn sie sich in diesem Zustand der Entwurzelung wohlzufühlen scheint, mag das daran liegen, daß Lily Maynard fast so viele Leben gehabt hat wie eine Katze und wie eine Katze in jedem von ihnen auf den Füßen gelandet ist.

Linnett sitzt in ihrem gemieteten Häuschen, trinkt Tee und liest nacheinander die verschiedenen Anfänge zu dem Artikel über Lily, die im bernsteinfarbenen Glühen des Computerbildschirms auftauchen. Es regnet draußen, ein leichter Nieselregen vom Meer her, der die Fenster mit salzhaltiger Luft verschmiert. Sie war am Nachmittag, die ganze Woche über, mit Lily zusammen, einer Lily, die diesmal keineswegs auf den Füßen gelandet zu sein scheint, die weder rätselhaft noch eine gewitzte, in sich selbst ruhende Frau ist. Statt dessen war sie zögernd, vage und zuletzt am heutigen Tag entschlossen – nobel, würde Linnett sagen – in ihrer Entsagung hinsichtlich jenes Lebens gewesen, über das Linnett zu schreiben vorgehabt, nein, sich verpflichtet hatte: ihr Leben als Schriftstellerin.
Vorbei. Einfach so.
Nach zwei Wochen, in denen sie Lily befragt, ihre Gespräche aufgezeichnet und ihr mit der Korrespondenz geholfen hatte, hatte Linnett schließlich am Freitag der vergangenen Woche angedeutet, es sei an der Zeit, daß sie Lily entgelte, was sie ihr schuldig sei, Zeit, ihr beim

Schreiben der Geschichte zu helfen, von der sie seit Linnetts Ankunft hin und wieder gesprochen hatte. Sie hatte sich darauf gefreut, stellte sie fest. Teilweise deshalb, weil sie sie gern hatte und bewunderte und ihr ernsthaft behilflich sein wollte, und teilweise aus Neugier auf ihre Methode des Schreibens. Und außerdem bestand natürlich die Aussicht, daß sie dadurch Stoff für ihren Artikel bekommen würde.
Doch sie haben es diese Woche dreimal versucht. Und haben dreimal versagt.
Es bereitete Lily keine Schwierigkeiten, sie zusammenzufassen – Linnett hat es auf dem Band vom letzten Freitag, als sie sich zum ersten Mal darüber unterhalten haben. »Die Idee ist mir beim Lesen von Pauls Briefen aus Kalifornien gekommen«, sagt Lily. »Sie wissen ja, ich arbeite sie systematisch durch, all die vielen alten Briefe, noch ein letztes Mal.«
Linnett fragt etwas, das auf dem Band nicht zu verstehen ist.
Lily lacht fröhlich. »Ja, und wenn es das letzte auf Erden ist, was ich tue.« Man hört Geschirr klappern – sie haben Eistee getrunken, erinnert sich Linnett –, und dann sagt Lily, langsamer als sonst: »Wissen Sie, je älter man wird, je näher man dem Tod ist, desto mehr scheinen sämtliche alten Klischees der Wahrheit zu entsprechen.«
Linnett antwortet deutlich: »Ach was, Lily. Sie werden ewig leben.«
Darauf Lily, entschlossen: »Nicht, wenn ich etwas dazu zu sagen habe. Und das werde ich. Ganz bestimmt.« Hier hört sich ihre Stimme an, als käme sie aus weiterer Ferne. Linnett erinnert sich, daß Lily in diesem Augenblick den Blick abgewandt und aus dem Fenster geschaut hat.
Nach einer Pause ruft Linnetts Stimme – tonlos, mit leichtem Südstaatenakzent – sie zurück. »Und die Geschichte, Lily?«
»Ach ja! Die Geschichte«, entgegnet sie. »Nun, sie handelt natürlich von einer Frau, die mir selbst nicht unähnlich ist.«
»Natürlich«, pflichtet Linnett bei.
»Eine einigermaßen bekannte Frau, älter, die auf Rundreise ist, Sie wissen schon, der Publicity wegen. Sie reist herum, gibt Lesungen

und Autogrammstunden und ähnliches. Interviews. Wir folgen ihr, als sie am Flughafen von San Francisco ankommt, wo sie abgeholt und in ihr Hotel gefahren wird. Sie ist müde, natürlich. Sie hält einen Mittagsschlaf. Und ein wenig vergeßlich. Sie wacht auf, kann sich eine Minute lang nicht erklären, wo sie ist. Und dann fällt es ihr ein. Sie macht sich zurecht, geht zu ihrer Lesung in irgendeinem Buchladen.« Lily räuspert sich.

»Und ich möchte, daß sie ... Sie wissen schon: Sie setzt ihre Lesebrille auf und kann deshalb das Publikum nicht genau erkennen. Nichts als verschwommene Gesichter. Und dann setzt sie sie ab, am Ende der Lesung, um Fragen zu beantworten – sie ist sehr eitel, die Arme, und in dieser Hinsicht mir überhaupt nicht ähnlich.«

Noreen ruft aus der Küche herüber, und alle lachen. (Noreens Küchengeräusche dienen als ferne, zeitweilig aussetzende Untermalung des ganzen Gesprächs. Sie räumt auf für den Tag, macht sich bereit, nach Hause zu gehen.)

Gleich darauf: »Jedenfalls blickt sie auf und sieht einen alten Mann, der ihr bekannt vorkommt. Und dann wird ihr klar, daß es ihr geschiedener Mann ist.«

»Und die Dingsbums, Sie wissen schon, die Frau, die die Lesung organisiert hat, verkündet, daß sie für Fragen zur Verfügung steht, und sie sieht, wie ihr Mann und einige andere die Hand heben, und sie nimmt ihn absichtlich nicht als ersten dran. Auch nicht als zweiten. Sie beschließt, erst sechs oder sieben Fragen zu beantworten, ehe sie auf ihn zurückkommt – einiges davon werden wir als Dialog anlegen, anderes als Zusammenfassung. Sie wird ihn sich sozusagen bis zum Schluß aufheben und sich bewußt ... Ich möchte das nach Möglichkeit sehr geschickt einführen: Sie ist sich bewußt, wissen Sie, daß sie sich vor ihm ein wenig brüstet, daß sie gewissermaßen zu ihm sagt: ›So, mein Lieber, jetzt ist es an dir. Jetzt mußt du dasitzen und *mir* zuhören.‹ Und sie macht weiter und ignoriert ihn, als auf einmal die Frau, die Frau vom Buchladen, aufsteht und sich bei allen bedankt und sagt, sie müßten jetzt wirklich aufhören, und anfängt, Ankündigungen vorzulesen und so weiter. Und sie muß dasitzen und zusehen, wie der alte Mann aufsteht und mit den anderen hinausgeht, und das war's. Und ich möchte, daß sie am Abend, wenn sie allein ins Bett geht in diesem reizenden Hotel – ach ja, es wird eine wunderschöne Aussicht haben, auf die Golden Gate Bridge, kein Zweifel – daß sie am Abend an ihn denkt und bestimmte Vorstellungen heraufbeschwört. Daß sie überlegt, wissen Sie, was er sie hatte fragen wollen. Was es nach so vielen Jahren gewesen sein mochte, das er wissen wollte. Und während sie immer schläfriger wird, singt sie vor sich hin: ›Du warst als nächster dran, du warst als nächster dran ...‹ Wie ein Kind es tut, um sich Mut zuzusprechen. Sie singt, als könnte sie ihn so davon abhalten, zu gehen.«

Lilys Stimme war im Laufe dieser monologartigen Schilderung schwächer geworden, und die letzten Sätze flüsterte sie auf eine Art, daß Linnett einen Kloß im Hals spürte, als sie sie auf dem Band das dritte oder vierte Mal anhörte. Außerdem fiel ihr Lilys Gesicht wieder ein. Es hatte versonnen gewirkt, als habe sie sich in die Geschichte hineinversetzt und würde eine Erinnerung nacherzählen – obwohl Linnett in Anbetracht der relativen zeitlichen Aufeinanderfolge von Lilys Erfolg und Pauls Tod überzeugt war, daß es ihr persönlich nicht passiert sein konnte.

Es folgt ein langes Schweigen auf dem Band, und dann Linnetts leises: »Oh, das ist wunderbar, Lily. Oh!« Sie klatscht an dieser Stelle einmal in die Hände, ein seltsames, dumpfes Geräusch auf dem Band. »Ich kann es kaum abwarten, damit anzufangen, meine bescheidene kleine Rolle zu spielen.«

»Nun ja, wir werden sehen«, sagt Lily. Sie hört sich erschöpft an, plötzlich ganz ablehnend.

Linnett hat sie gefragt, wie sie sich die Ausführung denkt, und sie haben die Möglichkeiten durchgesprochen. Sie haben beschlossen, es am Montag danach mit einem schlichten Diktat zu versuchen und zu sehen, wie es läuft.

Es ist sehr schlecht gelaufen.

Linnett hatte wie üblich neben Lilys Sessel Platz genommen, Bleistift und Schreibblock in der Hand. Noreen hatte eine Kanne Tee und

Tassen für sie bereitgestellt und einen Teller mit Gebäck, das Gaby tags zuvor mitgebracht hatte. Lily hatte bereits rund zehn Minuten gesprochen, und Linnett hatte noch kein Wort notiert. Die alte Frau sprach wieder indirekt über die Geschichte, darüber, wie sie im vollendeten Zustand sein würde. Linnett beschloß, sie das Ganze noch einmal durchgehen zu lassen, ehe sie etwas sagte. Vielleicht brauchte Lily das, um in Gang zu kommen.

»Das klingt nach wie vor wunderbar, Lily«, sagte sie, als Lily fertig war. »Einfach großartig.«

Lily bedankte sich mit undeutlicher Stimme.

»Nun«, sagte Linnett und zückte den Bleistift. »Wie lautet ihr Name?«

»Ihr Name?« Lily blickte verwirrt drein.

»Ja. Der Name der Hauptfigur.«

»Ach so. Daran hatte ich noch nicht gedacht ...« Sie hob die Hand vors Gesicht, ließ sie langsam wieder sinken. »Also. Am liebsten. Sagen wir ... Eugenia. Eugenia ... Weld.«

»Ah, gut«, erwiderte Linnett. »So. ›Eugenia Weld war unterwegs nach San Francisco‹? Oder so ähnlich?«

»Nein. O nein.« Lily schien zu schaudern. »Etwas mehr ... *in medias res*, würde ich meinen.«

»Mhmm«, antwortete Linnett.

Lily wirkte zerstreut. Ein leidender und zugleich verdutzter Ausdruck fegte ihr Gesicht leer.

Linnett wartete.

Schließlich sagte Lily mit schwacher Stimme: »Der Flug nach San Francisco war ... über den Rocky Mountains von Böen geschüttelt worden, und Euphemia Weld hatte einen Manhattan bestellt. So nennt man das Zeug doch?«

Linnett nickte und schrieb weiter.

»Das mit der Kirsche?«

»Ja«, sagte sie.

»Das hab ich immer gern getrunken«, sagte Lily. »Als wir noch Cocktails getrunken haben«, ergänzte sie einen Augenblick später.

Linnett wartete wieder. Schließlich sagte sie: »Entschuldigen Sie, Lily.«

»Ja?« fragte Lily eifrig.

»Soll sie nun *Euphemia* heißen oder *Eugenia*?«

»Was hab ich gesagt?« wollte Lily gereizt wissen.

»Beides. Zu verschiedenen Zeiten«, antwortete Linnett. Und weil Lily irgendwie verängstigt dreinschaute, wiederholte sie: »Es ist wirklich eine fabelhafte Geschichte.« Als Lily keine Antwort gab, las sie ihr den ersten Satz noch einmal vor und verwendete dabei ohne Zögern den Namen *Eugenia.*

Lily dachte einen Augenblick nach und atmete dann tief ein. »Sie hatte zwei ... nein, fast schon drei Manhattans geleert, bis das Flugzeug landete, und sie hatte den Namen der Frau vergessen, die sie abholen sollte.«

Linnett schrieb schnell.

Lily machte eine wegwerfende Handbewegung. »Aber wie das so geht, wissen Sie: Die halten ihr Buch hoch, darum ist es eigentlich nie ein Problem.«

Linnett hörte zu schreiben auf. Nach einer Weile sagte sie: »›Fast drei Manhattans‹? Soll das so bleiben?«

»Ich möchte nur, daß Sie aufschreiben, was ich sage. Das ist Ihnen doch wohl zuzumuten.«

»Ja. Selbstverständlich. Tut mir leid.«

Nun selbst gereizt, beschloß Linnett, abzuwarten, wenn das nächste Schweigen einsetzte. *Soll sie es doch selber machen, wenn sie meint, sie kann es.*

Nach fast einer Minute nahm sie ein Stück Gebäck und aß es langsam auf. Sie bemühte sich, nicht auf Lily zu achten, die erstarrt dasaß, mit leicht geöffnetem Mund, während ihre Hände auf den Armlehnen unbeherrscht zuckten. Das Gebäck schmeckte butterig und süß, überzogen mit Kokosflocken, Schokolade und Nüssen. Als sie damit fertig war, hatte Linnett Lust, noch ein Stück zu essen, widerstand jedoch der Versuchung. Sie nahm ihre Teetasse und nippte an dem inzwischen erkalteten Rest. Draußen auf der Terrasse drehte Noreen sich im Liegestuhl um. Sie hob ein Knie und kratzte daran.

Linnett begann sich lächerlich vorzukommen. Sie ergriff das Wort. »Lily?«

»Ja?« flüsterte Lily eifrig.

»Soll ich Ihnen vorlesen, was wir bis jetzt haben?«

»Ja.«

Linnett las die ersten zwei Sätze vor, mitsamt der Formulierung »fast drei Manhattans«.

»Und dann hab ich etwas über die Frau gesagt, die sie abholt. Das haben Sie nicht aufgeschrieben.«

»Nein. Ich hab es nicht aufgeschrieben, weil Sie sich nicht literarisch ausgedrückt haben.«

»Was soll das heißen?«

»Sie haben nicht als Erzählerin gesprochen. Sie sind mehr oder weniger in gesprächstypische Prosa verfallen. Im Gespräch mit mir.«

Es ergab sich anhaltendes Schweigen. Dann sagte Lily: »Ich habe nicht die leiseste Ahnung, wovon Sie reden.«

Linnett atmete tief ein. »Na gut. Es tut mir leid. Können Sie es einfach ... noch mal sagen? Den Satz noch mal sagen? Ich bin bereit.«

»Es ging um ...« Lily zögerte. »Los, lesen Sie mir vor, was Sie haben.«

Linnett las es noch einmal vor.

Lily schien in Gedanken versunken. Zwei scharfe vertikale Linien grimmiger Konzentration bildeten sich zwischen ihren dunklen Brauen. Sie sprach langsam: »Aber wie es sich ergab, wie es sich immer ergibt. Die Frau hielt ein Exemplar von Eugenias letztem Buch hoch, so daß es darauf nicht ankam. Gemeinsam ... gingen sie durch den Flughafen und hinaus auf den Parkplatz. Die Frau ...« Lily hielt einen langen Augenblick inne. »Deren Name Laura war oder Laurie. War geschwätzig und ... Eugenia Weld, die langsam anfing, Kopfschmerzen zu bekommen ...« An dieser Stelle hob sich Lilys Hand langsam, wie von selbst, als würde sie an einem heftig zitternden Marionettenfaden hochgezogen, an ihre eigene Stirn. »... war ... erleichtert ... daß man ... sie nicht zwang ...« Die Hand senkte sich bedächtig. Lily schien in sich zusammenzusinken. »Sie hatte keine Lust, sich weiter zu unterhalten«, flüsterte sie. »Nicht darüber.«

Da geht etwas vor, dachte Linnett. Sie schafft es nicht. Sie ließ zu, daß das Schweigen sie umfing. Dann sagte sie: »Vielleicht haben wir für heute genug getan, Lily.«

»Haben wir das?« fragte Lily mitleiderregend eifrig.

»Schreiben ist harte Arbeit.«

»Ja«, bestätigte Lily. »Das ist es.«

»Ich werde das heute abend abtippen, dann können wir es morgen noch mal versuchen.«

»Ja.« Ihre Miene hellte sich ein wenig auf. »Morgen ist auch noch ein Tag.«

»Ah, gut gesagt«, entgegnete Linnett lächelnd. Und als Lily nicht antwortete, sagte sie: »Haben Sie dieses Gebäck probiert? Gott, es ist unglaublich gut.«

Lily starrte mit leerem Blick den Teller an. »Gaby ... hat es gebakken.«

»Mhmm. Ich weiß.«

»Sagen Sie, was Sie wollen, über Gaby«, stellte Lily fest und richtete sich auf. »Sie ist eine hervorragende Köchin.«

»Genau das sage ich auch«, versicherte Linnett.

Lily nahm ein Stück Gebäck und biß hinein, begann den langen, langsamen Prozeß des Kauens und Schluckens. Als sie fertig war, die Hand an der Kehle, wie um der Nahrung beim Vorwärtskommen behilflich zu sein, strahlte sie Linnett an und sagte: »Habe ich Ihnen erzählt, daß wir bei mir daheim nach der Fletcher-Methode gegessen haben, als ich ein kleines Mädchen war?«

»Nein«, log Linnett.

»Haben wir. Immer schön kauen. Praktisch zu sehr mit Kauen beschäftigt, um sich zu unterhalten. Wie froh mein Vater wäre, zu sehen, daß Parkinson bei mir die Gepflogenheit wiedereingeführt hat.« Sie lächelte ein wenig.

»Eine Sekunde«, sagte Linnett und kramte in ihrem Rucksack. »Ich hole das Bandgerät heraus.«

Und sie stellte den kleinen Kasten auf den Tisch neben das Gebäck und die Teekanne. »Erzählen Sie mir von Ihrem Vater«, sagte sie und sah, wie sich Lily in ihrem Sessel entspannte. Auch ihr ausdrucksloses Gesicht war wieder entspannt. (Später, überlegte sie, würde sie versuchen, zu schildern, wie sich Gefühle auf dem leeren Blatt des Gesichts einer Parkinsonkranken zu äußern vermögen.)

»Ein geiziger Mann«, sagte Lily mit beinahe sinnlichem Vergnügen. »Ein engstirniger, engstirniger Mann. Ein Mann seiner Zeit, absolut. Er hätte einen Backenbart tragen sollen, das wäre nicht fehl am Platz gewesen. Hätte zu ihm gepaßt.«

Linnett schenkte sich eine weitere Tasse Tee ein, während Lily erzählte – hemmungslos schnatternd, als wäre ein Bann von ihr genommen. Ihre Stimme wurde sogar immer kräftiger, je länger sie sprach, über die dumpfe Enge der Welt, in der sie aufgewachsen war, über die Freiheit, in die ihre erste schwere Erkrankung sie entließ. Linnett griff nach dem Milchkännchen. Sie hielt es schräg und sah zu, wie die Flüssigkeit weiß in den durchsichtigen rötlichen Tee rann.

Am nächsten Tag hatten sie es wieder versucht, mit dem gleichen Ergebnis, obwohl Linnett sicher war, daß die ersten getippten Sätze, die sie Lily eingangs überreichte, ihr große Freude bereiteten. Peinlich berührt und voller Mitleid für die alte Frau hatte Linnett den Austausch diesmal noch früher ins Gespräch zurückgeführt, und Lily war, solange ihre Stimme es zuließ, in ihrer Erleichterung noch schwatzhafter, noch offener als am Vortag. Sie ließ sich auf Linnetts Band voller Verachtung ausführlich über den Reiz aus, den Gemeindearbeit »à la Alinsky«, wie sie es nannte, auf einen Mann wie Paul ausübte, der so sehr an die, wie sie es nannte, »feminisierte Welt der Kirche« gewöhnt war. »Und mildtätige Werke sowieso«, sagte sie. »Schließlich waren es Leute wie Jane Addams mit ihrem sozialen Hilfswerk, Sie wissen schon, *Frauen* –«, ihre Stimme verkrampfte sich fast vor Abscheu, »– die vorher im großen und ganzen mit mildtätigen Werken dieser Art zu tun gehabt hatten. Sozialarbeiter. Sozialarbeiter und die Kirche. Trottel. Alle machten sich hinter ihrem Rücken über sie lustig, und in ihrer Gegenwart auch. Der arme Paul. Und wenn Sie an die Bürgerrechtsbewegung denken, auch daran waren anfangs mit Sicherheit so viele Frauen wie Männer beteiligt. Ebenso viele Märtyrer weiblichen Geschlechts. Rosa Parks. Und denken Sie nur an die armen kleinen Mädchen.

Alinsky hatte für Frauen, glaube ich, nicht viel übrig. Jedenfalls nicht als aktiv Beteiligte. Und ich komme nicht umhin, zu glauben, daß der Reiz, den sein Ansatz ausgeübt hat, zum Teil darin bestand, daß er ein Gefühl ... nun, sagen wir einfach, daß er die ganze Sache mit einem Spritzer Testosteron gewürzt hat. Sie wissen schon: Man konnte mildtätig sein, konnte Gutes tun, aber man durfte dabei endlich auch mannhaft sein. Ein harter Mann. Man durfte *fluchen*. Genauso ist es bei der Black-Power-Bewegung gelaufen.

Eigentlich, wenn ich so darüber nachdenke, ist das vermutlich der Grund, warum alle Bewegungen der Linken diese unangenehme Wendung genommen haben. Unangenehm natürlich nur für Leute wie mich. Eine Frau. Ich dumme Kuh.« Lilys Hand legte sich auf ihre wenig frauliche, flache Brust. Ihre Worte klangen auf einmal bitter. »Plötzlich waren Frauen nur noch zur sexuellen Befriedigung da, um Krieger für die Rasse großzuziehen oder Schreibdienst zu leisten. Die Bewegungen selbst hingegen, diejenigen, die in ihrem Zentrum standen, waren auf aggressivere Art männlich. Böse Buben. Harte Männer. Und das hat, glaube ich, auf die armen alten Kerle von der Kirche einen ungeheuren Reiz ausgeübt.«

An diesem Punkt stellt Linnett eine unhörbare Frage.

»Ja!« antwortet Lily. »Albern. Lächerlich. Und gewiß nicht christlich. Ich war wütend auf Paul.« Hier war sie verstummt und hatte den zittrigen Kopf geschüttelt. »Weil diese langwierige, langsame Liebesmüh – natürlich war sie langwierig, langsam und oft mühsam. Weil sie ihm plötzlich drittklassig und unehrlich vorkam. Während es jedem kristallklar war oder hätte sein sollen, wie ich meinte, daß es denen nur um billige Sensationsmache ging. Leere Gesten. Alles hergegeben für ein Linsengericht.« Sie schnaubte. »Es macht mich immer noch wütend, wenn ich dran denke. Selbst die Programme des Office of Economic Opportunity, des Amtes für wirtschaftliche Gleichstellung, die später durchgeführt wurden, sind am Ende in den Sog dieses Männlichkeits . . .*wahns* geraten und wurden letztlich in Mißkredit gebracht. Diese schäbigen Halunken mit ihren staatlichen Gehältern!« Sie hielt inne, und als sie weitersprach, war ihre Stimme wieder ruhiger. »Und es ist dabei natürlich absolut nichts für das Stadtviertel herausgekommen, trotz soviel Mühe und soviel Geld. Ich kann es heute nicht mehr ertragen, dort vorbeizuschauen.«

Am Mittwoch hatten sie sich auf Linnetts Vorschlag hin den Tag freigenommen. Noreen hatte Lily ins Auto geholfen, Linnett hatte mit ihren Krücken auf dem Rücksitz Platz genommen, und dann statteten sie Gabys Laden einen Besuch ab. Anschließend fuhren sie hinunter an den Hafen. Noreen stieg aus und unterhielt sich mit ein paar Männern, die sie kannte. Linnett und Lily, »die Krüppel«, wie Lily sie getauft hatte, blieben ziellos plaudernd sitzen. Linnett war ziemlich sicher, daß Lily eine Weile schlief, die Augen vor dem hell glitzernden Sonnenlicht verschlossen, umgeben von den Stimmen und Geräuschen der arbeitenden Männer, die gedämpft übers Wasser herüberhallten.

Am Donnerstag war Linnett mit einer neuen Idee bei Lily erschienen, die ihr in der vergangenen Nacht gekommen war. Sie schlug Lily vor, die Geschichte einfach auf Band zu sprechen. »Vielleicht liegt es an mir, Lily. Vielleicht ist es das, was Sie stört. Sie wissen schon, Schreiben ist ein einsames Geschäft. Ein einsamer Prozeß. Es bedeutet eine erhebliche Umgewöhnung, jemand anderen daran teilhaben zu lassen. Ich hätte damit bestimmt große Schwierigkeiten.«

Lily erklärte sich bereit, es zu versuchen, und Linnett zeigte ihr, wie man das Gerät bedient. Dann ließ sie sie bei geschlossener Tür allein zurück. Nach etwas über einer Stunde hörte sie die Glocke läuten. Sie befand sich im Wohnzimmer. Noreen hatte den Inhalt des Kühlschranks über die ganze Küche verstreut. Sie wusch den Kühlschrank aus. Sie hatte das Radio auf eine reine Sprechstation eingestellt. »Es ist Lily, Noreen. Sie läutet nach Ihnen.«

Noreen trat einen Schritt vom Kühlschrank zurück und sah Linnett an. »Sie hat geläutet? Mein Gott, ich hab nicht das geringste gehört.«

»Das sehe ich«, erwiderte Linnett.

Noreen schälte sich aus den gelben Gummihandschuhen und ging in Lilys Zimmer. Sie war barfuß, und ihre Füße stampften schwerfällig über den Boden. Gleich darauf kam sie zurück. »Sie verlangt nach Ihnen«, sagte sie zu Linnett.

Linnett stand auf und ging in Lilys Zimmer. Lily saß in ihrem Sessel, aufrecht und blaß. Das graue Licht, das durch die Fenster hereinkam, fiel seitlich auf ihr Gesicht und vertiefte grausam jede Linie.

»Probleme?« fragte Linnett.

»Es geht nicht«, sagte Lily.

»Liegt es an der Maschine?« fragte Linnett. »Wollen Sie, daß ich Ihnen damit behilflich bin?«

»Nein«, sagte Lily. Ihre Stimme war ungewöhnlich kräftig. »Es liegt an *meiner* Maschine. Meinem Gehirn«, sagte sie. »Da drinnen ist was Parkinsonsches passiert.« Sie tippte sich an die Stirn.

»Was meinen Sie damit?«

»Ich meine damit, daß ich es nicht schaffe, schlicht und einfach. Daß...« Sie verstummte, mit offenem Mund. »Nun, Sie wissen schon, ich hatte angenommen, es sei nur der physische Akt des Schreibens ... der zu schwierig für mich geworden sei. Dabei gelingt es mir durchaus noch, einen Brief zu schreiben. Einen seltsam aussehenden Brief zwar, aber doch einen Brief. Wenn es sein muß. Es ist zu mühsam und ich laß es lieber, wenn es nicht sein muß, aber ich kann es noch. Dies dagegen schaffe ich nicht mehr. Diese Art des Schreibens. Damit ist es vorbei.«

»Sie konnten es auch nicht diktieren?«

»Nein. Es ist ziemlich genauso gelaufen wie bei unserem gemeinsamen Versuch. Ich kann mich einfach nicht dazu bringen, ... dranzubleiben. Ich will – oder mein *Bewußtsein* will. Seinen eigenen Weg gehen. Ich höre einfach auf. Das ist ... das ist Parkinson. Ich spür es. Genauso geht es, wenn ich mich bewege. Oder mit Ihnen rede. Oder mit Noreen umhergehe. Wenn von mir verlangt wird, zu reagieren, wenn ein Austausch stattfindet oder wenn ich neben ihr hergehe, ist alles in Ordnung. Allein dagegen ist es zu schwer. Ich höre einfach auf.« Sie zuckte die Achseln und lächelte kläglich.

Linnett setzte sich auf die Kante von Lilys Bett und dachte nach. Sie stützte das Kinn auf ihre Krücken. »Vielleicht gibt es doch noch einen Weg. Etwas, auf das wir nicht gekommen sind. Vielleicht einen Weg, es im Hin und Her eines Gesprächs zu schaffen. Und dann könnte ich das Wesentliche sozusagen extrahieren. Die Geschichte extrahieren, aus unserem Gespräch.«

»Meine Liebe. Nein.« Lily kniff fest die Lippen zusammen. »Das wäre unangenehm und erniedriegend, etwas, das ich nicht einmal versuchen möchte. Ein wenig Freude muß es doch bereiten, warum soll man sich sonst überhaupt die Mühe machen? Und was ich herausgefunden habe, mit Ihrer Hilfe – und ich bin ehrlich dankbar, es herausgefunden zu haben –, ist, daß diese Plackerei keine Freude bereitet. Es strengt mich an, mein Gehirn überlisten zu müssen, damit es auf eine Weise funktioniert, auf die es offensichtlich nicht mehr funktionieren will, und ich finde dieses Überlisten ermüdend.«

»Es tut mir ja so leid«, sagte Linnett.

»Das ist nicht nötig.«

»Tut es aber trotzdem. Und zwar, weil Sie sehr wohl eine Geschichte hatten, die Sie schreiben wollten, und *ich* wollte dabei helfen, sie zu schreiben.« Linnett fühlte sich plötzlich von ihrem Mitleid für Lily überwältigt.

Lily entging es nicht. »Na, na«, sagte sie. »Die Geschichte schreibt sich doch quasi von selbst. Die Geschichte *über mich*, verstehen Sie?« Sie deutete ein Lächeln an, als wolle sie Linnett veranlassen zu sehen, daß sie scherzte. »Es war eine Geschichte über eine alte Frau, die sich etwas vormacht und dann gezwungen ist, das einzusehen. Und das ist es: Ich hab's eingesehen. Und Sie haben mir dabei geholfen. Es ist immer etwas wahrhaft ... Erfrischendes, ganz bestimmt, und Tröstliches daran, die Wahrheit zu erfahren. Ans Ende einer Illusion, einer falschen Hoffnung zu gelangen. Ich hoffe, ich bin noch nicht darüber hinaus, so etwas ehrlich zu empfinden. Das wäre das sprichwörtliche Schicksal, das schlimmer als der Tod ist.«

»Ach, Lily«, sagte Linnett. Tränen waren in ihre Augen getreten. Sie hatte Lily noch nie so gern gehabt wie in diesem Augenblick.

»Es ist wirklich alles in Ordnung, meine Liebe«, sagte Lily. »Und nun werde ich, glaube ich, heute sehr früh meinen Mittagsschlaf halten und Ihnen den Nachmittag freigeben. Seien Sie doch so gut und schicken Sie mir Noreen wieder herein.«

»Natürlich«, erwiderte Linnett. Sie nahm das Bandgerät und humpelte auf Krücken zur Tür. Dort blieb sie stehen und drehte sich noch einmal um. Sie hatte vor, etwas zu sagen – sie wollte etwas sagen –, das Lily tröstete, etwas darüber, wie sehr sie sie bewunderte.

Doch Lily hatte den Kopf gegen die Rückenlehne ihres Sessels gelehnt und die Augen geschlossen. Sie machte einen ganz ähnlichen Eindruck wie am ersten Tag, als Linnett sie gesehen hatte, in sich zusammengesunken wie eine beiseitegelegte Marionette. Linnett ging Noreen holen.

Als sie am Nachmittag bei sich zu Hause das Band abhörte, das Band von Lily allein mit ihrer Geschichte in ihrem Zimmer, war es völlig leer. O ja, gelegentlich konnte Linnett ein Klappern oder Rascheln hören, den sanften Regen vor Lilys Fenstern oder Lily selbst, wenn sie sich hilflos im Sessel regte oder sich räusperte. Von der Geschichte jedoch, die sie zu erzählen hatte, kein Wort, nicht einmal ein Raunen.

Dies ist in der Tat der Artikel, den Linnett zu schreiben hätte. Über die alte Frau, mit der es bergab geht. Die zum Stillstand kommt. Darin ist alles enthalten, mit dem sie sich hätte abmühen müssen, es in eine gewöhnlichere Geschichte einzubringen. Überraschung. Pathos. Erzählerische Form.

Sie seufzt und schaltet den Bildschirm aus. Das Rauschen des Computers selbst setzt sich fort. Sie holt ihre Krücken heran, richtet sich mit ihrer Hilfe auf und geht zur Vordertür. Sie öffnet sie und steht leicht gebückt, die Krücken in den Achselhöhlen, auf der Schwelle. Der Regen strömt stetig und zischend herab. Er ist von der Veranda hochgespritzt und hat das untere Drittel der Fliegendrahttür silbern gepunktet.

Sie könnte dafür sorgen, daß sie gänzlich sympathisch erscheint. Das wäre gewiß kein Verrat. Sie könnte Lily alle Würde dieser Welt verleihen. Sie zur wahren Heldin machen. Die sie ist, denkt Linnett. Die sie wahrhaftig ist. Einen Augenblick überlegt sie, ob sie Frank anrufen soll. Er würde ihr Mut machen. Er würde ihr sagen, daß es keine Frage sei. Kein Problem. Warum diese Aufregung?

Warum also die Aufregung? Schließlich hatte Lily gewollt, daß Linnett über sie schrieb. Sie hatte die Berichterstattung gewollt, die Aufmerksamkeit, den Ruhm oder was sonst dabei herauskommen würde. Und wenn sie nicht gewußt hat, daß ihre Zeit als Schriftstellerin vorbei ist, na und?

Und hatte sie sich nicht in ihren Memoiren über das Elend anderer Leute ausgelassen? Gibt Lilys eigene Geschichte als Schriftstellerin Linnett nicht eine Art Berechtigung?

Linnett hat überlegt, ob sie Lily fragen soll. Aber wie soll sie es formulieren? »Würde es Ihnen was ausmachen, wenn ich über diesen schrecklichen Augenblick schreibe und ihn ausnutze, um meinen Artikel sensationeller zu gestalten?«

Linnett schnaubt hörbar. Also bitte. Das ist bestimmt nicht die einzige Art, es zu sehen. Man könnte den Umstand auf ganz verschiedene Weise vermitteln. Sie könnte behaupten, daß es für andere Parkinsonkranke hilfreich wäre, daß Lily so offen über ihre Krankheit spricht. Sie könnte zu Lily sagen, daß ihr Publikum, das schon soviel über ihr persönliches Leben wisse, ein Recht auf Mitgefühl beziehungsweise einen Anspruch auch auf diese Information habe.

Linnett erschauert und macht die Tür wieder zu. Sie schleppt sich langsam zurück zu dem leeren Sessel vor dem Kamin. Aus der Feuerstelle steigt ein starker nostalgischer Duft nach feuchter Asche auf. Es ist kalt im Zimmer, und Linnett wünscht sich, sie hätte ein Feuer im Kamin. Doch das ist ihr zuviel Arbeit, zuviel Mühe.

Linnett will Lily nicht um Erlaubnis fragen. Sie will nicht fragen, weil sie befürchtet, daß Lily nein sagen wird. Solange sie nicht fragt und Lily nicht nein sagt, kann sie tun und lassen, was ihr beliebt, und die Geschichte so schreiben, wie es ihr verdammt nochmal paßt. Und es wird eine gute Geschichte. Eine großartige Geschichte.

Wenn sie sie schreibt.

8

Der Bauunternehmer war noch da. Sein roter Lieferwagen stand schräg an der Rückseite des Hauses geparkt. Alan hatte nicht damit gerechnet, und er ärgerte sich. Er war in letzter Zeit am späten Nachmittag auf die Baustelle gekommen, wenn er sicher war, allein zu sein. Er hatte sich daran gewöhnt, sie für sich zu haben. Es sagte ihm zu, herumzustöbern und sich gemächlich Notizen darüber zu machen, was er noch ansprechen mußte. Außerdem sagte ihm das kurze Alleinsein zu, ehe er in sein eigenes Haus zurückkehrte. Erst am Vortag war er gegen fünf Uhr vorbeigefahren. Er hatte im leeren Gerippe des Hauses gestanden, während draußen der Regen niederprasselte, und zum Fluß hinabgeblickt. Auf dem stahlgrauen Wasser war ein einzelnes Juwel dahingeglitten, das schillernde, gestreifte Segel eines einsamen Windsurfers. Alan hatte dagestanden und so lange zugesehen, bis die leuchtenden Farben die Biegung des Flusses nahmen und verschwanden.

Nun rief Dave von der vorderen Veranda her nach ihm. Seine Stimme klang aufgeregt, und plötzlich sah Alan auch, warum. Offenbar waren am heutigen Tag die Fenster eingetroffen, und sie hatten bereits die Hälfte der Wand zum Wasser hin verglast.

Das Haus stand wie das von Alan und Gaby am Flußufer. Im Gegensatz zu ihrem war es zur Gänze auf einem alten Feld am Hang erbaut, das zu einem der letzten Bauernhöfe in der Gegend gehört hatte, die noch Milchwirtschaft betrieben. Es bot einen weiten Ausblick zum Fluß hinab und über das gegenüberliegende Ufer hinweg in die Ferne aufs offene Meer. Das Grundstück allein hatte die Amundsens, Alans Klienten, über dreihunderttausend Dollar gekostet. Der Voranschlag für das Haus belief sich auf vierhunderttausend. Dennoch waren diese Fenster eine Extravaganz – eine ganze Panoramawand in doppelter Höhe, und sämtliche Scheiben im Format hundert mal hundert. Alan bezog in dem Raum Stellung, aus dem das Wohnzimmer werden sollte, und erfreute sich mit Dave am Anblick der ersten vier fertig eingesetzten Fenster.

Als Dave sprach, klang er wie ein Hinterwäldler. »Jawohl, das wird gehen, mein ich. Zur Not. Eigentlich ganz reizend.« Er war ein kleiner, vierschrötiger Mann mit einem dichten schwarzen Bart.

Dave und Alan hatten schon oft zusammengearbeitet, und Alan war mit den Nuancen von Daves Vokabular vertraut. Nur wenn er zutiefst zufrieden war, fehlten ihm derart die Worte. Ablehnung erhöhte seine Redegewandtheit. Einmal hatte er ein bauliches Detail, das Alan sich ausgedacht hatte, »hermaphroditisch« genannt, weil es Elemente zweier grundverschiedener Stilrichtungen vereint hatte.

Doch mit *hermaphroditisch* konnte man leben. Erst wenn er etwas »unecht« nannte, »unglaublich unecht« oder »ganz außerordentlich unecht«, dann hatte man wahrhaftig Schwierigkeiten mit Dave. Dann meckerte er mit schöner Regelmäßigkeit darüber, zögerte die Durchführung hinaus oder beschwerte sich gar bei den Klienten und versuchte, mit ihnen ein ästhetisches Zweckbündnis zu schließen. Einmal hatte er zu Alan gesagt, er finde einen Entwurf von ihm so außerordentlich unecht, daß er als Baumeister die Verantwortung dafür ablehnen müsse. »Ich mach das nicht, es sei denn, Sie geben mir verflucht noch mal einen direkten Befehl.«

»Schön«, hatte Alan gekontert. »Da haben Sie verflucht noch mal Ihren direkten Befehl.«

Daraufhin hatte Dave mehrere Tage nicht mit ihm gesprochen, aber er hatte getan, was Alan von ihm verlangte, und am Ende einräumen müssen, daß es nicht so schlimm geworden war, wie er geglaubt hatte.

Nun standen sie im Gerippe des Hauses beisammen. Die Wiese war vor kurzem gemäht worden. Es roch danach und nach dem frischen Bauholz, das sie umgab. Alan nickte ein ums andere Mal, beinahe

schwindelig vor Wonne. »Sie haben einen glücklichen Mann aus mir gemacht, Dave«, sagte er schließlich und stellte überrascht fest, daß dem tatsächlich so war.
»Ach, das ist gut genug, um selbst die Amundsens glücklich zu machen, und das will einiges heißen«, bestätigte Dave.
»Sie werden, glaub ich, dieses Wochenende rauskommen.« Alan zeigte auf die Fenster. »Zu schade, daß Sie sie nicht gleich alle einsetzen konnten.«
»Aber man erkennt doch, wie es einmal aussehen wird. Kein schlechter Entwurf. Gar kein schlechter Entwurf.«
»Nun, wir werden sehen, wie er drauf reagiert. Bei ihm kann man nie sicher sein.« Peter Amundsen hatte einige Wochenenden zuvor auf der offenen Grundfläche des Hauses gestanden, sich langsam umgesehen und dann einen einzigen Kommentar abgegeben: »Das kommt mir alles viel kleiner vor, als ich gedacht habe.«
Alan hatte die Äußerung an Dave weitergegeben, und sie war zur Pointe einer Serie schmutziger Witze geworden, die sich die Bauhandwerker bei der Arbeit zuriefen.
Nun kam Daves Hund angelaufen, ein Knäuel nassen schwarzen Fells mit einem törichten Grinsen, das im Zickzackkurs um die Pfosten heranhechelte. Nun war Alan klar, warum Dave immer noch dagewesen war. »He, da ist er ja endlich«, sagte Dave. »Warst wohl Fische fangen, du nutzloser Fellsack.« Er blickte zu Alan auf. »Er verbringt den ganzen Tag dort unten und hat nachher nichts vorzuweisen. Warum besorgst du dir nicht einen Job, der was einbringt, du Töle?« Er versetzte dem Hund einen liebevollen Klaps.
»Was er dort unten hätte fangen können, hat ohnehin so viele Kolibakterien, daß man es nur als Düngemittel verwenden könnte.«
»Also, gottverflucht, Alan, wissen Sie, Sie haben recht. Das muß es wohl sein, was er tut, wenn er sie fängt: Er schmeißt sie wieder hinein, wegen der vielen Kolibakterien.«
Sie lachten beide.
»Er ist gar nicht so blöd«, sagte Alan.
Dave beugte sich über den Hund und hakte einen Finger unter sein

Halsband. »Dann sehen wir uns nächste Woche«, sagte er, zerrte den Hund mit sich, bis er den offenen Türdurchgang erreicht hatte, und ließ ihn dann los. »Gutes Wetter, Montag.«

Alan sah zu, wie er den Hund veranlaßte, in die Fahrerkabine des Lieferwagens zu springen, und dann seinen Werkzeugkasten hinten auflud. Nachdem Dave davongefahren war, ging Alan erst bedächtig das Innere des Hauses ab und stieg dann den Hang hinab ans Ufer des Flusses, um zu ihm aufzublicken. Die neuen Fenster funkelten im nachmittäglichen Licht.

Es ist zu groß. Tut mir leid, Peter, dachte er.

Alan hatte sich ein kleineres, eher horizontal ausgerichtetes Gebäude auf diesem Grundstück vorgestellt, und das war es, was er ursprünglich entworfen hatte. Er hatte eine kunstvolle, sorgfältige Planskizze angefertigt, um nach Möglichkeit die Amundsens zu überzeugen. Es hatte nicht funktioniert. Sie hatten ihre Wünsche deutlich zum Ausdruck gebracht. Sie wollten ein Obergeschoß haben, mit weitem Ausblick. Sie wollten im Bett liegen und zusehen, wie sich das Licht über dem Meer veränderte.

Es würde schön werden, das wußte Alan, aber wenn er in dem kleinen Schindelhaus am anderen Flußufer lebte, wäre er sauer – auch das wußte er –, übers Wasser auf den Glaspalast von gegenüber starren zu müssen.

Aber nachdem er wieder hineingegangen war und sich zu seinem Wagen aufgemacht hatte, verzieh er erst sich selbst und dann den Amundsens. Es hätte viel schlimmer werden können für die Leute jenseits des Wassers, dachte er. Es hätte eine Monstrosität im Kolonialstil werden können. Die Amundsens hätten darauf bestehen können, aus der Wiese einen Zierrasen zu machen. Alan hatte es ihnen damit ausgeredet, daß es viel leichter sei, sie wild wachsen zu lassen und nur ein paarmal im Sommer zu mähen.

Er stieg die Leiter ins Obergeschoß hoch – die Treppe war noch nicht gebaut – und blickte durch den oberen Teil der neuen Fenster. Jenseits des gegenüberliegenden Flußufers verdüsterte sich das Meer in blaue Fernen. Mehrere winzige Segelboote bewegten sich kaum

merklich in nördlicher Richtung dem Hafen zu, der hinter der Böschung des Flusses verborgen lag. Die Amundsens würden hier oben bekommen, was sie sich wünschten.
Im Grunde hatte Alan ihre Entschiedenheit genossen, den Streit um seiner selbst willen. Ganz besonders gefiel ihm Peter Amundsen, ein großer, unerschütterlich direkter Mann. Er hatte gegenüber Peter, als sie über das Haus sprachen, einmal das Wort *Rückgrat* gebraucht. Ein Fehler. Sie hatten in Alans Büro in der Stadt gesessen und die Zeichnungen vor sich ausgebreitet. Peter hatte sich nach dem Parkett erkundigt, in welche Richtung es verlegt werden würde. Alan hatte den Verlauf angegeben, den er für richtig hielt, und hatte gesagt, das Rückgrat des Hauses verlange danach, daß es so verlegt werde.
»Ach, kommen Sie, Alan!« hatte Peter gesagt. »Das *Rückgrat*. Es *verlangt danach*. So ein Scheiß!«
»Petie ...«, hatte seine Frau sich eingemischt. Sie war ebenfalls groß, regelrecht beleibt, und sie behandelte Peter wie ein ungezogenes, zu groß geratenes Kind.
»Nein, ehrlich«, hatte Peter zu ihr gesagt. Er hatte sich wieder an Alan gewandt. »*Sie* wollen, daß es in diese Richtung verläuft. Warum sagen Sie es nicht gleich? Ich will, daß es so rum verlegt wird«, er fuhr mit dem Finger über die Zeichnung. »Und Sie wollen, daß es so rum verlegt wird. Dieses Geschwätz von wegen *Rückgrat* und *verlangen* – was wollen Sie sich damit einreden? Daß es lebt? Daß Sie eine Art Chirurg sind?« Er schnaubte. »Es geht darum, was Sie wollen und was ich will. Punktum.«
Alan hatte gelacht. Er wußte Peters Grobheit zu schätzen und versuchte fortan, vorsichtiger mit dem Jargon umzugehen, dessen er sich manchmal bediente. Er bemühte sich, einfachere Erklärungen abzugeben, warum er bezüglich des Hauses bestimmte Dinge für richtig hielt. Und am Ende, glaubte er, hatte Peter sein zukünftiges Haus besser verstehen gelernt als die meisten Klienten. Er hatte das Gefühl, ihm etwas über die Integrität des Gebäudes und über die Frage des Standorts beigebracht zu haben sowie einige schlichte Fakten darüber, was ging und was nicht ging.

Und nun nahm das Haus, über das sie gestritten hatten, Gestalt an. Alan liebte dieses Stadium der Bauarbeiten, das erste Gefühl, das die Realität des Hauses erahnen ließ, die Art, wie diese Sache, über die man so angestrengt nachgedacht hatte, dreidimensionale Gestalt annahm. Er spürte ein Behagen, einen Frieden, wie er ihn wochenlang bei seinen Rundgängen vor Ort nicht empfunden hatte.
Er nahm ihn mit sich nach Hause. Und als er aus den überhängenden Bäumen am Anfang der Auffahrt zu seinem eigenen Haus hinausfuhr, freute er sich auf einmal auch darüber neu, über seine Bescheidenheit, über die Art, wie es sich der Umgebung anpaßte.
Dann fiel es ihm auf: An der Auffahrt parkte ein zusätzliches Auto, ein drittes neben denen von Noreen und Gaby. Er fuhr weit rechts heran, damit es genug Platz hatte zum Wenden. Lilys Freundin, dachte er. Amanuensis. Er versuchte sich an den Namen zu erinnern, den Gaby ihm gesagt hatte, schaffte es aber nicht.
Als er die Tür öffnete, hörte er Lilys tonlose, hastige Stimme, fast zu einem Flüstern gesenkt. Normalerweise ruhte sie sich um diese Tageszeit fürs Abendessen aus. Alan versuchte es so einzurichten: Lily im Bett, Noreen nach Hause gegangen oder im Aufbruch befindlich, Gaby noch im Tiefschlaf.
Aber Noreen machte sich drüben in der Küche zu schaffen. Die Frau, die neben Lily saß, blickte auf, als er quer durch den Raum auf den Flur vor dem Schlafzimmer zusteuerte. Er versuchte, grüßend die Hand zu heben und einfach weiterzugehen, doch Lilys gewundener Satz brach ab, und sie rief in sehnsüchtigem Flüsterton: »Alan!«
Er machte kehrt und kam zurück. Lily stellte ihn vor. Die Frau, die Sekretärin, blieb lächelnd im Sessel sitzen. Sie hatte die Beine vor sich auf einem Kissen ausgestreckt. An einem Fuß trug sie einen schmutzigweißen Gipsverband, aus dem die Zehen hervorlugten. Ihre Zehennägel waren dunkelrot lackiert, bemerkte Alan, mit schmalen weißen Halbmonden am Nagelbett, wo der Lack herausgewachsen war. »Linnett?« fragte er.
Sie nickte. »Baird«, ergänzte sie. Lilys Stimme war versiegt.
Alan streckte ihr die Hand hin und musterte sie rasch. Sie war um die

Fünfunddreißig, vielleicht ein wenig älter. Sie war schlank, aber grobknochig, mit langem, zerzaustem Haar, das langsam grau wurde und wie ein krauses Zelt ihren Kopf und ihre Schultern umgab. Sie hatte blasse Haut, die an den Nasenflügeln, um die Augenlider leicht gerötet war. Sie war nicht in dem Sinne hübsch, besaß jedoch jenes merkliche sexuell orientierte Selbstvertrauen, das er grundsätzlich attraktiv fand.

Sie reckte sich, und er schüttelte ihr die Hand. Sie zog die ihre als erste zurück. »Ich würde aufstehen, aber ...«, sagte sie achselzukkend.

»Wie ist das denn passiert?« fragte Alan pflichtschuldigst und zog ebenfalls seine Hand zurück. Ihr Händedruck war kräftig gewesen, fest.

»Ich bin gerannt. Nun renn ich nimmermehr.« Sie packte oberhalb des Gipsverbands ihren Oberschenkel und verzog das Gesicht. »Fettpolster.« Sie ließ los, und das Fleisch entglitt ihren Fingern, und es blieben rote Druckstellen zurück.

»Das bedeutet bestimmt ... eine Einschränkung«, sagte er seltsam verlegen.

»Ach, ich kann alles, was ich will«, entgegnete sie verdrießlich. »Solange ich mein verdammtes Bein ausgestreckt lasse.« Und dann schenkte sie ihm ein strahlendes Lächeln.

Alan lachte und wandte sich ab, um Lilys scharfem, abschätzigem Blick in einem ansonsten ausdruckslosen Gesicht zu begegnen.

»Du bist heute spät dran«, sagte er. »Ich dachte, du würdest jetzt Mittagsschlaf halten.«

»Ach ja, ich weiß«, flüsterte sie. Linnett warf einen flüchtigen Blick auf ihre Armbanduhr. »Aber ich hab ununterbrochen über mich geredet und es so faszinierend gefunden. Wie üblich.«

»Also, ich werde jetzt Gaby aufwecken. Du solltest also lieber bald aufhören, wenn du dich vor dem Abendessen noch ausruhen willst.«

»Und ich muß in ungefähr zehn Minuten gehen«, rief Noreen herüber.

»O Gott, es ist meine Schuld«, sagte Linnett. »Ich bin ein wenig zu spät gekommen, und wir haben heute unseren Spaß gehabt und einfach viel länger weitergemacht als sonst.«
»Ach, lassen Sie sich von *Alan* bloß nicht einschüchtern, meine Liebe«, sagte Lily. »Aber Noreen muß, glaube ich, wirklich irgendwann nach Hause. Noreen!« Sie bemühte sich, zu rufen, doch die zusätzliche Anstrengung blieb ihr im Hals stecken, das Wort war ein Krächzen.
»Noreen«, sagte Alan. »Ich denke, Lily ist soweit, sich zurückzuziehen.«
Lily nickte Alan zu. »Mein galanter Herold«, flüsterte sie.
Alan grinste sie an. Sie konnte ihm heute nichts anhaben. Ihm war zu sehr nach Feiern zumute, er würde es nicht zulassen. Er bückte sich und half ihr auf. Ihr Gewicht an seinem Arm belastete ihn kaum.
Und schon war Noreen da und nahm Lily von Alan entgegen. »Wollen Sie Ihre Stöcke?« erkundigte sie sich ein wenig zu laut bei Lily.
»Ach, das ist mir zu mühsam«, entgegnete Lily. »Lassen Sie uns einfach zusammen den Parkinson-Shuffle tanzen, ja?«
»Ist mir recht«, sagte Noreen. Sie lächelte Alan und Linnett an.
Gemeinsam beobachteten Alan und Linnett den langsamen Abgang der beiden Frauen in Lilys Zimmer. Noreens Kopf war Lily zugeneigt. Die alte Frau mußte etwas gesagt haben, denn Noreen lachte laut auf und rief: »Was Sie nicht sagen.« Dann schloß sich hinter ihnen die Tür.
»Ich habe Ihr Haus bewundert«, sagte Linnett nach einer Weile. Alan wandte sich ihr zu. Sie hatte den Arm zu einer Geste erhoben, die den ganzen Raum erfaßte. Sie trug eine ärmellose rote Bluse, und das Fleisch an ihrem Arm war weiß, die Adern eine blasse blaue Landkarte im Innern. »Von Lily hab ich erfahren, daß es in jeglicher Hinsicht Ihres ist – ich meine, daß Sie es auch entworfen haben.«
»Ja«, antwortete er. »Danke. Wir sind glücklich darin. Obwohl es

immer das eine oder andere gibt, was man ändern möchte.« Er machte eine vage Handbewegung.
»Ach ja, ganz im Gegensatz zu allem sonst im Leben«, sagte sie.
Alan lachte. Er nahm – nur für einen Augenblick, sagte er sich – auf der Kante des Sessels Platz, in dem Lily gesessen hatte. »Und was tun Sie, wenn Sie sich nicht gerade von meiner ehrenwerten Mutter diktieren lassen?«
»Auch nicht viel anderes, fürchte ich.«
»Eine Art Wandersekretärin?«
»O nein, Sekretärin bin ich eigentlich nicht.« Sie zog eine Grimasse. Sie nimmt es ein wenig übel, dachte Alan. »Das ist nur eine Vereinbarung, die ich mit Lily getroffen habe.«
»Ja?«
»Ja. Ich bin Autorin. Journalistin. Ich schreibe über Lily. Einen Artikel.« Sie nahm ihn einen Augenblick lang in Augenschein. »Wußten Sie das nicht?« fragte sie. Dann lächelte sie, das breite, freundliche Grinsen. »Nein, Sie wußten es nicht. Sehen Sie, ich habe nur angeboten, ihr mit ihrer Post und mit dem Schreiben und dergleichen zu helfen, um ... Nun, ich denke, um zu rechtfertigen, daß ich so lange dableibe, wie ich es für richtig halte.«
»Ich verstehe«, sagte er. Er war verblüfft, weil er tatsächlich nicht Bescheid gewußt hatte, und fühlte sich auf einmal unbehaglich. »Ich verstehe«, wiederholte er und nickte.
»Das gefällt Ihnen wohl nicht«, sagte sie. »Hab ich recht?«
Er zuckte die Achseln. »Es geht mich nichts an, nicht wahr? Ob es mir nun gefällt oder nicht.«
»Schon, aber gefallen tut es Ihnen trotzdem nicht.« Sie lächelte ihn an, doch in ihrer Stimme klang außerdem Gereiztheit an. »Los. Gestehen Sie.«
»Was soll ich Ihrer Meinung nach sagen? Nein, es gefällt mir nicht.«
»Ach, ich nehm's Ihnen nicht übel. Ich bin's gewöhnt. Die Leute können einen entweder sehr, sehr gut leiden, wenn man Journalist ist, oder man ist ihnen sehr, sehr zuwider.«

»Es geht mir nur darum, daß ich nichts damit zu tun haben will«, sagte er kühl. »Ich möchte zum Beispiel nicht zitiert werden. Oder überhaupt in Erscheinung treten. ›Der Sohn der berühmten ...‹ Wie auch immer. Sie wissen schon. Was Lily tut, ist ihre Angelegenheit. Was immer ... sie mit ihrem Leben anfangen will. Es ist ihre Sache. Ich dagegen ... Ich habe niemals Anteil daran gehabt, und ich will jetzt nicht damit anfangen.«

»Kapiert.« Sie beobachtete ihn eindringlich, mit wachen Augen und ganz und gar nüchternem Gesichtsausdruck.

»Und das geht soweit, daß ich in Ihrem Artikel nicht einmal direkt oder indirekt mit dieser Aussage zitiert werden möchte.«

»Kapiert.« Sie nickte heftig. »Und glauben Sie mir, Lily gilt hier mein ausschließliches Interesse. Der Artikel, den ich schreibe?« Sie zog die Brauen hoch. »Ich denke, es wird so ziemlich das übliche drinstehen. Obwohl ich hoffe, daß er besser sein wird. Tiefschürfender. Aber was mich an ihr fasziniert, ist genau das«, ihre Hand beschrieb einen Kreis, »worüber alle anderen auch geschrieben haben.«

»Und das wäre?«

»Also, Sie jedenfalls nicht.«

»Sondern ...?«

»Ach, Sie wissen schon.«

»Nein, ich weiß es nicht. Ich lese keine Artikel über Lily, wenn ich drum rumkomme.«

»Also, Sie wissen schon. Der feministische Ansatz. Die Frau mit fünfzig, sechzig, siebzig, die sich allein bewährt. Und das mit den Rassen. Ob Integration als Ideal passé ist. Und das mit der Religion auch: der patriarchalische Charakter der Kirche und so weiter.«

»Patriarchalisch.« Er lächelte. »Ein Wort, das Lily meines Wissens nie benutzt hat.«

»Patriarchalisch?« Linnett legte den Kopf schief und lächelte ihn an. »Nee. Sie haben recht. Ich übrigens auch nicht, es sei denn *im obigen Sinn*, um zu beschreiben, zu kategorisieren, mich verständlich zu machen. Oder zu denken. Aber Sie verstehen, was ich sagen wollte. Was ich wirklich meine, ist, daß Sie von mir nichts zu befürchten haben.«

Sie faltete die Hände auf dem Schoß und riß die Augen auf, ein parodistisches Bild der Unschuld. »Ehrlich.«

Noreen kam aus der Gästesuite.

»Alles erledigt bei ihr?« fragte Alan und stand rasch auf. Er kam sich irgendwie ertappt vor.

»Jawohl. Und ich bin so gut wie fort, sobald ich meine Handtasche geholt habe.« Sie ging durch den Raum zur Kücheninsel, warf sich ihre riesengroße Tasche über die Schulter und machte sich auf den Weg zur Tür.

»Bis dann, Noreen«, sagte Linnett. »Wir sehen uns am Montag.«

Noreen blieb stehen. »Ach, Sie kommen morgen nicht?«

»Nein. Ich dachte, ich mach mal Pause. Gebe Lily das Wochenende frei.«

»Gut. Dann bis Montag.«

Alan ging zur Tür, mehr oder weniger hinter Noreen her, und blieb dort noch ein Weilchen abschiednehmend stehen, nachdem sie längst draußen war. Vor dem Haus röhrte ihr großer Station Wagon ungedämpft auf.

»Noreen kann mich nicht leiden«, sagte Linnett hinter ihm.

»Meinen Sie?« Er drehte sich um. »Wieso denn nicht?«

»Ich *störe*.« Sie machte ein ernstes Gesicht. »Sie würde nie etwas sagen, aber ich weiß Bescheid. Sie verbringen ihre, ach, so friedvollen Morgenstunden zusammen. Klösterlich friedvoll im Grunde – Noreen hier draußen beschäftigt, ohne daß ich wüßte, womit, und Lily allein auf ihrem Zimmer mit ihren *Sachen*, wie sie es nennt. Und dann komme ich angehumpelt und stachle Lily auf. Und das in Noreens persönlicher Sphäre.« Sie wies auf den Raum ringsum. »Keine Moglichkeit, sich zu verstecken, so wie Sie es entworfen haben.« Sie lächelte ihn an, als wolle sie ihn auf den Arm nehmen. »Jedenfalls bekommt sie immer alles mit.« Linnett seufzte. »Mehr kann man vom Leben nicht verlangen. Stimmt's?«

Alan kam zurück und setzte sich wieder, auch diesmal nur auf die Sesselkante. »Ich nehme an, es ist der Eckpfeiler Ihres Geschäfts, das eine oder andere mitzubekommen.«

»Möglich. Während *Ihr* Eckpfeiler wohl eher ein braver, handfester Grundstein ist.«

»Möglich.«

Sie lächelten sich an. Na so was, dachte Linnett, der Möglichkeiten gewahr, die in der Luft lagen. Oder bildete sie sich das nur ein? »Und wie läuft das Geschäft?« fragte sie.

»Was meinen Sie damit?«

»Ach, ich weiß nur, daß es im Baugewerbe derzeit langsam vorangeht. Ich weiß es, weil ich Zeitungen *lese*.«

Wie merkwürdig ihre Betonung ist, dachte Alan. Beinahe so merkwürdig wie die von Gaby, die immerhin einem anderen Sprachraum entstammte. Die von Linnett war offenbar angenommen, eine Marotte. »Nun, bis jetzt hab ich Glück gehabt«, sagte er. »Es geht langsam voran, zweifellos. Aber dies ist eine wohlhabende Gemeinde. Nun, zumindest teilweise wohlhabend. Und die Grundstückspreise sind derzeit allgemein niedriger – nach vernünftigen Maßstäben natürlich immer noch lächerlich hoch –, jedenfalls gibt es hier hin und wieder ein Haus zu bauen. Oder einen Anbau.« Er zuckte die Achseln. »Aber es stimmt, ich habe eine Reihe mächtig langsamer Jahre hinter mir.«

»O Gott, haben wir das nicht alle?«

Alan hatte soeben angefangen weiterzusprechen, sie zu fragen, wie bei ihr das Geschäft lief und was »langsam« für sie bedeutete, als ein leises mechanisches Geräusch ertönte, ein Klicken, woraufhin Linnett sich hastig vorbeugte und ein kleines schwarzes Gerät vom Ecktisch nahm, das ihm bis dahin nicht aufgefallen war.

»Hoppla. Das Band ist abgelaufen«, sagte sie. »Das hatte ich ganz vergessen.«

»Sie haben alles aufgezeichnet«, stellte er fest.

»Ja, ich hab aufgezeichnet, was Lily vorhin gesagt hat.«

Er lehnte sich zurück und grinste. »Jesus«, seufzte er. »Und sie sagt, *vertrauen* Sie mir.«

Linnett lächelte ebenfalls. »Ich hab's wirklich vergessen.«

»Ja und nein, nehme ich an.«

»Na gut, ja und nein«, konterte sie. »He!« Sie zeigte mit dem Finger auf ihn. »Sie haben mir doch sowieso nichts verraten.«
»Ich weiß nichts, was ich Ihnen verraten könnte.«
»Oh, ich vermute das Gegenteil. Schließlich sind Sie Lilys Sprößling.«
Er schnaubte. »Mutterschaft ist nicht Lilys starke Seite.«
»Ach?« hakte sie nach.
Er sah sie unbewegt an und schüttelte dann den Kopf.
Sie lachte. »Ich wollte sagen: ›Ach!‹ Damit meine ich, daß Sie mir etwas verraten haben, das ich benutzen könnte. ›Mutterschaft war nicht Lily Maynards starke Seite.‹ Das wäre ein geeigneter Ausgangspunkt.« Sie zuckte die Achseln und behielt ihn dabei im Auge.
»Tun Sie's, und ich breche Ihnen das andere Bein auch noch«, versprach Alan, ihr Lächeln erwidernd.
Da erschien auf einmal Gaby am offenen Durchgang zum hinteren Flur. Sie blickte mit verquollenen Augen von einem zum anderen, von Alan zu Linnett, die sich in ihren Sesseln räkelten. Ihre Stimmen hatten sie endlich geweckt, volle zwanzig Minuten über die Zeit hinaus, zu der sie Alan gewöhnlich weckte, über die Zeit hinaus, zu der er gewöhnlich bei ihr saß und sich mit ihr unterhielt. Sie war verwirrt, erinnerte sich noch an einen Traum, mit dem sie aufgewacht war, einen Traum, den ihr Gehirn ihr im Aufwachen befohlen hatte, im Gedächtnis zu bewahren, um ihn Alan zu erzählen, der jedoch nicht da war. Der statt dessen hier war.
»Hallo«, sagte sie. Und räusperte sich. »Hallo«, sagte sie noch einmal.
Linnett wollte aufspringen, besann sich aber und griff erst nach ihren Krücken.
Alan erhob sich rasch. »Du bist wach«, stellte er fest, ging zwei Schritte auf sie zu und blieb dann mitten im Raum stehen, um Linnett zu beobachten, die sich mit den Krücken abmühte, die aufzustehen versuchte.
»Ja«, sagte sie. »Ich komme zu spät ins Geschäft.«
»Tut mir leid«, sagte er. »Ich hab mich festgeredet.«

»Nein, *mir* tut es leid«, mischte Linnett sich ein. »Es ist alles meine Schuld, Gaby. Ich bin länger als vorgesehen bei Lily geblieben, und dann habe ich Alan aufgehalten. Ich war *unartig*.« Sie balancierte auf einem Fuß und machte sich daran, alles mögliche in ihren Rucksack zu stopfen.

Gaby beobachtete sie einen Augenblick lang mit dumpfem Blick, ehe sie sagte: »Ach, das macht fast gar nichts.«

Alan trat wieder einen Schritt auf Linnett zu. »Kann ich Ihnen damit behilflich sein?«

»Ja«, sagte Gaby, die plötzlich einen wachen Eindruck machte, und setzte sich ebenfalls in Richtung Linnett in Bewegung. »Wir wollen ihr helfen.«

»O danke, nein«, sagte Linnett. »Ich habe gelernt, so zurechtzukommen.« Sie wandte sich erneut Gaby zu. »Es tut mir wirklich leid, daß ich so lange geblieben bin. Die Zeit mit Lily ist einfach verflogen, und ich hab nicht gemerkt, wie müde sie war, wie spät es geworden war.«

»Lily tut das alles sicher sehr gut«, antwortete Gaby.

Linnett schwang sich den Rucksack über eine Schulter und stützte sich auf ihre Krücken.

»Haben Sie es weit?« erkundigte sich Alan mit veränderter, höflicher Stimme bei ihr.

Sie sah ihn nach seinem Empfinden amüsiert an. »O nein. Nur ein paar Meilen die Straße entlang.«

»Und wo haben Sie sich einquartiert?« fragte Gaby.

»Ich habe ein kleines Haus gemietet. Eine Art Hütte. Auf dem Anwesen der Thayers. Kennen Sie sie? Auf deren riesengroßem Anwesen. Eigentlich ganz reizend.« Alan und Gaby waren ihr gefolgt, während sie zur Tür humpelte.

»Sie sind also ganz allein?« Wie Gaby es sagte, klang es tragisch.

Linnett drehte sich lachend nach ihr um. »Ja«, sagte sie. »Mutterseelenallein.«

»Also, das ist aber nicht recht«, meinte Gaby. Sie warf Alan, der bereits an der Tür stand und darauf wartete, sie für Linnett aufzuhal-

ten, einen Blick zu. Linnett merkte, daß sie einander ein Signal gaben.
»Es war mir nicht klar, daß Sie … jedenfalls: Warum bleiben Sie nicht hier? Bleiben Sie zum Abendessen. Sie können hier warten, wenn es Ihnen nichts ausmacht.« Gaby deutete in den offenen Raum hinter sich. »Und trinken Sie ein Glas Wein oder so etwas, während wir ins Geschäft fahren. Wir müssen abschließen, aber wir werden bestimmt nicht länger als eine Dreiviertelstunde fort sein.«
Linnett wandte sich an Alan, hinter ihr an der Tür. Sein Gesicht war so ausdruckslos wie das eines Kindes. Wie das von Lily. Danach zu schließen, wollte er nicht, daß sie blieb.
»Es macht keine Mühe, Ehrenwort«, sagte Gaby. »Ich habe beruflich mit Nahrungsmitteln zu tun, wie Sie wissen, und ich bringe oft Essen mit nach Hause, was ich für heute abend ohnehin vorhatte. Es wird einfach sein, aber gut. Wenn ich es schon selbst sage.«
»Also«, sagte Linnett und sah wieder Gaby an. »Das ist ein verlockendes Angebot. Na gut.«
»Abgemacht«, verkündete Gaby. Sie blickte noch einmal Alan an, wandte dann jedoch den Blick rasch wieder Linnett zu.
»Also«, sagte Linnett. »Vielen Dank. Das ist reizend.« Sie drehte sich um und lächelte Alan strahlend und herzlich an. »Das ist wirklich lieb von Ihnen.« Ihre Stimme bekam auf einmal einen leichten südlichen Einschlag. »Abgemacht.«

9

Nachdem Alan und Gaby fort waren, stand Linnett wieder auf und ging bedächtig in dem großen Raum umher. Obwohl sie seit drei Wochen zu Lily kam, hatte man sie noch nie im Haus alleingelassen. Nun humpelte sie auf ihren Krücken zur Küchenzone. Sie zog die schönen Schubladen auf, nahm Notiz von den darin angeordneten, gepflegten Utensilien – dem Messersortiment, den nach Größe geordneten Schneebesen, den Meßlöffeln. Sie entdeckte zwei luxuriöse Öfen. Und noch erstaunlicher: zwei Geschirrspülautomaten. Der Kühlschrank war eines dieser gewaltigen Geräte aus rostfreiem Stahl, dessen Gefrierfach sich unten befand. Als sie das vollgepackte Gefrierfach öffnete, fiel ihr als erstes ein Paket gefrorener Entenbrüste auf, rund und weiß wie Schneebälle. Entenbrust! Sie schnaubte und schloß das Gefrierfach.

Sie trat hinter der Kücheninsel hervor. Am anderen Ende des großen Wohnraums stand der Flügel. Linnett schleppte sich langsam dorthin und setzte sich. Sie lehnte ihre Krücken an die Bank. Sie schlug ein paar Akkorde an. Wer spielt hier Klavier? überlegte sie. Der Sohn – Alan – schien ihr als Kandidat nicht in Frage zu kommen, aber man wußte ja nie.

Linnett hatte einmal einen Liebhaber gehabt, der während der Monate, während derer sie miteinander geschlafen hatten, sein außerordentliches Talent nie erwähnt hatte. Dann jedoch hatte er sich auf einer Party bei jemand anderem zu Hause ans Klavier gesetzt und über eine Stunde lang gekonnte Bluesimprovisationen von sich gegeben. Linnett hatte sich irgendwie verraten gefühlt, weil sie nicht gewußt hatte, daß er so etwas konnte.

Verraten und sexuell erregt, wie sie sich jetzt erinnerte.
Linnett selbst spielte ein Weilchen, aber was sie auswendig konnte, waren Überbleibsel aus alter Zeit: *Für Elise*. Die Eröffnungstakte der *Mondscheinsonate*. Der Flügel hatte einen herrlichen Klang. Er ließ selbst ihr primitives Geklimper musikalisch und üppig klingen. Ein hübsches kleines Spielzeug, fürwahr.
Dann erinnerte sie sich an Lily und hörte abrupt auf. Nicht nötig, sie zu wecken. Vor ihrem inneren Auge tat sich ein liebevolles, aber unwahrscheinliches Bild von der alten Frau auf, die wie ein Baby mit angezogenen Beinen auf der Seite lag und schlief. Sie hatte sie heute überbeansprucht.
Nach dem tags zuvor erlebten endgültigen Scheitern des Versuchs zu schreiben und Lilys tapferer Hinnahme dieses Scheiterns war Linnett an diesem Nachmittag entschlossen gewesen, es Lily leichtzumachen, leicht und leichtherzig. Sie hatte sich eine Reihe harmloser Fragen ausgedacht, die Lily in jene Ecken ihres Lebens führen sollten, in denen sie sich am wohlsten zu fühlen schien.
Und es hatte funktioniert. Lily hatte ausführlich und eifrig über ihre Mutter gesprochen, über ihre Collegezeit und über Pauls Werben um sie, über die allererste Ahnung, daß sie zur Schriftstellerin begabt sein könnte. Linnett hatte ihr mit einer ausbaufähigen Frage nach der anderen weitergeholfen und dabei im Grunde nicht gemerkt, daß Lilys Stimme immer schwächer wurde.
Lily auch nicht. Sie hatte, meinte Linnett, aus den Erinnerungen, aus dem Selbstwertgefühl, das sie ihr vermittelten, etwas gewonnen. Darum war Linnett nicht bereit gewesen, sie zu stoppen, so sehr war ihr danach, zu helfen. Sie war wirklich erstaunt gewesen, als sie nach Alans Ankunft auf die Uhr gesehen hatte, um festzustellen, wie spät es war, wie lange sie Lily in Anspruch genommen hatte.
Nun stand sie auf und ging den Flur entlang zu dem Zimmer, aus dem Gaby hervorgekommen war. Zum Schlafzimmer. Die Tür stand offen. Das Bett war ungemacht, ein Gewirr weißer Laken und einer ausgebleichten, ausgefransten Steppdecke, die auf den Boden zu gleiten drohte. Der Blick aus den Fenstern – eigentlich waren es Terras-

sentüren, offengelassen, um Durchzug zu schaffen – reichte ebenfalls über die Terrasse zum Fluß hinab, doch war an diesem Ende etwas mehr Bewuchs vorhanden als vor den Wohnzimmerfenstern.

Wonach suchte sie? Sie wußte es nicht. Aber sie hätte es nicht übers Herz gebracht, nicht herumzustöbern.

Auf der Kommode stand eine Gruppe Familienbilder in schräggestellten Rahmen. Linnett ging hinüber und nahm sie eines nach dem anderen in die Hand. Kinder und Eltern in verschiedenen Kombinationen über die Jahre verteilt, wobei aus den Jungen allmählich Männer wurden. Außerdem gab es ein Bild von Alan und Gaby, als sie noch sehr jung waren, in einem offensichtlich französischen Restaurant.

Aber natürlich, sie mußten sich in Frankreich kennengelernt haben. Dieses amerikanische Leben, dieses Haus an einem Fluß in einer Stadt, die Komfort und bourgeoise Sicherheit bot, war nur ein möglicher Ausgang von vielen. Auf dem Bild war Alans Haar länger als das von Gaby: Es mußte in den sechziger Jahren oder Anfang der siebziger Jahre aufgenommen sein. Sie waren einander zugeneigt, die Ellenbogen auf den Tisch gestützt, und der Fotograf hatte sie offenbar überrascht.

Gaby war darauf gefaßt gewesen, überrascht zu werden. Ihr spontaner Seitenblick in die Kamera war wach, schelmisch: Wer, ich? Alan dagegen hatte sich über die Schulter umdrehen müssen, um denjenigen zu sehen, der das Foto schoß. Vielleicht hatte er soeben etwas Intimes zu Gaby gesagt. Ich bete dich an. Ich muß dich haben. Jedenfalls runzelte er angesichts dieser Störung die Stirn und machte einen fast beunruhigten Eindruck.

Er hat unglaublich gut ausgesehen, dachte Linnett. Sie empfand einen Anflug von Verstimmung gegenüber Alan und Gaby, gegenüber der Liebesgeschichte, die dieses Bild implizierte. Gegenüber der geglückten Art, wie sie sich seither entwickelt hatte.

Linnett stellte das Bild wieder hin und stieß die Tür auf, die sich neben der Kommode befand: das Bad. Es war ganz gekachelt, ein blasses grünliches Blau. Es gab keine eigentliche Wanne, sondern

eine gekachelte Vertiefung, in die man hinabstieg. Platz für zwei, registrierte Linnett. Gemütlich. Daneben auf dem Fußboden ein Stapel flauschiger großer Handtücher in passenden Farben. Ein Bidet, ein Becken mit Unterbau. Wer hatte so einen sybaritischen Geschmack bewiesen? Die hübsche, ein wenig mollige französische Frau mit dem knabenhaften Charme von einst? Oder Alan, so mager und allem Anschein nach nüchtern?
Bis er lachen muß, dachte Linnett. Dann ist er ein höchst attraktiver Mann. Und er hatte sich zu ihr hingezogen gefühlt, das hatte sie gemerkt.
Linnett ging zurück ins Schlafzimmer, blieb am Fußende des Bettes stehen. Sie hatten jeder einen Nachttisch. Der, von dem sie annahm, er gehöre zu Alan, war aufgeräumt, die Bücher gestapelt, der Wecker an ihnen ausgerichtet. Auf der anderen Bettseite, näher bei den Terrassenfenstern, waren Bücher und Zeitschriften auf dem Tisch, ja sogar ringsum auf dem Boden verstreut. Daneben eine geblümte Unterhose. Eine Socke. Linnett entdeckte mehrere Kochmagazine. Sie wollte auf das Durcheinander zugehen, als irgendwo im Haus eine Tür zuschlug.
Eine Männerstimme: »Jemand daheim?«
Linnett zögerte, faßte dann einen schnellen Entschluß: die Terrasse. Sie wird auf der Terrasse gewesen sein. Ja, um die Aussicht zu genießen. Sie tastete sich vorsichtig zu den Terrassentüren vor. Sie stieß sie mit dem Körper behutsam weiter auf und schob sich hinaus. Sie atmete bewußt, langsam und gleichmäßig.
Nachdem sie draußen in Sicherheit war, atmete sie aus. Ah. Nun war keine Eile mehr geboten. Die Frage stellte sich ihr erst einen Augenblick später, während sich ihr Herzschlag im leichten Rauschen des Windes in den Föhren an diesem Ende der Terrasse beruhigte: Wer war der Mann? Ein Freund vielleicht, der auf einen Drink hereingeschneit kam. Jemand, den Alan von der Arbeit her kannte. Oder Gaby. Jemand, der sich ganz hübsch vertraulich benahm. Linnett ging die Terrasse entlang auf die Glaswand vor dem Wohnzimmer zu.

Und dann brandeten üppige Klänge über sie hinweg, Musik – das Klavier! Sie verharrte. Es handelte sich um ein Adagio, das Linnett nicht kannte, doch die sehnsüchtigen Akkorde pulsierten durch die offenen Glastüren des Wohnraums auf die Terrasse hinaus. Linnett, auf einmal eingebettet in den reichen Klang, verlor die Fassung. Tränen schossen ihr in die Augen. Sie schloß sie und blieb minutenlang wie erstarrt stehen, ließ sich von dem Klang umfangen, von der flüssigen Melodie, von dem Gefühl tiefen Verlangens und Verlustes, das die Musik übertrug.

Dann kam ein Patzer. Die Musik hörte jäh auf. »Ach, *Scheiße*!« sagte die Stimme, und es folgte ein Jazz-Riff, ein kleiner Tanz im Ragtimerhythmus. Linnett kam sich vor, als hätte man ihr eine Ohrfeige versetzt. Sie öffnete die Augen und ging soweit die Terrasse entlang, daß sie jenseits ihres eigenen Spiegelbildes die Gestalt erkennen konnte, die drinnen auf der Klavierbank saß. Ein großer Junge: dunkles, lokkiges Haar, von hinten gesehen scheinbar nur aus langen, ungelenken Gliedmaßen bestehend.

Nach einer Minute Geklimper setzte die Musik, die echte Musik wieder ein. Linnett, die nun achtsamer war, humpelte zu einem der hölzernen Liegestühle auf der Terrasse und ließ sich langsam darauf nieder. Wieder schwoll die Musik ringsum an, und sie schloß noch einmal die Augen, lehnte sich im Stuhl zurück und nahm sie gierig in sich auf. Das Publikum.

Jene Gaby auf dem Bild, das Linnett voller Neid betrachtet hatte, stand kurz davor, aus einer Welt in eine andere überzuwechseln. Alan war diesmal nur wenige Wochen in Paris gewesen. Es war Anfang September, und er hatte in ein paar Tagen wieder zum Architekturstudium antreten müssen. Und Gaby hatte beschlossen, mit ihm zu gehen, nach Amerika zu fahren.

Auf dem Foto sitzen sie in einem kleinen Restaurant in der Nähe von St. Sulpice. Sie feiern. Alan gibt fast alles Geld, das er übrig hat, für das Essen aus. Für ihn ist es ein Augenblick ungetrübten Glücks, ein Augenblick, an den er immer zurückdenken wird, wegen der reinsten

Freude, die er je empfunden hat. Noch heute kann es beim Betrachten des Fotos passieren, daß er wie damals das Gefühl unbegrenzter Möglichkeiten hat.
Gaby war seinerzeit zwar glücklich, aber auch praktischer veranlagt. Sie sah in Alan schlicht die Antwort auf das Dilemma, das ihr damaliges Leben war.
Sie hatte ihn drei Jahre zuvor kennengelernt, als sie in einen anderen verliebt war. Alan studierte im Rahmen eines amerikanischen Austauschprogramms ein Semester in Frankreich und wurde sechs Wochen bei ihr zu Hause untergebracht, weil sie einen zwei Jahre jüngeren Bruder hatte – in Alans Alter – und ihre Eltern meinten, es sei eine wunderbare Gelegenheit für ihn, seine Englischkenntnisse zu verbessern.
Von Alan weiß sie aus der Zeit nur noch, daß er ungewöhnlich gut aussah, ungewöhnlich schüchtern war und ungewöhnlich still in ihrer Gegenwart. Sie kam nur ein paarmal die Woche zu Hause vorbei, um mit der Familie zu essen, ihre Wäsche zu waschen und dergleichen. Sie konnte also nicht behaupten, ihn richtig kennengelernt zu haben. Immerhin aber merkte sie, daß er in sie verknallt war. Alle in der Familie hatten es bemerkt. Hin und wieder rissen sie Witze darüber in einem Französisch, das zu schnell, zu idiomatisch war, als daß er es verstanden hätte. Dann saß er zwischen ihnen und lächelte liebenswert und wartete darauf, daß man ihm erklärte, worüber gelacht wurde. Sie hatte ihn damals in Gedanken den schönen Amerikaner genannt und mit ihrem Liebhaber Gerard über ihn gesprochen. »Obacht«, pflegte sie zu sagen, »sonst brenne ich mit dem schönen Amerikaner durch.«
Alan dagegen wußte bereits viel mehr über sie. Der Bruder, der in seinem Alter war – außerdem gab es drei weitere, jüngere Kinder –, diente ihm als willfährige, sensationslüsterne Quelle der Information. Und natürlich lagen immer Familienfotos herum, entlockte er der Mutter Geschichten über ihre Kindheit. Nachdem er in die Staaten zurückgekehrt war, schrieb er ihr gelegentlich, kurze, freundschaftliche Briefe. Damit sorgte er schlicht dafür, daß er ihr im Gedächtnis

blieb. Im ersten Brief bedankte er sich für die Freundlichkeit, die sie ihm während seines Frankreichaufenthalts erwiesen habe. Er teilte ihr mit, daß er sie nie vergessen werde, und unterschrieb mit »Dein amerikanischer Bruder Alan«. Spätere Briefe berichteten davon, daß er an sie denke und ihr alles erzählen wolle, was sich in seinem Leben ändere – daß er beschlossen hatte, Architekt zu werden, daß er zum Fachstudium zugelassen worden war, daß er das College abgeschlossen hatte.

Mittlerweile geriet Gabys Leben aus den Fugen. Im Aufruhr der späten sechziger Jahre saß sie zwischen den Stühlen und fühlte sich von widersteitenden Loyalitäten hin- und hergerissen. Sie war nicht kühn genug für Gerard, und sie war viel zu radikal für ihre Eltern. Während sich ganz Paris, ganz Frankreich – die ganze Welt, so schien es ihr – in Aufruhr befand, stand sie als Zuschauerin dabei. Als es damit vorbei war, folgte sie Gerard aufs Land nach Dijon, wo er und fünf oder sechs seiner Freunde ein Haus gemietet hatten, in dem sie zusammen wohnen wollten, als Kommune. Aber Sex gehörte zu den Dingen, die man sich teilte, und Gaby war dazu, wie sie feststellte, nicht fähig. Sie ging zu ihren Eltern zurück, wo sie mehrere Wochen lang umgeben von frostigem Schweigen lebte; dann fand sie eine Mansardenwohnung an der Rue Monge und eine Stelle als Französischlehrerin für ausländische Geschäftsleute.

Sie hatte im ersten Jahr nach seiner Abreise Alans Briefe mit der einen oder anderen Postkarte beantwortet. Danach nicht mehr. Doch ihr Bruder hatte ihn in groben Zügen auf dem laufenden gehalten über Gabys Lebensweg. (Nicht jedoch über ihr Elend, denn das konnte ihr Bruder nicht sehen.) Als Alan 1970 nach Frankreich zurückkehrte, hatte er ein kleines Stipendium der architektonischen Fakultät erhalten, um Form und Funktion von Marktplätzen in verschiedenen mittelalterlichen Dörfern Europas zu untersuchen, doch seine Absicht, sein eigentliches Ziel bestand darin, sich Gaby als Erwachsener zu präsentieren und ihre Erlaubnis einzuholen, um sie zu werben.

Mitte Juni nahm er ein Zimmer in einer Jugendherberge nahe dem

Marais-Viertel und machte sich zu Fuß auf zu Gabys Wohnung. Dabei wünschte er sich, daß der Weg noch weiter, der Anmarsch noch länger gewesen wäre. Am liebsten wäre er ihr ewig entgegengegangen. Er sah sich von Zeit zu Zeit in einem Schaufenster und war verblüfft, daß er so sehr nach sich selbst aussah, mit großen Schritten dahineilend, hochgewachsen und mager in Bluejeans und einer alten Jacke, das lange, helle Haar in der leichten Brise wehend, die auch das frische Grün der Bäume zauste. Er fühlte sich so gewandelt von seiner Mission, seiner Sehnsucht, daß es ihm richtig erschienen wäre, auch anders auszusehen.

Sie war nicht daheim. Er hinterließ ihr einen Brief. Zu seiner Überraschung wartete bereits eine Nachricht auf ihn, als er am Ende des Tages in die Jugendherberge zurückkehrte. Sie bestand aus einem Ort, einer Zeit für ihre Begegnung mit ihm am kommenden Tag. Im Café hätte er sie fast nicht wiedererkannt. Sie hatte den Kopf fast kahlgeschoren und war sehr dünn geworden.

Aber sie enttäuschte ihn dennoch nicht. Sie hatte sich etwas zu trinken bestellt, eine durchsichtige Flüssigkeit in einem kleinen Glas, und sie rauchte eine stark duftende, filterlose französische Zigarette. Sie erzählte aufgeregt in rhythmischem, klangvollem Französisch, ihm zuliebe in vermindertem Tempo, über ihre Stelle als Lehrerin. Sie machte sich über die Geschäftsleute lustig, mit denen sie arbeitete – über ihren Akzent, ihre Kleidung. Sie erkundigte sich, wie es ihm ginge, und bekundete Interesse an seinem Projekt, die Augen unentwegt auf ihn gerichtet, den Mund leicht geöffnet, manchmal von einem zarten Lächeln umspielt. Sie war so nervös lebendig, so spröde und charmant, wie Alan sie in Erinnerung hatte.

Alan merkte nicht, daß es sich um einen Effekt handelte, den er bei Gaby auslöste. Sie hatte geglaubt, es sei aus mit ihrem Leben. Sie dachte, ihr sei jegliches Universum verbaut, dessen Bewohnerin sie hätte sein mögen. Außerdem hatte sie den Fehler begangen, sich eine Wohnung in der Nähe der Sorbonne zu suchen. Sie fand es schmerzhaft, dauernd von Studenten umgeben zu sein. Obwohl viele in ihrem Alter oder nur wenig jünger waren als sie, kam Gaby sich im Umgang

mit ihnen verbraucht vor, beschädigt. Sie war damals fünfundzwanzig.
Nun aber kam Alan und bot ihr eine Version ihrer selbst, von der sie angenommen hatte, daß niemand mehr – nicht einmal sie selbst – an sie glaubte. Und Gaby wurde für ihn die Person, die sie einst gewesen war. Währenddessen war ihr klar, daß es Spaß machte, daß es ihr guttat. Sie beschloß, mit ihm zu flirten und daran zu genesen.
Doch Alan war nicht bereit, nur mit sich flirten zu lassen, sie nur anzubeten, auch wenn er erst kurz vor Antritt der für sein Sommerprojekt erforderlichen Reise offen mit ihr darüber sprach. Zu dem Zeitpunkt hatte er sich bereits viel länger in Paris aufgehalten, als er beabsichtigt hatte und als man von ihm erwartete. Er bestand darauf, sie zum Abendessen auszuführen, was ihn, wie sie wußte, in große Unkosten stürzte. Sie gingen in das kleine, sehr gute Lokal im Viertel nahe St. Sulpice (dasselbe Lokal, in dem später, im September, das Foto aufgenommen wurde). Und noch ehe die Mahlzeit begonnen hatte – sie hatten erst den Appetithappen zu sich genommen –, platzte er mit der Bitte heraus, sie solle sich überlegen, ob sie nicht mit ihm nach Amerika kommen wolle.
»Was!« Sie lachte aufgeregt. »Du meinst, um mit dir zusammenzuleben?«
»Ja. Genau ... Nein, ich meine ..., um mich zu heiraten.« Seine Hände spielten nervös mit dem schweren Silberbesteck an seinem Platz.
»Alan.« Sie legte den Kopf schief. Meinte er es ernst? »Aber das ist doch Wahnsinn.«
»Es ist kein Wahnsinn. Es ist, was ich mir wünsche. Ich bin meiner Sache sicher.«
Gabys Gesicht war vor Freude gerötet. Sie war geschmeichelt und entzückt, nahm ihn jedoch nicht ernst.
Sie beharrte auf ihrer amüsierten Ablehnung. Zunächst argumentierten sie ganz abstrakt – war es Wahnsinn oder nicht? Konnten zwei Menschen so eine Ehe beginnen oder nicht? Wie gut mußte man jemanden kennen, um zu lieben?

Schließlich beugte sich Gaby vor, die Ellenbogen auf den Tisch gestützt, und sagte mit gedämpfter Stimme: »Ach, Alan. Mein Lieber. Wir haben ja noch nicht einmal zusammen geschlafen.«
Er lächelte sie an. »Nun, dem läßt sich leicht abhelfen.«
»Nein, nein. Was ich damit sagen will, ist, daß du noch nicht einmal weißt, ob wir in der Hinsicht zusammenpassen.«
»Doch, ich weiß es. Wir tun es«, entgegnete er.
»Pfffft.« Gaby tat seine Behauptung mit einem verächtlichen Laut und einer Handbewegung ab. »Vielleicht. Vielleicht auch nicht. Und was dann? Wenn wir nicht zusammenpassen?«
»Gaby.« Seine Stimme klang eindringlich. »Ich habe gesehen, wie du dich bewegst. Ich habe gesehen, wie du ... einen Tisch deckst. Eine Zigarette anzündest. Von mir fort die Straße entlanggehst. Ich weiß es. Es wäre mir ein Vergnügen, dir zu demonstrieren, wie recht ich habe. Wie *korrekt* meine diesbezügliche Auffassung ist. Ich demonstriere es dir jederzeit, wann du willst. Aber ich will hier nicht vom Thema abkommen. Ich möchte, daß du darüber nachdenkst, während ich weg bin. Und ich möchte, daß du, wenn ich im September wiederkomme, zu mir sagst, daß du mit mir in die Heimat zurückfährst.«
Gaby saß ihm gegenüber am Tisch und sah ihn mit offenem Mund an. Auf dem Tisch stand eine Kerze. Ihr Licht brach sich glitzernd in den Tränen, die plötzlich am unteren Rand ihrer Augen aufgetaucht waren. Er hatte das Gefühl, daß sie ihn zum ersten Mal richtig ansah, daß sie eine Regung spürte, die zur tiefen, beständigen Liebe werden würde.
Sie dachte an den letzten Streit mit Gerard, der damit begonnen hatte, daß sie ihm mitteilte, sie habe mit den beiden anderen Männern geschlafen, mit denen sie zusammenlebten. Er hatte lieblos geantwortet: »Wie es dir beliebt, Gaby. Du bist nicht mein Eigentum«, worauf sie ihm eine Ohrfeige verpaßt hatte.
Nun blickte sie weg. Auf ihre Hände herab, wieder zu Alan hinüber. Da war es, das schöne Kind aus einem anderen Universum, und sagte, was sie sich gewünscht hatte, von einem anderen zu hören.

»Ich glaube, eine Demonstration wäre angebracht«, sagte sie.
In diesem Augenblick kam der Kellner mit ihren Tellern. Sie blickten beide überrascht auf, als hätten sie unter einem Bann gestanden, den er gebrochen hatte.
»Ach, Ober!« rief Alan. »Wissen Sie, wir möchten bloß die Rechnung bitte.«
»Aber Sie haben *Prix fixe* bestellt, mein Herr.«
Gaby grinste.
»Ja, schon gut. Wir bezahlen den *Prix fixe*. Wir werden Kaffee trinken.« Das erschien Alan als guter Kompromiß. »Und dann die Rechnung bitte.«
In dem dunklen engen Flur, von dem Gabys zwei Mansardenzimmer abgingen, hielt er sie umfangen. Er raunte ihr zu: »Sage mir, was ich tun soll, um dir Genuß zu bereiten. Was immer du dir wünschst, ich will es tun. Spiele du die Französin, und ich spiele den amerikanischen Jungen.«
Gaby wußte, daß es ein Scherz war, und sie lachte heiser, doch er erregte sie auch, der Gedanke an die Macht, die sie über Alan hatte, eine Macht, die ihr noch nie zuvor, mit keinem anderen zuteil geworden war. Sie war ein wenig außer Atem vom langen Aufstieg die Treppe hoch, von der Aufregung. Sie spürte, wie sein Herz in seiner Brust schlug. »Knie nieder«, sagte sie.
Er tat es. Sie legte ihm die Hände auf den Kopf, um das Gleichgewicht zu halten, und schlüpfte aus ihren Schuhen. Sie behielt die Hände in seinem Haar – diesem dichten Haar, länger als ihr eigenes! Sein Gesicht war im Dunkeln zu ihr emporgewandt. Sie konnte seine helle Haut erkennen, das schwarze Loch seines Mundes. Auch er keuchte. Sie berührte seine Lippen.
»Hebe meinen Rock an«, flüsterte sie, und als er es tat, griff sie selbst zu und zog die schwarze Strumpfhose herunter, die sie angehabt hatte.

Wie konnte Alan so sicher gewesen sein? Wie konnte er Gaby so überzeugend geliebt haben, da er sie doch tatsächlich kaum kannte?

Vielleicht war es die Vorstellung von Gaby, die er liebte. Und sie liebte die Vorstellung, daß jemand sie liebte.
Aber schließlich wußte er genau, wo sie herkam: Er kannte das alte Haus in der Vorstadt mit seinem gepflegten Garten, wo üppige Reben die Spaliere umrankten und die Fenster mit Spitzenvorhängen versehen waren. Er kannte das Bemühen um Würde, das kennzeichnend für die Art war, wie sie in diesem Haus gelebt hatte, das besondere Ritual des Kaffeekochens am Morgen, die sorgfältige Zubereitung des Essens, die langen, im Ablauf festgelegten Mahlzeiten. Er wußte genau Bescheid über ihre Beziehungen zu den Menschen, die dort lebten, kannte die höfliche Sorge, die diese Beziehungen auszeichnete.
Das alles hatte Alan nie gehabt. Schon vor der Scheidung seiner Eltern hatte es bei ihm zu Hause nichts Anheimelndes gegeben, nichts Tröstliches oder Anregendes. Lily war eine gräßliche Köchin, und wie das Essen serviert wurde, war ihr völlig gleichgültig. Was sie zusammen als Familie unternahmen, beschränkte sich gewöhnlich auf Erbauliches – Musik hören oder einen bestimmten Prediger; Gemälde betrachten. Paul Maynard konnte oft ein warmherziger, liebevoller Mann sein – er war es gewesen, der den Kindern vorgelesen hatte, der mit ihnen Pachisi oder Monopoly und später Schach gespielt hatte, bis der Fernseher angeschafft wurde. Aber er und Lily waren beide der Auffassung, daß das Großziehen der Kinder ihr oblag, während die Kirche seine Aufgabe war. Leider schien jedoch Lilys Fähigkeit, Zuneigung zu empfinden, mit ihrer eingleisigen, intensiven Konzentration auf ihn, ihren Ehemann, restlos erschöpft. Und ihre Kinder hatten immer das Gefühl, von dieser Liebe ausgeschlossen zu sein. Sie schien alles, was Lily und Paul gemeinsam hatten – ihre Religion, ihre gemeinsamen intellektuellen Interessen, alles Sexuelle auf jeden Fall –, zum Geheimnis zwischen ihnen zu machen. (Später hatte es sich ergeben, daß Clary und Alan darüber sprachen, wie Lily und Paul anzunehmen schienen, daß ihre Kinder die tiefe Bedeutung ihres Zusammenlebens erfassen und an ihm teilhaben würden, ohne daß man es ihnen je ausdrücklich erklärt hatte,

ohne daß eine Anstrengung unternommen wurde, sie einzubeziehen. Man bot ihnen das, was Lily und Paul gehabt hatten: gute Schulbildung, religiöse Erziehung – in dem Sinn, daß sie zur Sonntagsschule geschickt und konfirmiert wurden und daheim regelmäßig gebetet wurde. Sie bekamen geschlechtliche Informationen aus ausgezeichneten Büchern, die eigens zu diesem Zweck verfaßt worden waren. Andererseits herrschte Schweigen darüber, was das alles zu bedeuten hatte oder gar, was es für Lily und Paul bedeutet hatte. Und dann hatte die Scheidung ohnehin alles in Frage gestellt.)

Als das Tageslicht langsam in Gabys enge Wohnung sickerte, beobachtete Alan mit hungrigen Augen, wie die Objekte im Raum aus der Finsternis hervortraten. In der Ecke stand auf dünnen, knorrigen Beinen ein kleiner Bambusstuhl, und über seiner Lehne hing ein aufgerollter Schirm, der sich nach und nach als rot offenbarte. Ein gestreiftes Tuch war über die hohe, schmale Kommode drapiert, und obendrauf stand eine Vase mit Blumen. Die Wände waren tiefblau. Selbst die Wäsche, die aufgereiht an der Leine vor dem offenen Flügelfenster hing, ein Büstenhalter, schwarze Strumpfhosen, zwei weiße Höschen – leuchtende Fahnen in der Morgendämmerung –, schien so arrangiert, daß sie beim Hinsehen Vergnügen bereitete.
Der winzige Tisch, den er im Durchgang zum anderen Zimmer sehen konnte, war mit einem weißen Tuch bedeckt. Und als Gaby zwischen den Runden lustvoller Vereinigung mitten in der Nacht aufgestanden war – sie waren beide ausgehungert, weil sie so wenig zu Abend gegessen hatten –, gab es für sie im Nebenzimmer Brot und Käse zu holen. Und Wein. Sie saßen im Schneidersitz auf dem Bett, und Gaby bediente, indem sie die ovalen Brotscheiben, die sie nacheinander aus dem kleinen mitgebrachten Korb holte, mit Käse bestrich. In alledem spürte Alan Ordnung, Sakrament, so stark, wie er es in der Kirche empfunden hatte.
Und so kam es, daß Alan die nächsten zweieinhalb Tage in Gabys Bett lag – ausgenommen die Stunden, in denen sie auf der Arbeit war – und alle seine Überredungskünste einsetzte, seinen Körper, seine

Sprache, um sie für sich zu gewinnen. Und als er am Ende des Sommers von seiner Fahrt zurückkam und sie ja sagte, gingen sie in dasselbe Restaurant, in dem sie im Juli gewesen waren, um die begonnene Mahlzeit zu essen, und ein amerikanischer Freund von Alan kam zufällig vorbei, als sie dort saßen, und hielt diesen besonderen Augenblick in ihrem Leben im Bild fest.

Erst als sie in den USA lebten, in seiner Wohnung in Somerville, knapp außerhalb von Cambridge, Massachusetts, fiel es Alan ein, Gaby ausgiebig über ihr Leben auszufragen, fand er heraus, daß sie ihn ebenso gebraucht hatte wie er sie. Sie hatte ihr Leben, das er sich in den drei Jahren vorgestellt hatte, in denen er darauf gewartet hatte, um ihre Hand anzuhalten, genommen und entzweigeschlagen, mit bewußter, rücksichtsloser Hingabe ähnlich der jener Studenten, die die Polizei mit Pflastersteinen beworfen hatten. Am schmerzlichsten war es wohl, zu erfahren, daß Gabys Verlobung mit Gerard nicht geendet hatte, weil sie ihn verlassen hatte. So hatte es seinerzeit ihr Bruder in einem Brief an Alan dargestellt – verständlich, denn das war alles, was Gaby der Familie mitgeteilt hatte. In Wahrheit war die Verlobung an seiner Gleichgültigkeit ihr gegenüber zerbrochen.

Sie heirateten trotzdem, aber Alan konnte damals nicht umhin, zu glauben, daß ihm etwas auf Dauer verlorengegangen war, die Fähigkeit zu tiefen Gefühlen. Gaby hatte einer hellen Flamme geähnelt, die über drei Jahre lang in ihm gebrannt hatte. Alles, was er über sie wußte, war ihm heilig, und als sie ihm die Wahrheit über diese Jahre ihres Lebens offenbarte, verhärtete sich etwas in seinem Innern. Er fühlte sich wie ein Kind. Er fühlte sich gedemütigt. Er hatte das Gefühl, daß er Gaby unnötigerweise, sinnloserweise eine Macht über sich eingeräumt hatte, die er wieder an sich zu reißen wünschte.

Und das tat er auch in gewisser Hinsicht. Man schrieb nicht umsonst die frühen siebziger Jahre. Es lag ein Gefühl in der Luft, daß alle Schwüre, alle Institutionen es wert waren, neu überdacht oder uminterpretiert zu werden, und das galt auch für einen gerade erst abgegebenen Treueschwur. Alan fing an, mit anderen Frauen ins Bett zu gehen.

Gaby brachte Verständnis dafür auf, obwohl es ihr weh tat. Dennoch war sie der Ansicht, daß sie mit ihrer Duldung Alan half, etwas zu tun, das für ihn selbst nötig war. Und sie hielt es nicht für wichtig, ihm von der einen Gelegenheit zu erzählen, als auch sie einen Liebhaber genommen hatte – auch wenn sie meinte, es nötig gehabt zu haben.
Doch als Thomas 1972 zur Welt kam, fühlten sie sich soweit gesetzt, ihrer selbst und des anderen sicher genug, um das Geschehene hinter sich zu lassen, um sich mit Eifer, mit Feuereifer, wie sie meinten, und wahrhaft erwachsen, dem Leben zu widmen, das sie gemeinsam gestalten konnten.

Nun saß Thomas auf der Terrasse, die sein Vater entworfen hatte, um ein zweites Mal um seine Frau zu werben, und unterhielt sich mit Linnett über seine Eltern. Der Zufall wollte es, daß er fast genau im gleichen Alter war wie Alan, als der nach Frankreich gefahren war, um Gaby das erste Mal für sich zu gewinnen. »Ihr Leben ist, wie soll ich sagen, so etwas von ... gewöhnlich«, sagte er. Er hatte für sich und Linnett je ein Bier aus dem Kühlschrank geholt. Die Sonne stand noch hoch am westlichen Himmel, doch der Himmel selbst fing an, sich über den Bäumen am gegenüberliegenden Flußufer rosa zu verfärben. Linnett saß ihm gegenüber, und ihr langes, krauses Haar wurde von hinten angeleuchet, so daß es um ihren Kopf herum eine zerzauste Korona bildete.
Sie zog eine Grimasse, die ihr Gesicht verkniffen aussehen ließ. »Ach was! Jeder behauptet das von seinen Eltern. Mehr Originalität, wenn ich bitten darf.«
Er grinste. Er war angetan von Linnett, erfreut, sie hier vorgefunden zu haben an einem, wie er geglaubt hatte, normalen Abend daheim. (Sie hatte von der Terrasse aus applaudiert, als er aufgehört hatte zu spielen. Er war auf der Bank herumgefahren, um sie anzustarren, wie sie über ihre Krücken gebeugt an der offenen Terrassentür gestanden hatte. »Wer sind denn Sie?« hatte sie gefragt.
»Wichtiger ist«, hatte er geantwortet, »wer Sie sind.«)

»Na gut, passen Sie auf«, sagte er. »Sie wissen über meine Großeltern Bescheid, nicht wahr?« Sie nickte. Sie hatte ihm erzählt, daß sie einen Artikel über Lily schreiben wollte. »Also, die Ehe der beiden, das war so eine intensive Angelegenheit.«
»Intensiv, schmintensiv. Dafür hat die Ehe Ihrer Eltern gehalten.«
»*Gehalten*!« wiederholte er in verächtlichem Ton.
Sie lachte. »Eines Tages werden Sie drauf kommen, daß das keine so geringe Leistung ist.«
Ihm kam ein Gedanke. Er trank sein Bier und beobachtete sie. Er stellte die Flasche auf der Armlehne seines hölzernen Liegestuhls ab. Er hatte keine Gläser für sie mitgebracht, und Linnett hatte keine Einwände erhoben. »Sind Sie verheiratet?« erkundigte er sich.
»Nicht mehr.«
»Aha, Sie sind also geschieden.«
»Ja. Genau wie die Hälfte vom Rest der Menschheit. Und ich käme nie auf die Idee, jemanden von oben herab zu behandeln, dessen Ehe funktioniert.«
»He. Ich hab niemanden von oben herab behandelt. Es ist bloß nicht das, was ich selbst anstrebe, das ist alles. Sie wissen schon, das Haus in der Kleinstadt.« Seine vage Geste bezog die gesamte Umgebung ein. »Die Kinder, die Routine.«
»Nun, wenn Ihr Wunsch in Erfüllung geht, wird es dazu ohnehin nicht kommen.« Er hatte ihr erzählt, daß er Klavier studierte, daß er sich eine Karriere als Pianist erhoffte.
Nach einer Weile sah er ihr ins Gesicht und fragte: »Als Sie verheiratet waren, was für ein Leben hatten Sie da?«
»Alles in allem«, sagte sie und nickte einsichtig, »muß ich sagen, ein Scheißleben.«
Er lachte, und sie lächelte ihm zu. Dann sagte sie: »Aber nur, weil die Ehe so lange, so elend lange gebraucht hat, um zu zerbrechen. Wir hatten eine schöne Anfangszeit. Viel Spaß.« Sie schüttelte den Kopf, als sie sich an Frank erinnerte, wie er damals war. An sich selbst.

»War er auch Autor?«

»Ja. Und Lehrer. *Mein* Lehrer, wenn man's genau nimmt. Journalistik. Und das ist der Grund für das ganze undsoweiter undsofort. Sobald ich anfing, so erfolgreich wie er zu sein, war die Kacke am Dampfen, wie wir seinerzeit so schön zu sagen pflegten.« Sie nahm einen tiefen Schluck Bier. »Sie – meine Ehe – hat mich übrigens an die Ehe Ihrer Großmutter erinnert. Oder anders gesagt: Lilys Buch hat mich an meine Ehe erinnert. Ich glaube, das ist ein Grund, warum ich über sie schreiben wollte. Wegen dieses Verhaltensmusters, Sie wissen schon, daß man denjenigen einholt, der einem etwas beigebracht hat. Vielleicht sogar, daß man an ihm vorbeizieht, ihn gar übertrifft – so hab ich es jedenfalls verstanden. Und natürlich hat Lily ihre Ehe auch so verstanden. Jedenfalls ging es mir darum, wie das gelaufen ist. Ich konnte mich richtig identifizieren mit ihren Konflikten, denen von Paul und Lily. Mit ihrer Enttäuschung. Sie wissen schon: Ich habe verstanden, warum deswegen alles aus war.«

»Aber gleichzeitig war es so verdammt edel, das ist es, was mich daran interessiert. Herrgott, selbst die Art, wie es ausging, war edel.« Seine Beine und Füße befanden sich beim Sprechen in ständiger, zappelnder Bewegung.

»Nun, ja und nein.«

»Doch! Ich meine, Sie haben 's doch gelesen, oder?«

»Ja, und darum weiß ich, wie Lily es gesehen hat. Aber vielleicht hat sie ihn auch nur satt gehabt.« Linnett löste mit dem Fingernagel das feuchte Etikett von ihrer Bierflasche. »Sagen wir mal, sie hat angefangen, ihn für einen ... einen Spinner zu halten. Und dann hat sie die edle Gesinnung als Methode eingesetzt ..., um edel damit fertigzuwerden. Anstatt schlicht zu sagen: ›Weißt du was, ich finde dich neuerdings irgendwie blöd.‹ Mir sind schon schlimmere Strategien untergekommen.«

»Herrgott, was sind Sie zynisch.«

Sie zuckte die Achseln und lächelte ihm zu. »Ich muß zynisch sein in meinem Beruf. Oder wenigstens sehr, sehr vorsichtig, wenn jemand in meinem Beisein das Wort edel benutzt.«

»Das wäre mir zuwider. So zu sein.«
Thomas sprach heftig und war, das konnte Linnett heraushören, fest überzeugt, daß er darum herumkommen würde. *Ach, mein Lieber,* dachte sie, sagte aber nur zu ihm: »Manchmal ist es mir zuwider.« Und faßte die Ecke des Etiketts und riß einen ungleichmäßigen Streifen ab, der mittendurch ging.

10

Im Laden arbeiteten Gaby und Alan mit geübter Lässigkeit, schweigend. Auf dem Herweg hatten sie auch nicht viel miteinander gesprochen. Alan war wütend auf sie, das war Gaby klar, weil sie Linnett eingeladen hatte, zum Abendessen dazubleiben. Nun, dann hätte er nicht mir ihr flirten dürfen. Gaby war im selben Augenblick, in dem sie den Raum betreten hatte, klar gewesen, was vorging. Flirten war eine unbewußte Gabe Alans – Gaby war der Ansicht, daß Ettie sie von ihm geerbt hatte –, und sie verschwendete keinen Gedanken daran, wenn er bei ihren Freunden oder Klienten davon Gebrauch machte. Nur hin und wieder erschrak sie darüber, zum Beispiel an jenem Nachmittag, und sie hatte, ohne lange nachzudenken, ihren Anspruch auf Alan angemeldet, indem sie Linnett zu ihrer beider Gast erklärte.

Allerdings hätte sie sie womöglich ohnehin zum Bleiben aufgefordert, auch ohne die Funken, die in der Luft gelegen hatten. Es war immer eine spontane Regung Gabys, die Tafel zu erweitern, und nun, da Lily zugegen war, hieß sie beinahe jeden zusätzlichen Esser willkommen, um Alan davon abzuhalten, daß er während der Mahlzeit wegen seiner Mutter in Wut oder Bestürzung geriet.

Nun betrachtete sie ihn. Er war dabei, die Ladentische abzuwischen, in gebückter Haltung, mit aller Kraft. Ach, Alan. Er war ihr so lieb, und sie hatte sich ihm so fern gefühlt. Gaby trat zu ihm, umfing von hinten seine Taille und schmiegte, als er zu arbeiten aufhörte, den Kopf an seinen Rücken. Ihr Kopf ruhte zwischen seinen Schulterblättern, und sie spürte unter ihrer Wange die breite, flache Muskulatur seines Rückens.

»Sei nicht böse«, sagte sie nach einer Weile.
Er drehte sich in ihren Armen um, nahm ihre Wangen in die Hände und neigte ihren Kopf nach hinten, so daß sie zu ihm aufblickte. »Ich dachte, wir wären allein, nachdem wir die alte Lil ins Bett gepackt haben.«
»Aha.« Sie nickte. »Nun, wir wären aller Wahrscheinlichkeit nach sowieso nicht allein gewesen. Thomas hat heute nachmittag angerufen. Er kommt wahrscheinlich über Nacht her.«
»Du meinst, wenn er nichts Besseres vorhat.«
Sie lächelte. »Das war nicht unbedingt das, was er gesagt hat. Er muß sich ein Auto leihen, um herzufahren, und er wußte noch nicht genau, ob es klappt.«
»Trotzdem.«
Sie lehnte sich an ihn. »Du hast ganz hübsch geflirtet mit diesem Fräulein Sowieso.« Gaby befleißigte sich einer präzisen Aussprache, wie es kein Amerikaner getan hätte, und Alan war auf einmal bezaubert. Der Druck ihres kompakten Körpers gegen den seinen war ihm deutlich bewußt.
Er lächelte ihr zu. »Ich hab nur an dich gedacht. Jede Sekunde.«
»Hmm. Ich will versuchen, dir zu glauben. Immerhin scheint sie eine nette Frau zu sein.«
»Ganz nett, glaub ich.«
Sie wiegten sich einen Augenblick, einer in den Armen des anderen.
»Was Lily ihr wohl erzählt?« fragte Gaby nachdenklich. »Ich meine, es steht doch alles in den Büchern, oder?«
Er zog die Schultern hoch. »Finstere Geheimnisse.«
»Aber es gibt doch genaugenommen keine Geheimnisse mehr.«
Alan seufzte. »Man sollte es meinen. Aber Lily hat immer noch etwas in der Hinterhand.«
»Hmm.« Gaby legte den Kopf in den Nacken und sah ihn an. »Was hättest du am liebsten zum Abendessen? Von allem, was du vor dir siehst.« Sie war es gewohnt, Teile des Abendessens aus dem Laden

mit nach Hause zu nehmen. Suppen und Gemüsegerichte im Winter. Salat, kalte Nudelgerichte im Sommer. Käse, Brot, Süßspeisen.
Er beugte sich vor und biß in ihr Ohrläppchen. »Ein bißchen hiervon«, sagte er. »Und ein bißchen davon.«
Sie preßte ihren Körper an ihn und spürte das langsame Regen seiner Erektion. Sie streckte die Hand aus und legte sie darauf. »Hmm. Vielleicht könntest du dich noch ein wenig nützlicher machen, mein Lieber.«
Alan lächelte. Dies war die Pointe eines Witzes zwischen ihm und Gaby, eines Witzes, der sich gegen Lily richtete. Sie hatte es zu Gaby gesagt, als sie sich kennengelernt hatten. Sie hatten zu plaudern versucht – Gabys Englisch war damals noch ziemlich bruchstückhaft –, und Lily war deutlich ungeduldig geworden und schließlich hinausgegangen, um das Abendessen zuzubereiten. Gaby, der nichts anderes zu tun einfiel, war ihr in die Küche gefolgt. Nachdem sie eine Weile mitangesehen hatte, wie Gaby verlegen herumstand, hatte Lily sich ihrer erbarmt. Sie hatte ihr über den Tisch einige Zwiebeln und ein Messer zugeschoben. »Hier, vielleicht könnten Sie sich ein wenig nützlich machen, meine Liebe«, hatte sie gesagt.
Das Messer war unglaublich stumpf, vermutlich noch keinmal geschärft worden und obendrein leicht, nicht für die Aufgabe gedacht. Die Zwiebeln sollten für ein Nierenragout kleingehackt werden, das zu Lilys moralisch erbaulichen Gerichten zählte. Auf dem Tisch vor Gaby hatte eine offene Dose mit der Aufschrift *Bratensoße* gestanden, in der sich eine gräßliche, bräunliche Masse befand. In diesem Augenblick war Gaby klargeworden, daß es in beide Richtungen lief: Während sie bei Lily aufgrund von Maßstäben durchgefallen war, die zu benennen oder auch nur zu erraten ihr unmöglich war, versagte Lily auf einem Gebiet, von dem sie etwas verstand und Lily nichts. Noch dazu hatte Lily an jenem Abend Papierservietten benutzt, und als sie ihre auseinandergefaltet und auf dem Schoß ausgebreitet hatte, war Gaby überzeugt gewesen, daß sie sich vor ihrer Schwiegermutter nie wieder zu fürchten brauchte.
Nun lösten sie und Alan sich voneinander und wandten sich wieder

ihrer Arbeit zu. Gaby verschwand mit einem Käsetablett in die Küche. Alan wischte die Ladentische fertig ab und machte sich anschließend daran, das einen Tag alte Brot einzutüten. Er war in Gedanken versunken: an das Amundsensche Haus. An Peter. An Gabys warme Hand auf ihm. An Linnett Baird.

Jemand rüttelte an der Tür. Er blickte auf. Es war einer der Jugendlichen, die den ganzen Tag in der Stadt herumzulungern schienen. Alan erkannte ihn wieder. Er trug die Uniform, der sich alle verschworen hatten – die rückwärts aufgesetzte Baseballmütze, die weiten Shorts, die bis übers Knie herabhingen. Alan zeigte auf das Schild an der Tür. »Geschlossen«, rief er.

»Komm schon, Mann«, hörte er den Jungen greinen.

Alan schüttelte den Kopf und arbeitete weiter.

Es ertönte ein lauter Schlag, als die Faust des Jungen die Tür traf. Das Glas klirrte. »Scheißkerl!« schrie der Junge.

Alan spürte das Adrenalin eines Wutanfalls so mächtig aufsteigen, daß er den Jungen nicht einmal mehr ansehen mochte. Er machte, während sein Atem sich leicht beschleunigte, rasch kehrt und trat in die Küche. Gaby ging dort hin und her, von den Arbeitsflächen zur großen Kühlkammer. Während er sie beobachtete, versuchte er, sich wieder zu beruhigen. Doch dann sah er auf einmal wieder das Gesicht des Jungen vor sich, den verdrießlichen, stumpfsinnigen Ausdruck unter dem Halbmond, den der Rand der Baseballmütze bildete. Am liebsten hätte er darauf eingeprügelt, in der vollen Absicht, Schaden anzurichten.

Da fiel ihm Linnett Baird ein, der Gipsverband an ihrem Bein, die Finger, die das weiße Fleisch darüber gekniffen hatten, so daß nach dem Loslassen rote Abdrücke zurückblieben. Er war ihr gegenüber ein wenig zudringlich gewesen, hatte aber nichts damit bezweckt. Gaby war diejenige, die er begehrte. Sie hatten sich seit mehreren Wochen nicht geliebt, und er wußte, daß es an Lily lag. Oder vielleicht nicht so sehr an Lily als an seiner Reaktion auf Lily. Heute dagegen schien sie Interesse zu signalisieren.

Seine Augen folgten ihr nun. Sie hatte die Schuhe ausgezogen – sie ging im Sommer gern barfuß –, und ihre kleinen, breiten Füße tappten kaum hörbar auf und ab. Sie sagte etwas zu ihm, doch es war eher ein Selbstgespräch: Sie erörterte das Essen, welches Gericht zu welchem paßte. Er versuchte sich beim Klang ihrer Stimme, bei ihren vertrauten Rhythmuswechseln zu entspannen. Langsam spürte er die erhoffte Wirkung. Er dachte an ihren Körper. Es war nichts daran, was er nicht kannte, intim kannte – seine weiche Farbgebung, seinen üppigen Duft. Er fühlte sich, das wurde ihm klar, in die Vertrautheit von Gabys Körper so eingebettet, so sicher umschlungen wie von ihrem Haus oder ihrem Bett oder dem nächtlichen Rauschen des Flusses in ihrem Zimmer. Ich bin darin heimisch, dachte er. Ich habe es mir darin bequem gemacht. In ihr.

Sie ging in die Hocke, um etwas in das unterste Fach des Kühlschranks zu schieben, und er beobachtete die Anspannung ihrer kräftigen Schenkel und stellte sich vor, wie es wäre, mit den Fingern darüber hinwegzustreichen, Spuren darauf zu hinterlassen.

»Hinterher nur Brot und Käse, denke ich, kein Nachtisch«, sagte sie, und er war auf einmal atemlos von der Macht seines Verlangens.

Als Linnett anfing, von sich zu erzählen, davon, was sie sich vom Leben erhoffte, verfielen alle anderen in Schweigen. Sie betrachteten sie aufmerksam. Sie war schließlich die Außenstehende, Berichterstatterin aus einer anderen Welt. Außerdem hatten sie alle zuviel über sich gesprochen – Linnett hatte das irgendwie geschafft –, und ihre Enthüllungen stellten sozusagen das Gleichgewicht wieder her.

»Es war wie eine Wand«, sagte sie. Sie verkniff die blassen Lippen. »Ich kam nicht drüber hinweg. *Rums*, aus!« Sie schlug mit der flachen Hand so fest auf den Tisch, daß Besteck und Geschirrteile hüpften. »Das war's. Für mich war es verheerend. Sehen Sie, der einzige Grund, warum ich überhaupt zu schreiben angefangen hatte, war der, daß ich einen Roman schreiben wollte. Um dann, als endlich genug Zeit und Geld da waren, festzustellen, daß ich es schlicht *nicht kann*, also ...« Sie schüttelte den Kopf und sah die am Tisch Sitzenden der Reihe nach an. »Es war verheerend.«

Auf dem Tisch waren überall Krümel verstreut – Gaby hatte nach dem Essen das versprochene knusprige Stangenbrot und mehrere Käse aufgetischt –, und ihre leeren Kaffeetassen standen seltsam schief auf ihren Untertellern. Die kurzen, dicken Kerzen auf dem Tisch flackerten nur noch in ihren kleinen Glasbehältern. Lilys Stimme hatte längst versagt, und sie hatte kaum einen Bissen gegessen. Ab und an hatte sie während des Essens Thomas etwas zugeflüstert, der neben ihr saß, und Thomas hatte den übrigen mitgeteilt, was sie sagte. Nun jedoch war sie schon eine ganze Weile stumm. Sie wäre vor lauter Müdigkeit fast eingenickt, wollte sich jedoch noch nicht ins Bett bringen lassen. Sie hatte zweimal das Angebot abgelehnt.

Linnett richtete den Blick auf Thomas. »Das wäre so, als müßten Sie den Rest Ihres Lebens als Barpianist arbeiten. Oder«, sie wandte sich Alan zu, »wenn Sie nie etwas anderes zu tun bekämen als Küchenrenovierungen. Sie wissen schon, als würden Sie nie mit einem bedeutenden Bau beauftragt.«

»Mich würd es nicht stören, den Rest meines Lebens als Barpianist zu arbeiten.« Thomas grinste Linnett an.

In diesem gedämpften Licht, dachte sie, wirkt er älter. Sie konnte erkennen, wie gut er in ein paar Jahren aussehen würde. »Sehr wohl würde es Sie stören«, sagte sie.

»Nein, ich spiele gern zum Cocktail auf. Da ist großartige Musik drunter.«

»Aber den Rest Ihres Lebens?«

»Na klar.«

»Was für ein haarsträubender Unsinn.«

Er zuckte die Achseln und schnitt ein sorgloses, einfältiges Gesicht.

Sie schüttelte den Kopf, so daß ihr Haarzelt hin- und herschwang. »Wissen Sie, Sie sind genauso unangenehm ehrgeizig wie ich. Wie ich einmal *war*«, berichtete sie sich, an die Runde gewandt.

Thomas schüttelte den Kopf. »Stimmt nicht«, behauptete er. »Ich bin in sämtlichen Anklagepunkten nicht schuldig.«

Als sie ihn ansah, schaffte es Linnett einen Augenblick lang, ihn als unschuldig zu sehen. Als rein. Sie warf erst Alan, dann Gaby einen kurzen Seitenblick zu, sah, was sie für ihre offenen, gütigen Gesichter hielt. Wie war es gekommen, daß sie in einer Welt lebte, die so ganz anders war als die ihre?

»Ich glaube, in Frankreich liegt uns dieser Gedanke recht fern«, meinte Gaby im Plauderton. »Diese Art Ehrgeiz. Wir sind eher Realisten. Das macht das Leben einfacher.«

»Das hat mit Realismus nichts zu tun, Mama«, sagte Thomas.

Sie starrte ihn eindringlich an. »Womit denn dann? Wie würdest du es nennen?«

»Es ist ... na ja, *Fatalismus*. Das Problem ist, daß alles ... geregelt ist. Man hat keine Wahl.«

»Daran ändert sich dauernd etwas.«

»Mag sein, daß es sich in Paris ändert oder in ein paar anderen Großstädten. Andernorts ändert sich nichts. Ich wette, daß es mehrheitlich noch so ist, daß man zu tun hat, was der Vater getan hat. Wenn der Vater Metzger war, wird man ebenfalls Metzger.«

»Wenn das stimmt, warum ist dann die Zahl der Bauernhöfe seit dem Krieg so zurückgegangen?«

Thomas runzelte nachdenklich die Stirn. Einen Augenblick lang kehrte Stille ein.

»Worauf willst du eigentlich hinaus, Gaby?« fragte Alan schließlich. »Daß die Franzosen sehr wohl von Ehrgeiz zerfressen sind? Ich dachte, du vertrittst das Gegenteil.«

Gaby blickte verwirrt drein. Sie hatte zuviel getrunken, vor lauter Freude, nicht schon wieder eine Mahlzeit mit Alan und Lily allein bestehen zu müssen. Sie lachte auf. »Na ja, ich habe mich wohl selbst ein wenig in die Ecke gedrängt.« Sie schüttelte den Kopf. »Ich hab wohl nur so vor mich hin argumentiert. Aus Lust am Argumentieren.«

»Aber ich weiß, was Sie meinen«, sagte Linnett. »Es wäre schön, sich einmal nicht dafür verantwortlich fühlen zu müssen, sich dauernd neu zu *erfinden*.«

Gaby war dankbar. Sie schenkte Linnett ein herzliches Lächeln. »Ja! Das ist es, was ich meine. Amerikaner nehmen es mit dieser Verantwortung zu ernst. Wenn sie nicht absolut ... toll oder so sind, fühlen sie sich schuldig.«

»Bei uns heißt es alles oder nichts«, bestätigte Linnett.

»Ja, das ist es«, pflichtete Gaby ihr bei.

»Das ist nicht wahr!« widersprach Thomas. »Amerikaner *verzeihen* sich alles. Deshalb sind wir die Erfinder der kaputten Familie. Ehrlich!« rief er. »›*Ich* bin nicht schuld. Meine Mutter hat zuviel getrunken, und mein Papa war ein Arschloch.‹ Hoppla!« sagte er zu Lily. »Entschuldige bitte.« Sie schien nichts bemerkt zu haben.

»Beides trifft zu, denke ich«, sagte Alan.

»Beides von was?« Gaby war verwirrt.

»Wir fühlen uns auf einzigartige Weise verantwortlich für unser Schicksal, für das, was wir sind, und genau deshalb versuchen wir, immer anderswo die Schuld zu suchen. Überall anderswo.«

»Wenn ich also Barpianist werde, darf ich euch die Schuld in die Schuhe schieben.« Thomas grinste.

»Ach ja, bitte«, konterte Alan. »Ich hätte gern das Gefühl, irgendwie einen Einfluß auf dich gehabt zu haben.«

»Also, ich wette, von denen da bekämen Sie etwas zu hören, wenn Sie sich wirklich damit zufrieden geben wollten.« Linnett wollte Gaby und Alan zulächeln, begegnete jedoch nur ernsten, stirnrunzelnden Mienen. »Ich meine, Sie haben doch in Thomas' Karriere sozusagen *investiert*, emotional und sonstwie. Nicht wahr?«

Einen Augenblick lang herrschte Schweigen. Dann sagte Gaby: »Natürlich hoffen wir, daß unsere beiden Kinder –«, sie sagte *Kihndör* auf eine Art, die Alan rührte, »– erreichen, woran ihr Herz hängt. Was immer es sein mag.«

»Ah ja! Sie haben noch ein Kind.« Linnett erinnerte sich wieder an die Fotos im Schlafzimmer, die sie in die Hand genommen und betrachtet hatte. Sie errötete, was jedoch im schwachen, gelblichen Licht niemand mitbekam.

»Ja. Ettie«, verkündete Thomas.

»Ein Mädchen, wie schön. Eine Frau, meine ich«, sagte Linnett und rollte die Augen, weil sie sich schon wieder korrigieren mußte.
»*Nee*«, entgegnete Thomas. »Etienne. Ein Junge.« Er grinste. »Ein Mann.«
Alan räusperte sich. »Er interessiert sich fürs Geschäftliche. Für das Finanzwesen, genaugenommen – das ist was anderes, wie wir erfahren haben.«
»Ja, er macht in so einer Bank rum und zieht jeden Tag Anzug und Krawatte an. Mein Gott.«
»Wir wissen, daß es nicht das ist, was du dir aussuchen würdest, mein Lieber«, sagte seine Mutter. »Aber jeder Beruf hat seine Verpflichtungen, Thomas. Selbst der deine.«
»Aber versteh doch, Mama. Die Sache ist die, daß ich meine nicht sehen kann.«
»Nein«, sagte Alan. »Jeder hat erst einmal Scheuklappen an, sonst wären wir nicht fähig, anzufangen. Später wird es Dinge geben, die du bedauerst.«
»Was bedauerst du, Papa?« Thomas war plötzlich ernst. Die Maske war gefallen.
Alan warf ihm einen überraschten Blick zu. Er hatte nicht bis zu Ende gedacht. »Nun ja. Ich denke ... ich weiß es nicht. Obwohl ich meine, daß ich als Student geglaubt habe, Architektur könnte mehr bewirken. Wir alle haben daran geglaubt. Daß sie die Welt verändern kann.« Er zuckte die Achseln. »Vielleicht war das Selbstbeweihräucherung, aber wir haben damals geglaubt, sie sei ein mächtiges Instrument gesellschaftlicher Veränderung. Wir setzten, denke ich, Architektur mit Revolution gleich. Wir haben in diesem Sinn darüber diskutiert. Wir waren radikale junge Männer. Und die eine oder andere Frau.«
Thomas und Alan, die einander in stirnrunzelndem Ernst über den Tisch hinweg anblickten, kamen Linnett auf einmal wie Spiegelbilder vor. Ihre Familienähnlichkeit war so stark – Thomas war allerdings das Negativ, das dunkle Bild.
»Damals war nun mal jeder Bereich politisiert«, sagte Alan in weniger

ernstem Ton. »Zum Beispiel der Journalismus.« Er wies mit dem Kopf auf Linnett. »Die Pädagogik. Da wir überzeugt waren, daß wir die Welt verändern konnten, verändern würden – und daß wir selbst am Ende verändert sein würden –, haben wir jeden Berufszweig, jede ... fast jede Beschäftigung für radikal gehalten. Beziehungsweise potentiell radikal. Es war das gleiche in der Musik, in der Kunst.«

»Nicht jedoch in der Gastronomie«, wandte Gaby ein.

»Ach, ich weiß nicht. Wie steht es mit der Entdeckung ethnischer Gerichte, mit der Suche nach bäuerlicher Kost aus allen Teilen der Welt? Weißt du noch, wie es kam, daß plötzlich jeder einen Wok hatte?«

»Gab es damals schon Woks?« fragte Gaby. »Hat es sie gegeben, bevor jeder mit jedem geschlafen hat, oder erst hinterher?« Sie tat so, als sei sie verwirrt.

»Ach, Gaby!« Alan lachte eine Sekunde lang, was wie ein Räuspern klang. »Doch nicht in Gegenwart der Kinder.«

Gaby wandte sich an ihren Sohn. »Wir waren natürlich nur Beobachter, mein lieber Thomas«, sagte sie. »Erstaunte Beobachter.« Sie lächelte Alan zu.

»Demnach, Papa, denkst du heute nicht mehr so?« Thomas hatte den Wechsel zur heitereren Stimmung nicht mitgemacht. Er hatte sich nun vorgebeugt in seiner Ernsthaftigkeit, die Ellenbogen auf den Tisch gestützt.

»Was meinst du mit so?«

»So, du weißt schon, daß deine Arbeit in dieser Hinsicht wichtig ist.«

Alan schüttelte den Kopf. »Nein. Ich glaube nicht. Wie ich Architektur praktiziert habe – wie sie, meine ich, die meisten praktizieren –, war sie häufig interessant, ästhetisch oder intellektuell interessant. Oder beides. Aber doch eher persönlich befriedigend als sonst etwas.« Er sah sich am Tisch um. Die Gesichter – bis auf das von Lily, das einen völlig unnahbaren Eindruck machte – hatten sich ihm gegenüber voller Sympathie geöffnet.

»Wenn man das aus seiner Arbeit herausholen kann, dann ist das

doch eine ganze Menge, mein Lieber«, sagte Gaby zärtlich. »Arbeit, die einen obendrein interessiert.«
»Ja.« Alan lehnte sich im Stuhl zurück und lächelte. »Aber es ist ein wenig so, als müßte man den Rest seines Lebens als Barpianist tätig sein.«
Thomas blieb noch einen Augenblick ernst und nickte. Dann sprang er auf und erreichte mit zwei großen Schritten das Klavier. Er setzte sich, schaltete die Lampe an, die auf die Tastatur gerichtet war, und fing an, eine Melodie zu spielen, die Linnett alsbald als »Tea for Two« erkannte.
Gaby stützte sich auf den Tisch auf und lächelte im Kerzenschein. Alan begann, den Rhythmus mit seinem Löffel auf den Tisch zu klopfen. Die Musik nahm ihren regelmäßig hüpfenden Lauf. Thomas' linke Hand marschierte in Oktaven über die tiefen Tasten, während die rechte verspielt die Melodie umtanzte.
Plötzlich spürte Linnett Lilys zitternde Hand auf ihrem Arm. Sie lehnte sich über Thomas' unbesetzten Stuhl zu der alten Frau hinüber, konnte jedoch wegen der Musik ihr Flüstern nicht hören. Sie hob die Hand, und Gaby, die das Signal verstand, rief: »Thomas, einen Augenblick. Oma hat etwas zu sagen.«
Die Musik brach ab. »Was ist?« Sein Gesicht war, als er sich umdrehte, im Licht der Klavierlampe verschattet.
»Oma hat etwas zu sagen«, wiederholte Gaby.
Sie alle beobachteten Linnett und Lily. Linnett nickte, als Lily ihr atemlos zuflüsterte. Dann entspannte sich die alte Frau. Linnett sah sie an, betrachtete die geübte falsche Treuherzigkeit ihres Gesichts. Sie wandte sich an die Runde.
Es war still im Raum, alle warteten. Linnett ließ ihre Stimme munter und, wie sie hoffte, belanglos klingen. »Lily sagt, es gibt keinen sichereren oder kürzeren Weg zu einem gebrochenen Herzen als den, Großes von seinen Kindern zu erwarten.«
Einen Augenblick lang herrschte Schweigen. Alle außer Lily meinten gewiß, daß er länger andauerte, als es tatsächlich der Fall war. Zeit genug für Alan, ein kurzes Aufbranden von Wut zu empfinden und

den Impuls, zu reagieren, indem er seiner Mutter weh tat. Zeit genug für Gaby, um ihn mit einem mahnenden Stirnrunzeln im Zaum zu halten. Zeit genug für Linnett, sich zu schämen und auf Lily böse zu sein, weil sie sie veranlaßt hatte, eine so verletzende Äußerung zu wiederholen, mit Sicherheit eine bewußt verletzende Äußerung.

Und Thomas. Wie immer ihm zumute war: Er tat das einzig Sinnvolle, tat etwas Schönes. Er fing wieder zu spielen an. Nicht »Tea for Two«, sondern den dritten Satz der Schumann-Fantasie, den er zum Vorspielen am Konservatorium gemeistert hatte. Sie setzte ein mit melancholischen gebrochenen Akkorden im Baß und ging in eine leichte, singende Stimme der rechten Hand über.

Niemand sagte etwas. Thomas' Gesicht hatte am Klavier einen anderen Ausdruck angenommen. Die unbekümmerte, liebenswert einfältige Miene, mit der er der Welt entgegentrat, war verschwunden, und an ihre Stelle war ein Ausdruck finsterer Konzentration getreten. Ein Fuß tanzte auf dem Pedal, der andere befand sich mehrere Zentimeter vom Boden weg in freier Bewegung, die irgendwie im Zusammenhang mit der Musik stand.

Er sieht, dachte Gaby, wie ein Mann aus. In Linnetts Augen sah er ungeheuer attraktiv aus.

Alan dachte nicht daran, wie er aussah. Er schaute seinen Sohn nicht an. Er hatte den Kopf gesenkt, die Stirn in die offene Hand gelegt, und hörte zu.

Die Musik eilte dahin, und die Stimmen in ihr verschmolzen allmählich zu einem triumphierenden, aber feierlichen Lied, das einmal hervorbrach und dann in den Hintergrund trat, das erneut vortrat und auf der Möglichkeit einer Freude beharrte, die durch Kummer vertieft wurde. Es vermittelte irgendwie auf musikalischem Weg die Vision einer endlos weiten und schmerzlichen Schönheit.

Thomas' Spielweise war immer von Sanglichkeit gekennzeichnet gewesen, von Anmut und Klarheit, und Alan konnte nun hören, was sie dieser Musik gab. Er hatte, während er Thomas spielen hörte, das Gefühl, daß sein Sohn Lily antwortete. Er teilte ihr mit, daß das, was sie gesagt hatte, nicht so sehr falsch, sondern irrelevant war.

Alan war tief bewegt, seinem Sohn gegenüber unendlich dankbar. Thomas' *Begabung*: Er fand zu einem neuen Verständnis des Begriffs. Sie war Thomas gegeben worden, um sie anderen zu geben. Und das tat er jetzt, in diesem unerwarteten, wichtigen Augenblick, auf eine Art, die wohl niemand am Tisch hätte in Worte fassen können, die aber jeder auf die eine oder andere Art verstand.

11

Linnett fuhr langsam heim, tief in Gedanken versunken. Das führte dazu, daß sie ihre Zufahrt verpaßte und im Dorf angekommen war, ehe sie es bemerkt hatte. Sie fuhr zu den Docks hinab und wendete dort auf dem Parkplatz. Selbst um diese Zeit standen noch mehrere Lieferwagen an der Betonmauer geparkt. Die Männer, die darin saßen, tranken Bier und unterhielten sich lautstark von einem Fahrzeug zum anderen. Eine einzelne, grelle Straßenlaterne strahlte sie von oben an. Linnett fuhr noch langsamer als zuvor die dunkle Straße entlang zurück. Im Dorf begegnete sie einem einsamen Paar, das auf dem Bürgersteig dahinging und im Licht ihrer Scheinwerfer erschrocken die Augen zukniff. Sonst war das eine oder andere Haus, in dem Licht brannte, das einzige Anzeichen von Leben.

Diesmal fand sie ihre Zufahrt – *Thayer* stand auf dem Briefkasten – und bog ab in den Wald. Nach ungefähr hundert Metern mündete der Weg und gab den Blick auf eine Wiese und das große Schindelhaus frei. Seine Fenster waren an diesem Tag, so schien es, ausnahmslos von heißem Licht erfüllt, und an der Zufahrt standen noch alle möglichen Autos. Eine Party. Linnett fuhr auf dem Kiesweg am Haus vorbei, den Hang hinab, wo ihr Ferienhaus stand.

Im Dunkeln benutzte sie ihre Krücken, um das Gelände zu sondieren. Sie tastete damit vor sich den Boden nach Steinen oder Wurzelknollen ab, ehe sie sie neu postierte. Sie hatte den Kopf in den Nacken gelegt, wie es Blinde manchmal tun. Sie hörte den Lärm, den die Thayers veranstalteten, die Musik, die heiseren Stimmen, die sie übertönten und von der stillen Nachtluft herangetragen wurden. Als sie die Sicherheit der kleinen Veranda vor ihrem Haus erreichte, seufzte sie erleichtert und genoß, auf ihre Krücken gelehnt, einen Augenblick der Entspannung.

Im Licht der kleinen Wandlampe, die sie einschaltete, sah das Innere der Hütte beengt und unordentlich aus. Es bestand aus einem einzelnen Raum, mit einem Doppelbett in der Ecke und einem großen Tisch, die den meisten Platz einnahmen. Vor einem Kamin standen zwei Sessel (einer war unter Linnetts Kleidern begraben), und an der Wand gegenüber befand sich eine Kochgelegenheit – kein Backofen, aber eine eingebaute Kochplatte, ein Spülbecken und ein niedriger Kühlschrank. Linnett humpelte zu dem einen freien Sessel, nahm ihren Rucksack ab, legte ihn auf den Boden und setzte sich.

Einen Augenblick lang gingen ihr die Ereignisse des Abends im Kopf herum. Sie schloß die Augen und sah den Tisch in Kerzenlicht getaucht, spürte die Wärme des Gesprächs, dann den Schock von Lilys Bemerkung.

Vom Thayerschen Haus wehte Gelächter herüber, und sie sah sich erneut in dem trostlosen kleinen Zimmer um, betrachtete die angeschlagenen, aussortierten Möbel, die zweifellos aus dem großen Haus stammten.

Linnett konnte die Eheleute Thayer nicht leiden. Ihr Gemüsegarten befand sich in der Nähe des Ferienhauses, und hin und wieder schleppten sie Freunde mit Drinks in der Hand hierher, um ihn zu begutachten, um Blaubeeren zu pflücken oder die ersten Tomaten. Das geschah gewöhnlich zur Cocktailstunde, wenn Linnett gerade von ihrem Besuch bei Lily zurück war, wenn sie versuchte, sich rasch zu notieren, was ihr aufgefallen war: Gesten, minimale Veränderungen von Lilys Gesichtsausdruck – alles, was sich auf Band nicht festhalten ließ. Das war ein Grund, warum sie sich über die Thayers aufregte.

Und es gab noch andere. Sie hatte einmal mitgehört, wie sie einem Gast irgendwie stolz erklärt hatten, daß sie Schriftstellerin sei. »Bei uns wohnt jetzt eine Schriftstellerin.« Kurz bevor sie das zu hören bekam, hatte sie überlegt, ob sie die Anstrengung auf sich nehmen sollte, auf die kleine Veranda hinauszuhumpeln und sie unfreundlich

anzustarren, um sie wissen zu lassen, daß sie störten. Aber nachdem sie so über sie gesprochen hatten, kam ihr die Befürchtung, daß sie, wenn sie jetzt hinaustrat, Teil des Rundgangs werden würde – das Erscheinen der zerzausten Schriftstellerin: die Begrüßung und anschließend Kommentare und Mutmaßungen.
Eine Schriftstellerin. Sie lächelte grimmig. Nun, heute abend hatte sie sich endgültig verplappert.
Aber vielleicht hatte Lily sie von Anfang an durchschaut und gewußt, daß Linnett mit dem gescheitert sein mußte, was sie sich wirklich ersehnt hatte, da sie immer noch in geliehenen Autos herumfuhr, in Mietwohnungen wohnte, auf gut Glück und ohne Auftrag Artikel schrieb, sich an Leute wie sie heranmachte.
Sie rief sich in Erinnerung, daß sie Lily gern hatte, daß sie gewissermaßen von ihr bezaubert gewesen war.
Und nun? Ja, nun hatte sie erkannt, daß Lily ein wenig boshaft sein konnte. Mehr als nur ein wenig.
Aber das hatte sie die ganze Zeit gewußt, oder etwa nicht? Und war auch davon bezaubert gewesen. Die ältere Frau, die *nicht* lieb und reizend war, die nicht glaubte, sich über das Wetter auslassen zu müssen.
Heute abend jedoch hatte sie gesehen, welchen Schaden diese Eigenschaft anrichten konnte. Sie hatte zum ersten Mal echte Abneigung gegenüber Lily empfunden. Wie konnte sie derart gemein zu Alan sein, der so hilflos wirkte.
Linnett lachte laut auf, als sie das erste Symptom dafür erkannte, daß sie sich zu jemandem hingezogen fühlte. Zu einem glücklich verheirateten Jemand, ermahnte sie sich. Sie erhob sich unter Schmerzen, beschloß, sich gleich für die Nacht fertigzumachen, ehe sie an Ort und Stelle einschlief.
Nachdem sie unter die verwühlten Laken geschlüpft war, das Haar gewaltsam hinten zum Pferdeschwanz gebunden, griff sie nach Lilys Memoiren, ihrem Buch, das auf dem Boden neben dem Bett lag. Im Haus der Thayers war eine Frauenstimme zu hören, die einen langen Monolog von sich gab, wütend und richtig in Fahrt – Linnett er-

kannte den gehässigen, scharfen Tonfall. Als ihr Lilys unschuldig heiterer Kommentar über Kinder wieder einfiel, ihr ausdrucksloses Gesicht, nachdem sie ihn abgegeben hatte, und der jähe Stimmungsumschwung bei Tisch, blätterte sie das Buch bis zu jenem Abschnitt durch, der vom Ende von Lilys Ehe handelte.

Wir stritten uns täglich. Ja, sie hatte sich richtig erinnert. An das edle Ende, wie Thomas es charakterisiert hatte. Sie rückte hinter sich die Kissen zurück und lehnte das Buch gegen ihre Knie.

Das hat natürlich nichts zu sagen, denn jedes Paar befleißigt sich beim Streiten eines anderen Stils. Die Frage lautet demnach: Was taten wir, wenn wir uns stritten?

Meist redeten wir. Redeten und weinten dann, alle beide. Es kam mir vor, als würden wir wochenlang, monatelang immer wieder Türen schließen – die Tür zu Pauls Arbeitszimmer, zur Küche, zum Schlafzimmer. Wir fingen von neuem zu reden an und hörten irgendwo im Haus eines oder mehrere der Kinder. Dann stand einer von uns auf und schloß die Tür, und auf einmal waren wir mit unseren Differenzen allein. Am Ende dieser Phase hatten wir wohl beide das Gefühl, daß außer ihnen nichts mehr geblieben war.

Wir versuchten immer wieder, die Kluft zwischen uns zu überbrücken. Und wandten uns dann wieder voneinander ab, gaben uns schweigend geschlagen. Und langsam, ganz langsam gewann in den Wochen und Monaten das lange, niedergeschlagene Schweigen die Oberhand. Es gab nichts mehr zu bereden, das Abwenden voneinander wurde zwischen uns zum Dauerzustand.

Zu Beginn der Gesprächsphase, das muß wohl gesagt werden, war ich obenauf, und zwar sowohl in bezug auf die Lautstärke als auch die Sprechzeit in Minuten. Ich fand es erstaunlich, daß es mir nicht gelingen wollte, Paul zu überzeugen, daß ich recht hatte, während er gewiß mit Erstaunen und Verwirrung vermerkte, daß ich seinen Standpunkt nicht begreifen konnte – er hätte vielleicht gesagt: nicht begreifen wollte. Einfach gesagt, glaubte er, daß die Schwarzen um uns herum ihren Weg, ihre Anführer gewählt hätten und es nicht an uns sei, uns Wege oder Anführer zu wünschen, die für uns leichter zu verdauen waren. Wenn wir helfen wollten, wenn wir ihr Anliegen für gerecht und christlich und richtig hielten – und darin waren wir uns einig –, müßten wir uns nützlich machen und ihnen dienlich sein auf dem Weg und mit den Anführern, die sie gewählt hatten.

Ich vertrat die Ansicht, daß sie ihren Anführer gewählt hätten, als sie in die

Kirche eingetreten seien, daß Christus ihr Anführer sei und daß Christus Liebe gebietet, nicht Zorn und Haß. Er sagte, Christus sei ein weißer Mann. Ich sagte, Saul Alinsky sei ebenfalls ein weißer Mann. Ich wies darauf hin, daß Martin Luther King, ein schwarzer Mann, durchaus mit Christus einverstanden sei. Er sagte, die Gemeinde habe Martin Luther King nicht zu ihrem Anführer erkoren. Ich sagte, das sei Zufall und zumindest teilweise darauf zurückzuführen, daß Leute wie er sie ermuntert haben, eine andere Richtung einzuschlagen. Er sagte, es sei kein Zufall, sondern das unausweichliche Ergebnis der Tatsache, daß es sich um eine im Norden heimische Bewegung für Gleichstellung und Ermächtigung handle. Und so ging es endlos hin und her. Jeder von uns war fest überzeugt von der Richtigkeit, der größeren Integrität seiner Seite.

Irgendwo droben am Hang hörte Linnett ein Glas zerbrechen, und zugleich brach die immer lauter werdende Stimme der Frau. Sie legte sich das aufgeklappte Buch auf die Brust.

Konnte es so zugegangen sein bei Lily und Paul, so zivilisiert? So hochgesinnt? Als sie es zum ersten Mal gelesen hatte, hatte sie jedes Wort geglaubt. Warum auch nicht? An diesem Abend jedoch, mit der Erinnerung an Lilys flinke Augen, als sie hinter der Maske ihrer Krankheit auf die Wirkung ihrer Bemerkung gewartet hatte, dachte Linnett anders darüber. Sie dachte, daß in diesen Streitgesprächen möglicherweise einiges so formuliert worden war, daß es verletzte, blutige Wunden schlug, Ärger und Wut provozierte.

Sie dachte an die Streitigkeiten mit Frank vor ihrer Scheidung. Ganz zuletzt hatten sie, ausgelaugt von einem Kampf, der sich jahrelang hingezogen hatte, eine erschöpfte, nachdenkliche, aber ehrliche Diskussion darüber geführt, was schiefgegangen war. Ein Außenstehender hätte sie ohne weiteres als edel interpretieren können. Wenigstens waren sie damals freundlich miteinander umgegangen. Aber davor hatte es die üblichen zerbrochenen Gläser gegeben, die Schimpfwörter.

Die Schimpfwörter. Sie lächelte. Zutiefst verzweifelt, auf der Suche nach der tiefsten Beleidigung, der finstersten Lästerung, mit der sie Frank und sein verhaßtes Gesicht, seine ganze ekelhafte physische

Präsenz bezeichnen konnte, hatte Linnett ihn einmal einen »Schweich« genannt. Es war ihr einfach so herausgerutscht. »Du! Du widerwärtiger ... *Schweich*!« Daraufhin war einen Augenblick Ruhe eingetreten.

»*Schweich*, Linnett?« hatte er gefragt.

Sie hatte genickt, und ersticktes Gelächter war in ihr aufgestiegen. Gleich darauf hatten sie beide zu lachen angefangen und zwischendurch immer wieder das Wort herausgekreischt.

Nun schüttelte Linnett den Kopf. Eine Motte prallte mit dumpfem Laut von der Innenseite ihres Lampenschirms ab und holte sie in die Gegenwart zurück. Sie nahm das Buch zur Hand, blätterte bedächtig um und las sich einige Seiten weiter erneut fest.

Langsam ging mir dabei auf, daß ich, indem ich Paul aufgab, auch die Kirche von Blackstone aufgeben würde, daß die Kirche ihm unterstellt war und daß ich nicht mehr an ihrem Leben teilhaben konnte. Das mag einigen Lesern geringfügig erscheinen – es standen natürlich viele andere Kirchen zur Auswahl und ich hätte mich auf das Vergnügen freuen können, diejenige zu suchen, die mir zu gleichen Teilen Herausforderung und Trost bot, wie es Blackstone viele Jahre lang getan hatte.

Doch Blackstone war inzwischen auf tiefempfundene Weise meine Heimat geworden. Ich war dort sozusagen erwachsen geworden, und jedes Gewölbe, jeder goldene Stern, mit dem die Decke bemalt war, die Gestelle zum Auflegen der Gesangbücher, ja sogar die zerschlissenen Samtkissen auf den Sitzbänken – das alles war mir so lieb wie einem anderen die Erinnerung an die Vorhänge oder Möbel oder das angeschlagene Geschirr im Elternhaus.

Ich war als junge Frau nach Blackstone gekommen, eigentlich noch ein Kind, obwohl ich da bereits die Mutter zweier Kinder war und bald mit Alan schwanger gehen sollte. Wofür mir damals das Verständnis fehlte, war die Tatsache, daß meine Überzeugungen Konsequenzen für andere haben würden, für die ich die Verantwortung übernehmen mußte. Ich blieb im Schutz meiner Ehe behütet und jung, eingebettet und geschützt durch meine Liebe zu Paul und die seine zu mir. Hinzu kam die tiefe und – so schien es mir damals – dauerhafte Verbindung, die zwischen diesen Gefühlen und meinem Glauben bestand.

Ich wußte noch nicht, daß wir durch Zerren und Reißen und anschließendes sorgfältiges Wiederherstellen erwachsen werden, daß wir uns darin wahrhaft erfüllen. Und wenn Sie mir damals gesagt hätten, daß das Bestreben, Blackstone zur integrierten Kirchengemeinde zu machen, mich von Paul trennen und dazu führen würde, daß ich meinen Glauben hinterfrage und meiner Ehe ein Ende mache, hätte ich widersprochen und Ihnen versichert, daß ich es dazu nicht kommen lassen wollte.

Noch inmitten des einmal begonnenen Vorgangs der Entzweiung und Auseinandersetzung und Trennung wünschte ich mir oft, zurückkehren zu können in jene Zeit, die ich als meine Jungmädchenzeit begreifen gelernt hatte, in der ich mich sicher gefühlt hatte. Und ich hatte das Gefühl, daß Paul sich das ebenfalls wünschte: daß er mich, indem er mich aufforderte, seine Auffassung von der Wahrheit zu akzeptieren, von dem, was wir erlebten, im Grunde aufforderte, zu jenem blind vertrauenden, mädchenhaften Dasein zurückzufinden, das nur den spirituellen und ehelichen Pfad sah, den er mir wies. Ich erkannte, daß meine Abhängigkeit von ihm, meine Kindlichkeit zu Beginn unserer Ehe für ihn das Beste war, was ich zu bieten hatte. Ich erkannte, daß meine Qual, meine Wahrheitssuche, mein Wachstum nicht Schritte und Veränderungen bedeuteten, bei denen er mir Beistand leisten oder die er gar fördern wollte. Vielmehr sah er darin Bedrohung, Schwierigkeit, Unbequemlichkeit, arglistigen und perversen Trotz.

Während dieser Zeit entspannte ich manchmal meine Augen in der Kirche, ließ ich das Wirrwarr der Gesichter von Männern, Frauen und Kindern zusammenfließen, so daß nur noch Farbe und Substanz übrigblieben. Ich sah uns, Braune und Schwarze, Weiße und Gelbe, als Einheit, die wir zusammen unsere Stimmen und unsere Gesichter erhoben zu Gesang und Lobpreis. War das nicht so, wie es sein sollte? Hatte ich nicht dazu beigetragen, daß es möglich wurde? Konnte ich nicht bleiben, selbst wenn Paul und ich nicht mehr zusammen waren?

Doch dann fing er zu predigen an, in der harten, neuen Sprache, die er gelernt hatte, der Sprache der Gewalt und des Zorns. Mit Hilfe dieser Sprache beharrte er darauf, daß wir, die wir geliebt und gemeinsam gekämpft hatten, keine echte Beziehung zueinander aufbauen könnten, ohne die Falschheit unserer Stellung in der Gesellschaft einzugestehen, ohne uns des Zorns und der Wut bewußt zu werden, von denen er behauptete, daß wir sie empfänden, ohne diesen Zorn und diese Wut zum Instrument politischen Handelns umzumünzen.

Dann sah ich ringsum in die Gesichter der Menschen, die ich so gut kannte, hinaufblickend, lauschend, eifrig. Ich hielt insbesondere Ausschau nach den

Frauen aus meiner Gruppe und suchte Bestätigung in ihrer Gegenwart. Iva, die ihre sechs Buben im Sonntagsstaat die Bank entlang aufgereiht hatte, Anne-Marie, die einen Weißen geheiratet hatte und geglaubt hatte, bis in alle Ewigkeit dafür büßen zu müssen, bis sie nach Blackstone gekommen war – all die Frauen, denen ich meine geheimsten Sorgen anvertraut hatte, Frauen, die mich festgehalten und getröstet hatten, wenn ich mir besonders allein auf der Welt vorgekommen war. Und in Gedanken sagte ich zu Paul: Was weißt du von unserer Liebe?
Doch dann fiel mir allmählich auf, was mir als das Verschließen dieser Gesichter erschien, die Verzerrung in Wut und Zorn, die Umwälzung, die bevorstand, die Paul heraufbeschwor und möglich machte. Und da begann ich zu verstehen, daß ich mich bereit machen mußte, die Kirche zu verlassen und Paul dazu, um allein den letzten Schritt zu wagen, hin zu dem, woran ich glaubte. Ich mußte mich zwingen, mir die geliebte Welt genau anzusehen und hinzunehmen, daß sie nicht mehr die meine war.
Gegen Ende bedeutete jeder Sonntag qualvolles Abschiednehmen. Ich bemerkte etwas, das ich noch nie bemerkt oder gesehen hatte, bemerkte es und hatte das Gefühl, nicht glücklich und zufrieden sein zu können, ohne es jeden Sonntag meines Lebens anzuschauen. Wie konnte ich?
Aber wie hätte ich bleiben können? Ich konnte es nicht.

Linnett erinnerte sich, wie fasziniert sie gewesen war, als sie dies zum ersten, zweiten, ja dritten Mal gelesen hatte. Sie hatte Lilys ehrenhafte, nur ihrem Gewissen verpflichtete Wahl zwischen zwei intensiven Bindungen nachempfunden, eigentlich zwischen zwei verschiedenen Daseinsformen. Für sie selbst stellte sich nie etwas so eindeutig dar. Sie war immer voller Skepsis bezüglich ihrer eigenen Motive. Vor allen Dingen war sie angesichts aller Impulse zur Entsagung bemüht herauszufinden, was daran Eigennutz war. Und gewöhnlich fand sie, was sie suchte.
Einmal hatte sie einen befristeten Lehrauftrag an der Universität abgelehnt, weil sie gehofft hatte, daß Frank – der eine Pechsträhne hatte und deprimiert war – als nächster an der Reihe sein würde. Doch als er den Job angeboten bekam und zugriff, hatte sie sich zu oft erlaubt, an ihre »Güte« zu denken und daran, daß sie die erste Wahl gewesen war. Sie hatte sich ihm überlegen gefühlt.

Lily hatte sie für die Ausnahme gehalten, die über ein derartiges Verhalten erhaben war. Nun dagegen kamen ihr Zweifel.
Auf einmal fielen ihr die diversen Versuche ein, den Artikel zu schreiben. Samt und sonders jämmerliche Lobhudelei, das sah sie jetzt ein.
Sie dachte an den Scherz, den sie sich am Nachmittag mit Alan erlaubt hatte, an ihren Vorschlag, mit den Worten »Mutterschaft war nicht Lily Maynards starke Seite« zu beginnen. Vielleicht ging es so. Jedenfalls so ähnlich.
Sie seufzte und lehnte sich über die Bettkante hinaus, um das Buch wieder auf dem Boden abzulegen. Sie schaltete die Lampe aus. Die Frauenstimme drüben bei den Thayers war längst verstummt. Nur noch die blecherne, ferne Musik war zu hören, das Stimmengewirr. Hin und wieder wurde ein Motor angelassen, und ein Auto fuhr über den knirschenden Kies davon. Wie in der Kindheit, dachte Linnett. Im Dunkeln im Bett liegen und den Erwachsenen zuhören. Sie schlief ein.

Alan und Gaby hatten angefangen, sich zu lieben, und hatten dann wie in gegenseitigem Einverständnis wieder aufgehört. Nun lagen sie nebeneinander und lauschten den Geräuschen, die von draußen hereindrangen. Außer dem Plätschern des Wassers unter ihnen trug die Nachtluft nur ferne Vogelrufe und ein gelegentliches jähes Rauschen des Windes in den Bäumen heran. Das Zimmer war von reflektiertem Mondlicht erhellt.
Warum hatten sie nicht zu Ende geführt, was sie begonnen hatten? Sie waren zu voll, hätte Alan behaupten können. Sie hatten zuviel Wein getrunken. Sie waren müde.
Gaby dagegen wußte es besser. Sie hatte so entschieden, meinte sie. Sie hatte ihn nicht gewollt. Warum nicht?
Lilys Gesicht tauchte vor ihrem inneren Auge auf. Lily, die Alan verändert hatte. Es waren Lilys Augen, mit denen Gaby nun manchmal Alan sah – als kleinen Jungen. Als schönen amerikanischen Jungen. Sie lächelte kurz, als sie sich erinnerte, wie er damals gewesen

war, und wälzte sich herum, um zu den schwarzen Bäumen jenseits der Terrasse hinüberzublicken.
Natürlich war es unverzeihlich, was Lily heute abend gesagt hatte. Grausam. Das war Gaby klar, und es machte sie wütend auf die alte Frau. Wie schwer, wie schrecklich für Alan, daß seine eigene Mutter – in aller Öffentlichkeit, wenn auch indirekt – solche Enttäuschung über ihn kundtat. Und damit über sie, meinte Gaby. Denn sie wußte, daß Lily ihr zum Teil die Schuld gab an dem Verlauf, den Alans Leben genommen hatte. Sie war der Meinung, daß Gaby Alan sozusagen zum *Franzosen* gemacht hatte, daß er sich verweigert hatte – wem? Wie hätte Lily es genannt? Amerika natürlich. Dem ehrlichen Kampf vielleicht. Dem politischen Engagement.
Und das stimmte insofern, als es Gabys Wunsch gewesen war, nicht mehr in der Stadt zu leben, wenn das etwas damit zu tun gehabt hatte. Sie hatte sich in New England verliebt, in die Landschaft, die Farmen, die offen am Hang lagen, die erstaunliche Farbpalette der Wälder im Herbst. Und das hatte Alans Leben in eine bestimmte Richtung gelenkt. Er hatte die Firma verlassen, bei der er in Cambridge angefangen hatte. Er hatte in Bowman ein eigenes Büro aufgemacht. Das hieß Häuser, Ferienhäuser, Küchen oder auch Anbauten.
Andererseits war er es gewesen, der sie mit der Landschaft bezaubert hatte. In jenem ersten Herbst, nachdem sie ihm übers Meer gefolgt war, hatte er fast jedes Wochenende ein Auto geliehen oder gemietet, und sie waren losgefahren – die Küste von Maine hinauf, in die Green Mountains von Vermont, durch die Berkshires. Gaby war geblendet und entzückt gewesen von den leuchtenden Farben, der klaren, kalten Luft, den grünen Fichten und dem roten und purpurfarbenen Laubwald, der bis in weite Ferne reichte, dicht und verlockend und geheimnisvoll auf eine Weise, die sie nicht kannte – in Frankreich wären jenseits des nächsten Hügels bestellte Felder aufgetaucht oder ein weiteres Dorf. Die Landschaft dieser Gegend hatte auf Gaby einladend gewirkt, hatte ihr das Gefühl unendlicher Möglichkeiten gegeben. Und nachdem Alan sein Architekturstudium abgeschlossen

hatte, hatte sie angefangen, ihn zu überreden, aus der Stadt hinaus aufs Land zu ziehen.

Aber er hatte Boston auch satt gehabt. Und er war, als die Kinder sich dem Schulalter näherten, wie sie der Meinung gewesen, daß es zu teuer war. Außerdem hatte er ohnehin nie viel Erfolg in der Welt der Ausschreibungen für öffentliche Gebäude und öffentliche Anlagen gehabt – mit jenem anderen, prestigeträchtigeren Aufgabengebiet des Architekten.

Dennoch hatte sie ihn noch nie sagen hören, was er an diesem Abend gesagt hatte, nämlich daß er es zum Teil bedauere. Und dieses Haus, von dem sie immer geglaubt hatte, daß es im Zusammenhang stand mit ihrem Verhältnis, mit seinem Wunsch, sie anschließend heimzuholen – demnach war auch das Haus eine Art Zugeständnis, was die Möglichkeit jenes öffentlichen Daseins anging, Anzeichen dafür, daß er eingesehen hatte, daß er es nicht schaffen würde. Es war also eine Art Verzicht. Ein Verzicht, der mit seiner Liebe zu ihr verbunden war.

Gaby dachte an ihre Brüder, ihren Vater. Ihr Vater arbeitete immer noch in der Apotheke, die ihm gehörte, ihre Brüder waren beide Bankangestellte. Sie waren häusliche Männer. Sie gingen zur Arbeit, sie arbeiteten schwer – oder vielleicht auch nicht so schwer, überlegte sie. Sie kamen heim und waren Familienväter.

Allerdings französische Familienväter. Anders. Und genau das war es, was Gaby nicht mehr ausstehen konnte, wenn sie zu Besuch war – ihre Wichtigtuerei, ihre Schwerfälligkeit, ihr endloses Verkünden von Ansichten über dies und jenes, während die Frauen daheim alles allein machten. Sie wußte, daß ihre Wahl letztlich nicht zufällig gewesen war.

Sie hatte Amerika gewählt und Alan. Flucht.

Während Alan sie gewählt hatte und die Tatsache, daß sie Französin war. Also auch, um zu entfliehen. Und sie hatten sich irgendwo auf halbem Weg verfangen.

Nein, nicht verfangen. Sie hätte nie verfangen gesagt. Aber jeder von ihnen hatte offenbar eine Menge aufgegeben. Sie hatten Enttäuschungen erlebt, waren auf Dinge gestoßen, von denen sie nicht hatten wissen können, daß sie sie ersehnt hatten, oder gar auf Dinge, die sie gewiß nicht ersehnt hatten, an denen sie jedoch einzelne Aspekte vermißten.

Hatte sich ihre Mutter ihren Vater je als kleinen Jungen vorgestellt?

Aber war es nicht zum Teil genau das gewesen, was Gaby an Alan anziehend gefunden hatte? Seine Knabenhaftigkeit. Seine Offenheit. Und mit Sicherheit gehörte es zu dem Abenteuer, das sie sich erhofft hatte, als sie zugesagt hatte, mit ihm nach Amerika zu gehen, daß sie sich auf etwas einließ, das keine vertraute Form, keine berechenbaren Umrisse hatte. Genau das war es, was sie gewählt hatte.

Und natürlich auch, was er gewählt hatte.

Sie dachte erneut an Lilys ausdrucksloses Gesicht bei Tisch an diesem Abend, an Linnetts schamrotes Gesicht, als sie Lilys Worte wiederholt hatte. An Thomas, der daraufhin Klavier gespielt hatte. Das mußte doch wohl genügen, daß sie und Alan ein Kind großgezogen hatten, das zu so etwas fähig war? Soviel Schönheit und soviel Großzügigkeit?

Gaby begann im silbrigen Licht hinüberzudämmern.

Auf einmal erklang draußen ein schriller Schrei. Sie zuckte heftig zusammen, drehte sich um und berührte Alans Arm. »Mein Gott!« sagte sie. Ein zweiter schriller Schrei aus Schmerz und Angst folgte dem ersten. »Mein Gott! Was ist das?«

Alan streichelte ihren Arm. »Ein Tier.« Seine Stimme klang heiser. Er hatte geschlafen. »Vielleicht ein Eichhörnchen. Irgend jemand tötet es.«

»Mein Gott«, wiederholte sie, während die langgezogenen, hellen, herzzerreißenden Schreie die Nachtluft erfüllten. »Ach, können wir denn gar nichts tun?«

»Nein. Können wir nicht«, entgegnete er.

Sie lauschten gemeinsam. Es hörte auf, fing von neuem an, immer wieder die gellenden, angstvollen Schreie.

Gaby weinte laut auf und vergrub das Gesicht an Alans Brust. Und er hielt sie umschlungen, bis es endlich vorbei war, bis die Schreie zu einem kehligen letzten Wimmern erstarben und dann aufhörten. Bis sie sich beide auf den Rücken wälzten und still und erschöpft dalagen, nun jedoch hellwach.

Lily dagegen schlief den tiefen, traumlosen Schlaf eines Kindes, das sich beim Spielen verausgabt hat.

12

Alans Büro befand sich im ersten Stock eines Hauses im Dorf, über einem Antiquitätengeschäft. Die Treppe nach oben war steil. Sie war aus unbehandeltem, verschrammtem Holz gebaut und verschwand am oberen Ende mit einer scharfen Wendung im Dunkel. Ob sich das lohnt? überlegte Linnett. Sie wußte nicht einmal, ob er da war – sie hatte nicht vorher angerufen, aus Angst, er könne sie bitten, nicht zu kommen. Sie verharrte eine Weile und erwog ihr Vorhaben; dann wirbelte sie auf einmal herum und ließ sich auf der dritten Stufe nieder. Sie kam überraschend schnell voran, indem sie ihr Hinterteil von einer Stufe zur nächsten hochhievte und ihre Krücken einfach hinterherzerrte. Oben angekommen, mußte sie sich allerdings abmühen, wieder aufzustehen. Sie stützte sich auf ihre Krücken, einen Augenblick lang keuchend von der Anstrengung, die das Aufstehen bedeutet hatte. Die Flurbeleuchtung auf diesem Stockwerk funktionierte nicht, aber eine der vier Türen hatte eine Milchglasscheibe eingesetzt, durch die fahles Licht herausdrang. Alans Name stand in Schablonenbuchstaben auf der Scheibe. Als sie ihren Kopf daranlegte, war drinnen nichts zu hören. Sie klopfte. Sie hörte Schritte, und dann öffnete er die Tür.

»He«, sagte er, und es klang nicht unbedingt erfreut. Er hatte eine Lesebrille auf, die ihn altjüngferlich wirken ließ.

»Selber he«, antwortete sie. »Ich war gerade in der Gegend, darum dachte ich, ich könnte mich unter Schmerzen Ihre steile Treppe *hochwerfen*, meinen *Leib* durch Ihren stockfinsteren Flur schleppen und Ihnen einen Besuch abstatten.« Sie versuchte es mit einem liebenswürdigen Lächeln. Sie hoffte, daß es liebenswürdig wirkte.

»Aha, guten Tag.« Er hatte sich nicht von der Stelle gerührt.
»Dürfte ich vielleicht reinkommen?«
Er trat einen Schritt zurück. »Na klar. Entschuldigen Sie. Kommen Sie doch rein.«
Er machte die Tür hinter ihr zu, nachdem sie eingetreten war, eilte dann an ihr vorbei und zog unter dem Tisch, der am Fenster stand, einen modernen Bürostuhl auf Rollen hervor. Linnett sah sich um. Die Wände und alle Holzteile waren weiß gestrichen. Ein großes Erkerfenster nach vorn überflutete den ganzen Raum mit Licht. Die Tische – insgesamt waren es drei – hatten weiße Kunststoffplatten, und die Lampen waren ebenfalls weiß. Von den Bürostühlen waren vier vorhanden, mit blauen und grünen Stoffbezügen, und an der Wand stand ein blau bezogenes zweisitziges Sofa. Rundum an den Wänden hingen Architekturzeichnungen und Fotos von Gebäuden.
Linnett nahm ihren Rucksack ab und ließ erst ihn, dann ihre Krücken zu Boden fallen. Sie setzte sich auf den blauen Stuhl, den Alan für sie herausgezogen hatte, lehnte sich zurück und blickte sich um. Alan hatte an einem der Tische ihr gegenüber Platz genommen. Sie kam sich vor wie eine Klientin. »Ich will Ihnen gegenüber ehrlich sein«, sagte sie nach kurzem Schweigen. »Ich wollte Sie ein wenig über Lily ausfragen.«
»Das hab ich mir schon gedacht.« Er nahm die Brille ab und rieb sich den Nasenansatz. »Aber wie gesagt, ich will nicht über Lily reden.«
»Ja, ich weiß, und ich würde, ich *werde* Sie auch nicht zitieren oder dergleichen. Abgemacht. Es geht nur darum, daß ich derzeit das Gefühl habe, ein wenig ins Schwimmen geraten zu sein. Ich finde einfach ...« Sie runzelte die Stirn und blickte zum Erkerfenster hinüber, durch das die Stimmen der Passanten hereindrangen, konnte jedoch so hoch oben nur die Bäume auf der anderen Straßenseite und den Kirchturm sehen. »Äh ... keinen Ansatzpunkt, journalistisch gesagt. Genau gesagt.« Sie wandte sich wieder ihm zu. »Wie man halt so sagt.«

Er erwiderte ihren Blick, lange und unverwandt. Blaue Augen, dachte Linnett. Reizend.
Er hob die Hände. »Kommt nicht in Frage«, sagte er. Er lächelte, wie um den Schlag zu lindern.
»Ach, bitte, bitte«, erwiderte sie.
Er schüttelte den Kopf und machte den Eindruck, als sei er ein wenig verlegen – ihretwegen, seiner selbst wegen?
»Na gut«, sagte sie. »Aber erlauben Sie mir wenigstens, daß ich mich entschuldige. Für die Rolle, die ich am Freitagabend bei der kleinen ... Beleidigung gespielt habe, oder wie man es auch nennen will. Ich hab Lily wohl irgendwie aufgestachelt. Oder sie hat mich möglicherweise ausgenutzt. Egal.« Linnett zuckte die Achseln. »Ich finde, sie hat sich danebenbenommen. Und ich war überrascht, daß sie sich danebenbenommen hat. Auf diese besondere Art. Und obwohl ich Freitagabend so müde war, bin ich heimgefahren und hab einiges von ihr noch einmal gelesen und darin zum ersten Mal, nehme ich an, neue Möglichkeiten entdeckt.«
Er hatte begonnen, mit dem Bleistift auf den Tisch zu klopfen. »Zum Beispiel?«
»Zum Beispiel. Zum Beispiel. Nun, zum Beispiel spricht sie davon, daß sie in Sachen Kirche böse auf Ihren Vater war. In Blackstone. Wo sonst. Aber sie richtet ihre Erzählung auf den Wunsch aus, daß Sie – daß *ich*, ich meine, ›der Leser‹ –«, Linnett schrieb die Anführungszeichen mit den Fingern in die Luft, »– daß wir verstehen, wie sich ihre Wut geäußert hat, daß wir sozusagen ihre Auseinandersetzungen nachvollziehen. Und sie stellt sie als erhabene Diskussionen dar. Tränenreich, aber verdammt erhaben. Aber beim Lesen habe ich an den Ton denken müssen, den sie am Freitagabend Ihnen gegenüber angeschlagen hat. Und ich habe mich gefragt, ob da nicht mehr ... *explosives* Potential vorhanden war. Vielleicht dann, wenn einmal mit harten Bandagen gekämpft wurde.«
Er lächelte, ein leises, grimmiges Anheben seiner Mundwinkel, und schüttelte den Kopf. »Nein, nie.«
»Erinnern Sie sich daran? An den Streit?«

»Es gab keinen Streit. Das sage ich doch.«
»Dann eben die Diskussionen. Den Bruch mit der Kirche, der damals erfolgt ist.«
Er schüttelte den Kopf. »Nicht so recht. Ich war zu der Zeit erst zwölf, dreizehn Jahre alt. Es war mir, offen gestanden, ziemlich gleichgültig.«
»Nun, hat man denn nicht mit Ihnen darüber gesprochen?« hakte sie nach. »Es Ihnen erklärt?«
»Nein.« Er machte ein verschlossenes Gesicht. »Erst ganz zuletzt, als sie sich getrennt haben. Und selbst dann gab es nur eine ... grobe Zusammenfassung. ›Dies und das ist passiert, wir konnten uns nicht einigen, Papa zieht aus.‹ So in dem Stil.«
»Nun, und wann haben Sie es begriffen?« Linnett beugte sich vor, stützte einen Ellenbogen auf seinen Tisch und ließ ihr Gesicht in der offenen Hand ruhen.
Er lehnte sich zurück. Er zog die hellen Brauen hoch. Er grinste sie spöttisch an. »Hab ich behauptet, es begriffen zu haben?«
»Etwa nicht?«
»Ich habe meine Theorien. Damals hatte ich noch keine. Damals war ich, wenn ich mich recht erinnere, ausschließlich mit mir selbst beschäftigt. Damit, ob man mich für nicht normal halten oder irgendwie meiden würde, weil meine Eltern geschieden waren.«
»Und?«
»Nein. Dem war nicht so. Es gelang mir sogar, in gewissen Kreisen Mitleid zu erregen. Aber Angst hatte ich trotzdem. Mir waren nur ganz wenige Kinder bekannt, deren Eltern geschieden waren – oder deren Vater gestorben war oder so. Und die lebten – natürlich dachten wir nie an so etwas – in wirtschaftlich ungesicherten Verhältnissen. Für uns, für mich waren sie bloß irgendwie seltsam. Unattraktiv gewissermaßen. Und darauf kam es mir an. Nur darauf kam es mir an. Daß ich auf ähnliche Weise, Sie wissen schon, gebrandmarkt werden könnte.«
Durch das offene Fenster wehte ein warmer Wind ins Zimmer, erfaßte die Papiere auf dem Tisch und die Ecken einiger der Zeichnun-

gen, die mit Reißzwecken an der Wand befestigt waren. Beide wandten sich einen Augenblick lang dem Rascheln zu.

»Aber soweit ist es nicht gekommen«, sagte Linnett nach einer Weile.

»Nein. Ich war wohl gesellschaftlich gut genug eingebunden. Und Lily hatte das Familienvermögen, auf das sie fortan zurückgriff, so daß sich eigentlich nicht viel änderte. Nur umgezogen sind wir, aber die neue Wohnung lag näher an der Schule und meinen Freunden als unser Haus. Dadurch erschien der Umzug sogar vorteilhaft.«

»Na, Sie Glücklicher.«

Alan zuckte die Achseln. »Wie gesagt, ich war in diesem Alter hauptsächlich mit mir selbst beschäftigt. Sie waren mit dreizehn oder vierzehn zweifellos eine selbstlose Wohltäterin der Menschheit.«

Linnett hob die Hände, streckte ihm die Handflächen entgegen, wie um abzustreiten, daß sie jemanden beschuldigt habe. »He«, sagte sie. Und gleich darauf: »Nun, und wie lauten Ihre Theorien? Die heutigen?«

»Theorien worüber?«

»Sie sagten doch, Sie hätten die eine oder andere Theorie in bezug auf die Scheidung Ihrer Eltern. Darüber, warum sie sich getrennt haben.«

»Ach so.« Er begann, mit seiner Brille auf dem Tisch herumzufahren. »Das dürfen Sie aber nicht verwenden.«

»Nicht direkt. Nein.«

»Wie, etwa indirekt?«

»Nur ... um mir zu helfen, meinen eigenen Standpunkt gegenüber Lily zu definieren. Ich fühle mich ihr derzeit schlicht *ausgeliefert*. Ihrer Version dessen, was vorgegangen ist.« Sie blickte einen Augenblick lang aus dem Fenster. »Ich brauche Hilfe.« Sie verfiel in den Akzent der amerikanischen Südstaaten. »Ich wär Ihnen auch mächtig dankbar, werter Herr. Und will mit Ihrer Privatsphäre, wenn Sie es wünschen, auch gewiß kein Schindluder treiben.«

»Keine Zitate? Bestimmt nicht?«

Sie legte die Hand aufs Herz.

»Gut. Es ist, glaub ich, ohnehin ganz harmlos. Aber Sie wollten sie ja hören. Meine Theorie. Sie bezieht unter anderem ihre ganze vorherige Beziehung mit ein.« Er sah Linnett an. »Ich nehme an, Sie erinnern sich an all das – Lilys Elternhaus, nahezu hermetisch abgeschlossen, und dann die Erfahrung, meinen Vater kennenzulernen, wahre Liebe, tiefes Vertrauen, *tralala*.«
Linnett lächelte ihm zu. »Klar, so ungefähr hab ich es in Erinnerung.«
»Also, meine Idee lautet ... Es ist übrigens nicht nur meine, sondern auch die meiner Schwester. Wir sind beide der Ansicht, daß im Mittelpunkt von Lilys Bekehrung in Wahrheit mein Vater stand. Daß er ihr Gott war, ihr Heiland, was auch immer. Er hat für Lily all das verkörpert. Er hatte eine geradezu päpstliche Unfehlbarkeit. Und als er in Lilys Augen anfing, auf Irrwege zu geraten, war das nicht so, als würde ein bloßer Mensch einen Fehler begehen. Es war nicht wie die Enttäuschungen, die wir anderen in unseren Ehen erleben, verstehen Sie?«
Linnett nickte und nahm sich vor, über diese Offenbarung später gründlich nachzudenken.
»Die uns lehren, einen anderen Menschen wahrhaft zu lieben. Weil Lily offen gestanden kein Interesse daran hat, einen anderen Menschen wahrhaft zu lieben.« Er bemerkte, daß sich seine Stimme verhärtet hatte, und hörte auf. Gleich darauf lächelte er. »Das ist wohlgemerkt nur meine *Theorie*.«
»Ja, *ich* verstehe«, sagte sie, mit einer ihrer ungewöhnlichen Betonungen.
Er lächelte wieder, meinte – ob sie es mit Absicht getan hatte, konnte er nicht feststellen –, ihre Ansicht herauszuhören, daß andere es nicht verstanden hätten. »Jedenfalls hatte mein Vater, so sehe ich es jedenfalls, keine Chance. Ja, schon, das Thema war Lily unglaublich wichtig, und ja, sie hatte wirklich das Gefühl, daß er im Unrecht war, daß die ganze Black-Power-Bewegung eine Sackgasse war. Und sie war, glaube ich, von ganzem Herzen überzeugt – wo immer dieses verkümmerte Organ bei der guten alten Lil sitzen mag –, daß ihre

Freundschaft mit einigen Leuten aus der Gemeinde, vor allem mit einigen der schwarzen Frauen, echt war. Daß sie real war, wissen Sie. Sie hatte also sehr wohl das Gefühl, daß er ... was tat? Daß er ›ihre Erfahrung für wertlos erklärte‹, denke ich. Sie hatte –«, er veränderte seine Stimme, verwandelte sich in einen überheblichen Ansager, »– präfeministische Anwandlungen feministischen Zorns.« Wieder mit normaler Stimme: »Das will ich ihr gern zugestehen. Aber ich glaube, die schlichte Wahrheit und der Grund, warum ihre Ehe zerbrochen ist, besteht darin, daß sie entdeckt hat, daß er nur ein Mensch war und Fehler machen konnte. Was sie für Fehler hielt. Erinnern Sie sich: Sie hatte ihm zuliebe ihr ganzes Leben auf den Kopf gestellt, weil sie an ihn glaubte. Und nun erwies er sich dieses Glaubens unwürdig. Und das, denke ich, fand sie im wahrsten Sinne des Wortes unverzeihlich.«

Linnett hatte seine Gesichtszüge genau beobachtet, während er sprach. Nun sagte sie: »Und Sie finden das ziemlich unverzeihlich von ihr.«

»Sie etwa nicht? Wäre es Ihnen nicht lieb, sich vorzustellen, daß Ihr Mann ... Sie sind doch verheiratet ...?« Sie schüttelte den Kopf. »Wenn Sie heiraten würden, oder daß Ihr ... Freund, Ihr Geliebter einen Weg findet, Sie zu lieben, auch nachdem er entdeckt hat, daß Sie nicht perfekt sind?«

Linnett richtete sich auf. »He, Sie halten mich also nicht für perfekt?«

Er lachte. »Natürlich nur, weil Sie einen Gipsverband tragen.« Er wies auf ihr Bein. »Ich hab das als eine Art ... Indiz verstanden. Als Metapher.«

»Es gibt Zeiten, mein Freund, in denen ein Gipsverband nichts anderes ist als ein Gipsverband. Vergessen Sie das nicht.«

Sie lächelten sich an.

Linnett verrenkte den Hals, um zu sehen, was vor ihm auf dem Tisch lag. »Was ist das?« Sie tippte mit dem Finger auf den Rand des Papierbogens und rollte mit ihrem Stuhl näher an den Tisch heran. Näher an ihn heran.

»Ach. Das ist bloß Kritzelei. Vielleicht, unter Umständen wird mal eine Kirche draus. In Vermont.«
»Hmm.« Sie beugte sich stirnrunzelnd vor. »Interessant.«
»Können Sie was damit anfangen?« fragte er.
Sie lehnte sich zurück. »Nein. Überhaupt nichts. Ich hab das nur so gesagt. Ich habe offiziell Interesse bekundet.«
Er setzte seine Brille wieder auf und ging alles mit ihr durch, Grundrisse, Aufrisse, Portal, Mittelschiff, Chor, Sanktuar. Er zeigte ihr, wo die Fenster sein sollten, die Türen, die Oberlichter, und beschrieb die Art und Weise, wie das Licht in den Raum eindringen würde, die Sichtlinien, die die Gemeinde beim Blick aus den Fenstern haben würde. Als er sich über den Tisch zu ihr hinüberbeugte, konnte er ihr Parfüm riechen, den zarten Tiergeruch ihres Haars. Wann immer er sich ihr noch weiter zuneigte, kitzelten einzelne Haarbüschel seine Wange.
Sie hob den Blick. »Das ist wunderbar. Ich hoffe, es wird was draus.«
»Ah, vielen Dank.«
Sie lehnte sich wieder zurück, schaukelte ein wenig im Stuhl hin und her und schaute aus dem Fenster, sah den Finger des Kirchturms, die aufquellenden Wolken darüber. Als sie ihn erneut anblickte, zwinkerte sie ein wenig. »Eigenartig, nicht wahr, daß Sie ausgerechnet an einer Kirche arbeiten?«
»Nein, keineswegs. Ich sehe den Zusammenhang, den Sie herzustellen versuchen, aber es gibt viele Leute ohne eine Spur von Religion im Rücken, die Kirchen bauen. Jeder, der den Auftrag erhielte, würde zugreifen. Liebend gern.« Er gestikulierte. »Eine Kirche, eine Moschee, ein Tempel, ein Schrein. Wir machen keine Unterschiede. Ich jedenfalls nicht. Es besteht also kein Zusammenhang. Und ich selbst bin nach alledem nicht einmal gläubig.«
»Aber Sie sind damit großgeworden. Sie sind jeden Sonntag in die Kirche gegangen, um Ihren Vater zu hören.«
»Herrgott, ja. In die Sonntagsschule, in die Kirche, in den Kirchenchor, zum Gemeindesport, alles, was man sich denken kann.«

»Also. Hmm.« Sie beugte sich wieder über den Tisch, stützte ihr Kinn in die Hände. »Sie haben also sozusagen daran teilgehabt, an dem Versuch, Blackstone zu integrieren. Was haben Sie dabei erlebt? Hatten Ihre Erfahrungen irgendeine Ähnlichkeit mit denen von Lily? Ich meine, ich würde gern wissen, wie Sie die Realität der Situation aufgefaßt haben.«
Er zuckte die Achseln. »Ich weiß nicht. Wirklich nicht. Wie gesagt, ich habe nicht so darüber nachgedacht wie meine Eltern.«
»Wie denn dann? Das wüßte ich gerne.«
»Ich weiß nicht. Ich war verwirrt, darauf läuft es wohl hinaus. In Sachen Rasse.«
»Weil Ihre Eltern sich nicht einig waren.«
»Nein, nein. Gott, nein. Also, wie gesagt, ich habe das Wesen ihrer Meinungsverschiedenheiten überhaupt nicht verstanden. Bis später. Nein, es war nur ... Nun, Lily und mein Vater waren als Erwachsene mit der Rassenfrage konfrontiert worden. Solange sie aufgewachsen sind, haben sie praktisch keine Erfahrung damit gemacht. Sie erinnern sich an die Passage, als Lily zum ersten Mal einen Schwarzen zu Gesicht bekommt, daran, wie erstaunt sie war?«
Linnett nickte.
»Jedenfalls sind sie nach Chicago gekommen, und die Kirche befand sich im Umbruch. Daraufhin haben sie jeder für sich entschieden, wie sie dazu stehen sollten, und daran haben sie sich gehalten. So waren sie. Sie waren gute Menschen. Sie betrachteten das Leben – Lily tut es in gewissem Ausmaß, glaube ich, heute noch – unter der Prämisse von Recht und Unrecht. Gut und Böse. Ich stelle mir vor, daß das die Sache irgendwie spannend macht.«
Lag ein Anflug von Wehmut in seiner Stimme? Linnett war nicht sicher.
»Und die Schwarzen, die in unsere Kirche kamen – die schließlich einst eine Kirche der Weißen war –, haben diese Überzeugungen belohnt. Sie waren, wissen Sie, strebsame Leute oder bereits Angehörige des Mittelstands. Und sie hatten ein Interesse daran, mit Weißen zu verkehren, sonst hätten sie sich nicht gerade dieser Gemeinde

angeschlossen. Und entsprechend waren meine Erfahrungen in der Kirche.

Andererseits habe ich eine staatliche Schule besucht, in der vom Kindergarten aufwärts im Zuge der Zuwanderung aus den Südstaaten die Zahl der schwarzen Schüler stetig angewachsen ist. Und diese Jugendlichen waren anders als diejenigen, die ich von der Kirche her kannte.»

»Inwiefern?«

Linnett sah eine Ähnlichkeit mit Lily in der Art, wie sich die Falte zwischen seinen Brauen mit zunehmender Konzentration vertiefte. »Ärmer. Frisch aus dem Süden zugereist. Nicht sonderlich interessiert beziehungsweise nicht gewahr, was an Integration und dergleichen rings um uns herum passierte. Gott, was *mit* uns passierte. Älter als wir, weil sie eine so schlechte Schulbildung hatten, daß sie in ihrem Jahrgang nicht mitkamen. Außerdem sexuell erfahren. Wenn nicht gar aktiv. Grob. Lästerlich. Beängstigend. Aus meiner Sicht.« Er hob die Hände. »Ich hatte Angst. Das war's im Grunde genommen. Ich hatte in ihrer Gegenwart ununterbrochen Angst. Sie verkörperten alles, was man mich gelehrt hatte zu fürchten. Beschämend zu finden. Für das ich kein Verständnis zu bekunden oder zu zeigen hatte. Andererseits war es absolut tabu, vor schwarzen Jugendlichen Angst zu haben. Das allergrößte Tabu. Das war bei mir zu Hause nicht gestattet. Bei meinen Eltern.« Sein Mund verzog sich zu einem angespannten Lächeln. »Und wenn ich es mir auch nur im geringsten anmerken ließ, wurde ich darauf hingewiesen, wie gut ich mit den Kindern in der Kirche, in der Sonntagsschule auskäme. Dabei stimmte das gar nicht. Diese Kinder waren mir irgendwie *zu* brav. Vielleicht, weil ihnen bewußt war, daß sie integriert wurden. Auf jeden Fall fand ich sie schrecklich fromm, oberfromm. Auf jeden Fall frommer als ich. Es war wohl auf meine Verwirrung zurückzuführen, daß ich glaubte, sie wären alle insgeheim wie die Kinder in der Schule, daß sie nur *vorgaben*, anders zu sein.«

Er hielt einen Moment inne und runzelte die Stirn. »Nein, das stimmt nicht. So klar war mir seinerzeit nichts. Tatsächlich habe ich folgendes gedacht: daß die Kinder in der Schule eine Echtheit besaßen – obwohl ich den Begriff bestimmt nie benutzt habe –, die den schwarzen Kindern in der Kirche abging.« Er schüttelte bedächtig den Kopf. »Und ich selbst, ich fühlte mich überall unecht. Ganz und gar fehl am Platz.«

»Das war es also?«

»Das war es. Das ist, das *war* der eigentliche Grund für meine Verwirrung.«

»Und Sie konnten mit Lily und Paul nicht darüber reden.«

»Nein. Ich hatte das Gefühl, daß es sie ... deprimierte oder schokkierte, wenn ich mich diesem Thema auch nur ansatzweise annäherte. Am nächsten bin ich Lily mehrere Jahre später gekommen, nach der Scheidung, als ich zusammengeschlagen worden war. Von schwarzen Jugendlichen.«

»Jesus.« Sie lehnte sich mit ihrem Sitz nach hinten. »Schlimm?«

»Nein, nicht allzu schlimm. Angeknackste Rippen, ein paar lockere Zähne. Ich bin schnell zu Boden gegangen – es waren vier oder fünf, und es schien mir das Klügste zu sein. Sie haben mich noch ein Weilchen mit Füßen getreten, ehe sie gegangen sind, in die Rippen, an den Kopf.«

»Gott, Sie müssen eine Heidenangst gehabt haben.«

»Nein. Nein, nicht mehr, glaube ich, nachdem ich den ersten oder zweiten Schlag eingesteckt hatte. Das ist schwer zu erklären.« An folgendes erinnerte sich Alan: an seine Panik während der quälend langen Augenblicke, als sie zu ihm aufgeholt, ihn eingekreist und so getan hatten, als wollten sie lässig mit ihm plaudern. »He, Mann, he, du schwule Sau, wohin des Wegs? Warum so eilig?« Ihre lächelnden Gesichter, die Spannung hinter ihrer gezwungenen Lässigkeit. Und die Erleichterung, die Erleichterung, die mit dem ersten Schlag einsetzte. Und dem zweiten.

»Wissen Sie, es gab damals noch nicht so viele Feuerwaffen, also hab ich daran erst gar nicht gedacht. Und sie hatten kein Messer gezogen, niemand hatte auf mich eingestochen. Später hat es höllisch weh getan, aber in dem Augenblick ... ich weiß auch nicht.

Vielleicht war es der Schock.« Er war liegengeblieben, nachdem sie sich davongemacht hatten, hatte das Blut in seinem Mund geschmeckt, das seltsam metallische Aroma, hatte ihren Schritten gelauscht, ihren Stimmen, die sich entfernten, und hatte den tiefen Frieden wahrgenommen, der bei ihm einkehrte. »Aber das besondere daran war, Lily war völlig außer sich. Nicht, weil ich verletzt war, sondern weil die Gefahr bestand, daß ich einen Groll gegen alle Schwarzen hegen könnte ... Sie hat buchstäblich verhindert, daß ich den Mund aufmache.«

»Wie hat sie das denn hingekriegt?«

»Sie hat einfach ... für mich gesprochen. ›Also, ich weiß, du meinst jetzt bestimmt dies und das, aber ich denke, mit der Zeit wirst du es so und so sehen.‹ Und so weiter.«

»Und was für eine Einsicht hat sie von Ihnen erwartet?«

»Daß die anderen die Opfer waren, was denn sonst. Nicht ich.«

»Ah ja.« Linnett nickte. »Und haben Sie's eingesehen?«

»Nun.« Er grinste. »Einerseits ja, andererseits nein. Ich meine, ich wollte nicht auf meine Wut verzichten. Nicht auf die Schwarzen allgemein, aber gewiß auf diese Kerle. Und ich habe versucht, mit Lily darüber zu reden, sie zu der Erkenntnis zu zwingen, daß ich mir ausnahmsweise verdient hatte, was ich fühlte. Ich hab mir wirklich Mühe gegeben, zu reden. Über sämtliche Gefühle, die nebulosen von einst und nun dieses, dieses klare Gefühl. Und sie war entsetzt, es stand ihr im Gesicht geschrieben. Ich meine, ich war ein Mensch ... Inzwischen hatte ich sogar schwarze *Freunde*. Ich besuchte die University High School, die sowieso zum Teil integriert war, und meine Freunde waren echte Mittelklassekinder, junge Leute, mit deren Leben ich endlich etwas anfangen konnte – aber sie hat es dennoch nicht geschafft, mir ... etwas zuzugestehen. Den Vorhang ein kleines bißchen anzuheben bedeutete für Lily, ihn herunterzureißen. Sie konnte es einfach nicht erlauben. Sie setzte mir die offizielle Parteilinie auseinander und sie versuchte, mich zum Schweigen zu bringen. Und ich hatte die generelle Argumentation längst geschluckt. Darum habe ich den Mund gehalten. Ich weiß auch nicht.« Er zuckte die

Achseln. »Genauso hat sie mit anderen Leuten über das Thema gesprochen. Ich hab es selbst gehört. Sie wissen schon: ›Ja, er war verletzt, aber nicht allzu schlimm, und er begreift, wie so etwas passieren kann, und gibt niemandem die Schuld.‹«

»Politisch ausgesprochen korrekt.«

»Lily war die Königin der politischen Korrektheit. In dieser Hinsicht. Und mein Vater auch. Paul.« Er zuckte wieder die Achseln. »Sie sehen also, ich hatte zu keiner ihrer Debatten einen Standpunkt, denn für mich lag die Wahrheit ... Nein, nicht die Wahrheit. Die *Fragestellung*, alles, worüber es sich zu streiten lohnte, lag anderswo. Und war verboten.«

»Aber später ...« Linnett lächelte, auf einmal verlegen. »Ich komme wieder auf Lily zurück. Tut mir leid. Später, oder nein –«, sie legte einen Finger an den Mund, »– *früher*, meine ich. Früher war es. Ihr Standpunkt, ihre Einstellung gegen diese Art der Gemeindearbeit, gegen die ganze Black-Power-Bewegung, das war doch nicht politisch korrekt, oder?«

»Nein, nein. Obwohl sie einige Freunde hatte, die sie unterstützt haben. Aber nein, in der Sache ist sie gegen den Strom geschwommen. Und es hat sie einiges gekostet. Eine Menge gekostet. Denn so ist liberale Politik damals gelaufen. Und in der Kirche, unserer Kirche ist es mit Sicherheit so gelaufen. Sie wissen schon, Alinsky und Konsorten. Im Endeffekt hat es sie die Gemeinschaft der Kirche gekostet. Auf jeden Fall ihre Ehe, in gewisser Hinsicht. Und sie ist ganz hübsch beschimpft worden, implizit oder explizit, weil sie sich alledem widersetzt hat. Selbst dann noch, als sie die Memoiren geschrieben hat. Das gestehe ich ihr zu.«

»Widerstrebend.«

Er grinste. »Es fällt mir schwer, von Lily begeistert zu sein.«

»Sie mögen sie nicht besonders, wie?«

»Ah. *Mögen*.« Er runzelte die Stirn, zeigte den Anflug eines Lächelns. »In solchen Kategorien denke ich diesbezüglich nicht.« Dann beugte er sich vor und blickte, plötzlich ernst geworden, unverwandt auf die Zeichnungen herab, die vor ihm auf dem Tisch lagen. »Lily ist ... sie ist ein Phänomen. Ich bewundere sie, was sie mit ihrem Leben angefangen hat, den *Nutzen*, den sie daraus gezogen hat, denke ich.« Er zuckte die Achseln und begegnete Linnetts Blick. »Vielleicht beneide ich sie sogar um das eine oder andere. Was ich weiß, ist, daß ich mein eigenes Leben nicht auf diese Art einschätze. Überhaupt nicht. Ich habe nicht den Wunsch, *Nutzen* daraus zu ziehen. Oder etwa zuzulassen, daß *Lily* Nutzen daraus zieht. Andererseits würde ich sagen, daß mir Lily auf eine – ich weiß auch nicht – eine nicht sehr intime Weise sogar lieb ist. Das ist eine tiefe, ernsthafte Anhänglichkeit, die sich darauf gründet, wie ich sie verstehe.« Er lächelte wieder. »Soweit ich sie verstehe.«

Und nun schüttelte er den Kopf und ließ sich wieder in seinen Stuhl zurücksinken. »Dabei gibt es so viel, was mir an ihr mißfällt. Und einiges, was ich ihr nicht verzeihen kann. Wie gesagt.«

Nach einer Weile sagte Linnett: »Es muß schwer sein, jetzt mit ihr zusammenzuleben.«

»Ziemlich furchtbar. Ich hatte nicht geglaubt, daß es so sein würde, ehrlich. Ich habe geglaubt, ich hätte meinen Frieden geschlossen, wo ich doch jetzt erwachsen bin.« Er lächelte spöttisch.

»Warum tun Sie es dann? Warum haben Sie nicht Ihre Schwester darum gebeten?«

»Clary?« Er schüttelte den Kopf. »Die würde sich nie im Leben dazu bereitfinden. Das hat sie laut und deutlich gesagt. Und sie war nach Chicago gereist und hatte die ganze Arbeit erledigt, Sie wissen schon. Sie hat Mutters Umzug in die Siedlung vorbereitet, der dann verschoben werden mußte. Deshalb war ich ihr etwas schuldig. Aber glauben Sie mir, Clary hat, wenn möglich, noch mehr Schwierigkeiten mit Lily als ich.«

»Und Ihre andere Schwester? Rebecca?«

»Da bin ich nicht sicher. Sie wissen ja, sie war älter als Clary. Sie ist noch früher hinausgezogen in die Welt und war viel weniger an mir interessiert. Darum wußte ich schon damals viel weniger über sie.« Er lachte auf. »Ich denke, sie hat uns alle rundum verachtet, die ganze bürgerliche Blase. Nur die radikalen Sachen, die mein Vater getan hat, haben sie interessiert, deshalb nehme ich an, daß sie ... Nun, sie ist vermutlich in die Debatte eingestiegen und hat auch gegen meine Mutter argumentiert. Wenn sie sich überhaupt engagiert hat. Ich habe den Verdacht, daß für sie Christentum ziemlich irrelevant war.«

»Hören Sie je von ihr?«

»Von Rebecca? Nein. Clary schon, alle paar Jahre, und mir läßt sie manchmal was ausrichten – eigentlich nur Grüße. Die beiden haben sich sehr nahegestanden.« Er sah Linnett an. »Aber das wollten Sie doch alles nicht wissen.«

»O doch, es hilft. Das wird alles verwertet.«

»Aber es betrifft nicht das, was zwischen meinen Eltern vorgegangen ist. Das Thema, das Sie angeschnitten haben.«

»Immerhin haben Sie mir Ihre Theorie auseinandergesetzt.«

Er verbeugte sich, ein angedeutetes Neigen des Kopfes. »Richtig. Die Sie natürlich nicht verwenden werden.«

»Nein. Ehrenwort.«

Seine Augen begegneten den ihren und leuchteten herzlich auf. »Wo haben Sie das Bandgerät?«

Sie lächelte. »Kommen Sie. Finden Sie nicht, daß ich eine überaus vertrauenswürdige Person bin?«

»Überaus? Nein.«

Sie blickte auf die Uhr.

»Werden Sie dort erwartet?« fragte er.

»Demnächst. Ich hab es nicht eilig, falls Sie mir noch was zu sagen haben.«

»Ich wollte Ihnen nicht einmal das eine sagen.«

»Muß wohl mein Charme sein. Dem erliegen Sie immer.«

»Beziehungsweise Ihrer Hartnäckigkeit.«

»He, Sie. Lassen Sie mir das mit dem Charme. Schmeicheln Sie mir.«

»An ihrer charmanten Hartnäckigkeit. Wie wär's damit?«

»Angenommen«, entgegnete sie.

»Mögen *Sie* Lily?« fragte er unvermittelt.

»Oh, ich liebe sie von Herzen. Aber sie ist ein großartiges Thema. Und sie ist nicht meine Mutter, Gott sei's gepriesen.«
»Und was macht ein großartiges Thema aus?«
»Nun, verschiedenes. Aber bei Lily ist es mit Sicherheit zum Teil ihre Egozentrik. Sie ist ungeheuer an sich interessiert, darum ist sie mit Feuereifer bei der Sache. Sie nimmt mir die halbe Arbeit ab. Sie weiß, was ich, wenn's nach ihr geht, schreiben soll. Ein bescheidenes Genie ist am schwierigsten, würde ich sagen. Daran muß man richtig arbeiten. Lily breitet alles aus: ›Hier ist es, mein Leben, ist es nicht großartig?‹ Und das macht mir das Leben leicht. Leider ...«, sie zuckte die Achseln, »... ist es das gleiche Zeug, das sie schon mal ausgebreitet hat, vor der Allgemeinheit. Darum versuche ich, mehr herauszuholen. Am liebsten wär mir, wenn ich ein paar tiefe, finstere Geheimnisse wüßte.«
»Nun. Ich hab keine.«
»O doch, Sie haben welche. Einige davon haben Sie mir verraten. Auf eine Art, die ich noch nicht recht artikulieren kann. Und ich werde sie, daß verspreche ich noch einmal *hoch und heilig*, nicht direkt verwenden.«
»Wie kommt es, daß ich jedesmal nervös werde, wenn Sie das sagen?«
Linnett rappelte sich hoch, auf ihre Krücken. Sie blickte zu ihm hinüber. »Sie sind reizend, wenn Sie nervös sind«, sagte sie.
Er wandte sich rasch ab, und sie merkte, daß sie errötete. Ein Fehler.
Als Alan ihr die Tür aufmachte und sie hinausließ, wirkte der Flur auf ihre lichterfüllten Augen auf ganz neue Art dunkel. Sie lehnte ihre Schulter gegen die Wand und tastete sich langsam vorwärts. »Bitte schauen Sie mir dabei nicht zu«, bat sie. Das Licht drang von hinten durch sein helles, lockiges Haar. Sie konnte sein Gesicht nicht erkennen, das im Dunkeln lag. »Das ist so ungefähr der würdeloseste Anblick, den man sich denken kann.«
»Ich will versuchen, eine funktionierende Birne zu besorgen, bis Sie nächstes Mal herkommen«, versprach er.

Sie drehte sich noch einmal nach ihm um. »Prima. Bis bald.« Sie hob die Hand, und er trat zurück und schloß die Tür.
Sie tastete sich mit Hilfe ihrer Krücken bis zum oberen Ende der Treppe vor und lauschte Alans Schritten, die sich ins Innere seines Büros verloren.
Nächstes Mal, dachte sie, als sie sich auf der obersten Stufe niederließ.

13

Als Lily Anfang vierzig war, hatte sich ihr Vater Henry bereits mehrere Jahre Zeit genommen, zu sterben, an etwas, das damals noch niemand unter dem Namen Alzheimersche Krankheit kannte. Violet sagte »Zerstreutheit« dazu. »Dein Vater kommt mir immer häufiger ein wenig zerstreut vor«, hatte sie Lily geschrieben. »Ich bin der Ansicht, daß er zuviel Freizeit hat, und zuwenig zu tun.« Lily war im Laufe der Jahre vier- oder fünfmal nach Minnesota gereist und jeweils ein bis zwei Wochen geblieben, meist in Begleitung von Alan allein oder von Alan und Clary. Ihre Funktion bestand eher darin, ihrer Mutter Gesellschaft zu leisten, als zu helfen. Dafür waren genug bezahlte Helfer da.

Im letzten Sommer, den ihr Vater noch erlebte, fuhr sie mit allen drei Kindern im Juni hin und blieb bis kurz nach seinem Tod Mitte August. Zu diesem Zeitpunkt erkannte Henry nicht einmal mehr Violet wieder. Er hatte vergessen, was Essen war, und mußte hin und wieder gezwungen werden, einen Bissen zu sich zu nehmen. (Ausgerechnet daran starb er dann auch, der alte Fletcherizer. Als er den letzten Atemzug tat, hatte er seit drei Wochen nichts mehr gegessen, seit vier Tagen nichts mehr getrunken.)

Henrys Schlafzimmer war schon lange nach unten verlegt worden. Im Erdgeschoß durfte er sich frei bewegen, aber alle Außentüren wurden ständig verschlossen gehalten. Die Krankenschwester, eine hünenhafte, fleischige Frau namens Mrs. Engel, zog ihn jeden Morgen ordentlich an, aber gegen halb zehn oder zehn Uhr hatte er meist schon wieder alles zunichte gemacht. Er wickelte sich in schmutzige Hand- oder Tischtücher, die er im Wäschezimmer gefunden hatte, oder zerriß sich das Hemd oder zog einfach einzelne Kleidungsstücke aus. Die meiste Zeit waren seine Umtriebe harmlos und nicht gegen andere gerichtet, aber hin und wieder hatte er, was Violet einen »wilden Tag« nannte. Dann kämpfte er darum, zu entwischen, schlug um sich, stieß Obszönitäten gegen sie oder Mrs. Engel aus, kauerte furchtsam im hinteren Flur oder hörte einfach nicht mehr auf zu schreien. In diesen Fällen rückte Mrs. Engel, die von Violet angewiesen war, ihn in Ruhe zu lassen, solange er friedlich war, mit schwerem Schritt gegen ihn vor und verfrachtete ihn schnurstracks in sein Schlafzimmer. Dort verabreichte sie ihm nach eigenem Bekunden »eine Kleinigkeit, damit er schlafen kann«.

Henry, der sein Erwachsenenleben lang stämmig gewesen war, wirkte nun winzig und verschrumpelt. Sein Schädel zeichnete sich deutlich ab, sein Gesicht war leer, sein Mund ein klaffendes Loch, in dem nur seine rastlose Zunge einen wilden Tanz aufführte. Die Kinder fanden ihn abscheulich, und Lily ertappte sich dabei – aus widernatürlicher Loyalität, denn sie hatte ihren Vater auch nie geliebt –, daß sie ihnen klarzumachen versuchte, wie er in ihrer Jugend gewesen war, wie die Person mit Namen Henry gewesen war.

Umsonst. Sie schreckten vor ihm zurück wie vor einem kranken und darum abstoßenden Tier. Als er einmal einen schlechten Tag hatte und Mrs. Engel zu Hilfe gerufen worden war, stand Rebecca im vorderem Flur auf der Treppe – auf die sie vor ihm geflüchtet war – und schrie: »Unglaublich! Ich finde es unglaublich, daß man mich den ganzen Sommer über in diesem muffigen alten Haus einschließt, zusammen mit diesem *Kretin*, bloß weil er dein Vater ist.«

Hinter sich hörte Lily, wie Violet scharf Luft holte. Sobald Mrs. Engel eingetroffen war und Henry abgeführt hatte, ging Violet an Lily vorbei und erklomm langsam die Treppe. Lily blieb im vorderen Flur stehen und beobachtete den mühsamen Aufstieg ihrer Mutter. Sie empfand ihn als schmerzliche Imitation von Rebecca, die ihre haßerfüllten Worte geschrien und dann kehrtgemacht hatte, um hinaufzurennen. Lily hörte, wie auch Violets Tür zuschlug. Sie selbst folgte Mrs. Engel und hielt ihren Vater fest, während die schwitzende,

schwere Frau die Spritze vorbereitete und sie ihm in den spindeldürren Arm stach.
Dann trat sie wieder hinaus auf den Flur, wo sie erst einmal lange Zeit stehenblieb und zu entscheiden versuchte, was zu tun war. Alan und Clary hörten sich im Wohnzimmer eine Schallplatte ihrer Eltern an, die Clary in jenem Sommer immer wieder auflegte, das Lied von den Stellenboschen Boys. Sie war dabei, sich den Text einzuprägen, und Alan hatte sich wie so oft ihr und ihrem Vorhaben angeschlossen. »Hört auf zu stöhönen«, sangen sie mit dem beherzten Männerchor, »dem Jammer zu fröhönen, die Stellenboschen Boys sind da.«
Lily stieg im Takt der Musik die Treppe hinauf und durchquerte den oberen Flur. Sie klopfte an Violets geschlossene Tür. Einen Augenblick später rief ihre Mutter leise »Herein«, und Lily trat ein.
Violet war mit vierundsiebzig Jahren immer noch eine hübsche, dralle Frau. Sie hatte an ihrem Toilettentisch Platz genommen. Es war eindeutig, daß sie dabeigewesen war, den Schaden zu reparieren, den ihre Tränen angerichtet hatten. Ihr Rouge war zu dunkel, und Lilys Herz krampfte sich zusammen beim Anblick dieses fetten, ältlichen Clowns, der so sehr um seine Würde kämpfte.
»Es tut mir ja so leid, was Rebecca gesagt hat, Mutter«, sagte Lily entschuldigend. »Sie war bestimmt nur verängstigt.«
Violet sah sie mit feuchten Augen an. »Aber daß sie ihn einen *Kretin* nennen mußte, Lily!«
Lily nickte und beschloß, am besten gar nicht erst zu versuchen, Violet den Zusammenhang zu erklären: die Kretinwitze, die Alan auswendig kannte. *Was hat der Kretin zu dem Einarmigen gesagt? Warum hat der Kretin die Straße überquert?*
»In seiner Gegenwart. Als wäre er kein Mensch. Als wäre er unsichtbar.« Violets Augen waren tränennaß. »Oje, da geht es schon wieder mit mir durch.« Sie atmete tief ein und wandte sich dem Spiegel zu.
Lily wußte nicht, was sie tun sollte. Sie befürchtete, daß ihre Mutter, wenn sie sie anfaßte, zusammenbrechen würde. Sie setzte sich auf Violets Bett und wartete.

»Ich möchte, daß du mir eines versprichst, Lily«, sagte Violet schließlich.
»Natürlich«, antwortete Lily.
»So einfach ist es nicht«, sagte Violet. »Sollte ich auf die gleiche Weise sterben wie dein Vater, möchte ich, daß du mir hilfst. Ich könnte es nicht ertragen . . .« Violet hielt inne, doch einen Augenblick später entrang sich ihrer Kehle ein erstickter Laut. Sie räusperte sich und sagte entschlossen: »Ich wünsche, daß du mir hilfst.«
Obwohl Lily nicht sicher war, ob sie jemals fähig sein würde, zu tun, was Violet offensichtlich verlangte, war die Verehrung, die sie für ihre Mutter empfand, tief und absolut. »Ich werde es tun«, sagte sie.
»Ich verlasse mich auf dich. Du bist viel tapferer als ich. Ich war immer ... zu weinerlich. Aber ich zähle auf dich, Lily. Auf deine Courage.«
»Ich verstehe.«
»Und du wirst es tun? Du wirst tun, was ich verlange?«
»Ich werde es tun.«
»Danke, Liebes.«
Glücklicherweise brauchte Lily gar nichts zu tun. Violets Tod war so diskret und unauffällig wie ihr Leben. Sie starb mit einundachtzig Jahren im Schlaf, nachdem sie zuvor ihre Kleidung für den nächsten Tag auf der gepolsterten Bank am Fußende ihres Bettes zurechtgelegt hatte.
Als der Arzt Lily mitteilte, daß sie an der Parkinsonschen Krankheit leide, und den möglichen Verlauf schilderte, fiel Lily Violets Ansinnen wieder ein. Sie blickte den Arzt an, sah jedoch vor ihrem inneren Auge das Gesicht ihrer Mutter, wie es damals ausgesehen hatte, im Spiegel – die ungewohnte Umkehrung ihrer Gesichtszüge, die tränennassen Augen, die hektischen Rougeflecken, die Angst.
Es gab in ihrem Leben niemanden, zu dem Lily eine so intime Beziehung unterhielt wie Violet zu ihr, niemanden, dem sie das Versprechen abringen konnte, das Violet ihr abgerungen hatte. Doch Lily hatte tatsächlich mehr Courage als Violet, auf jeden Fall eine bestimmte Form von Courage, und mit Sicherheit war sie findiger als

sie. Sie stellte allein die erforderlichen Nachforschungen an, sie deckte ihren Arzt mit allen erforderlichen Lügen ein, sie traf die erforderlichen Vorkehrungen.

Wie konnte sie über so etwas entscheiden und die Durchführung vorbereitet haben, und das augenscheinlich fast ohne Zweifel, ohne sich eines Besseren zu besinnen?

Natürlich hatte Violets verschleierte Bitte ihr sozusagen Dispens erteilt. Außerdem war Lily um diese Zeit schon seit vielen Jahren allein mit ihrem Willen, ihrem Sinn für Recht und Unrecht. Selbst ihre Glaubenserfahrungen machte sie unabhängig von anderen Menschen. Zwar hatte sie sich bis zu deren endgültiger Auflösung weiterhin mit der Bibelgruppe getroffen, doch sie hatte sich nach Blackstone nie einer anderen Kirchengemeinde angeschlossen, sondern sonntags lieber mal die eine, mal die andere Kirche oder die Kapelle der Universität aufgesucht. Und dann hatte sie sich immer öfter sonntags überhaupt nicht mehr aufgerafft.

Sie hatte nicht etwa ihren Glauben verloren oder aufgehört zu beten. Aber Gebet war für Lily zur konzentrierten, jenseitsgerichteten Denkweise geworden, ein Zustand des Sehnens, den sie manchmal innerlich in Worte kleidete, manchmal nicht. In ihren Memoiren schrieb sie über ihren Rückzug aus der organisierten Religion: »Manchmal fürchte ich, Gott jetzt weniger klar zu hören, wohl auch weniger klar zu verstehen, was Er für mein Leben vorsieht. Doch ich weiß auch, daß ich nicht die falschen Zungen höre, die für Gott sprechen und meine eigene innere Stimme zum Schweigen bringen würden, die zwischen mir und Ihm stünden.«

Jedenfalls schien Gott gegen ihre Entscheidung keine Einwände zu erheben.

Der Montag war ein schlechter Tag für Lily. Sie hatte den ganzen Morgen über kaum etwas gegessen, und der Brei, auf dessen Oberfläche sich eine Haut gebildet hatte, stand unangetastet vor ihr. Sich zu bewegen schien ihre Willenskraft zu übersteigen. Sie hatte die wenigen Briefe, die zu lesen sie geschafft hatte, einfach in den Papierkorb neben ihrem Sessel fallen lassen. Sie konnte ihre Finger nicht weit genug krümmen, um sie zu zerreißen. Außerdem fühlte sie sich von den Briefen aus dem Gleichgewicht gebracht. Oder vielleicht lag das nur daran, daß sie fast das Ende ihrer langen Vorgeschichte erreicht hatte, mit der sie sich noch ein letztes Mal hatte auseinandersetzen wollen, ehe sie vom Erdboden verschwand. Ehe *ich* vom Erdboden verschwinde, dachte sie.

Draußen vor dem Fenster vollführte die Sonne ihren munteren Tanz in den langberockten, knicksenden Kiefernzweigen. Lily sah nur verschwommenes unstetes Licht. Irrelevant. Alles erschien ihr irrelevant.

Über das lange Wochenende hatte Lily sich in sich selbst zurückgezogen. Sie hatte begriffen, daß ihr ein Dasein bevorstand, in dem den Worten schlicht Einhalt geboten wurde. Die Möglichkeit zu schreiben, endlose, einfallsreiche Streitgespräche über das Leben zu führen, würde wegfallen. Sie nahm ihre Krankheit zum ersten Mal als ein Ding wahr, das in ihren Eingeweiden angesiedelt war, ein Baum, der in ihr wuchs, sie mit seiner Dicke, seiner Holzigkeit erfüllte und sich nun in ihre Gedanken, sogar in ihre Seele hineinverzweigte und alles verhärtete.

In der vergangenen Woche, als sie zum ersten Mal gewahr geworden war, daß die Parkinsonsche Krankheit dabei war, ihr diesen Teil ihres Lebens zu rauben, hatte sie einen plötzlichen Energieschub verspürt, den Willen, meinte sie, sich dieser Zumutung zu widersetzen. Mit ihr fertigzuwerden. Ja, vielleicht sogar das Gefühl, ein Abenteuer zu erleben. Das letzte Abenteuer. Das letzte Drama. Sie hatte sich gefragt, aus welcher Richtung es kommen mochte, das letzte, was ihr passieren würde, und nun war es eingetreten. Na gut.

Und sie hatte jedes Wort geglaubt, das sie zu Linnett gesagt hatte. Sie hatte nie Angst vor der Wahrheit gehabt. Sie hatte immer versucht, dem Leben entgegenzutreten, ohne mit der Wimper zu zucken, und sie war überzeugt, es in diesem Fall auch zu können. Sie hatte Linnetts Bewunderung für sie empfunden, als sie die ersten Anstrengungen unternahm, und sie hatte sich daran gelabt. Sie hatte sich vorgenommen, so zu bleiben, bis zu ihrem Tod. Diese tapfere Person. *Diese* Lily. Der Freitagnachmittag mit Linnett war regelrecht fröhlich verlaufen, und es war Lilys gutgelaunte Koketterie gewesen, die Linnett veranlaßt hatte, viel länger zu bleiben als sonst.

Fast von dem Augenblick an, in dem Alan am Freitagabend gekommen war, um sie zu wecken, hatte Lily dann jedoch das Gefühl gehabt, daß man von ihr verlangen würde, sich in dieser Hinsicht mit etwas weniger Triumphalem zufriedenzugeben.

»Mach dich fein, Lily«, hatte er gesagt. »Wir haben Besuch.« Ein geheimnisvolles, neckendes Lächeln hatte ihm im Gesicht gestanden, und er hatte sich geweigert, ihr zu sagen, um wen es sich handelte. Zu allem Überfluß hatte er nach Alkohol gerochen, und Lily hatte empört und mit Abscheu reagiert, als würde sie selbst nie einen Tropfen anrühren.

Er hatte sie mehrmals rütteln müssen, um sie zu wecken. Sie war müde von dem langen Nachmittag mit Linnett und wohl auch von der Anstrengung, ihr neues, eingeschränktes Dasein akzeptieren zu müssen – obwohl sie sich damit noch nicht länger befaßt hatte. Dennoch empfand sie, als sie ihr Haar ordnete und ihre Kleider glattstrich (wie gut, daß sie am Morgen dieses blaßlila Ensemble angelegt hatte), die übliche Vorfreude beim Gedanken, sich in Gesellschaft zu begeben, den starken Drang, erneut ihr öffentliches Ich einzunehmen.

Man stelle sich darum ihren Schmerz vor, als sie Linnett entdeckte, *ihre* Linnett, die immer noch da war und am Tisch saß und mit ihrem Enkelsohn Thomas lachte. Das Gespräch hatte ohne sie begonnen, und es lief schnell ab, zu schnell, als daß Lily sich hätte beteiligen können – Linnett zu Thomas, Thomas zu Alan, zurück zu Gaby, hinüber zu Linnett, zu Alan, wieder zu Thomas. Sie erdreisten sich, dachte Lily, miteinander zu *flirten*. Etwas daran kam ihr zutiefst pervers vor, als Entgleisung. Noch dazu schienen sie kaum auf Lily zu achten. Vielmehr erkundigte sich Alan, als der Abend sich hinzog – und immer noch weiter hinzog –, mehrere Male bei ihr, ob sie nicht ins Bett wolle. Als wäre sie ein Kind. Am liebsten hätte sie ihn geohrfeigt. Ein- oder zweimal hatte sie es geschafft, etwas zu sagen, sich zu Wort zu melden, aber sie hatten ausnahmslos so getan, als hätte sie nichts gesagt. Das Gespräch setzte sich einfach um sie herum fort, als hätte sie nicht gesprochen. Sie fühlte sich ausgeschlossen. Ausgelöscht. Und dann am Ende hatte Thomas diese schrecklich laute, melodramatische Musik gespielt – die sie unbeschreiblich deprimierend fand –, und das viel zu lange. Jemand hätte ihm sagen müssen, daß man auch in dieser Hinsicht des Guten zuviel tun konnte.

Lilys Schlaf in dieser Nacht war tief und doch irgendwie nicht erfrischend, nicht erholsam. Sie erwachte daraus am Samstag mit dem Gefühl einer verdichteten, watteartigen Erschöpfung und eines Bedauerns, dessen Ursache sie nicht hätte nennen können. Und obwohl sich ihr Tagesablauf am Wochenende nicht änderte, erschienen ihr die Tage endlos. Sollte dies künftig das Leben ausmachen, nichts als dahinvegetierende Zeit?

Wir sterben viele kleine Tode, die uns auf den endgültigen vorbereiten, und oft müssen wir uns abmühen, Gottes liebevolles Wirken darin zu finden. Für mich war die Trennung von der Kirche ein solcher Tod, und meine Scheidung ein zweiter. Ich glaube, daß die Depression, in die zu verfallen ich mir in den Jahren nach diesen beiden Umbrüchen in meinem Leben gestattete, zum Teil auf das Gefühl zurückzuführen war, von Gottes Liebe abgeschnitten zu sein, und zwar auf eine Art und Weise, wie es bei anderen Ereignissen nicht der Fall gewesen war – beim Ableben meiner Eltern zum Beispiel oder den kleinen unbemerkten Toden meiner Kinder, als sie erwachsen wurden. Ich fand es in dieser Phase tröstlich, das Buch Hiob zu lesen, nicht weil ich meinen persönlichen Kummer in irgendeiner Hinsicht mit dem von Hiob vergleichbar fand, sondern weil ich davon ähnlich erschüttert und mitgenommen war. Und weil die Antwort, die Gott Hiob erteilte, sich unter allen Möglichkeiten seltsamerweise als die tröstlichste erwies.

Was mich jedoch endgültig mit der Form ausgesöhnt hat, die Gott für mein Leben ausersehen hatte, war das Geschenk der Selbsterkenntnis, das Er mir um die Zeit machte, als Paul im Sterben lag.

Paul war die Jahre 1968 und 1969 hindurch krank gewesen. Ich hatte ihm während dieser Zeit öfter geschrieben als zuvor. (Keiner von uns hat den anderen nach unserer Scheidung über seine persönlichen Angelegenheiten ausgefragt, aber ich denke, daß bestimmte Freunde ihn darüber auf dem laufenden gehalten haben, was ich treibe, so wie sie mich in groben Zügen über sein Leben informiert haben. Ich wußte zum Beispiel, daß Paul nach seinem Umzug eine lange und ernsthafte Beziehung eingegangen war, und ich wußte auch Bescheid, als sie zu Ende ging. Ist es Güte oder versteckte Grausamkeit, diese Weitergabe von Informationen durch Freunde? Ich weiß es nicht. Andererseits verriet mir allein schon der Tonfall der Briefe, die er im Laufe seiner Krankheit an mich schrieb, daß er damals allein war. Ich hätte es nicht nötig gehabt, daß sich ein Freund meiner erbarmt.)

Ich denke, daß man auch von mir zu Recht hätte behaupten können, daß ich um diese Zeit allein war, auch wenn ich nicht das Gefühl hatte, daß dem so war. Ich hatte zu schreiben begonnen, sowohl die eine oder andere Geschichte als auch diese Memoiren, und ich hatte das Gefühl, daß mein Leben noch nie erfüllter gewesen war – mit Erinnerungen, mit dem Willen, zu verstehen, was die Erinnerung mir zu sagen hatte, sowie mit literarischen Umsetzungen dessen, was ich verstand. Darüber hinaus hatte ich mich, weil ich dabei Disziplin lernen wollte, nicht nur für einen, sondern für zwei Literaturkurse eingeschrieben und hatte oft das Gefühl, daß meine Tage und Abende seit der Zeit, als ich noch Pauls Frau war, nie besser ausgefüllt gewesen waren.

Nun schrieb mir Paul traurig und oft über seine Glaubenskrise und seine Unfähigkeit, sich den Gang seines Lebens zu erklären oder Frieden damit zu schließen – mit den Verlusten, die er erduldet hatte, den Schmerzen, die er wegen seiner tödlichen Erkrankung litt. Er sprach in nostalgischem Ton von unserem Leben zu zweit wie vom Goldenen Zeitalter, wie von einer Zeit süßer Unschuld.

Dieser Tonfall erweckte in mir bald Unbehagen, und ich stellte fest, daß er mich an die Zeit vor unserer Hochzeit erinnerte, als er mir aus seinem Exil in Ohio geschrieben hatte: »Du wirst eines Tages eine prachtvolle Frau sein, Lily Roberts, und ich will der Mann an Deiner Seite sein, der diese Verwandlung miterlebt.« Ich erinnere mich, daß ich damals von dem Gedanken restlos entzückt war, doch später erschien er mir als der Gipfel jener gedankenlosen Herablassung, von der in jener Ära die Beziehungen von Männern zu Frauen gekennzeichnet waren.

Ich beantwortete sein Schreiben und rief ihm diese Bemerkung ins Gedächtnis. Ich teilte ihm mit, daß sein derzeitiger Tonfall mich daran erinnere und daß ich seine unkritische Sehnsucht nach unserer leichtgläubigen Jugendzeit verharmlosend und sentimental fände. Daß ich der Meinung sei, er habe

meinen Glauben falsch eingeschätzt, wenn er ihn für unerprobt und ungründet gehalten hatte. Daß ich zwar kaum etwas so sehr wünschte, als ihm in dieser Stunde Trost zu bieten, daß ich ihm jedoch nicht mehr schreiben könne, wenn er weiterhin von mir zu verlangen scheine, dieser Form der Erinnerung an unser gemeinsames Leben zu erliegen.
Er schrieb postwendend und entschuldigend zurück und sagte, er sei erschüttert über das Bild seiner selbst, dem er in meinem Brief begegnet sei, aber auch dankbar für die Begegnung. Er habe das Gefühl, sich »von Angesicht zu Angesicht« gesehen zu haben. Er habe, behauptete er, in seiner Haltung zu seinem persönlichen Elend die Sünde des Stolzes erkannt: »Ich sehe ein, daß mir die Vorstellung, so rücksichtslos ehrlich zu sein, daß ich mich mit meinem ewigen Hinterfragen in Verzweiflung stürze, wahres Vergnügen bereitet hat. Und wie eigenartig, daß ich zwar nicht mehr an Gott, aber doch offensichtlich nach wie vor an die Sünde glaube.«
Er schrieb: »Ich erinnere mich nicht, in einem Brief an Dich diese törichte Bemerkung gemacht zu haben, Lily, halte es aber durchaus für möglich. Die Ironie daran ist natürlich, daß Du zu der besagten prachtvollen Frau herangewachsen bist und ich nicht da bin, um es zu sehen.«
Ich weinte, als ich diesen Brief las. Ich weinte, weil ich einerseits das Gefühl hatte, einen schrecklichen Verlust erlitten zu haben, und andererseits dankbar war – mich sogar gesegnet fühlte –, weil ich ihn erlitten hatte. Zum ersten Mal begriff ich, wieviel von dem, was ich geworden war, untrennbar damit verbunden war. »Denn welchen der Herr liebhat, den züchtigt er.« Wie konnte ich diesen Ausspruch nicht bedacht, nicht verstanden haben? Nun endlich, dank Paul und unserer erneuten Annäherung kurz vor seinem Tod, verstand ich ihn.

Übers Wochenende war Lily in ihrer und Pauls Korrespondenz bis zu dem Punkt vorgedrungen, an dem er ihr den Brief geschrieben hatte, den sie in ihren Memoiren zitierte. Es war einer seiner letzten Briefe gewesen. Als sie ihn nun mit zitternden Händen hochhielt, las sie ihn zur Gänze durch, begegnete erneut den Worten, die er im Anschluß an seine Entschuldigung geschrieben hatte, den Worten, die sie damals nicht in ihre Schilderung der Ereignisse aufgenommen hatte.
Folgenden Worten:

Aber ich denke, Du unterschätzt selbst Dein jugendliches Ich. Weil sich unter Deiner scheinbaren Hingabe und Willfährigkeit immer die Wärme – ich sollte vielleicht sogar sagen, die Hitze – Deiner erfrischenden Kälte befand. (Und Du weißt, daß in Kälte Hitze enthalten ist, nicht wahr, Lily? In meinem Alter habe ich oft genug Eispackungen auf diverse arthritische Gelenke gelegt, um den Schmerz der Kälte willkommen zu heißen, wegen des lindernden Feuers der Hitze des Blutes, die darauf folgt.)
Ich hatte es leichter, an Dich zu glauben, Dich zu lieben, Lily. Weil Du so langsam, so behutsam zu Glauben und Liebe gefunden hast, daß es Dir am Ende weitaus mehr abverlangt hat. Du hast immer analytischer gedacht und warst, nachdem Deine Nachforschungen zu Deiner Zufriedenheit abgeschlossen waren, leidenschaftlicher, radikaler in Deinem Empfinden. Das hat bei mir gelegentlich die Besorgnis ausgelöst, daß Dir die instinktiveren Formen der Liebe nicht so leicht zugänglich seien. Die ungezwungene mütterliche Hingabe zum Beispiel, die für manche Frauen so natürlich zu sein schien, die aufzubringen Dir, wie wir hin und wieder im Gespräch festgestellt haben, solche Mühe bereitet hat. Oder die schlichte Nächstenliebe von Leuten wie Adele Footman oder Polly Mayer. Manchmal, ja, manchmal habe ich mir gewünscht, wir hätten ein behaglicheres Miteinander gehabt, das Gefühl, ohne unser Wissen Engel bei uns beherbergt zu haben. Selbst dann noch, als diese maßlose Leidenschaft uns entzweit hat. Sie war die Grundlage unseres gemeinsamen Lebens, solange dieses Leben andauerte, die Kraft in Dir, die ich in jeder Hinsicht unwiderstehlich fand und die meine tiefsten Bedürfnisse gestillt hat – spirituelle, physische, intellektuelle Bedürfnisse.

Warum hatte Lily diese Äußerungen nicht in ihre Memoiren aufgenommen, diese Bemerkungen Pauls über ihre Kälte? Zu jener Zeit, erinnerte sie sich vage, hatte sie sie rasch als der Erörterung ihrer Heilung von jeglicher Depression nicht angemessen abgetan, ihres neubelebten Gefühls, mit Gott in Verbindung zu stehen. Sie jetzt zu lesen, ließ sie jedoch beinahe taumeln, ein unangenehmes, schwindelerregendes Gefühl.
Wie unehrlich sie gewesen war! Sie hatte Paul ausgenutzt, hatte seinen Brief ausgenutzt, hatte ihr ganzes gemeinsames Leben ausgenutzt, um sich zu rechtfertigen. Als Zeugnis ihrer eigenen Tugend. Was für eine Schande! Die unendliche jämmerliche Schande, sich selbst so wenig zu kennen! Denn Lily hatte, als sie ihre Erinnerungen

niedergeschrieben hatte, natürlich geglaubt, eine Schicht ihres Ichs nach der anderen abzutragen und sich damit dem Grundlegenden, dem Kern immer mehr zu nähern.

Eitelkeit. Sie hatte nicht mehr lange genug zu leben, um dort anzukommen, das sah sie jetzt ein. »Nun weiß ich teilweise, was ist.« Sie flüsterte die Worte vor sich hin. Das war alles, bis der Tod sie befreite. Welche Arroganz, davon ausgegangen zu sein, sie habe die Wahrheit herausgefunden! Und welche Unehrlichkeit, nur einen Teil von Pauls Wahrheit offenbart zu haben. Schon gar, wenn es – wie sie jetzt einsah, wie sie beim Lesen des Briefes fühlte – eine so zärtlich dargebotene Wahrheit war.

Und so kaltherzig entgegengenommen. So berechnend zum eigenen Vorteil verkehrt. Zum spirituellen Triumph. Über ihn.

Sie stöhnte vernehmlich, und Noreen, die draußen im Wohnraum Gutscheine aus der Zeitung ausgeschnitten hatte, legte ihre Schere weg und kam, um zu fragen, was ihr fehle. Lilys Aussehen jagte ihr einen Schrecken ein, und als Alan am Nachmittag heimkam, berichtete sie ihm, daß es seiner Mutter an diesem Wochenende nicht gutgehe, daß er sie nach Möglichkeit veranlassen solle, sich am Sonntag gründlich auszuruhen.

Am selben Abend, dem Samstagabend, hatte Lily nach dem Zubettgehen versucht, zu beten, doch die Worte schienen ebenfalls in ihr erstarrt und eingeschlossen. Sie war auf einmal entsetzt, als sie ihren Pulsschlag wahrnahm. Was sollte aus ihr werden, wenn die Krankheit selbst ihren Glauben auffraß?

Im Dunkeln zur Decke blickend, zwang sie sich, das Vaterunser aufzusagen, das Beichtgebet – alles mögliche. Sie flüsterte mit hastiger, angstvoller Stimme den Text des dreiundzwanzigsten Psalms. Wenn man sie so hörte, hätte man annehmen können, daß sie ein Rennen gegen die Zeit lief, um rechtzeitig fertigzuwerden.

Später sollte Alan an die vereinzelten Augenblicke im Laufe des Wochenendes zurückdenken, in denen Lily aus dem Halbschlaf aufzuwachen schien und sich mit zielloser Willenskraft und Energie ins

Geschehen stürzte. Er warf sich vor, nicht gemerkt zu haben, daß etwas nicht in Ordnung war. Als er später sein Versäumnis erwähnte, verteidigte Gaby ihn: »Aber sie war am Freitag so gemein zu dir gewesen, Alan. Es war eine ziemliche Leistung, so nett zu ihr zu sein, wie du es warst.«

Am Samstagabend beim Essen hatte Lily auf einmal angefangen, über Paul zu sprechen, über ihn zu sprechen, als müsse sie ihn gegen Alan in Schutz nehmen. »Dein Vater«, sagte sie unvermittelt, »war ein Mann seiner Zeit, ein engstirniger Mann, gewiß. Aber er war dennoch ein überaus guter Mann.«

»Ich hätte nie etwas anderes behauptet, Lily«, erwiderte Alan, nachdem er und Gaby sich einen Augenblick lang angesehen hatten. Dann herrschte Schweigen bei Tisch.

»Ich weiß, daß er dir sehr distanziert vorkam, aber er konnte auch sehr großzügig sein. Er hat ein Zehntel seiner Einkünfte an die Kirche abgeführt, wußtest du das?«

»Das wußte ich nicht.«

»Hat er aber.«

Danach verstummte sie. Alan und Gaby fingen nach einer Weile wieder an, sich miteinander zu unterhalten – über das Amundsensche Haus und den Zahlungsplan, darüber, wann die Jungen am Ende des Sommersemesters heimkommen würden.

»Er hat sich einmal den Fuß gebrochen, so wütend war er auf mich«, flüsterte Lily auf einmal eindringlich. Gaby und Alan sahen sich an.

»Ich habe mit dem Auto eine Straßenlaterne gerammt, bin einfach im Rückwärtsgang an den Pfosten gefahren, und als ich ihm davon erzählt habe, war er schrecklich wütend! Er hat nichts gesagt, das war nicht seine Art. Er hat nicht mit mir geschimpft. Aber er ist hinausgegangen und hat dem Auto einen Tritt versetzt.« Lily lächelte, das leicht irre, starre Lächeln des Parkinsonkranken. »Einen tüchtigen Tritt, würde ich sagen. Ich erinnere mich noch sehr gut, daß er den Fuß in Gips hatte. Wie unsere Freundin, wißt ihr?« Ihre Hand legte sich hilfslos flatternd an die Brust.

»*Lin*nett«, sagte Gaby.

»Lin*nett*«, korrigierte Lily sie. »Ja.« Ihr Kopf wackelte. »Aber da siehst du es, er hat nie gebrüllt, nie geschimpft. Das war nicht seine Art.«
»Nein«, bestätigte Alan. »Nein, das war es nicht.«
Und dann beruhigte sie sich auf einmal, so als hätte Alan in bezug auf Paul in einem wesentlichen Punkt nachgegeben, in bezug auf einen Paul, der seltsamerweise niemandem ähnelte, den Alan kannte.
Und am Sonntag – Alan war allein zu Hause und las die Zeitung, Noreen hatte frei, und für Gaby war es der Tag, an dem am meisten los war – tauchte Lily plötzlich auf und wankte mit Hilfe ihres Gehstocks mühsam durch den Wohnraum. Sie habe, erzählte Alan Gaby später, wie die Irre von Chaillot ausgesehen. Sie hatte sich mit unsicherer Hand selbst geschminkt, und ihre Augenbrauen verliefen schräg aufwärts in Richtung Haaransatz. Ihr Haar hatte sich in schlaffen Strähnen aus dem Knoten gelöst, den sie aufzustecken versucht hatte. Sie war vollständig bekleidet, hatte jedoch ihr absurdes gerüschtes Bettjäckchen darübergezogen, und dessen merkwürdig blasses, fleischiges Rosa ließ ihre Haut noch blutleerer, noch geisterhafter wirken, als sie ohnehin aussah.
Er stand auf, sobald er ihrer ansichtig wurde, und trat rasch neben sie. Er hatte sie noch nie so gebrechlich, so wirr erlebt, und es machte ihm Angst. Als er ihren Arm ergriff, öffnete sie den Mund zum Sprechen, doch es kam nichts heraus.
»Was ist?« fragte er. »Was ist, Mutter?«
Sie schüttelte mühsam den Kopf. Alan war entsetzt. Er hielt es für möglich, daß sie starb, daß sie einen Herzinfarkt erlitt. Er führte sie durchs Zimmer zu einem Sessel. Er besorgte ihr ein Glas Wasser, überlegte es sich jedoch auf dem Rückweg anders, eilte noch einmal los und holte ein Glas Whisky. Sie wich zurück, als er es ihr an die Lippen hielt. Sie streckte die Zunge heraus und sträubte sich, wie es die Jungen getan hatten, als sie noch klein waren und man ihnen unbekannte Kost angeboten hatte.
Er setzte sich ratlos neben sie, nahm ihre Hand und tätschelte sie.

»Was ist?« flüsterte sie schließlich.
»Was ist was? Was?« fragte er. Und weil das so ungeduldig klang, fügte er hinzu: »Ich höre.«
Sie starrte ihn an, als versuche sie zu erkennen, wer er war. »Ich hatte ... deine Hilfe nötig.«
»Wobei?« fragte er. Sie antwortete nicht, und einen Augenblick später ergänzte er: »Ich bin ja da, Lily.«
»Ich hatte deine Hilfe nötig«, wiederholte sie.
»Ist gut«, sagte er. Und er erinnerte sich später, daß er an diesem Punkt angefangen hatte, wirklich ungeduldig mit ihr zu werden. Er sah in ihr bemaltes Gesicht, sah den verwirrten, starren Ausdruck ihrer Augen, die eigenartigen doppelten Augenbrauen, den offenen Mund, und war gereizt. Als sie nichts mehr sagte, bemerkte er abschließend: »Immerhin bist du aufgestanden, Mutter. Ganz allein. Und du hast dich geschminkt und auch dein ... Jäckchen angezogen.«
Sie hob den Arm und betrachtete den lose herabhängenden Jackenärmel, als würde sie ihn nicht wiedererkennen.
»Du hast mich also gar nicht gebraucht. Du hast alles allein gemacht.«
»Ja«, sagte sie schließlich. »Ja. So muß es wohl gewesen sein.«

Und nun war der Montag da, und Linnett würde bald eintreffen. Lily mußte ihre Kräfte sammeln. In der Vergangenheit hatte das Durchlesen ihrer Papiere und Briefe am Morgen sie für ihre Nachmittage mit Linnett gestärkt. Dann hatte die jüngere Frau, wenn sie kam, Lily bereit vorgefunden, voller Lust, für sie beispielsweise die Welt von Hyde Park und Woodlawn in den vierziger und fünfziger Jahren auferstehen zu lassen. Oder das Leben einer jungen Pfarrersfrau in einer Kleinstadtgemeinde.
An diesem Tag wäre es Lily jedoch am liebsten gewesen, wenn Linnett nicht gekommen wäre, wenn es möglich gewesen wäre, sich mit Noreens Hilfe wieder ins Bett zu begeben und sich gehenzulassen, einfach gehenzulassen. Als sie der Blätter ansichtig wurde, die zer-

knüllt, aber intakt in ihrem Papierkorb lagen, kam es ihr vor, als bestehe das ganze Leben schlicht aus Minderung und Verlust, aus der allmählichen Beschneidung als notwendig erachteter Aspekte, ohne die auszukommen gelernt werden mußte. Sie dachte an Rebecca, wie sie sie das letzte Mal gesehen hatte, an ihre schöne, leidenschaftliche Tochter, kurz vor ihrem endgültigen Verschwinden. Sie dachte an Paul. Sie dachte an Alan und Clary und deren Leben, das so unabhängig von dem ihrem verlaufen war, so erfüllt. Ihre Hände erschlafften, hingen gekrümmt von den Armlehnen ihres Sessels herab, zitterten um so mehr, da sie sich in Ruhestellung befanden. Sie fühlte sich erschöpft, erledigt, nahezu unsichtbar. Sie war nicht einmal sicher, ob sie noch eine Stimme hatte. Sie öffnete den Mund und stieß einen krächzenden Laut aus, leise und schrill. Über ihr ausdrucksloses Gesicht huschte, als sie es hörte, ein Anflug von leichtem Amüsement und verschwand.

Da Lily nicht gut bei Stimme war, versprach Linnett, nicht lange zu bleiben – nur solange, bis Noreen mit den Lebensmitteln zurück war. (Die Studentin, die ihre Doktorarbeit über die Anfänge der Integrationsbewegung schrieb, hatte sich für den kommenden Tag zum Tee angesagt, und Noreen hatte »ziemlich viel Kram« einzukaufen.) Linnett las Lily ihre Post vor und notierte ihre geflüsterten Anweisungen bezüglich der Beantwortung auf die Rückseite eines jeden Briefes. Auf die Bitte um ein signiertes Exemplar der *Lebenserinnerungen*, um es für wohltätige Zwecke zu versteigern: Ablehnung mit Bedauern. Alle Exemplare waren in Chicago in einem Möbellager. Auf die Bitte, im nächsten Frühjahr in San Francisco Vorträge zu halten: ebenfalls Ablehnung mit Bedauern. »Keine Stimme«, flüsterte Lily. »Bis dahin vermutlich auch keinen Körper mehr.«

Linnett lachte.

Für die Frau aus Chicago, die Auszüge aus Memoiren zusammenstellte, Instruktionen, an wen sie sich bei Lilys Verlag wegen der Genehmigung wenden solle. Dann herrschte lange Schweigen. Lilys Gesicht wirkte entrückt und bis auf die frische Hautfarbe tot.

Linnett hatte sich für ihren Besuch bei Lily gestählt. Nachdem sie am Morgen mit Alan gesprochen hatte, hatte sie auf der Herfahrt beschlossen, sich nicht mehr so leicht beeindrucken zu lassen, weder von Lilys Charme noch von ihrer Schwäche. Nun jedoch blickte sie auf geradezu kindliche Art todunglücklich drein, und sie tat Linnett trotz aller guten Vorsätze leid. »Wie wär's, wenn ich uns beiden einen schönen steifen Drink aus Alans Vorräten besorge, Lily?« fragte sie. »Vielleicht ist es das, was Sie heute nötig haben, und dann einen langen, langen Mittagsschlaf.«

Lily nickte. »Aber nur ein Glas Wein«, sagte sie, als Linnett sich mühsam hochzukämpfen begann.

»Wird gemacht«, entgegnete Linnett. Es war beschwerlich, das mehrmalige Hin und Her auf Krücken, um erst die Gläser zu holen, dann die Weinflasche und den Korkenzieher, aber sobald sie wieder Platz genommen hatte, ging ihr das Einschenken zügig von der Hand.

Lily hielt ihr Glas mit beiden Händen fest und senkte den Kopf an dessen Rand, um daran zu nippen. Dennoch verschüttete sie etwas Wein auf ihre Brust. Linnett tat so, als habe sie es nicht gesehen.

»Noreen müßte bald wieder da sein, Lily«, sagte sie. »Sobald sie zurück ist, gehe ich.« Lily antwortete mit einem leisen, zustimmenden Laut. »Ich wünschte, ich könnte Ihnen helfen, aber ...« Linnett zeigte auf ihre Krücken, auf ihren Gipsverband.

Sie blieben eine Weile schweigend sitzen. Lily hatte ihr Glas abgestellt, und ihre im Schoß ruhenden Hände bewegten sich ununterbrochen, eine sich ständig wiederholende, krümmende, zittrige Bewegung der Finger gegen die Daumenballen. Linnett widerstand dem Impuls, die Hand auszustrecken, sie über Lilys Hände zu legen und sie zu umklammern, bis sie stillhielten. Sie räusperte sich. »Warum, Lily, haben wir Ihrer Meinung nach unsere ... Schwäche, könnte man sagen, voreinander geheimgehalten?«

Zum ersten Mal an diesem Nachmittag sah Lily Linnett mit einem Funken echten Interesses an. Sie schüttelte leicht den Kopf, und ihr Mund verzog sich zum EI. Nein. Weiß nicht.

Linnett lächelte, froh, Lily doch noch ein wenig aufgerüttelt zu haben. »Wenn ich mich geschwollen ausdrücken wollte«, sagte sie, »würde ich *Verleugnung* diagnostizieren. Sie wissen, daß wir beide Menschen sind, die mit Schwierigkeiten so verfahren. Dabei glaube ich das nicht einmal so richtig, weil wir uns selbst nichts verleugnen. Wir wissen über unsere Probleme Bescheid.«

Lilys Blick war wachsam und lebendig.

Linnett beugte sich vor und sprach in einem Flüsterton, der dem von Lily nahekam. »Wir sind Lügnerinnen, Lily. Und das ist viel, viel besser.« Sie grinste und lehnte sich zurück. Lily sah sie unentwegt an.

»Nein, nein, nein. Ich sollte nur für mich sprechen, Lily. *Ich* bin eine Lügnerin.« Linnett legte eine Hand auf die Brust und seufzte. Sie nahm noch einen Schluck Wein und behielt dabei Lily im Auge. »Aber ich glaube auch, daß jemand, der Memoiren schreibt, ein *klein* wenig Begabung zur Lügnerin haben muß.«

Lilys Hände flatterten, und sie griff damit nach ihrem Glas, das neben ihr am Rand der Tischfläche stand. Linnett beobachtete sie, beherrschte den Drang, ihr behilflich zu sein. Als Lily mit Erfolg einen Schluck genommen und das Glas wieder abgesetzt hatte, fuhr Linnett fort: »Schließlich wollten Sie, daß es eine Form hat. Das Buch mit den Lebenserinnerungen. Genau wie ich: Wenn ich einen Aufsatz, einen Artikel schreibe, brauche ich dafür eine Form. Aber das Leben ist . . .«, sie seufzte wieder, »nun, sagen wir, bekannt als schlaffes, unförmiges Ungetüm. Unangenehm formlos, nicht wahr?« Sie lächelte. »Wenn ich beispielsweise meine Memoiren schreiben würde, wäre ich versucht, mal eben hier etwas zu verschieben . . .«, Linnett hob die Schulter, mimte Schieben, ». . . und dort etwas zurechtzuzupfen. Und so. Wie so? Warum nicht so?«

Lily hatte den Blick abgewandt, als hätte sie vor dem Fenster etwas entdeckt. Linnett konnte nicht erkennen, ob die alte Frau ihr wirklich zuhörte, aber nach einer Weile fuhr sie mit etwas lauterer Stimme dennoch fort: »Ich könnte Ihnen zum Beispiel erzählen, wieviel Spaß es gemacht hat, unterwegs zu sein, mal hier, mal da im Hotel oder Motel zu übernachten, mit jedem Artikel eine neue Welt zu betreten.

Warum auch nicht? Es stimmt zum Teil. Warum sollte ich mich mit dem übrigen abgeben? Es verdirbt den *Erzählfluß*.«
Linnetts Stimme hatte zuvor einen harten Klang angenommen, und Lily hatte den Blick abgewandt, weil sie einen Vorwurf herausgehört hatte. Nun überlegte sie, ob sie Linnett von Pauls Brief erzählt hatte, davon, daß sie ihn für ihre Memoiren redigiert hatte. Ihr war auf einmal nicht mehr klar, wieviel Linnett über sie wußte beziehungsweise nicht wußte, ob sie das eine oder andere nur gedacht oder auch ausgesprochen hatte.
Nun lehnte Linnett sich zurück. Sie streckte die Beine aus und legte das mit dem Gipsverband vor sich auf den Couchtisch. »Ich weiß es auch nicht«, sagte sie. »Vielleicht ist alles ohnehin nur ein Traum, Lily. Unser Leben. Sie wissen schon.«
Lily wandte den Kopf, um Linnett anzusehen. Sie schüttelte ihn. Nein. Sie wußte nichts.
»Ach, Sie haben mit Sicherheit davon gelesen. Von den Träumen. Wenn wir träumen, sind das nur Chemikalien, die in unserem Gehirn umhergeschoben werden, und wir setzen das in bildliche Vorstellungen um. Oder wir denken uns Erklärungen für die bildlichen Vorstellungen aus, die die Chemikalien hervorrufen. Das ist so, als würde man treibenden Wolken am Himmel zusehen. Sie wissen schon: ›Sieh mal! Da ist ein Kamel. Und da der Nikolaus. Und da drüben sind die vier apokalyptischen Reiter.‹«
Lilys Blick blieb leer. Aber Lilys Blick war immer leer, erinnerte sich Linnett. »Vielleicht ist es mit dem Leben genauso. Ausschließlich so. Wir sind völlig damit beschäftigt, auf alles mögliche zu reagieren, indem wir diese Synapsen zünden oder was auch immer, und mühen uns wie verrückt ab, dem Sinn zu verleihen, was in Wahrheit sinnlos ist – nichts als chemische Reaktionen.«
Sie lachte unvermittelt und nahm noch einen Schluck Wein. »Ach was. Hören Sie bloß nicht auf mich. Ich wäre erst gar nicht hergekommen, Lily, wenn ich nicht der Ansicht wäre, daß Sie mir die Wahrheit sagen könnten. Wenn Sie wollten.« Sie lächelte über ihr Glas hinweg.

Lily antwortete mit einem angedeuteten Lächeln, das Linnett als Mitlachen über ihren Scherz deutete, aber Lily hatte nur gedacht, daß sie ihr nichts verraten hatte, ganz gewiß nicht. Auf einmal fiel ihr ein, wie Linnett sie neulich abends verraten hatte, wie sie vertraulich, ja geradezu verschwörerisch mit den anderen zusammengefunden hatte. Wie sie Lily ignoriert hatte. Sie konnte ihr nichts verraten haben. Danach nicht mehr.

»Ich war heute bei Alan«, sagte Linnett nach längerem Schweigen. »In seinem Büro.«

Lily reagierte nicht.

»Er hat mir ein Projekt gezeigt, an dem er arbeitet. Es hat mir gefallen. Genau wie mir dieses Haus gefällt. Ihnen auch, Lily? Gefällt Ihnen das Haus?«

Langsam und mühsam zog Lily die Schultern hoch. Gleichgültigkeit.

Linnett verkniff die Lippen. Sie erinnerte sich plötzlich an Lilys Äußerung gegenüber Alan am Freitagabend, an ihre eigene erzwungene Komplizenschaft. Sie sagte: »Natürlich haben wir uns ausführlich über *seine* Erinnerungen unterhalten. Darüber, wie seine Memoiren über den gleichen Zeitraum aussehen würden, über den Sie geschrieben haben. Das war hochinteressant.«

Lily bedachte sie mit einem scharfen Blick, und Linnett fuhr fort: »Für ihn sah alles nicht so eindeutig aus wie für Sie.« Sie hörte ein Auto über die Auffahrt herankommen. Als sie aus dem Fenster blickte, sah sie, wie Noreens verbeulter Station Wagon einparkte. »Nicht nur als Frage, wer recht und wer unrecht hat. Sie dagegen haben wohl alles unter dieser Prämisse gesehen, nicht wahr, Lily?«

Linnett wartete. Noreen machte sich draußen im gesprenkelten Sonnenlicht unter dem Baum zu schaffen, schlug eine Wagentür nach der anderen zu.

Sie meinte gesehen zu haben, wie Lily den Kopf schüttelte, nur ganz leicht, wie ihr Mund sich öffnete.

Dann polterte Noreen die Treppe herauf, hastig mit zu vielen Tüten, und veranstaltete dabei einen Höllenlärm. Sie trat mit dem Fuß gegen die Tür, die auch tatsächlich aufging. Der Wind zauste Lilys Haar, doch ihr Gesicht war wie versteinert.

Noreens Stimme klang laut und energisch: Neuigkeiten aus der Außenwelt. »Es war zehn Grad wärmer im Ort als hier«, rief sie. Sie eilte durchs Zimmer und stellte die Tüten auf der Arbeitsfläche ab. »Ich hab gedacht, ich sterbe!«

»Nun«, antwortete Linnett. »Wir haben hier im Kühlen gesessen und von diesem ausgezeichneten Wein getrunken. Wir haben es uns *gemütlich* gemacht, nicht wahr, Lily?«

Lily wandte langsam den Kopf. Das Wort traf sie wie eine Ohrfeige, aus Gründen, die sie nicht hätte nennen können. (Weil Alan, was sein Leben anging, lieber Gemütlichkeit gewählt hatte als das, was sie sich für ihn gewünscht hatte? Weil sie nicht fähig gewesen war, diese *Gemütlichkeit* den Menschen zu bieten, die sie liebte?)

Jedenfalls meldete sie sich nun zu Wort.

»Gemütlich!« sagte sie, mit aller Kraft, die sie aufbringen konnte, und Linnett hörte Ärger und Kritik heraus, und noch etwas, das ein wenig nach Verzweiflung klang.

Abends bei Tisch konnte Lily kaum etwas essen, doch ihre Gedanken schienen wieder vollständig klar geworden zu sein. Sie fühlte sich, als habe eine großzügige Hand über ihre Schläfen gestrichen, als sie nach Linnetts Abfahrt in ihrem Zimmer geschlafen hatte, und habe das innere Chaos beruhigt. Als sie Alan über den Tisch hinweg ansah, fiel ihr seltsamerweise ein Spiel ein, das er und seine Freunde gespielt hatten, als sie noch klein waren. Aber nicht zu klein. Vielleicht neun oder zehn Jahre alt. Und das Merkwürdigste daran war, überlegte sie, daß sie die Mädchen nie etwas Ähnliches hatte spielen sehen. »Wie möchtest du am liebsten sterben?« fragte einer der kleinen Jungen. »Möchtest du lieber verbrennen oder erschossen werden? Möchtest du lieber auf den elektrischen Stuhl oder gehängt werden?« Die Auswahl war immer die zwischen zwei gewaltsamen Todesarten. »Möchtest du lieber den Kopf abgehackt bekommen oder in kochendem

Wasser ertrinken?« Anschließend pflegten sie dann die Umstände eines so gearteten Todes zu diskutieren, zum Beispiel wieviel Schmerzen man dabei erdulden mußte, an welchem Punkt man das Bewußtsein verlor und dergleichen.

Sie hatte Paul davon erzählt, und sie hatten gemeinsam gelacht über den hochdramatischen Charakter dieser Wahl, darüber, daß die wahrscheinlicheren Todesarten, die weniger spannenden, nie in Betracht gezogen wurden – Krebs, Herzversagen, Verzweiflung, Altersschwäche, Erschöpfung.

Sie hatten gelacht, erinnerte sich Lily. Sie hatte an der Tür zu seinem Arbeitszimmer gestanden, nachdem sie gekommen war, um über das Spiel der Jungen zu berichten. Das Licht, das durch das Fenster hinter Pauls Schreibtisch einfiel, hatte das Haar um sein Gesicht weiß erscheinen lassen, und er hatte den Kopf in den Nacken gelegt, um mit ihr zusammen zu lachen. Und hatten sie nicht mit ihrem Lachen genau wie die kleinen Jungen allein schon die bloße Möglichkeit dessen von sich gewiesen, das sie zu erkennen glaubten? *Verleugnung* hätte Linnett es genannt.

Wie schön er damals gewesen war, Paul! Den Kopf in den Nacken gelegt, um mit ihr über den Tod zu lachen.

Gegenüber am Tisch beobachtete Alan das leise Lächeln, das die Lippen seiner Mutter umspielte. »Woran denkst du, Lily?« fragte er.

Mehrere Sekunden lang zuckte ihr Mund. »Ich denke an deinen Vater«, sagte sie schließlich. »An sein Lachen.«

14

Zweimal war Linnett bisher dabeigewesen, wenn Lily Besuch empfing. War dabeigewesen, hatte dabeigesessen – egal. Das eine Mal war es eine andere geschiedene Pfarrersfrau gewesen, die ebenfalls angefangen hatte, ihre Memoiren zu schreiben. Sie wollte, wie sich herausstellte, Lily in Auszügen daraus vorlesen und sie darüber ausfragen, wie man an einen Autorenvertrag herankam. Lilys Erkrankung war plötzlich sehr viel schlimmer geworden; noch ehe der Nachmittag um war, hatte sie es soweit gebracht, ein wenig debil zu wirken, und die Frau war gegangen, eindeutig enttäuscht, aber erfüllt von einem höchst befriedigenden Mitleid, das sie Linnett mit langen, bedeutsamen Blicken signalisiert hatte, sobald Lily anfing, sich besonders unverständlich zu einem Thema zu äußern.

Das andere Mal hatten zwei feministische Wissenschaftlerinnen vorgesprochen, die an einem Buch arbeiteten, dem sie den Titel *Heldentum auf weibliche Art: Eine Umwertung* zu geben gedachten. In ihrer Gegenwart war Lily schlagfertig gewesen, ein wenig boshaft. Linnett hatte sie hinterher darauf aufmerksam gemacht. Lily hatte gelacht.

Diesmal war es anders. Es war anders, weil Linnett in jenem Augenblick anders über Lily dachte. Mit Sicherheit fühlte sie sich nicht mehr im selben Maß als ihre Verbündete, sondern wesentlich kritischer. Sie hatte beschlossen, ihre eigene Ankunft zu verzögern, um die langwierige Aufwärmphase zu vermeiden, während derer Noreen nach Lilys Anweisungen alles mögliche anbot und Lily die Gastgeberin spielte, sich unendlich viel Zeit mit dem Einschenken ließ und offenbar bewußt mutwillig mit unsicherer Hand ein wackliges Tablett mit Käse und Salzgebäck oder Keksen herumreichte. (Linnett fühlte sich an einen alten Freund erinnert, der auf einem Auge geschielt hatte. Er hatte manchmal Leute auf den Arm genommen und so verwirrt, daß sie nicht mehr wußten, auf welches Auge sie ihre Blicke richten sollten.)

Sie rief Noreen an, um Bescheid zu sagen, daß sie sich verspäten würde, und machte sich dann zum Mittagessen ein Thunfischbrot. Sie stellte das Brot und eine Flasche Bier auf den Metalltisch auf ihrer kleinen, quadratischen Veranda und ließ sich auf dem dazu passenden Stuhl nieder. Beide waren leuchtend limonengrün lackiert und rosteten an den Bolzen, die sie zusammenhielten. Der Stuhl ruhte auf einem einzelnen gebogenen Metallrohr, das unter dem Sitz und über die Rückenlehne verlief, und Linnett federte leicht mit dem Sitz, während sie aß und trank und blicklos über den Garten der Thayers hinwegstarrte.

Sie hatte den ganzen Morgen daran gearbeitet, die Gliederung für den Artikel über Lily festzulegen und hier und da schon einen Absatz niederzuschreiben. Sie meinte, nun endlich die Distanz, die richtige Distanz gefunden zu haben, um sich an die Arbeit zu machen. Sie hatte die, wie sie nun erkannte, bei ihr üblichen Stadien durchlaufen – Verzauberung, dann Ernüchterung oder Antipathie und schließlich wie durch Zauberei, die ebenfalls jedesmal wirkte, eine gewisse Erhabenheit, die es ihr erlaubte, alle diese Gefühle wahrzunehmen sowie den Grund, aus dem sie sich einstellten, die zuließ, daß sie ihr Gegenüber ganzheitlich betrachtete.

Sie würde die Krankheit als Aufhänger benutzen, hatte sie entschieden. Oder vielmehr hatte Lily es ihrer Ansicht nach für sie entschieden, mit ihrer Äußerung gegenüber Alan am vergangenen Freitag. Sie gedachte über Lilys scheinbare Tapferkeit im Angesicht der Krankheit zu schreiben und über deren Auswirkungen auf sie. Linnett hatte sich selbst davon überzeugt, daß dies die richtige, die fairste Methode war, zu verarbeiten, was sie wußte.

Sie hatte folgendermaßen begonnen:

Was wird aus dem Schriftsteller, wenn das Schreiben beendet ist? Lily Maynards Leben bietet eine Antwort auf diese Frage, und all jene, die Mut gefaßt haben, weil sie mit zweiundsiebzig Jahren auf der literarischen Szene erschienen ist, weil sie mit ihren Lebenserinnerungen und seither mit ihren Erzählungen so gute Arbeit geleistet hat, mögen sich wiederum ein Beispiel an ihr nehmen, an diesem Punkt ihres Werdegangs, an dem augenscheinlich ein Kapitel schließt. Lily Maynard hat die Parkinsonsche Krankheit, und deren langsames Fortschreiten hat nun wohl auch ihrem Leben als Schriftstellerin ein Ende gemacht.
Nicht jedoch ihrem Leben selbst. Denn Lily Maynards Geschichte ist nun einmal die Geschichte einer Frau, die wiederholt eine Niederlage in einen Triumph verwandelt hat, und mit eben dieser unbezähmbaren Kraft und Energie ist sie dem besagten schmerzlichen Umstand entgegengetreten.

Linnett wußte nicht genau, wie es von da aus weitergehen sollte, aber dies war der Anfang, der Aufhänger, auf den sie gewartet hatte, dessen war sie ganz sicher.
Die Sonne erwärmte Linnetts Haut. Eine Wespe ließ sich auf ihrem Brot nieder, besaß jedoch die Höflichkeit, kurz aufzufliegen, als Linnett an der Reihe war, abzubeißen, so daß sie sich nicht einmal die Mühe machte, sie zu verscheuchen. Sie schloß die Augen und wippte gemächlich mit dem Stuhl. Sie hörte in der Ferne einen Rasenmäher surren und, leiser noch, das Geräusch von Autos, die auf der Straße vorbeifuhren. Sie döste.
Der umspringende Wind weckte sie auf. Ein dünner Wolkenschleier hatte den Himmel bedeckt, und es wehte eine stetige Brise. Linnett ließ den Kopf von einer Seite zur anderen rollen, von einem Horizont zum anderen. Dunkle Wolken zogen langsam von Süden heran. Auf ihren nackten Armen und Beinen hatte sich eine Gänsehaut gebildet. Sie nahm ihr Bier und nippte daran. Lauwarm.
Sie ging ins Haus. Es war halb vier. Gut. Die Besucherin mußte gegen drei eingetroffen sein. Sie waren inzwischen bestimmt, wie Lily zu sagen pflegte, *in medias res*. Linnett konnte dazustoßen und die Beobachterin spielen, anstelle einer zweiten Gastgeberin, als die sie die anderen Besucher offenbar verstanden hatten. Sie zog einen Rock an,

kämmte ihr krauses Haar. Ganz zuletzt griff sie noch nach einem Pullover – es wurde richtig kühl – und humpelte gemächlich hinaus zu Franks Wagen.
Lilys heutige Besucherin war eine Studentin der elitären Brown University, die ihre Doktorarbeit über die Anfänge der Integrationsbewegung schrieb. Wie sie in ihrem Brief erläuterte, hatte ihr jemand Lilys Buch empfohlen, und sie meinte, mit der Frauengruppe etwas anfangen zu können. Sie wolle, hatte sie gesagt, nach Möglichkeit mit allen sprechen, die sie finden könne und die damals an bestimmten Integrationsbemühungen beteiligt gewesen seien. Sie wolle die kollektive Erinnerung dieser Leute über das Wesen dieser Erfahrung und die im Rückblick empfundene Qualität der Interaktion zwischen Schwarzen und Weißen erschließen. Lily war an dem Tag, als Linnett ihr den Brief vorgelesen hatte, müde gewesen und hatte ihre Antwort diktiert. Sie hatten sich nicht über die Studentin unterhalten, aber Linnett war davon ausgegangen, daß sie eine Schwarze war.
Sie war es. Sie stand auf, als sie mit Linnett bekanntgemacht wurde, und blieb geduldig mit ausgestreckter Hand stehen, bis Linnett ihre Krücken in den Achselhöhlen verankert hatte, um ihr ebenfalls die Hand hinhalten zu können. Sie war hochgewachsen, ein ganzes Stück größer als Linnett, also fast einsachtzig groß, und hatte mahagonifarbene Haut. Ihr Haar war wie das von Lily zurückgekämmt und zum Knoten aufgesteckt. Ihr Blick war nüchtern, taxierend, und Linnett ertappte sich bei dem Gedanken, was sie wohl von Lily hielt und wie die Unterredung gelaufen war.
Lily trank Tee, bemerkte Linnett, und ihre Besucherin – Mar*cea* ausgesprochen (hatte es in dem Brief Marcia geheißen? Linnett erinnerte sich nicht), Nachname McKendrick – hatte auch eine Tasse Tee an ihrem Platz stehen. Außerdem standen eine offene Flasche Wein und drei leere Gläser bereit sowie eine zusätzliche leere Tasse neben der Teekanne, vermutlich für Linnett, je nachdem, wozu sie Lust hatte. Lily, auf dem Umweg über Noreen.
»Wir haben über die Kirche von Blackstone gesprochen«, verkündete Lily, während Linnett ihren Rucksack ablegte.

»Machen Sie ruhig weiter. Ich bin bloß als Beobachterin dabei«, sagte Linnett, an Marcea gewandt. »Als Lauscherin. Ich – Lily hat es Ihnen bestimmt schon erzählt – ich schreibe einen Artikel über sie für den *New Yorker*. Sie achten also am besten einfach nicht auf mich.«

»Für die Zeitschrift *New Yorker*?«

»Gibt es noch einen anderen *New Yorker*?« Sie hielt das kleine Bandgerät in der Hand. Sie grinste Marcea an.

»Wohl nicht.« Marceas Blick war gelassen und ernst.

Oje, dachte Linnett. Aber sie sagte: »Macht es Ihnen was aus, wenn ich das Gerät laufen lasse?« Sie setzte sich. »Es geht mir nur darum, Lily aufzunehmen. Nur um Lily.«

»Nein, mir ist es recht«, erwiderte Marcea.

»Und ich bin natürlich begeistert«, ergänzte Lily. »Mehr von *mir* für die Nachwelt.«

Die ist aber heute gut gelaunt, dachte Linnett. »Ach, kommen Sie, Lily«, widersprach sie. »Sie sind noch lange nicht soweit, ins Jenseits abzutreten.«

»Wer weiß«, meinte Lily.

Linnett schaltete das Gerät ein und stellte es ab.

»Lily hat mir von der Kirche erzählt«, teilte Marcea Linnett mit. »Von der Frauengruppe.«

Lilys Hand fuhr zitternd hoch, und sie wandten sich ihr beide zu. »Bibelgruppe«, sagte sie. »Es war eine Bibelgruppe. Keine ... keine Frauengruppe im heutigen Sinn. Eine Lesegruppe, zur Diskussion biblischer Texte. Das andere ... nun, ich hab Ihnen gesagt, daß sich das allmählich ergeben hat.«

»Aber sie war doch bewußt integriert. Eine bewußt integrierte Gruppe.« Marcea fragte, doch es klang wie eine Feststellung.

Lily runzelte ein wenig die Stirn. »An sich nicht. Ich meine, es war die Kirche, die bewußt integriert war. Sie war ehedem nur von Weißen besucht worden, und dann, als das Viertel sich veränderte, sahen erst der Pastor vor Paul und dann Paul selbst – Paul und ich in meiner Rolle als Gehilfin – ihre Mission darin, wenigstens in dieser einen

Gemeinde die Sünde des Vorurteils zu verhindern, die Flucht der weißen Bewohner. Alle zum Nachdenken darüber anzuregen, was es hieß, eine christliche Kirche in so einem Viertel zu sein. Was es hieß, ›Nächster‹ zu sein, so wie Christus den Begriff eingesetzt hat. Die Gruppe wurde zwangsläufig Ausdruck dieses Bestrebens. Und mit Sicherheit haben wir unter anderem darüber gesprochen.«

»Sie waren sich also zumindest darüber im klaren, daß sie integriert waren«, fragte Marcea.

Lily lächelte, die kalte Grimasse des Parkinsonkranken. »Ja ... Schon.«

Plötzlich prasselte leichter Regen gegen die Fensterscheiben. Lily schien es nicht zu bemerken, während Linnett und Marcea sich umdrehten und hinaussahen. Die Bäume bogen sich im Wind.

»Ich hab im Radio gehört, daß heute nacht vor der Küste ein schlimmes Unwetter vorbeizieht«, sagte Linnett. »Das muß wohl der erste Ausläufer sein.«

Lily bellte – ein Lachen, ein überraschender Laut –, und Marceas Kopf fuhr herum. Dann beugte sie sich wieder über ihre Notizen, bis sie sich wieder gefangen hatte. Linnett erspähte eine Liste von Fragen in mädchenhafter Handschrift, mit runden, geschönten Buchstaben. Eine Handschrift, bei der man den I-Punkt zum lachenden Gesicht oder Herzchen ausgemalt findet.

Marcea hob den Kopf, stellte die nächste Frage, und Lily kam erneut in Fahrt. Wie oft hat sie diese Geschichte wohl schon erzählt? fragte sich Linnett. Sie hatte eine Reihe aufgezeichneter Interviews mit Lily gehört – eine Rundfunksendung und einen Vortrag vor einem Kunstverein in Chicago – und bestimmt ein Dutzend in verschiedenen Zeitungen und Zeitschriften gelesen. Lily hatte den Jargon drauf. Sie wiederholte einige Formulierungen wörtlich. Linnett stellte fest, daß sie der Chronik der Kirche kaum noch zuhörte, einer Chronik, die sie in- und auswendig kannte. Sie griff nach der Flasche und schenkte sich ein Glas Wein ein.

Während Lily erzählte und Marcea sie ausfragte, wurde der Regen langsam stärker, der Himmel immer dunkler. Irgendwann kam Noreen von irgendwo hinten im Haus, sah, daß sie im Halbdunkel saßen, trat zu ihnen und schaltete die Lampe ein. Linnett hob grüßend die Hand, und Noreen antwortete, indem sie die Brauen hochzog.

Nun fragte Marcea nach etwas Spezifischem zum Thema Integration und Alinsky. Lily verzog ein wenig den Mund. »Nun, mag sein, daß er Integration für richtig gehalten hat, aber er hat sich nie in der Öffentlichkeit dafür ausgesprochen. Das war das Wesentliche. Daß er seinen Standpunkt nie öffentlich vertreten hat.«

»Was gibt es daran auszusetzen, solange er es geglaubt hat?«

»Daß er nie versucht hat, von den Leuten ein entsprechendes Verhalten zu verlangen. Ich denke, er hat eine wichtige Gelegenheit verpaßt. Weil nämlich die Bürgerrechtsbewegung im Süden demonstriert hat, daß es funktionieren kann, wenn man an das Schamgefühl appelliert, an den Gerechtigkeitssinn, an die Moral. Daß es funktioniert hat. Die hatten nämlich den Mut, den Weißen immer wieder zu sagen, was für sie das Beste ist.«

Marcea hatte sich das angehört, wobei ein Lächeln ihren Mund umspielte. Sie saß einen Augenblick lang ruhig da und sagte dann: »Wissen Sie, ich finde nicht, daß die Schwarzen dafür verantwortlich sind, für die spirituelle Gesundheit der Weißen zu sorgen.«

»Nein, nein, gewiß nicht.« Lily runzelte die Stirn. »Aber im Endeffekt haben sie ein strategisches Interesse daran, im Sinne von Alinsky, dem Meisterstrategen. Wenn nämlich die Weißen nicht auf die eine oder andere Art aufgefordert werden, sich moralisch zu verhalten, leiden die Schwarzen darunter. Und die Schwarzen können – möchte ich behaupten – das Bemühen um die moralische Gesundheit der Weißen nicht aufgeben, ohne selbst moralisch zu verlieren.«

Marcea wartete einen Augenblick und sagte dann mit entschiedener Stimme: »Ich finde, die Schwarzen hatten jedes Recht, das Bemühen um die Weißen aufzugeben.«

Lily lehnte sich vor, ein zittriges Vorbeugen des Oberkörpers. »Meine Liebe, ich dachte, Sie wären gekommen, um mich zu interviewen, nicht um mit mir zu streiten.«

Linnett warf einen Blick auf ihr Bandgerät. Es lief noch. Gut, das war gesichert. Sie schenkte sich noch ein Glas Wein ein.
Marcea schien ein wenig verblüfft über Lilys Replik. Aber sie erholte sich wieder. Sie lächelte und sagte: »Dann lassen Sie es mich noch einmal anders formulieren: Finden Sie nicht, daß die Schwarzen jedes Recht hatten, ihre Bemühungen um die Weißen aufzugeben?«
»Ja. Ja natürlich. Aber ich behaupte, daß sie soviel mehr erreicht haben, wo sie es nicht getan haben. Und ich würde sagen, es hatte katastrophale Folgen, daß sie aufgegeben haben. Daß sie zugelassen haben, daß sich die Weißen aus der Schlinge ziehen. Aus einer äußerst zweckmäßigen Schlinge. Es ist nämlich zu einfach, *mea culpa* zu sagen, ich bin Rassist, selbstverständlich bin ich das, und dann nichts weiter zu unternehmen. Und obendrein würde ich sagen, bin ich fest davon überzeugt, daß gelegentlich von außen her an den moralischen Impuls appelliert werden muß.«
Marcea schien etwas sagen zu wollen, doch Lily fuhr im Flüsterton fort: »Aber das tut nichts zur Sache. Wozu die Schwarzen nicht das Recht hatten, war, jenen anderen Teil der Schwarzen mit Schmutz zu bewerfen, der das Ringen um Integration fortsetzen wollte, der Freundschaften mit Weißen für möglich, ja sogar für eine Art Ideal hielt.«
»Und das waren die schwarzen Frauen in Ihrer Gruppe.«
»Ja. Später hat man sie *Onkel Toms* genannt oder *Oreos* – schwarz mit weißer Füllung. Sie waren meine Freunde.«
Marcea schrieb sich etwas auf. Nach einer Minute blickte sie auf. In freundlichem Tonfall fragte sie: »Ich habe mir Gedanken gemacht über die Sprache.«
»Was wollen Sie damit sagen?«
»Also, das ist ein Teilgebiet dessen, wofür ich mich interessiere – wie sich damals die Angehörigen von Gruppen, von integrierten Gruppen untereinander verhalten haben. Und ein Maßstab, den ich dazu benutze, ist die Sprache. Ich frage mich, welchen Charakter die Sprache hatte, die in der Gruppe gesprochen wurde. Ob man ... leicht miteinander ins Gespräch kam.«

»Aber natürlich«, sagte Lily hastig. Dann hielt sie inne. »Na ja. Innerhalb bestimmter Grenzen. Wir haben unsere intimsten Gefühle besprochen. Das ist manchmal schwergefallen. Es kann also sein, daß uns hin und wieder die Worte gefehlt haben, wie das halt so geht ...«

»Ich wollte eigentlich nur wissen, ob schwarzes Englisch gesprochen wurde.« Marceas Stimme klang spröde.

»Na ja, es gibt verschiedene Formen von schwarzem Englisch.« Lily schien sich ein wenig im Sessel aufgerichtet zu haben.

Ein Anflug von Amüsement – oder war es Ärger? Linnett konnte es nicht feststellen – zeigte sich auf Marcea McKendricks Gesicht. »Und welche Form von schwarzem Englisch wurde Ihrer Meinung nach in Ihrer Gruppe gesprochen?«

Sie hält Lily für eine Schwindlerin, dachte Linnett.

»Also, meine Liebe, erstens waren wir allesamt Damen aus dem Mittelstand. Das waren wir. Die schwarzen Frauen in unserer Gruppe haben das schwarze Englisch des Mittelstands gesprochen.«

»Demnach haben sie weißes Englisch gesprochen.« Marceas Stimme klang sanft, aber entschieden. Wie die einer freundlichen, strengen Lehrerin.

»Ich würde sagen, nein.«

»Und ich würde behaupten, daß Sie sich möglicherweise nicht über die Unterscheidung im klaren sind, die ich da treffe.«

»Meine Liebe, ich glaube eher, daß *Sie* sich nicht über die Unterscheidung im klaren sind, die *ich* treffe.«

»Vielleicht könnten Sie es mir erklären.« Marcea ließ in ihrer Höflichkeit niemals nach. Linnett war beeindruckt. Sie konnte höchstens fünfundzwanzig, sechsundzwanzig Jahre alt sein.

»Ich denke, ich spreche von einer anderen Welt als der, in der Sie sich so gut auskennen, in der Sie sich zu bewegen gewohnt sind. Sie werden sich erinnern, daß es um die fünfziger Jahre geht, die späten fünfziger und die frühen sechziger Jahre. Wir alle hatten einen viel ... wie soll ich sagen? *Förmlich* ist nicht der richtige Begriff, aber höflich. Einen höflichen Umgangston in der Öffentlichkeit. Die Frauen in

unserer Gruppe – schwarze und weiße – hatten einen Begriff davon, daß es ... eine Art öffentliches Vokabular gibt.«
»Ich sage nur, daß es kein schwarzes Vokabular war.«
»Es war keine schwarze Umgangssprache, wenn es das ist, was Sie meinen. Auch nicht unbedingt eine weiße Umgangssprache.«
Marcea gab ein leises Geräusch von sich.
»Mein Vater zum Beispiel«, sagte Lily. Ihre Stimme war merklich lauter geworden und klang angestrengt. Sie ist wütend, dachte Linnett. »Er ist auf einer Farm in Maine groß geworden. Seine Mutter hat einen Dialekt gesprochen, der ihm vollständig geläufig war und in den er selbst verfiel – in diese Umgangssprache –, wenn er mit ihr zusammen war. Und hin und wieder daheim gegenüber mir und meiner Mutter. Um bestimmte Dinge zum Ausdruck zu bringen. Genau wie die schwarzen Frauen in unserer Gruppe gelegentlich in ihre Umgangssprache verfielen, eine ländliche Mundart. Um bestimmte Dinge zu betonen. Und zwar kaum weniger oft als bei sich zu Hause, möchte ich behaupten.« Lily sah Marcea an und wartete auf eine Antwort.
Es kam keine. Marceas Kugelschreiber verharrte reglos, seit Lily in Erregung geraten war. Als Lily erneut das Wort ergriff, erhoben sich ihre zitternden Hände langsam von den Armlehnen ihres Sessels. »Das hatte noch keine rhetorische Bedeutung, verstehen Sie? Es war für sie nicht von politischer Bedeutung, ob sie so oder so sprachen, genausowenig wie für meinen Vater. Es gestattete ihnen lediglich, ohne Mühe auf Erlebnisse außerhalb unserer Gruppe zu verweisen, sie uns gewissermaßen zu signalisieren.« Lily beugte sich ein Stück vor. Ihr Mund arbeitete. »Und Sie müssen bedenken, daß sie ebenfalls um Integration bemüht waren. Sie haben sich wie ich auch eine Welt vorgestellt, in der wir *alle* anders werden sollten. Ja. Nicht unbedingt von einer Minute zur nächsten, aber doch anders, verändert. Das hatte Folgen für uns alle.«
»Mehr Folgen für die anderen als für Sie, nehme ich an.«
»Es hatte Folgen für uns alle«, wiederholte Lily. Ihre Stimme brach. *Sie quält sie*, dachte Linnett.

Marcea preßte die Lippen zusammen. Linnett bemerkte ihre leicht geblähten Nasenflügel.

Lily fing wieder zu sprechen an, mit schwächerer, raunender Stimme. Außerdem sprach sie schneller und atemloser. »Lassen Sie es mich erklären. Das waren Frauen aus dem Mittelstand. Lehrerinnen. Sozialarbeiterinnen. Das schwarze Englisch, das Sie meinen, hat erst einige Jahre später an Bedeutung gewonnen, und es war das Englisch der unteren Schichten. Das Beharren auf seiner Bedeutung war letztlich bereits eine Zurückweisung der Erfahrungen, die die Frauen – Frauen dieser Sorte – in meiner Gruppe gemacht hatten. Es war Teil einer Aussage, die behauptete, meine Freunde seien Onkel Toms gewesen, keine echten Schwarzen, und zwar wegen ihrer Sprechweise.«

Lily schien Marcea anzuflehen. »Das Ergebnis sehen Sie jetzt, wenn schwarze Schulkinder meinen, daß etwas lernen zu wollen, ja sogar gut in der Schule zu sein, mit Kapitulation gleichzusetzen ist, mit dem Versuch, weiß zu sein.«

»Aber haben Sie nicht das Gefühl, daß Ihre Freunde in der Tat versucht haben, weiß zu sein?«

Marcea legte den Kopf schief. Ihr amüsierter Blick begegnete kurz dem von Linnett. Sie hatte keine Ahnung, wie sehr sie Lily zusetzte.

Linnett fühlte sich der alten Frau auf einmal sehr verbunden, angezogen von ihrer Anstrengung, ihrem Schmerz. Sie sah, wie Lily sich zu einem letzten Versuch aufraffte.

»Ich stimmte Ihnen insofern zu, als sie versucht haben, eine bestimmte Welt hinter sich zu lassen, ja – wie wir es alle tun, wenn wir versuchen, vorwärtszukommen, aufzusteigen. Und es mag sein, daß sie dabei die häusliche Sprache hinter sich gelassen haben, wie wir es tun, wenn wir erwachsen werden, uns in die Gesellschaft einfinden. Nur daß es damals, Anfang der sechziger Jahre, ein unseliges Zusammentreffen von Klasse und Rasse gab. *Schwarz sein*, das bedeutete, sich zu benehmen und anzuhören wie ein Schwarzer der Unterschicht, ein Schwarzer vom Land. Das Problem ist nur, daß es kein vollständig schwarzes und kein vollständig weißes Universum gibt.

Wenn Sie beispielsweise Lehrerin werden wollen, schaffen Sie sich schlechte Voraussetzungen, wenn Sie wie ein Erntehelfer aus Mississippi sprechen. Genau wie mein Vater sich damit geschadet hätte, wenn er darauf bestanden hätte, bei Vorstandssitzungen so zu sprechen wie seine Mutter.«

Marcea nickte. »Ich dagegen behaupte, daß die Sprache, die er bei Vorstandssitzungen zu sprechen gelernt hat, auch weiß war. Er mußte seine Identität als Weißer nicht aufgeben, um diese Sprache zu sprechen.«

»Aber meine Freunde haben sich nicht weniger schwarz gefühlt – das weiß ich genau –, nur weil sie gebildet waren und eine gebildete Sprache sprechen konnten. Hören Sie, wie wäre es, wenn Sie einmal ... Nun, es gibt eine ganze Menge schwarzer Damen in meinem Alter und noch älter, Frauen, die darum gekämpft haben, eine gute Schulbildung zu bekommen, Ärztin oder Lehrerin oder sonstwas zu werden. Die können sich wohl tatsächlich bemerkenswert weiß anhören, wenn Sie weiß mit grammatikalisch richtig, mit gebildet gleichsetzen wollen. Aber es würde mich sehr interessieren, Sie oder einen anderen jungen Menschen zu ihnen sagen zu hören, sie wären weniger schwarz, weil sie etwas erreicht haben. Weil sie auf bestimmte Art sprechen.«

Es hatte sich inzwischen eingeregnet. Nur gelegentlich peitschte ein Windstoß einen Schwall gegen das Glas. Linnett hatte sich ein drittes Glas Wein eingeschenkt. Als sie nun wieder aufblickte, sah sie draußen Alans Wagen den Schutz der Bäume an der Auffahrt verlassen und neben ihrem eigenen unter der Buche anhalten. Sie sah zu, wie er ausstieg, mit gesenktem Kopf und hochgezogenen Schultern die Stufen hinaufgerannt kam. Seine lauten Schritte auf der Treppe ließen Lily aufhorchen. Sie blickte hinaus.

»Ah«, sagte sie. »Da ist er ja!« Und in ihrer Stimme lag soviel freudiges Wiedererkennen, soviel Erleichterung, daß Linnett verblüfft war. Bildete sie sich etwa ein, daß Alan der weiße Ritter war, der ihr zu Hilfe eilte? Als ihr der Zusammenhang klar war, in dem sie die Metapher gebraucht hatte, lächelte sie vor sich hin.

Nun kam Alan hereingestürmt und schlug die Fliegengittertür hinter sich zu. Seine Schultern waren dunkel vor Nässe, und sein lockiges Haar lag enger am Kopf an. »Jesus«, sagte er. »Ich dachte, das soll abziehen, aufs Meer hinaus.« Und dann nahm er die Runde in Augenschein. »Hi«, sagte er zur Begrüßung. »Eine Sekunde.«
Er ging durch den Raum zur Kücheninsel, zog eine Schublade auf und holte ein Handtuch hervor. Sein Gesicht, seine Hände abtrocknend, kam er zu ihnen herüber. Er begrüßte Linnett und stellte sich Marcea vor.
Nun flüsterte Lily zischelnd mit ihm. Er beugte sich zu seiner Mutter herab, hörte zu, warf Marcea und Linnett einen raschen Seitenblick zu. Linnett hörte ihn sagen: »Ich werde Gaby fragen, Lily. Ich muß sie ohnehin wecken.«
Lily zupfte an seinem Ärmel, und er beugte sich wieder zu ihr herab. Dann richtete er sich auf und antwortete geduldig: »Ist recht, Mutter, aber erst muß ich nach Gaby sehen.«
Er wandte sich an Marcea. »Lily meint, ich hätte Erhellendes zum Kirchenskandal von Blackstone auszusagen.«
Marcea nickte höflich. »Ich kann gebrauchen, was immer Sie zu berichten haben.«
»Nun, wer weiß? Aber erst muß ich meine Frau aufwecken und mich vergewissern, daß sie mich nicht braucht. Normalerweise helfe ich ihr um diese Zeit bei der Arbeit. Sie hat einen Laden in der Stadt, der geschlossen werden muß.«
Marcea lächelte liebenswürdig, und Alan entschuldigte sich und entfernte sich den Flur entlang.
Linnett sah Lily an. Erschöpft, zusammengesunken, mit zitternden Händen.
Noreen, die vermutlich Alan gehört hatte, beendete ihre Tätigkeit im hinteren Teil des Hauses und kam wieder nach vorn. Sie fragte mit lauter, fröhlicher Stimme bei Lily an, ob es nicht Zeit für ihren Mittagsschlaf sei. Lilys Lippen spannten sich. Sie schüttelte den Kopf.
Linnett stand auf und humpelte an Gabys und Alans Schlafzimmer

vorbei den langen Flur entlang ins Bad. Sie hatte das gedämpfte Gefühl, zuviel getrunken zu haben. Ich muß mich ein wenig zurückhalten, dachte sie. Den ganzen Tag hatte sie nichts weiter gegessen als das Thunfischbrot. Sie konnte das Gemurmel von Alans und Gabys Stimmen hören, als sie an ihrem Zimmer vorbeikam.

Im Bad spritzte sie sich Wasser ins Gesicht. Sie betrachtete sich im Spiegel, sah sich mit jener grausamen Klarheit, wie sie dem Angetrunkenen manchmal gewährt wird. Sie wurde alt. Die kleinen Blutgefäße, die ihre Nasenflügel und Wangen rosig verfärbt hatten, sprossen nun auch anderswo. Linnett kramte in ihrer Handtasche und holte den Schminkbeutel hervor. Sie legte mit Sorgfalt Grundierung auf und verstrich sie. Sie malte ihre Lippen aus. Sie beugte sich vor und besah sich aus nächster Nähe im Spiegel. Dann hob sie langsam die Hand. Sie schlug sich damit ins Gesicht. Einen Augenblick lang brannten Tränen in ihren Augen. Sie lächelte ihr Spiegelbild noch einmal grimmig an und öffnete die Tür.

Als sie in den Wohnraum zurückkam, war von Noreen nichts mehr zu sehen. Ja, als Linnett hinausblickte, sah sie, daß ihr panzerartiger Station Wagon nicht mehr dastand. Alan hatte die Sache in die Hand genommen. Er machte sich im Küchenbereich zu schaffen, machte den Kühlschrank auf und wieder zu, legte alles mögliche zurecht. Marcea stand neben der freistehenden Insel und unterhielt sich mit ihm; sie erklärte ihre Gegenwart, ihr Forschungsprojekt. Alans liebenswert laute Stimme unterbrach hin und wieder ihren leisen Vortrag. Linnett ließ sich auf ihrem Sessel neben Lily nieder. Die Teekanne und die Weinflasche waren abgeräumt worden. Sie nahm ihr Bandgerät zur Hand. Es war abgelaufen und hatte sich ausgeschaltet. Sie sah Lily an. Aus dem Blick der alten Frau ging nicht hervor, ob sie Linnett erkannte.

Alan brachte einen Teller mit Käse und weißen, dünnen Kräckern und stellte ihn ab. Er ging wieder in die Küche und kam mit einer frisch geöffneten Flasche Wein und Gläsern zurück. Marcea folgte ihm und setzte sich, und Alan schenkte allen ein außer Lily, die den Kopf schüttelte, als er ihr ein Glas hinhielt.

Nun kam Gaby hinten aus dem Flur. Sie trug einen alten Pullover mit rundem Ausschnitt über ausgebeulten Jeans. Sie sah aus wie ein kräftiger kleiner Junge. Alan wandte sich ihr zu. »Du meinst also, es wird gehen, du schaffst es allein«, sagte er.

»Natürlich«, entgegnete sie.

Zu Marcea sagte er: »Kennen Sie sich …?« Er wies auf Gaby.

Gaby trat zu der kleinen Gruppe. »Nein, wir kennen uns noch nicht.« Sie streckte Marcea über den Tisch hinweg die Hand hin, die daraufhin wieder aufstand. Die jüngere Frau überragte Gaby um einiges. »Ich war schon eingeschlafen, als Sie gekommen sind.«

»Marcea«, sagte Alan. »Tut mir leid, den Nachnamen habe ich nicht mitgekriegt.«

»McKendrick«, half Marcea ihm.

»Freut mich«, sagte Gaby. »Ich bin Gaby, Alans Frau.« Ihre Hand bewegte sich auf und ab wie bei einem höflichen Händedruck. Dann trat sie einen Schritt zurück. »Linnett«, sagte sie herzlich und nickte grüßend.

Linnett hob ihr Glas.

»Schrecklich, nicht wahr?« sagte Gaby. Linnett war einen Augenblick lang verblüfft, bis ihr klar wurde, daß Gaby nach draußen blickte, daß sie das Wetter meinte. Linnett sah nun auch aus dem Fenster, hinüber zu dem Bäumen, die sich unter ihrer Last aus Wind und Nässe bogen.

»Nimm dir bloß einen Parka mit«, sagte Alan. Er nahm auf dem langen eingebauten Polstersitz unter dem Fenster Platz. Die Lampe, die neben ihm stand, warf harte Schatten auf sein kantiges Gesicht.

Während Gaby noch auf Holzschuhen hin- und herpolterte, nahmen Alan und Marcea ihr Gespräch wieder auf.

Wie lange wird es her sein, überlegte Linnett, seit er einen Schwarzen bei sich zu Gast gehabt hat? Und dann fiel ihr ein, daß die Frage nicht fair war. Sie hatte keine Ahnung. Vielleicht hatte er dort, wo er unterrichtete, schwarze Kollegen. Oder Klienten. Nachbarn allerdings nicht. Sie konnte sich nicht entsinnen, auch nur einen Schwar-

zen im Dorf gesehen zu haben. Sie lehnte sich vornüber und bestrich einen der zerbrechlichen Kräcker sorgfältig mit Käse.
Nun blieb Gaby auf dem Weg hinaus noch einmal außerhalb ihres Kreises stehen, bis zum Hals in einen leuchtendgrünen Anorak gehüllt. »Wer bei meiner Rückkehr immer noch da ist, muß zum Abendessen bleiben.«
»Das ist keine Strafe«, mischte sich Alan ein. »Es ist eine Einladung.«
»Es ist eine Belohnung«, ergänzte Linnett.
»Ich muß um die Zeit leider schon fort«, sagte Marcea. »Trotzdem vielen Dank.«
»Oh, das tut mir leid«, sagte Gaby. »Aber vielleicht überlegen Sie es sich noch einmal. Sie könnten bei uns warten, bis der Sturm abzieht. Sie auch, Linnett.« Gaby wandte ihre braunen Augen Linnett zu. »Es ist zu schrecklich draußen, um nach Hause zu gehen und allein zu essen. Wir rechnen fest mit Ihnen.«
»Danke«, sagte Linnett. »Ich bleibe gern.«
Gaby zog die Kapuze ihres Anoraks hoch und ging hinaus, wobei sie auch die innere Tür hinter sich zumachte. Auf einen Schlag war es stiller im Raum.
Mehrere Sekunden lang herrschte Schweigen. Dann sagte Alan: »Also, worüber soll ich nach Lilys Ansicht Zeugnis ablegen?«

15

Später sollte es Alan schwerfallen, sich an vieles von dem zu erinnern, was er gesagt hatte – soviel anderes ereignete sich an jenem Abend und in den nächsten paar Tagen. Die junge Frau mit Namen Marcea McKendrick (als sie ihn Monate später anrief, fiel ihm augenblicklich ihr Name wieder ein, ihr Aussehen, ihr fester Händedruck) hatte ihren grundsätzlichen Widerspruch zu Lily erläutert. Lily war längst völlig erschöpft, das merkte er gleich, hatte jedoch darauf bestanden, Noreen fortzuschicken und ohne Mittagsschlaf auszukommen. Sie hatte dabeigesessen, während Marcea ihre Erklärung abgab, mit versteinertem Gesicht und müdem Blick. Marcea hatte sich bei ihrer Zusammenfassung klar und prägnant und seiner Meinung nach fair ausgedrückt.

»Wenn uns darum Ihre Perspektive neue Einsichten zu bieten hätte . . .«, hatte sie gesagt, und er hatte den Eindruck gewonnen, daß sie mit gelindem Amüsement auf diese Möglichkeit hinwies.

Er entsann sich später, daß er von seinem Schulfreund Clayton Davis gesprochen hatte, seinem einzigen guten Freund schwarzer Hautfarbe. Er entsann sich, Marcea davon erzählt zu haben, wie er einmal zu Clayton gesagt hatte, er habe sich überwältigt gefühlt von dem raschen Zustrom schwarzer Jugendlicher aus dem Delta direkt in seine Schule. Damals habe Clayton zu ihm gesagt: »*Du* hast dich überwältigt gefühlt. Stell dir vor, wie *wir* uns erst gefühlt haben.« Erst da sei ihm klargeworden, daß die große Zuwanderung auch eine stabile, im Mittelstand und der Arbeiterklasse verwurzelte schwarze Gemeinde traf, die viel zu verlieren hatte. Während er noch dabei war, diese Geschichte zu erzählen, war ihm bewußt, daß sie teilweise den Zweck erfüllte, ihr mitzuteilen, daß er einen schwarzen Freund gehabt hatte. *Da ist der Beweis, daß ich keine Vorurteile habe.* Er hatte in bezug auf Clayton zum wiederholten Mal das seltsame Gefühl von Treulosigkeit und Scham – Clayton, der verschwunden war, dessen Name bei Klassentreffen auf der Vermißtenliste stand. »Wir würden uns freuen über jede Information im Hinblick auf nachfolgend genannte Klassenkameraden, die von der Bildfläche verschwunden sind.« Wenn Clayton sein Freund war, warum hatte er dann keine Ahnung, was aus ihm geworden war? Warum war er kurz nach ihrem Abgang vom College so völlig aus Alans Gesichtskreis verschwunden?

Wann immer er später darüber nachdachte, kam es ihm vor, als habe er auch über Clayton gesprochen, um Marcea beizupflichten: Ja, es gab eine schwarze Sprache, zu der Schwarze aus dem Mittelstand keinen Zugang hatten, die direkter dem schwarzen Empfinden entsprach.

Aber was war dann mit Claytons Erfahrung dessen, was es hieß, schwarz zu sein? Hatte Alan behauptet, sie sei seiner Meinung nach unecht gewesen? Das konnte er doch wohl nicht behauptet haben, oder? Ganz gewiß nicht gegenüber Marcea mit ihrer gewählten Ausdrucksweise, ihrer fast akzentfreien Sprache?

Vielleicht hatte er Clayton auch deshalb erwähnt, um Lily beizupflichten, daß die Vorstellung von der Integration funktionieren konnte, solange die Gemeinschaft der Schwarzen bestrebt war, in den Mittelstand aufzusteigen. Vielleicht hatte er behauptet, daß er sich deshalb in Claytons Gegenwart wohlgefühlt hatte.

Er wußte es nicht, er wußte es einfach nicht mehr. Woran er sich am deutlichsten erinnerte, war Lilys anfängliche Aufforderung, für sie zu sprechen, daran, wie sie verzweifelt und eindringlich die Geräusche von Regen und Wind vor dem Haus mit ihrem Flüstern übertönt hatte. Sie hatte nicht ihren Charme spielen lassen. Sie hatte nur beharrlich ausgesehen, und körperlich erschöpft. Völlig fertig. »Sage es ihr«, hatte sie geflüstert, als er sich über sie gebeugt hatte. »Ich möchte, daß du ihr sagst, wie es war.«

Aber worauf hatte sich ihre Beharrlichkeit bezogen? Was hatte sie von ihm gewollt? Was hätte er beitragen können, das ihr half? Jedenfalls hatte er ihre Erwartungen nicht erfüllt. Er hatte von Clayton gesprochen, ja schon. Und er wußte, daß er von seiner Erleichterung gesprochen hatte, als die Black-Power-Bewegung im wesentlichen für einen Rausschmiß der Weißen aus der Bürgerrechtsbewegung gesorgt hatte. Er hatte gesagt, daß er die klare Linie, die damals vertreten wurde, als festen, aber heilsamen Tritt gegen den Kopf empfunden habe. In die Rippen? Er entsann sich nicht. Er wußte nur noch, daß er Linnetts Blick begegnet war und gemerkt hatte, daß sie verstand, worauf er anspielte. Und das hatte alles in Bewegung gebracht. Ihr Gesicht hatte aufgeleuchtet, und nachdem er einige Minuten lang auf etwas anderes eingegangen war, hatte sie sich vorgelehnt, ihr Glas abgestellt und Marcea angesprochen.

Ihre Stimme hatte einen liebenswürdigen Plauderton. »Wissen Sie, vielleicht hat der Unterschied im Empfinden von Alan und Lily damit zu tun, daß man ihn zusammengeschlagen hat. Wußten Sie das?«

Alan merkte, daß sie aufgeregt war, daß sie hier dramatisches Potential witterte. Er bedauerte augenblicklich, das Thema angeschnitten zu haben, und sei es nur so nebenbei. Vor allem so nebenbei. »Von schwarzen Jugendlichen«, fügte sie hinzu. »Als kleiner Junge. Als er ein kleiner Junge war.«

Marceas Gesicht verspannte sich, wirkte verschlossen. »Oh?« sagte sie.

Alan spürte, wie sich sein Puls beschleunigte. Er ärgerte sich über Linnett, war wütend auf sich selbst.

Lily flüsterte erbost: »Die alte Mär willst du doch wohl nicht noch einmal auftischen, oder?«

Und sogleich hatte sich Alans Wut erneuert und war umgelenkt worden. Er empfand sie als seine damalige Wut auf Lily, die ihn zum Schweigen gebracht hatte. »Ich hätte gern die Gelegenheit, sie wenigstens *einmal* aufzutischen, Lily«, sagte er mit gezwungener Freundlichkeit. Und dann verhärtete sich seine Stimme. »Ich würde mir wünschen, auch nur einmal in deinem Beisein sagen zu können: ja, man hat mich zusammengeschlagen, und ja, das war falsch, das war ein Unrecht.«

Lilys zitternde Hand flatterte unbestimmt vor ihrer Brust. Sie krächzte: »Das war doch kaum von Bedeutung, wenn man das größere Unrecht bedenkt, daß geschehen ist, das größere ...«

»Für mich ist es sehr wohl von Bedeutung. Im Hinblick darauf, was sich zwischen dir und mir abspielt.«

»Trotzdem darfst du es nicht aufs Tapet bringen ...«

»Mutter, ich glaube nicht, daß ich es aufs Tapet gebracht habe. Ich war es nicht. Aber verstehst du denn nicht ...« Sie rang nach Worten, doch er unterbrach sie mit erhobener Hand. »Nein, hör gefälligst zu. Du warst der Ansicht, daß es eine schwarze Bevölkerung gibt, auf die es zu reagieren gilt, auf die zu reagieren du von mir verlangt hast. Du hast eine Botschaft empfangen, die von der schwarzen Bevölkerung ausging. Eine einzige.« Er hatte einen Finger gehoben. »Ich dagegen habe in meiner Jugend, was weiß ich, vier oder fünf verschiedene empfangen. Klar, zunächst hieß es: ›Sei mein Freund.‹ Dann jedoch: ›Halt dich von mir fern.‹ Manchmal: ›Hilf mir.‹ Dann wieder: ›Hände weg.‹ Dann: ›Verpiß dich.‹ Das war die Aussage hinter der Prügelei, Lily. Gemeint war damit: ›Verpiß dich. Verpiß dich und verrecke.‹«

Es war, als habe jemand die letzte Klammer entfernt, die Lily zusammengehalten hatte. Ihr Mund erschlaffte, ihre Hände hingen heftig fuchtelnd herab. Sie saßen schweigend da, während der Regen gegen das Fenster prasselte. Schließlich flüsterte Lily mit hohler Stimme: »Ich wünschte, du würdest mehr wie ich denken.«

Alan wandte sich abrupt ab. Er begriff, daß Lily aus dem Herzen gesprochen hatte, und schämte sich. Außerdem spürte er – ihr Tonfall, ihr Zusammenbruch ließen es ihn am eigenen Leib spüren –, wie allein auch sie gewesen war, zutiefst allein in vielem, was sie durchgestanden hatte. Er verspürte trotz seiner Wut Verständnis für sie und blieb lange Zeit stumm. Dann beugte er sich vor, berührte ihre herabhängende zitternde Hand und sagte: »Wieviel einfacher wäre das Leben für uns alle gewesen, wenn ich wie du gedacht hätte.«

Sie reagierte nicht. Nach weiterem sekundenlangen Schweigen stand er auf. »Ich werde dich jetzt zum Ausruhen ins Bett bringen, Lily. Keine Widerrede. Gehen wir.« Er streckte die Arme nach ihr aus und zog seine Mutter an sich. Kein Wort fiel zwischen ihnen, während er sie ins Bad geleitete. Er wartete vor der Tür auf sie, wie er es morgens immer tat, und dann half er ihr ins Bett. Sie machte den Eindruck, als könne sie sich kaum noch bewegen, ihn kaum noch erkennen. Er zog ihr die Schuhe aus, hob ihre Beine aufs Bett, ließ sie behutsam in den Kissenberg sinken. Er mied ihren Blick, obwohl ihm das nicht bewußt war. Sie war längst in Erschöpfung versunken, jenseits von Ärger oder Spott.

Er hörte die Stimmen im Wohnzimmer, während er die bunte Wolldecke über sie breitete, und fragte sich, worüber sie sich unterhielten, Linnett und Marcea. Was sie über ihn sagten, über Lily.

Als er wieder hervorkam, stand Marcea eilig auf. »Ich muß jetzt wirklich gehen«, sagte sie. »Ich möchte nach Hause kommen, ehe es ganz dunkel wird.« Sie wies aus dem Fenster. Um diese Abendzeit war der Himmel sonst meist noch blau mit einem Hauch von Zitronengelb. An diesem Tag jedoch hatte der Regen dafür gesorgt, daß es früh Nacht wurde. Über den schwarzen, verwehten Bäumen war überhaupt kein Himmel zu erkennen.

»Wir können Sie also nicht überreden, zum Abendessen zu bleiben?«

»Ich würde gern bleiben«, erwiderte sie. »Aber ich kann wirklich nicht.« Sie hatte bereits angefangen, ihre Notizen wegzupacken.

Alan ließ sie nicht aus den Augen. »Ich hoffe, daß meine Bemerkung Sie ... Nun, daß ich Ihnen nicht zu nahegetreten bin.«

»*Mir* doch nicht«, sagte sie und lachte. Als wäre sie – konnte es sein? Als wäre sie darüber erhaben, beleidigt zu sein. Vielleicht auch, als wäre Lily die einzige, der er zu nahegetreten war. Oder keines von beiden. Sie war schließlich noch ein Kind. In Thomas' Alter. Höchstwahrscheinlich genauso unachtsam, was den Ton ihrer Äußerungen anging und das Gespür dafür, was die anderen davon hielten.

Sie und Linnett verabschiedeten sich, plauderten noch kurz miteinander. Marcea versprach, nach dem Artikel Ausschau zu halten. Linnett wünschte ihr viel Glück bei ihrer Doktorarbeit. Alan ging einen Schirm aus dem Garderobenschrank holen, um sie hinaus zu ihrem Auto zu begleiten. Sie durchliefen das Ritual von Anerbieten und Ablehnung, aber am Ende marschierte Alan doch mit ihr über den dunklen Hof und hielt den offenen Schirm übers Auto, während sie einstieg. Nachdem sie die Wagentür zugeschlagen hatte, kurbelte sie das Fenster halb herunter. »Vielen Dank«, sagte sie steif, höflich.

Er sah sie an. Er hatte das Gefühl, in etwas hineingestolpert zu sein, das möglicherweise schmerzlich für sie war, sei es, weil er wütend auf Lily gewesen war oder wegen seines schäbigen Versuchs, mit Linnett zu flirten. Er wollte sie nicht fortlassen. »Tut mir leid«, sagte er.

»Was?« Sie blickte mit zusammengekniffenen Augen durch die nasse Luft zu ihm auf.

»Tut mir leid.« Er sprach laut, um das Tosen des treibenden Regens zu übertönen. »Es tut mir leid, daß ich davon angefangen habe. Davon, daß man mich zusammengeschlagen hat. Es war nicht wichtig. Es tut ... nichts zur Sache. Es war dumm von mir.«

Sie blickte unentwegt zu ihm auf, sah ihn, wie er meinte, prüfend an.

»Es war dumm, so etwas zu sagen. So etwas zu erzählen. Es war gegen Lily gerichtet, um ihr wehzutun.«

»Ich glaube, das war mir klar«, entgegnete sie.

Alan legte die Hand auf den Türgriff und lächelte sie an. »Es ist nur so, daß man mir von klein auf eingebläut hat, daß weiß sein an sich eine Art Sünde ist, und ich bin nie dahintergekommen, wie ich mich davon lösen kann.«

»Nun ja«, sagte sie. Sie erwiderte sein Lächeln nicht. Sie blickte durch die Windschutzscheibe zu dem hellerleuchteten Haus hinüber. Sie zuckte die Achseln. »Ich hoffe, daß Sie eines Tages doch noch dahinterkommen.« Dann beugte sie sich vor und ließ den Motor an.

Nachdem sie abgefahren war, blieb Alan allein in Regen und Finsternis zurück und sah zu, wie die roten Rücklichter im Dickicht der Auffahrt verschwanden. Dann machte er unter dem schützenden Dach des Schirms kehrt und blickte zum Haus hinüber, sah das warme Gelb der Lampen im Innern und Linnett, die in einem von Lilys Sesseln saß und zu ihm hinausschaute, ohne ihn zu sehen. Noch nie hatte er sich weniger zu diesem Haus hingezogen gefühlt, zu seiner Behaglichkeit und Wärme. Dennoch trat er den Rückweg an, quer über den nassen, dunklen Hof.

Drinnen angekommen, vermied er es, Linnett anzusprechen. Er legte eine CD auf, die Thomas ihm empfohlen hatte, und entschuldigte sich damit, daß er zu tun habe. In der Küche holte er eine angedickte Suppe aus gelben Paprikaschoten heraus, die Gaby im Kühlschrank bereitgestellt hatte, und schaltete die Herdplatte unter dem Topf auf niedrige Hitze. Mit bewußter Sorgfalt wählte er leuchtendrote Platzdecken mit Paisley-Muster für den Tisch und dazu passende Servietten. Bedächtig stellte er die dickrandigen weißen Teller und Schüsseln an ihren Platz, legte das alte Silberbesteck aus Gabys Familie dazu. Er wusch Feldsalat und Frisée, wie Gaby es ihm aufgetragen hatte, und verlas sorgsam die blaßgrünen Blätter.

Bis Gaby zurückkam, atemlos, weil sie über den Hof gerannt war, hatte er sich wieder ein wenig beruhigt. Sie kochte für ihn Kaffee, den sie gewöhnlich zusammen tranken, nachdem sie aus dem Laden heimgekehrt waren, und Alan bot Linnett noch ein Glas Wein an. Sie nahm dankend an.

Gaby hatte sich nach Marcea erkundigt, und Linnett erklärte, warum sie gefahren war. Anschließend versuchte sie außerdem, den grundlegenden Widerspruch zwischen Lily und Marcea zu erklären, das mit dem schwarzen Englisch.

Gaby ging darauf ein. Sie setzte sich zu Linnett. Als Alan sich zu ihnen gesellte, begann sie von dem Gefühl zu erzählen, etwas von sich selbst zu verlieren, wenn sie Englisch sprach.

Linnett wandte ein, das sei etwas anderes. Schwarzes Englisch sei keine andere Sprache, sondern ein Dialekt.

Trotzdem, trotzdem, sagte Gaby. Alan beobachtete sie. Ihre Gesten waren ausschweifend. Sie war aufgeregt. Man vermittle sich in einem fremden Dialekt doch wohl genauso anders, sagte sie, wie in einer fremden Sprache. Das Pariser Französisch habe sie veranlaßt, mit höherer Stimme zu sprechen, sich einer weniger sorgfältigen Aussprache zu befleißigen, rhythmischer zu sprechen. »Es gibt eine typisch feminine Art, Französisch zu sprechen. Es ist eine Sprache mit viel stärkerer Geschlechtertrennung als Englisch, das von Männern und Frauen auf die gleiche Art gesprochen wird. Ich komme mir immer ... weniger weiblich, weniger attraktiv vor, wenn ich Englisch spreche. Hören Sie zu.« Und sie wiederholte ihre Worte auf französisch. Alan hörte den Anstieg ihrer Tonlage, den angedeuteten Singsang. Er überlegte, daß er noch nie darüber nachgedacht hatte, was sie alles verloren hatte, als sie beschloß, seine Frau zu werden. Amerikanerin zu werden. Und als er sie jetzt Französisch sprechen hörte, ging ihm auf, daß ihr Verlust auch der seine war. Er war schockiert, daß ihm das nicht klargewesen war, und zum ersten Mal wurde ihm bewußt, wie sehr er jene Französisch sprechende Gaby vermißte.

»Aber kann denn Alan nicht auch Französisch?« fragte Linnett. »Können Sie nicht auf jeden Fall sexy sein, für ihn?«

»O nein«, antwortete Gaby. Sie sah ihn an. »Alan hat ein wenig Französisch gelernt, und wir haben früher einmal versucht, es zu sprechen, weißt du noch, Liebling?«

»Ich erinnere mich, wie mühsam es war«, sagte er.

Sie lächelte strahlend und wandte sich wieder an Linnett. »Aber sehen Sie, wir hatten es uns ja so ausgesucht. Wir waren in Amerika. Und ich glaube daran, daß man wählen muß, eine Sprache oder die andere. Darum hat er es wieder verloren, sein Französisch.«

»Trotzdem«, sagte Linnett, »Ihr Akzent auf englisch ist sehr sexy.«

Gaby tat ihre Worte mit einer Handbewegung ab. »Ah, aber das habe ich nicht unter Kontrolle, verstehen Sie. Es ist reiner Zufall, daß ich mich so anhöre. Im Französischen hatte ich das Gefühl ... ich weiß nicht, wie ich sagen soll ... das Gefühl, über meine sexuelle Anziehungskraft selbst zu bestimmen.«

Linnett nickte angetrunken, ein verebbendes Kopfwackeln. »Ja, ich verstehe, was Sie meinen.«
Nach einer Weile meldete sich Alan zu Wort. »Darüber muß es doch auch etwas Positives zu sagen geben, Gaby.«
»Ach, ich beschwere mich ja nicht«, meinte Gaby. »Es ist nur so eine Beobachtung.«
»Aber wenn man's genau bedenkt, hast du dadurch doch eine Menge Freiheit.«
»Was meinst du damit?«
»Nun, der Akzent verrät natürlich, daß du Ausländerin bist, und deshalb ... ich weiß auch nicht ... unbeteiligt am allgemeinen amerikanischen Dialog.«
»Na, vielen herzlichen Dank«, erwiderte Gaby mit gespielter Entrüstung.
»Nein, du weißt sehr wohl, was ich meine. Es gibt zum Beispiel Regeln für Amerikaner, wir lassen uns von diesem und jenem zum Schweigen bringen. Ganz besonders, wenn es wie heute nachmittag um die Rassenfrage geht. Du dagegen brauchst dieses Schweigen nicht zu wahren.«
»Ich habe nicht einmal gewußt, daß es so was gibt.«
»Genau das wollte Alan, glaube ich, sagen, Gaby«, warf Linnett ein.
Er lachte jäh auf, und einen Augenblick später sagte er: »Aber ganz davon abgesehen, daß du nicht Bescheid weißt, glaube ich nicht, daß jemand wie Marcea dir in dem Maß übelnehmen würde, was du sagst.«
»Ach was«, sagte Gaby. »Marcea ließe sich ohnehin durch nichts aus der Ruhe bringen, was ich zu sagen wüßte.«
»Also, da würde ich dir widersprechen, obwohl ich dich wahrscheinlich nicht vom Gegenteil überzeugen könnte.«
Gaby hatte soeben den Mund aufgemacht, um zu antworten, als Lilys Glocke ertönte, ein leises Klingeln, das im Getöse des Sturms fast unterging. »Ah, entschuldigt mich«, sagte sie. Sie stand auf und ging durchs Zimmer.

Alan sprang ebenfalls auf und tat so, als würde er sich wieder in der Küche zu schaffen machen. Er wollte nicht verpflichtet sein, mit Linnett Konversation zu machen.

Wie es sich herausstellte, war Lily zu müde, um an den Tisch zu kommen. Alan half Gaby, ein Tablett vorzubereiten, und sie ging damit nach hinten ins Gästezimmer. Als sie zurückkam, schüttete Alan die Suppe in die vorgewärmte Terrine und brachte sie an den Tisch, und sie setzten sich und fingen endlich an zu essen. Draußen wehte unablässig der Sturm. Sie unterhielten sich über Marcea, die mit dem Wagen unterwegs war, zurück nach Providence.

Gaby stand auf und begann, die Muscheln für den warmen Salat in Butter anzudünsten. Um das Zischen und Brutzeln zu übertönen, sprach sie mit erhobener Stimme. »Das hier dauert nur einen Augenblick. Ich hoffe, Sie sind noch nicht dem Verhungern nahe.«

»Nein, nein«, versicherte Linnett. »Die Suppe war köstlich.« Dann fing sie von ihrer bevorstehenden Abreise an, am Ende der Woche sei es soweit, meinte sie. Sie sei als Geschworene bestellt worden.

An der Art, wie sie das Wort *Ge-schworene* aussprach, merkte Alan, daß sie die Grenze zum Betrunkensein überschritten hatte. Entweder er oder Gaby würden sie nach Hause fahren müssen.

»Nun, Sie können immer noch hoffen, daß man Sie nicht nimmt«, sagte er. »Das passiert gewöhnlich, wenn man einigermaßen gebildet ist.«

»Aber nein, ich tue gern Dienst als Geschworene«, sagte sie. »Nur die Umstände sind mir nicht recht. Sie wissen schon, morgens aufstehen und an einen Ort mit vielen anderen Leuten gehen, sich über das Wetter auslassen oder über die Inkompetenz eines anderen. Man hat das Gefühl, in die Wirklichkeit zurückgekehrt zu sein. Als hätte man eine feste Stelle. Ich hoffe, sie nehmen mich.«

»Als Alan das letzte Mal bestellt wurde, hat man ihn wieder fortgeschickt«, berichtete Gaby. Sie hatte die Salatschüssel an den Tisch gebracht. Zitrusaroma stieg daraus auf, als sie begann, ihre Teller zu füllen.

»Nein«, widersprach Alan. »Beim letzten Mal bin ich vereidigt worden. Und es war die blödeste Sache, die mir je zu Ohren gekommen ist. Weißt du noch? Es ging um nichts weiter als um einen abgeflachten Randstein. Dieser Kerl hat die Stadtverwaltung verklagt, weil sein Nachbar einen abgeflachten Randstein bekommen hatte. Vor diesem Prozeß hab ich nie so recht verstanden, was Langeweile heißt.«

»Den Prozeß hatte ich vergessen«, räumte Gaby ein. »Ich hab an den anderen gedacht, als wir noch in Boston waren.« Sie reichte die Teller weiter.

»Ach ja, der.« Er wandte sich an Linnett. »Da ging es um Totschlag. Mord. Ich war froh, nicht darüber entscheiden zu müssen.«

»Gott, nein. Das *Leben* eines anderen in den Händen zu haben.«

Gaby nahm Platz, und sie fingen an zu essen.

Linnett hob an, eine eigene Geschworenengeschichte zu erzählen, aber Alan hörte kaum zu. Er dachte an den Jungen, den schwarzen Jungen, den man wegen Mordes angeklagt hatte. Er hatte kräftig ausgesehen, klein, mit dickem Hals. Damals, in den frühen siebziger Jahren, hätte man einen Afrohaarschnitt bei ihm erwartet, doch sein Haar war kurzgeschoren gewesen. Er hatte eine Brille getragen, eine Hornbrille, und dazu einen Anzug. Er und seine Anwältin, eine Weiße mit Brille und Kostüm, hatten sich kurz über jeden potentiellen Geschworenen abgesprochen, und Alan erinnerte sich, daß sie ihn angesehen hatten, als der Richter, ein höflicher, lässig wirkender Mann, ihm einige Fragen über seinen Beruf und seine Ausbildung als Architekt gestellt hatte. Obwohl er erleichtert gewesen war, als der Richter gesagt hatte, er könne wieder gehen, war er auch seltsam enttäuscht gewesen, als habe man seine Fähigkeit angezweifelt, unparteiisch zu sein, dem jungen Mann gegenüber gerecht zu sein – ihn, wenn es sein mußte, zu verteidigen. Er hatte eine Erklärung abgeben wollen. »Ich glaube an die Unschuld«, hatte er sagen wollen.

Später hatte Alan in der Zeitung Auschau gehalten nach Neuigkeiten über den Jungen, hatte jedoch nie eine Erwähnung des Verfahrens entdeckt. Offenbar hatte es sich um einen gewöhnlichen Mord gehandelt, einen Routinefall. Ob der Junge schuldig war oder nicht: Es lohnte sich nicht, darüber zu schreiben.

Als Linnett aufstand, um auf die Toilette zu gehen, ging sie los, ehe sie ihre Krücken richtig plaziert hatte, und eine davon rutschte ihr unter dem Arm weg. Sie wäre beinahe hingefallen. Alan und Gaby erhoben sich gleichzeitig halb von ihren Sitzen, ließen sich jedoch langsam wieder zurücksinken, als sie sich fing und den Flur entlang davonging.
»Ich fahre sie heim, wenn du möchtest«, sagte Alan in gedämpftem Ton. »Man sollte sie nicht allein fahren lassen.«
Gaby lächelte. »Ich möchte nicht.«
»Ach, komm schon, Gaby.«
»Nein, so war es nicht gemeint. Es ist nur so schrecklich draußen. Sieh doch nur.« Sie saßen einen Augenblick da und sahen im Fenster vor allem ihr eigenes Spiegelbild. Immerhin war ihnen auf einmal wieder bewußt, wie laut der Sturm um sie herum toste. »Wir könnten sie doch in Thomas' und Etiennes Zimmer unterbringen«, schlug Gaby vor. »Die Betten sind frisch bezogen.«
»Wenn sie einverstanden ist.«
»Ich werde darauf bestehen. Ich kann das sehr gut. Mit meinem reizenden kleinen französischen Akzent.«
»Na gut«, sagte er. Er stand auf und schickte sich an, den Tisch abzuräumen.
Gaby dämpfte nun ebenfalls ihre Stimme. »Sie trinkt gern einen über den Durst, glaube ich.«
»Das kann vermutlich leicht soweit kommen, wenn man allein lebt. Man gewöhnt sich an, zuviel zu trinken.«
»Ja, aber wir haben auch zu lange mit dem Abendessen gewartet. Ich fühle mich schuldig.«
»Na ja, aber wer hat schon mit Lily gerechnet?«
Nach kurzem Schweigen sagte Gaby: »Sie machte einen völlig erschöpften Eindruck. Armes altes Ding.«
»Das geht nun schon einige Tage so, findest du nicht?«
»Trotzdem. Hat sie sich heute nachmittag furchtbar aufgeregt?«
»Keine Ahnung.« Er hörte die Badezimmertür gehen und Linnetts Schritte, die den Flur entlang auf sie zukamen. »Sie war so müde, daß

es schwer festzustellen war. Sie wollte, glaube ich, daß ich für sie Partei ergreife. Für ihre Sicht der Dinge. Ich hab es nicht gekonnt.«

Gaby nickte und berührte seine Hand, während Linnett sich wieder zu ihnen setzte.

Sie waren noch bei Tisch, als um neun Uhr dreißig das Telefon klingelte. Alan nahm den Hörer ab. Es war Marcea McKendrick, die sich gleich für den Fall entschuldigte, daß sie störte oder ihnen zur Last fiel.

»Nicht im geringsten«, versicherte Alan. Er empfand eine merkwürdige Erregung, als er ihre Stimme hörte – vielleicht war ihr Abschied kein endgültiger gewesen, vielleicht sollte er noch eine Chance bekommen. Wozu? Er wußte es selbst nicht.

»Ich wollte Ihnen nur sagen, daß ich das Radio anhatte«, sagte sie, »als ich mir etwas zu essen gemacht habe. Und da habe ich gehört, daß dieser Sturm, der vom Meer heraufzieht, ja? Daß das eine Art Orkan ist. Orkanstärke jedenfalls. Und ich dachte mir, daß Sie wohl nichts davon wissen. Er soll morgen die ganze Küste erfassen. So hieß es im Radio.« Ihre Stimme klang aufgeregt, wie es bei Überbringern schlechter Nachrichten oft der Fall ist.

»Wann?« fragte Alan. »Morgen?«

»Ja, es hieß am späten Morgen oder frühen Nachmittag. Jedenfalls wollte ich Ihnen Bescheid sagen.«

»Nun ja, danke. Wir haben tatsächlich nichts davon gewußt. Wir sitzen immer noch um den Tisch herum.«

»Na, dann bin ich froh, daß ich angerufen habe.« Es entstand eine Pause. »Viel Glück«, sagte sie dann.

»Ja«, entgegnete er. »Und nochmals vielen Dank.«

Er war kaum damit fertig, Gaby und Linnett Bericht zu erstatten, als das Telefon ein zweites Mal klingelte. Thomas. Er hatte mit einem Freund zusammen ferngesehen, als die Sendung durch eine Wetterwarnung unterbrochen worden war. »Man hat sie uns auf der Karte gezeigt, Papa, die möglichen Verlaufsbahnen. Und ihr sitzt mitten auf einer drauf.« Seine Stimme überschlug sich fast vor Aufregung. Alan hörte, daß hinter ihm Gaby angefangen hatte, Linnett zum Bleiben zu überreden.

»Möchtest du, daß ich komme?« fragte Thomas.

»Auf keinen Fall«, antwortete Alan. »Es ist bestimmt kein Wetter zum Autofahren, und es gibt sowieso nicht viel zu tun. Ich möchte, daß du bleibst, wo du bist.«

»Uns kann es auch treffen«, verkündete Thomas begeistert.

»Na ja, man soll die Hoffnung nicht aufgeben«, konterte Alan.

»Ich finde es irgendwie *cool*«, sagte Thomas.

»Das freut mich für dich.«

»He, du findest das doch bestimmt auch, hab ich recht?«

»Ja und nein. Aber ich weiß schon, was du sagen willst, mein Sohn.«

Als Ettie kurz nach elf anrief, schliefen Lily und Linnett bereits. Alan und Gaby hatten noch ungefähr eine Stunde lang zu tun. Sie hatten sämtliche Terrassen- und Gartenmöbel ins Haus geschafft. Der Wohnraum war angefüllt mit dem Sammelsurium. Man konnte sich dort kaum noch rühren. Sie hatten angefangen, die Fenster abzudichten.

Gaby ging ans Telefon, und Alan wußte gleich, um wen es sich handelte, als sich ihre Stimme vor Freude weitete. Während sie mit Ettie sprach, ging sie in der Küche umher, räumte den großen Geschirrspülautomaten ein, wischte die Arbeitsflächen ab. Sie unterhielten sich nicht lange, aber Alan bekam immerhin mit, daß sie sich nach dem Praktikum erkundigte und danach, wann Ettie nach Hause zu kommen gedenke. Sie lachte und sagte: »Ja, wenn wir dann noch hier sind.«

Als sie zurückkam, um Alan zu helfen, sagte sie: »Er hat es in den Elfuhrnachrichten gesehen.«

»Wie geht es ihm?« wollte Alan wissen.

»Offenbar sehr gut«, antwortete sie. »Aber er hört sich ja immer an, als ginge es ihm gut.«

Alan stellte fest, daß sie recht hatte.

Vor dem Einschlafen lagen Alan und Gaby noch eine Weile da und hörten im Radio die letzten Meldungen über den Sturm. (Das Fernsehgerät stand in Thomas' und Etiennes Zimmer, weil Gaby es mißbilligte. Es war ein gelegentlicher und intensiv genossener Zeitvertreib Alans, auf einem Bett zu liegen, das nach seinen Söhnen roch, und eine Sendung anzuschauen, die Gaby nicht interessierte, meistens Sport.)

Wenige Sekunden, nachdem Alan das Licht ausgeschaltet hatte, sagte Gaby: »Gut, wir haben getan, was wir konnten.«

»Nicht ganz«, erwiderte Alan. »Ich muß auch an das Amundsensche Haus denken, und das steht noch viel exponierter da als unseres.«

»Oh, Alan, ja natürlich! Und die Fenster sind gerade erst eingesetzt worden! Was hast du vor?«

»Ich werde morgen rüberfahren, wenn dazu noch Zeit ist.«

»Ich werde mitkommen und dir helfen«, erbot sie sich.

Er zögerte einen Augenblick. Dann sagte er: »Und was ist mit Lily?«

»Ach ja, Lily!«

Sie lagen nebeneinander. Der Regen trommelte unentwegt aufs Dach und auf die Veranda.

Gaby meldete sich erneut zu Wort. »Ich werde sehen, ob ich sie zu Noreen bringen kann.« Sie hatte sich ihm zugewandt, entnahm er ihrer veränderten Stimme. »Das wäre sowieso besser, Alan. Es ist viel weiter im Landesinnern.« Noreen wohnte in North Bowman, elf oder zwölf Kilometer entfernt, in einer von mehreren neuen Siedlungen aus kompakten, nahezu identischen kleinen Häusern.

»Ja. Du hast recht. Wenn Noreen bereit ist, sie zu nehmen.«

»Bestimmt wird sie dazu bereit sein. Und dann komme ich rüber und helfe dir.«

»Nun, wir werden sehen. Vielleicht ist für all das ja keine Zeit mehr.«

Nachdem mehrere Minuten vergangen waren, sagte sie: »Es war lieb, daß die Jungen angerufen haben, nicht wahr?« Ihre Stimme klang träge. Und dann wurden ihre Atemzüge schwerfälliger, länger, und er

war allein. Der Regen trommelte und prasselte aufs Dach, wurde langsamer und hämmerte dann wieder wütend darauf ein – eine wäßrige Keule. Alan dachte an den Tag, der vor ihm lag, an den Trubel des vergangenen Tages.
Es war in der Tat lieb, daß die Jungen angerufen hatten. Er sah ihre Gesichter vor sich. Wie seltsam es doch war, daß sie wie Brüder aussahen, ohne sich auch nur im geringsten zu ähneln.
Dann fiel ihm Marcea ein, ihr Anruf, ihre Stimme, entspannt und offen am Telefon. Er erinnerte sich an ihr verschlossenes Gesicht, als Linnett ihr verraten hatte, daß man ihn zusammengeschlagen hatte. Aber sie hatte dennoch angerufen, um sie zu warnen. Er hatte es, das wurde ihm nun klar, wie einen Segen empfunden, noch einmal ihre Stimme zu hören, so als sei ihm Vergebung zuteil geworden. Er hatte gesprochen, und sie hatte ihm vergeben.
Auf einmal mußte er an seinen Vater denken, wie er ihn zuletzt gesehen hatte: die graugelbe Todesfarbe seiner Haut, die Tränen, die ihm in die Augen stiegen, wenn er hustete. Er entsann sich, daß er Alan damals vom Sprechen abgehalten hatte, davon, zu sagen, was er empfand.
Und was wäre das gewesen?
Schließlich hatte er es selber nicht gewußt, das wurde ihm nun klar. Vielleicht hatte er in seiner Jugend nur den Drang gehabt, Paul wehzutun, genauso, wie ihm seiner Meinung nach Paul wehgetan hatte.
Rebecca hatte einmal Streit mit Paul gehabt, beim Abendessen. Paul hatte nebenbei bemerkt, daß alle Weißen des Rassismus schuldig seien, und Rebecca hatte aufbegehrt, hatte eingewandt, daß Paul sie in ihrer Kindheit leidenschaftlich gegen einen solchen Vorwurf verteidigt hätte. Wann, fragte sie ihn, habe sich das alles geändert? Wie sei es dazu gekommen, daß sie zur Rassistin geworden sei, etwa durch Zauberei? Oder habe sie sich den Rassismus etwa mit dem Erwachsenwerden zugezogen? Oder vielleicht, als sie ihre Periode bekommen habe?
Alan hatte den Wortwechsel äußerst spannend gefunden. Während er

nun im Bett lag, dachte er an Rebecca, wie er es seit Jahren nicht getan hatte. Er sah ihr Gesicht, wohlgeformt, mit dunklem Teint. Die lange Maynardsche Nase. Thomas sieht ihr ein wenig ähnlich, dachte er.

Sie personifiziere die Angelegenheit, hatte Paul entgegnet. Er habe von etwas anderem gesprochen, von etwas Übergeordnetem.

»Ach, Papa, immer geht es nur ums Übergeordnete. Ich bin es leid, daß es nie irgendwelche kleinen Wahrheiten zu verkünden gibt. Daran glaube ich nämlich.«

Alan war so einem Bekenntnis nie auch nur nahegekommen. Am ehesten noch, unsinnigerweise, heute abend gegenüber Lily. Er sah sie vor sich, sah ihren totalen Zusammenbruch, als er endlich die Wahrheit ausgesprochen hatte. Seine kleine, kleine Wahrheit. Er zuckte im Dunkeln zusammen.

War dies seine Rache, fragte er sich, sie auszusprechen, diese überfällige Wahrheit? Oder hatte er nur den starken Mann markiert – für Marcea? Für Linnett?

Und was war das schon für eine Wahrheit? Es war ihm doch wohl nicht um *diese* kleine Wahrheit zu tun. Daß man ihn zusammengeschlagen hatte, war nicht der entscheidende Sachverhalt.

Welche Hoffnung bestand überhaupt an diesem Punkt seines Lebens und mit diesem Publikum, daß er eine umfassendere Wahrheit verkünden konnte, die mit dieser Geschichte in Zusammenhang stand?

Er drehte sich im Bett um. Vor seinem inneren Auge sah er sich auf einmal selbst als jungen Mann, eingekreist auf der dunklen Straße. Er sah den schockierend nackten Haß in den Gesichtern, als sie anfingen, auf ihn einzuschlagen. Er erinnerte sich, daß er sich unschuldig gefühlt hatte, verwirrt zuerst – wie kann mir so etwas nur passieren? – und dann, als ihn die Schläge trafen und der Schmerz erblühte, blendend, rasend und klar. Nachdem sie sich davongemacht hatten, nach dem letzten peinigenden Tritt gegen den Kopf, dem stechenden Schmerz im Kiefer, war er einfach liegengeblieben, erst zusammengekrümmt, dann auf dem Rücken. Er hatte aufgeblickt zum nächtlichen

Himmel, schwarz hinter dem grellen Schleier der orangefarbenen Lichter der Stadt, und er hatte die Erleichterung, die reine Freude dessen empfunden, der überlebt hat. Und noch viel mehr: die harte, helle Klarheit seiner Schmerzen, die Gewißheit, daß dies unveränderlich, unverwechselbar und ihm nicht mehr zu nehmen war, weil es ihm gehörte. *Mir*, hatte er gedacht und sein eigenes Blut gekostet, mit der Zunge seine losen Zähne betastet. Mir allein.

16

Lily erwachte vom Wind – sein Gesang fuhr ihr sanft in die Glieder. Sie lag still da und beobachtete das langgezogene Schwingen in den Ästen vor ihrem Fenster. In Erwiderung darauf, so schien es, hatte sie sich verändert. Ihr Körper fühlte sich wie magisch gewandelt – schwer und machtvoll. Sie spürte eine Reaktionsfähigkeit in Muskeln und Sehnen, von der sie behauptet hätte, sich nicht einmal mehr daran zu erinnern. Nun jedoch, da sie ihr wieder gegeben war, war sie ihr so vertraut wie die Wahrnehmung ihres eigenen Gewichts. Es hatte in der Nacht zu regnen aufgehört, doch der Himmel war perlgrau und gelb, eine schöne, gefährliche Farbe. Der Wind wehte behäbig und stark, und Lily begriff, daß sie in seiner Gewalt war, wie ein Schiff auf einem schwerfällig brandenden Ozean, daß es sein schleppender Rhythmus war, der in ihrem Körper Frieden einkehren ließ.

Sie hob die geäderten, knotigen, ruhigen Hände, deren einziger Schmuck ein Ring ihrer Großmutter war. Ihre gespreizte stille Kraft verriet nichts von ihrer Krankheit. Dieses Wunder war ihr schon ein paarmal passiert, manchmal als Reaktion auf Musik, häufiger auf das Wetter. Einmal auf einem Segelboot auf dem Michigan-See. Der Sohn einer alten Freundin hatte sie und seine Eltern mitgenommen, und das rhythmische Singen des Wassers, das ihren Körper durchzog, hatte sie ruhig werden lassen. Sie hatten darüber gelacht, über ihre Heilung, aber natürlich hatte sich, sobald sie an Land ging, die Parkinsonsche Krankheit wieder durchgesetzt, und sie war mit zittrigen, hastigen Schritten über den hölzernen Steg geeilt.

Beim nächsten langen Ausatmen des Windes schwang sie auf einmal die Arme auseinander, dann wieder zusammen und in die Höhe, eine Dirigentin, die das Signal gibt, daß die Musik beginnen kann. Sie lachte laut heraus.

Sie hörte Geräusche in der Küche. Alan, nahm sie an. Sie deckte ihre Beine auf und ließ sie langsam auf den Boden gleiten. Sie belastete sie mit ihrem Gewicht und spürte, wie ihre Beine es mit Muskelkraft auffingen.

Sie nahm sich vor, Alan zu überraschen, ihn, der sie für so hilflos hielt. Während sie im Gästezimmer und Bad auf und ab eilte, um sich für die Ereignisse des Tages zu rüsten, stellte sie sich Alan vor, sein überraschtes Gesicht, wenn er sie fertig angezogen vorfand – wie er dabei aussehen würde, wie sie selbst aussehen würde, was sie sagen würde. Dann fiel ihr ein, wie er am vergangenen Tag ausgesehen hatte, im Gespräch mit Linnett und dieser Marcella.

Wie ähnlich er Paul gewesen war!

Sie hatte ihn wahrhaftig mit Paul verwechselt, das wurde ihr jetzt klar, und sie erstarrte baß erstaunt, eine Haarnadel umklammernd, mit offenem Mund.

Sie hatte doch wahrhaftig gemeint – unglaublich! –, es sei Paul, der aus dem Regen hereinkam. Sie hatte gemeint – na so was, dachte sie verblüfft –, sie hatte einen Augenblick lang gemeint, er würde für sie sprechen, würde ihnen erklären, wie es damals gewesen war, was für eine aufregende Welt. Sobald Alan das Wort an sie gerichtet hatte, hatte sie ihn natürlich erkannt und war schnell zurückversetzt worden in die Welt, in der Paul tot war und die gemeinsam verbrachte Zeit Jahre zurücklag. Und sie hatte ihren Irrtum völlig vergessen, hatte ihn irgendwie aus ihrem Bewußtsein verdrängt.

Bis jetzt. Sie betrachtete ihr altes, altes Gesicht im Spiegel. War dies der endgültige Verfall, der ihr bevorstand?

Sie sah auf einmal ihren Vater vor sich, ein fleckiges Tischtuch wie einen Umhang übergeworfen, angstvoll vor ihr zurückweichend, mit glasigem, stumpfsinnigem Blick. Das war unerträglich. Sie steckte sich mit heftigen Bewegungen erst eine, dann noch eine, dann noch eine Nadel ins Haar. Sie beobachtete sich leidenschaftslos, und der

stechende Schmerz auf ihrer Kopfhaut ließ Tränen in ihre Augen treten.
Sie ließ das Becken vollaufen, wusch sich energisch das Gesicht und tupfte es anschließend trocken. Mit Sorgfalt legte sie Puder und Lippenstift auf.
Es klopfte laut an die Schlafzimmertür, und Lily tappte hinüber, machte auf.
Draußen stand Gaby, ein Tablett in den Händen. Lily entdeckte Kaffee und den üblichen Haferbrei. Gabys Gesicht weitete sich vor Erstaunen, als sie Lily erblickte, angezogen und zurechtgemacht. »Lily!« rief sie.
Lily deutete einen Knicks an. »Ja, wenn du noch ein paar Minuten gewartet hättest, wärst du in den Genuß des Gesamteffekts gekommen. Schuhe waren als nächstes dran.«
»Also, ich bin sprachlos. Wie hast du das geschafft?« Sie ging durchs Zimmer und stellte das Tablett auf Lilys Tisch ab. Sie drehte sich um und begutachtete Lily von oben bis unten, während die alte Frau geschmeidig wie sie selbst hinter ihr herkam.
»Hin und wieder beschert mir der Herrgott so einen Tag.« Lily wies zum Fenster hinaus. »Ich glaube, heute hat es mit dem Wetter zu tun. Mit dem Wind.«
»Nun, ich freue mich für dich. Obwohl ich es bedauere, daß der Herrgott uns anderen einen Hurrikan bescheren mußte, nur damit du einen guten Tag hast.«
Lily blickte zweifelnd hinaus auf die Bäume, die sich nun stärker bogen als zuvor. »Das soll ein Hurrikan sein?«
»Bald wird es einer.« Gaby zuckte die Achseln. »Der Mann vom Wetteramt sagt es, also muß es wohl stimmen. Und ich habe viel zu tun, wie du dir sicher denken kannst. Ein Glück, daß du heute besser allein zurechtkommst.« Sie wies auf Lilys Sessel, und Lily ging hinüber und setzte sich. Gaby rückte ihr den Tisch näher heran.
Lily hatte soeben zu essen begonnen, als ihr ein Gedanke kam: »Wo ist eigentlich Alan?«
Gaby hatte sich über Lilys Bett gebeugt, schlug Laken und Decke

zurück. »Alan ist zu dem Haus gefahren, das er gerade baut, um zu sehen, was getan werden kann, um es zu schützen.« Sie strich mit Nachdruck das untere Laken glatt. Dann blickte sie kurz zu Lily hinüber, sah sie einen Löffel Haferbrei zum Mund führen und ein wenig den Kopf heben, um sich das Schlucken zu erleichtern. Gaby verzog den Mund. Sie wandte sich ab und fuhr mit dem Bettenmachen fort, zog mit ihren kräftigen Armen alles glatt. Sie schüttelte die Kissen auf und legte sie wieder an ihren Platz.

»So«, sagte sie. »Ich bin gleich wieder da. Ich will nur eben Linnett Kaffee bringen.«

»Linnett ist hier?« Lily hielt inne, den Löffel halb im Mund. Alles ging drunter und drüber.

»Ja. Sie hat hier übernachtet.«

»Lag das auch an dem Hurrikan?« fragte Lily.

»Nein, nein. Sie hat nur zuviel getrunken.« Gaby lächelte grimmig bei dem Gedanken. Dann runzelte sie die Stirn. »Nun, vielleicht hatte es doch etwas mit dem Hurrikan zu tun, weil es nämlich so schwer geregnet hat, daß wir sie bei dem Wetter nicht fahren lassen wollten. Jedenfalls hat sie die Nacht hier verbracht, in Thomas' und Etiennes Zimmer.« Gaby sah zu, wie Lily bedächtig noch einen Löffel voll zu sich nahm. »Also, bis gleich«, sagte sie.

Lily hörte sie in der Küche wirtschaften, obwohl sie bei der Arbeit weniger Lärm machte als Noreen. Sie strengte sich an, um ihre Kehle zum Schließen zu veranlassen, und nippte dann dankbar an ihrem Kaffee, der soviel leichter zu schlucken war. Sie legte eine Pause ein. Die Kiefernzweige am Baum vor ihrem Fenster verneigten sich langsam, feierlich und richteten sich dann ebenso langsam wieder auf.

Lily bewunderte mit einem leisen Aufschrei ihre Schönheit und schloß kurz die Augen zum Gebet, ihr eigenes langsames Neigen in Dankbarkeit, weil man ihr das Körpergefühl wiedergegeben hatte, die Wahrnehmung ihrer selbst. *Hilf mir, Gott. Hilf mir, Dein heutiges Geschenk an mich richtig zu nutzen*, betete sie.

Und plötzlich begriff sie, was zu tun war, was sie sich offenbar seit

Tagen zu verdrängen bemüht hatte. Sie hatte gewußt, was auf sie wartete, aber bezweifelt, daß sie die Kraft haben würde, es in die Tat umzusetzen. Wie hatte sie so zweifeln können? Wie hatte sie nicht erraten können, daß ihr die Mittel, die Kraft zu Gebot stehen würden, wenn sie sie am meisten brauchte? In ihrem Herzen wallte kummervolle Dankbarkeit auf. Als sie die Augen öffnete, standen Tränen darin. Gaby war unbemerkt vor sie hingetreten.

Sie runzelte die Stirn. »Lily, ich fürchte, ich muß dich bitten, dich wirklich etwas mehr zu beeilen. Ich werde dich für heute zu Noreen bringen – dort bist du am sichersten. Und ich muß rüberfahren und Alan behilflich sein. Verstehst du, ich warte nur noch auf dich.«

Lily brauchte nicht lange nachzudenken, die Worte lagen bereit. »Aber du brauchst doch nicht zu warten. Warum kann mich Linnett nicht hinbringen? Du siehst doch, daß ich heute nicht viel Hilfe brauche.«

Die Idee überraschte Gaby, das sah Lily ihr an, doch nun fing die jüngere Frau an, ernsthaft darüber nachzudenken. Lily nahm noch einen Löffel Brei und hob das Kinn, damit Gaby sah, wie langsam sie war, wie sie sich abmühte, damit sie es berücksichtigte – wie lange es sie aufhalten würde, wenn sie wartete, bis Lily fertig war.

»Meinst du wirklich, du schaffst es ohne Hilfe bis zu ihrem Auto?« fragte Gaby nach einer Weile.

Lily schluckte einmal, dann noch einmal. Dramatisch hob sie die Hand, legte sie kurz an ihre Kehle. Dann sagte sie: »Sieh doch, was ich schon alles geschafft habe. Eine Person, die sich selbst anzieht. Die selbst ihren Lippenstift aufträgt. Was ist es, das ich nicht vollbringen könnte?« fragte sie. »Nur schnell essen kann ich offensichtlich nicht. Aber alles andere ist durch Gottes Gnade möglich.«

Gaby setzte sich ans Fußende von Lilys Bett, starrte aus dem Fenster und wog den Gedanken ab.

»Es ist mir gar nicht recht, daß ich dich von Alan fernhalte«, sagte Lily.

»Es ist nicht deine Schuld, Lily.«

Lily nahm noch einen Löffel voll, übertrieb erneut ihre Langsamkeit.

Als sie geschluckt hatte, sagte sie: »Du könntest Linnett eine Karte zeichnen.«
»Erst einmal werde ich sie fragen«, sagte Gaby und sprang auf.
Als sie zurückkam, strahlte sie und hatte es auf einmal sehr eilig. »Sie ist einverstanden. Ich hab ihr gesagt, daß du noch ein Weilchen brauchst, aber das ist ihr recht. Sie wird duschen und so. Und ich habe noch einiges zu erledigen – ich habe angefangen, die Badewanne vollaufen zu lassen, falls der Strom ausfällt und die Pumpe nicht funktioniert. Außerdem will ich noch etwas zu essen für Alan einpacken, und dann fahre ich.«
»Das freut mich, Liebes«, sagte Lily.
Gaby verstummte. »Du bist also sicher, daß du es schaffst.«
»Wenn du möchtest, tanze ich dir einen Cha-Cha-Cha vor.«
Gaby lächelte und sah sich im Zimmer um. »Gibt es etwas, das du für den Tag zu Noreen mitnehmen willst?«
»Ich glaube nicht. Den Hurrikan zu beobachten wird für jemanden wie mich bestimmt Unterhaltung genug sein.«
»Na gut.« Gaby trat vor und beugte sich hastig vor, um Lilys Wange zu küssen. »Wir sehen uns heute abend.«
»Ja«, sagte Lily. »Fahr vorsichtig.«
Während sie einen Löffel Haferbrei nach dem anderen zu sich nahm, hörte sie Gaby hin- und hergehen, hörte sie drei- oder viermal die Fliegengittertür schlagen. Und dann ließ Gaby ihr Auto an. Lily sah es über den Hof fahren und im sich biegenden, wogenden Geäst der Auffahrt verschwinden.
Nach einer Weile wurde sie darauf aufmerksam, daß das Wasser in den Rohren hinter der Wand ihres Badezimmers rauschte: Linnett war unter der Dusche. Lily wartete, bis es aufhörte, und anschließend noch ungefähr fünf Minuten. Dann schob sie den Tisch weg, stand auf und – sie selbst empfand es so – schwebte mühelos aus ihrem Zimmer und den Flur entlang zum Zimmer ihrer Enkelsöhne. Sie klopfte.
»Eine Sekunde«, rief Linnett von drinnen.
Gleich darauf öffnete sich die Tür, und Linnett stand da, auf ihre

Krücken gestützt. Ihr Haar hing in langen, feuchten Kringeln herab, ihre Bluse hatte nasse Flecken, und ihr Gesicht war blankgeschrubbt. Ungeschminkt sah sie älter und müde aus. »Lily!« sagte sie.

»Ganz ohne Stock«, verkündete Lily und hob die leeren Hände.

»Sind Sie schon fertig? Ich brauche noch ein paar Minuten.« Sie wies mit unbestimmter Geste hinter sich ins Zimmer.

»Nein, nein. Darum geht es ja grade. Das war eben Noreen am Telefon.«

»Oje! Ich hab nichts gehört.«

»Nun, vielleicht waren Sie gerade unter der Dusche. Jedenfalls kommt sie selbst her und holt mich ab.«

»Aber Gaby wollte doch, daß ich Sie fahre.«

»Nun, wie es sich ergibt, muß Noreen ohnehin raus, ein paar Sachen besorgen, Kerzen, Batterien und dergleichen«, sagte Lily. Ihre Gedanken rasten. »Und sie meinte, da könnte sie anschließend hier vorbeikommen, weil sie nicht sicher ist, wie lange sie braucht. Sie wissen schon: Es könnte sein, daß die Sachen beim einen oder anderen Geschäft ausverkauft sind und sie eine Weile herumfahren muß...« Insgeheim bewunderte Lily ihre eigenen Improvisationskünste. »Deshalb holt sie mich ab, wenn es soweit ist. Und offen gestanden, obwohl ich es Gaby gegenüber nicht zugeben wollte, weil sie es so eilig hatte, loszufahren –« Sie ließ leichten Ärger in ihrer Stimme anklingen. »– offen gestanden käme mir Noreen, kerngesund, wie sie ist, sehr zupaß. Das geht natürlich nicht gegen Sie.«

Linnett runzelte die Stirn. »Vielleicht sollte ich Noreen einfach anrufen und es mir bestätigen lassen.«

»Wie gesagt, meine Liebe, sie wollte gerade wegfahren«, entgegnete Lily ungeduldig. »Und ich finde, Sie müßten dankbar sein. Sie haben vermutlich auch einiges zu besorgen. Und Sie sollten sich beeilen, heimzukommen und Wasser bereitzustellen.«

»Wasser?«

»Ja, falls der Strom ausfällt, haben Sie keine Pumpe, und Sie werden Wasser brauchen, für die Klospülung, zum Abwaschen und dergleichen mehr.«

»Ah ja«, sagte Linnett. Sie sah nach wie vor mißtrauisch aus.
Entweder funktioniert es oder nicht, dachte Lily. Sie drehte sich um. »Ich muß zu meinem Haferbrei zurück«, sagte sie. »Ich muß mir Mühe geben, ihn aufzuessen, ehe Noreen kommt.«
Sie war sich bewußt, daß Linnett sie beobachtete, als sie sich den Flur entlang entfernte. Nachdem sie wieder Platz genommen hatte, war ihr noch deutlicher bewußt, daß sie auf Linnett horchte, auf ihre Geräusche im Haus, was immer sie zu bedeuten hatten. Aber der Wind war stärker geworden und machte sich als stetiger, tiefer Laut bemerkbar, der verhinderte, daß Lily überhaupt etwas anderes hörte. Darum auch fuhr sie hoch, als Linnett an der Tür erschien. Sie hatte sich geschminkt und – Lilys Herz hüpfte vor Freude – ihren Rucksack auf den Rücken geschnallt.
»Ich mach mich auf den Weg, Lily«, sagte sie. »Auf den Weg, bei mir daheim dem Sturm zu trotzen.«
»Ja, gut«, erwiderte Lily. »Und wenn wir alle überleben, sehen wir uns morgen wieder.«
»Mal sehen«, sagte Linnett. »Wissen Sie, ich hab mir gedacht, ich könnte einfach mal zu Hause bleiben und anfangen, zu schreiben. Außer natürlich, Sie brauchen mich. Ich meine, ich hab eigentlich keine Fragen mehr an Sie.«
»O nein«, versicherte Lily. »Ich werde Sie nicht brauchen. Und ich bin froh, daß Sie das Gefühl haben, voranzukommen. Das ist sehr gut, sehr schön.« Sie verstummte. Dann lächelte sie schelmisch. »Sie glauben also, Sie hätten alle meine Geheimnisse ergründet.«
»Das würde ich nie behaupten«, sagte Linnett. »Nie.« Sie grinste zurück. »Aber ich glaube, ich habe jetzt auf jeden Fall genug für einen Artikel für den *New Yorker*.«
»Na, gut. Gut gemacht.«
»Und Sie wollen nicht, daß ich bleibe, bis Noreen kommt?«
»Meine Liebe, um die Wahrheit zu sagen, werde ich die Zeit allein richtig genießen. Ich kann mich buchstäblich nicht entsinnen, wann ich zum letzten Mal allein war. So gewissenhafte Babysitter sind alle gewesen. Nun gehen Sie schon los.«

»Loshumpeln werde ich.«
»Das würde ich nie behaupten.«
»Bis bald, Lily.«
»Ja«, sagte Lily. Sie horchte wieder, ob Linnett auch wirklich ging. Aber sie konnte nichts hören, konnte nicht feststellen, ob sie wahrhaftig allein war, bis sie Linnett auf dem Hof entdeckte, wie sie sich auf ihre Krücken gestützt in den Wind stemmte und sich mühsam zu ihrem Wagen vorarbeitete. Da wurde sie plötzlich ihres Herzens gewahr, das in langsam ansteigender Erregung heftig klopfte.
Lily brauchte eine weitere halbe Stunde, um den Haferbrei aufzuessen. In diesem Zeitraum nahm das Tosen des Windes zu, und zweimal klingelte das Telefon. *Noreen*, dachte sie und hoffte, daß es dem Mädchen nicht einfallen würde herzukommen, um herauszufinden, warum man Lily nicht bei ihr abgeliefert hatte.
Einige Äste lagen inzwischen auf dem Hof. Lily bemerkte es, als sie aufstand. Die Bäume bogen sich immer stärker, immer heftiger. Sie würden doch bestimmt alle knicken, wenn sie mit solcher Kraft verbogen wurden? Außerdem spritzte nun treibender Regen an die Fensterscheiben. Das Geräusch des Sturms wühlte sie seltsam auf. Sie merkte, daß sie ein wenig atemlos war. Aber als sie das Bettjäckchen von seinem Haken im Schrank nahm, hatte sie das angenehme Gefühl, daß ihr ein anderes Ich, ein tröstliches Ich zur Seite stand, und sie sprach laut, wie zu einem verängstigten Kind: »Jetzt ist alles ganz in Ordnung. Es wird alles wieder gut.«
Mit einer scharfen Schere, die Gaby ihr für die Büroarbeit geliehen hatte, und sicheren Fingern, die ihrem Befehl gehorchten – auf Befehl des Windes waren sie so ruhig, wie man es sich nur wünschen konnte –, schlitzte sie das zerschlissene Seidenfutter des Bettjäckchens auf (die Klinge glitt so leicht durch den uralten Stoff wie das Seufzen des Windes) und ließ die bunten Kapseln aufs Bett fallen. Kinderfarben. *Mexikanische Springbohnen*, murmelte Lily und erinnerte sich an die Begeisterung der Kinder für diese geheimnisvollen, bunten, ewig tanzenden Dinger. Ihre Augen füllten sich unerwartet mit Tränen, und sie redete wieder beruhigend auf sich ein.

Sie hatte viel zu viele. In ihrem Bestreben, gründlich vorzugehen, zu vermeiden, daß sie das Pech hatte, mit der Magenpumpe wiederbelebt zu werden, hatte sie mehrere verschiedene Ärzte um Rezepte gebeten. Sie wußte, daß ihr schlecht werden konnte, wenn sie zu viele nahm, aber sie wollte trotzdem mehr davon da haben als die im Buch empfohlene Dosis, nur um ganz sicher zu gehen. Sorgfältig zählte sie die nach ihrer Ansicht korrekte Menge ab. Dann holte sie ihr Wasserglas aus dem Bad und schaufelte die Kapseln hinein. Den Rest warf sie weg.

Während der Wind stoßweise das Haus traf, schwebte sie mit seiner Hilfe in die Küche. Sie fand das passende Messer, um die Kapseln aufzuschneiden, schwerer und schärfer als jedes Messer, das sie in ihrem Leben je benutzt hatte. Sie mußte kaum richtig zupacken, um dafür zu sorgen, daß es die bunten kleinen Hüllen durchdrang. Wie nützlich, dachte sie, so ein Messer zu haben! Und ihre Hände, wie nützlich sie doch waren an diesem Tag! Sie zwang sich, den sicheren Griff zu bewundern, mit dem sie die winzigen, hübschen, mit Pulver gefüllten Kapselhälften festhielten, jede ordentlich umdrehten und den Inhalt in ihr Glas schütteten.

Als sie alle geleert hatte, machte sie sich in dem Schrank, in dem Gaby ihre Spirituosen aufbewahrte, auf die Suche nach Wodka. Ja, da war er, eine klare, kalt aussehende Flüssigkeit. Und dann zum Gefrierschrank, um Eiskrem zu holen. Sie war nicht ganz frisch – Eiskristalle glitzerten, als Lily den Karton öffnete. Doch sie trug die gleißende Oberfläche ab und schöpfte genug von dem Zeug heraus, um eine kleine Schüssel zu füllen.

Ihr Problem, wußte sie, würde darin bestehen, schnell genug zu essen, um sich auch wirklich alle Pillen einzuverleiben, ehe sie das Bewußtsein verlor. Sie hatte alles durchdacht, hatte bedacht, daß sie das Eis schön suppig werden lassen mußte, bevor sie zu essen anfing, daß sie den Wodka erst ganz zum Schluß trinken durfte.

Sie stellte alles auf ihrem Nachttisch ab und ging ins Bad, wobei sie sich immer noch leise Mut zusprach. Sie steckte ihr Haar wieder ordentlich fest und legte Lippenstift auf. Dann nahm sie auf der Toilette Platz und wartete darauf, sich entleeren zu können. Sie hatte gelesen, daß sich im Augenblick des Todes der Schließmuskel entspannt, und wollte sich diese Schande nach Möglichkeit ersparen.

Als sie fertig war, kam sie hervor und ordnete ihre Kissen. Sie schloß die Tür zu ihrem Zimmer. Sie trat erneut ans Bett und schlug die Decke zurück, die Gaby glattgezogen hatte. Sie setzte sich, hob langsam die Beine an und streckte sie aus. »So ist es recht«, murmelte sie. Sie breitete die Decke ordentlich über ihre Mitte. Dann griff sie nach der Eiskrem und rührte so lange, bis sie keine Medikamentenkörnchen mehr entdecken konnte. Sie fing an zu essen.

Natürlich hatte Lily auch geplant, woran sie während dieser Augenblicke denken wollte. Sie war davon ausgegangen, daß sie diese Phase nicht erreichen würde, wenn sie nicht von Kummer und Sorge getrieben wurde, war jedoch entschlossen gewesen, nicht darüber nachzugrübeln – sie waren schließlich unvermeidlich –, sondern statt dessen aller Orte zu gedenken, an denen sie sich wohlgefühlt hatte. Und dorthin war sie nun unterwegs, während sie Löffel für Löffel das Eis schlürfte (trotz seines merkwürdig bitteren Geschmacks rutschte es leichter herunter, als sie zu hoffen gewagt hatte), und nippte anschließend bedächtig an dem vollen Wodkaglas.

Sie erinnerte sich, wie sie in dem Zelt gesessen hatte, den der Rüschenbesatz am Toilettentisch ihrer Mutter bildete, während Violet sich zum Ausgehen feinmachte. Ein wunderbar fleischfarbenes Licht war durch den hauchdünnen rosa Stoffvorhang des Tischs eingedrungen, so daß Lilys Versteck wie das Innere einer Muschel anmutete. Und der betäubende Blumenduft von Violets Parfüm! Oder vielleicht war es ihr Körperpuder gewesen. Jedenfalls alles, was Sicherheit, Geborgenheit und Weiblichkeit signalisierte.

Und dann das fast leere Schlafzimmer in der Pfarrei in Belvaine – so wenige Möbel hatten sie damals gehabt. Das immer neue Erstaunen körperlicher Liebe während der langen Nachmittage, die sie sich in jenem ersten Sommer ihrer Ehe heimlich gegönnt hatten. Das Mädchen, das die Wäsche wusch, hatte sich nicht überreden lassen, weniger als viel zuviel Bleichmittel zu verwenden, und die Aussteuerlaken, angefeuchtet von ihrem Schweiß, hatten ihren Geruch auf Lily und Paul übertragen. Später am Tag hatte Lily oft einen Hauch ihres eigenen Dufts erhascht: Sie roch ganz unschuldig nach Bleiche, eine gut geschrubbte Frau. Dann war sie, egal, was sie sonst gerade tat, mittendrin rot geworden.

Das Mittelschiff der Kirche von Blackstone, hoch und düster. Das Knirschen der hölzernen Bänke, die Tabletts für die winzigen Kommunionsbecher, mit vier Löchern versehen, durch die die Kinder so gern ihre Finger gesteckt hatten. Die tiefroten Samtkissen, an den Stoßnähten und um die Knöpfe herum so abgenutzt, daß das Weiß durchschien. Der Geruch nach nasser Wolle, der im Winter von den Mänteln und Schals und Handschuhen der Leute ausging. Die willkommene Kühle des dunklen, feuchten Innenraums im Sommer.

Lily hatte inzwischen die Augen geschlossen und aufgehört, nach dem Wodkaglas zu greifen. Der Sturm um sie herum tobte nun mit aller Kraft. Ihr Zimmer hatte sich verdunkelt, und die Fenster waren mit einer Mischung aus Meerwasser, Regen und den Blättern beschmiert, die der Sturm von den Bäumen gerissen und verschlungen hatte. Während sie immer tiefer in den medikamentös herbeigeführten Schlaf versank, wurde ihre Willenskraft mit betroffen, löste sich der Zugriff, den sie auf ihre Visionen hatte. Ihr Vater erschien, wortkarg und wütend über etwas, das sie angestellt hatte. Sie konnte ihn nicht dazu bewegen, mit ihr zu sprechen. Er weigerte sich, ihr ins Gesicht zu sehen.

Und dann war sie eine Braut, jung und gleichzeitig irgendwie alt, die mit zögernden Schritten auf zwei Stöcke gestützt im langen, dunklen Mittelgang der Kirche von Blackstone nach vorn ging. Die Gesichter, schwarz und weiß, waren ihr zugewandt, mißbilligend, angewidert. Sie wimmerte. Jemand – der Bräutigam – wartete auf sie am Ende der aufgereihten Bänke, aber sie konnte nicht sehen, um wen es sich handelte. Jeder Schritt nach vorn warf sie weiter zurück. Sie verlor die Kontrolle über ihre Glieder.

Vielleicht war es das Geräusch des Astes, der krachend auf die vorderen Stufen fiel und sie zerschmetterte, das sie zurückbrachte. Vielleicht auch nicht. Jedenfalls widerstand sie plötzlich dem Sog ihres eigenen Endes. Es galt Versäumtes nachzuholen, und ihre Gedanken waren um Sinn bemüht. Es war Paul, der sie rief, der sie darauf hinwies, daß sie eines der Kinder – den Jungen, glaubte sie – in seinem Zimmer alleingelassen hatte. Sie regte sich. Ihre Hände auf der Bettdecke flatterten. Sie kämpfte sich hoch, bis sie wieder halb bei Bewußtsein war.

Und dann zog das Zentrum des Sturms über sie hinweg, und es trat eine mächtige, hohle Stille ein. Lily hatte gerade genug von sich zurückerobert, um zu wissen, was das war: das Auge des Sturms.

Das *Ich*, dachte sie. *Lily*.

Und amüsierte sich über diesen Witz. Ihren Witz. Gottes Witz. Ein nahezu unsichtbares Lächeln zuckte über ihr Gesicht.

Obwohl der Sturm nach wenigen Minuten weiterzog, blieb die Welt für sie wundersamerweise, nützlicherweise so still, wie sie in jenem Augenblick gewesen war, so still und tief wie eine entlegene Wiese. Sie hörte eine Stimme rufen, die Stimme ihrer Mutter, glaubte sie: »*Lily? Lily?*« Und sie erhob sich von dem sonnenbeschienenen Feld, auf dem sie gesessen hatte. »Ich komme«, dachte sie. »Ich komme.« Aber sie kam nicht.

Als sie aus Alans Auffahrt in die Hauptstraße einbog, sah Linnett ein Auto vorbeikommen, das ein Boot auf einem Anhänger hinter sich herzog. Es fuhr in die andere Richtung, vom Meer weg, und das Boot schwankte gefährlich im Wind. Auf der Straße lagen bereits einzelne Zweige verstreut, und Linnetts Wagen wurde vom Aufprall des Windes häufig aus der Bahn gedrückt. Sie war verkatert, war verängstigt und beschloß, nicht mehr wegen Batterien oder Trinkwasser anzuhalten. Unterwegs begegneten ihr noch mehrere Autos, die ins Landesinnere fuhren, darunter eines, das ebenfalls ein schwankendes Boot hinter sich herzog. Na klar, dachte sie, die will man bei so einem Wetter an Land haben.

Das Dorf war menschenleer bis auf zwei Halbwüchsige auf Rollschuhen, die Tücher, vielleicht Handtücher, dabeihatten und sie als Segel hochhielten, um den Wind einzufangen. Ihre kreischenden, sich überschlagenden Stimmen wurden vom Getöse des Sturms verschlungen, so daß sie sich anhörten wie bellende Hunde in der Ferne.

Das Thayersche Haus sah verlassen aus. Alle Gartenmöbel, alt aussehende, weißgestrichene Holzstühle, Tische und Rundbänke waren weggeräumt worden. An einem Fenster im Obergeschoß schlug ein einzelner Fensterladen gegen die Mauer, doch auch dieses Geräusch ging im Dröhnen des Sturms unter, klang wie ein fernes Pochen.

Auch vor Linnetts Haus waren der Terrassentisch samt Stuhl abgeräumt worden. Oder vielleicht hat sie der Sturm weggeblasen, dachte sie. Sie parkte so dicht vor der Veranda, wie sie konnte, direkt auf einem kleinen Beet mit niedrigem Bewuchs. Sie stemmte sich erst auf ihren Krücken gegen den Wind, ehe sie sich aus dem Schutz ihres Wagens hervorwagte. Dennoch wäre sie fast umgeweht worden, als sie die drei, vier Stufen zur Haustür erklomm.

Drinnen ging sie ins Bad, um Wasser in die Wanne laufen zu lassen und sich ein Aspirin zu holen. Als sie jedoch den Hahn am Waschbecken aufdrehte, kam nur ein kurzer Wasserstrahl, dann ein Saugen und Gurgeln und das immer schwächer werdende Tröpfeln des Restwassers im Rohr.

»Scheiße«, sagte sie.

Sie nahm das Aspirin mit in die Küche und öffnete den kleinen halbhohen Kühlschrank. Natürlich ging das Licht nicht an, aber was von dem Mineralwasser in der Flasche übrig war, war noch kalt. Linnett nahm drei Aspirin mit einem Glas Wasser und stellte die Flasche zurück in den Kühlschrank.

Etwas fiel auf das Dach des Hauses, und sie zuckte heftig zusammen und schrie auf. Als sie sich ein wenig beruhigt hatte, sagte sie »Jesus!« und ging schnurstracks zum Bett hinüber. Sie lehnte ihre Krücken daneben an die Wand und kletterte hinein. Sie spürte das Pochen ihres Pulsschlags im Kopf, und ihr Mund fühlte sich trocken an, obwohl sie gerade ein Glas Wasser ausgetrunken hatte.

Wie satt sie alles hatte! Sich selbst, den endlosen Kreislauf von unbestimmter Reue, halbherzigen Vorsätzen, und dann ein, zwei Wochen später wieder ein Abend wie der letzte. »Halbherzige Vorsätze«, murmelte sie und bewegte ihren Kopf auf dem Kissen langsam hin und her. Das Brausen des Sturms war nun ein stetiges Geräusch, ein erstaunlich gleichmäßiges Lärmen. Sie öffnete einen Augenblick lang die Augen und sah, daß der Baum vor ihrem Fenster alle seine Blätter verloren hatte. Seine Äste zeichneten sich scharf ab, gekrümmt wie die Gliedmaßen einer alten Frau. Er sah kahl und winterlich aus. Sie verschloß die Augen vor dem Anblick und sang eine Weile leise vor sich hin.

Dann schlief sie ein und merkte nicht, wie über ihr die Zweige aufs Dach fielen, wie das Dach selbst teilweise abgetragen wurde.

Erst als das Auge des Sturms vorbeizog, als die jähe, erschreckende Stille eintrat, fuhr sie hoch. »Was ist?« rief sie und richtete sich hastig auf. Und sank zurück. Etwas Trauriges, Schmerzliches zerrte an ihr, sie wußte nicht, was. Ihr Bein, gefangen in seiner schweren Panzerung. Ihre Trunksucht. Ihre innere Leere. Tränen quollen ihr in die Augen, und ihre Kehle schmerzte. Etwas, das sie nicht getan hatte, alles, was sie getan hatte. Sie weinte.

Rund um das Haus der Amundsens gab es keine hohen Bäume – es stand auf einer ehemaligen Weide, auf der früher vereinzelte Kühe träge zum Fluß hinabgetrottet waren. Das einzige Risiko bestand also darin, daß der Sturm selbst einige der Bauteile auseinanderreißen würde, die Bill und seine Mannschaft so sorgfältig vernagelt und verschraubt hatten, daß er Glas zerschmettern oder das übriggebliebene Holz und anderes Material verstreuen und es schlimmstenfalls durch die neuen Fenster wehen würde.

Als Gaby eintraf, war Alan gerade dabei, die Fensterwand abzukleben. Er war bereits auf das Gerüst geklettert und hatte die lose aufgelegten Bretter heruntergeworfen. Anschließend hatte er sie ins Haus geschafft, zusammen mit dem restlichen Bauholz, das noch herumlag. Sie arbeiteten gemeinsam an den Fenstern, solange sie konnten, und als der Wind zu heftig wurde, gingen sie ins Innere, um zu sehen, was passierte. Sie waren naß, und ihnen war kalt, aber Gaby hatte Handtücher und Decken dabei. Außerdem hatte sie ein Transistorradio mitgebracht und etwas zu essen – dicke Weißbrotscheiben mit einem Belag aus Käse und Basilikumblättern und grüner Olivenpaste sowie Plätzchen und frische Beeren. Sie hatte drei Thermosflaschen gefüllt, eine mit Wasser, eine mit Kaffee, eine mit der Paprikasuppe. Sie zogen sich aus, hüllten sich in die Decken und setzten sich an die Rückwand des Hauses gelehnt dicht nebeneinander. Sie aßen ihr Picknick und hörten die Berichte über den Verlauf des Hurrikans im Radio – die Litanei der Stromausfälle, unterspülten Straßenabschnitte, gebrochenen Deiche, heruntergerissenen Telefonleitungen, beschädigten Hafenanlagen.

Alan glaubte, in dem verkündeten Chaos eine gewisse Logik zu erkennen – die Logik des vom Hurrikan gewählten Pfades. Dabei wußte er, daß Glück eine Rolle spielte, selbst im Einzugsbereich dieses Pfades. Es gab Landstriche, die der vollen Wucht des heranziehenden Sturms ausgesetzt sein würden, während andere ungeschoren davonkamen. Durch einen glücklichen Zufall oder weil der Wind in einem bestimmten Winkel einfiel, weil das Gelände auf bestimmte Weise anstieg, weil die Entfernung zum offenen Meer größer war. Das war es, worauf er hoffte.

Und die Amundsens hatten Glück. Alan und Gaby sahen mit an, wie ihr Glück anhielt, als der Wind die obere Hälfte des gegenüberliegenden Flußufers traf und eine Baumgruppe – ein breiter Streifen am Hang – in erregendem, gewaltsamem Zeitlupentempo gefällt wurde. Das Haus vibrierte unter der Wucht des Windes, und die neuen Fenster summten in ihrer Halterung, doch dabei blieb es. Kurz darauf erlebten sie die überraschende Stille des Auges, und dann wurde es langsam, ganz langsam ruhiger, und der Himmel fing an, sich aufzuhellen. Sie hatten vielleicht eine Stunde beisammengesessen.

Alan stand verkrampft auf und ging auf und ab, die Decke wie ein Cape um die Schultern gelegt. »Ich glaube, das war's«, sagte er. Er machte an der Fensterwand halt und spähte zum Fluß hinunter. »Das war es tatsächlich«, sagte er schließlich. Er drehte sich um und lächelte Gaby an. Er breitete seinen Deckenmantel aus und tanzte im Stile von Isadora Duncan. »Das war's, das war's, Gabs, Gabs, Gabs.« Er schwenkte die Decke hin und her. Um sich herum, dann von sich weg, Sägemehl und Holzspäne aufwirbelnd entblößte er sich und verhüllte sich wieder. Er warf die Decke zu Boden und sprang darüber hinweg. Sein langer, magerer Körper war scharf umrissen, und sein Penis hüpfte und tanzte wie aus eigenem Antrieb wild auf und ab. Er endete mit einer dramatischen Gebärde, auf ein Knie gestützt, den Oberkörper vorgebeugt, Arme und Kopf zurückgebogen.

Gaby hatte die ganze Zeit gelacht, hatte ihn angefleht, aufzuhören. Er stand auf, schüttelte seine Decke aus, wickelte sich wieder darin ein und kam, um sich neben sie zu setzen. Sie wischte sich die Tränen aus den Augen. Das Radio schaltete auf einen anderen Reporter um, der aus Point Judith eine rasche Aufzählung der angerichteten Schäden brachte.

»Das war furchtbar, Alan«, sagte Gaby. »Wie soll ich dich weiterhin ernst nehmen?«

»Warum solltest du mich ernst nehmen? Darum war es mir nie zu tun.«

»Aber warum denn nicht? Ernstgenommen werden will doch jeder.«

»Ich nicht. Ich hab davon als Heranwachsender entschieden zuviel gehabt. So ernst. So erlaucht. So erhaben. Ich sage: Zur Hölle damit.«

»Lily findet das nicht.«

»Dann eben zur Hölle mit ihr.«

»Alan!«

»Ich meine, was ich sage.«

»Sei still«, mahnte sie. Sie legte den Arm um ihn. »Du zitterst ja.«

»Meine kalte Jugend. Ich brauche nur dran zu denken.«

»Ach, Alan«, sagte sie.

Ihr Körper war heiß, und sie hieß ihn darin willkommen, schlug das Deckenzelt auf, das sie umgab. Er glitt vorwärts, legte die Beine um

ihre Hüften, schob seine kalten Hände unter ihre Arme. »Gott, was wäre ich nur ohne dich, Gaby?«
»Psst«, sagte sie.
»Meine kleine Heizpumpe. Mein Herdfeuer.«
»Herzfeuer?« fragte sie.
»Ja«, bestätigte er.
Wenige Augenblicke später lehnte sich Gaby auf dem Gesäß zurück, hob die kräftigen Beine an, schwang sie über die von Alan und zog sich hoch auf seinen Schoß. Er sah ihren dichten braunen Pelz, das verwundete Purpur ihres Geschlechts.
Er umklammerte sie, ließ seinen Kopf zwischen ihre kleinen runden Brüste sinken. Er spürte, wie sich sein Penis unter ihrer Berührung versteifte. »Du hast gerade wie eine dieser Nackten von Rodin ausgesehen«, sagte er. »So stolz auf ihre Spalte.«
»Gut«, sagte sie. »Das bin ich.« Sie ließ sich auf ihm nieder, hielt dabei ihre Decke über seinen Kopf.
Im Innern des Zeltes, das sie geschaffen hatte, beobachtete er, wie sich ihre Körper ineinanderfügten. Er beugte sich leicht vor, und sie half ihm, in sie einzudringen. »Schaffen wir das?« raunte er.
»Möglicherweise nicht ohne Schmerz«, sagte sie.
»Ah, so ist es am schönsten«, sagte er. »Für mich bitte einmal mit Schmerz.« Auch das war einer ihrer Witze. Sie hatten einmal in Boston ein Schild gesehen: *Body Piercing – sämtliche Körperteile: mit oder ohne Schmerz.*
Sie wiegten sich lange Zeit gemeinsam hin und her. Mal schob sich Gaby an ihn geschmiegt vor und zurück, mal überließ sie es Alan, sie in Bewegung zu halten. Seine großen Hände strichen unbefangen über ihren Körper, hielten sie fest, drehten sie hin und her. Gegen Ende ließ er sie unter ihr festes Gesäß gleiten, und seine Finger tasteten sich in sie hinein. Sie stöhnte und krümmte den Rücken, um sich noch weiter für ihn zu öffnen. Er spürte seine eigenen Finger durch die Wand in ihrem Innern und bewegte sie reibend hin und her, an ihr, an sich selbst. Und sie wimmerte unentwegt, und er stieß zu, in sie hinein.

Als sie fertig waren, sanken sie sich in die Arme, ließen die Decken fallen. Ihre Haut war klebrig vor Schweiß. Alan ließ Gaby los, streichelte ihren glatten Rücken, küßte sie. Nach ein paar Minuten glitt sie rückwärts von seinem Schoß, zurück auf den Boden. Sie umfing ihre angezogenen Knie und seufzte tief. Ihr Atem wurde langsam wieder ruhig.
»Sieh nur«, sagte Alan. »Die Sonne.«
Sie drehte sich um und blickte durch die Fensterwand nach draußen. Die Wolkendecke war aufgerissen, trieb schnell über den immer blaueren Himmel, und über ihnen schien die Sonne. Die nasse Wiese und das Wasser des Flusses funkelten in ihrem Licht.
»Mmm!« sagte Gaby. »Wie schön!«
Sie saßen eine Weile nebeneinander und beobachteten die dahinjagenden Wolken.
»Das wird ein wunderbares Haus, Alan«, sagte sie leise.
»Gefällt es dir wirklich?« fragte er.
»Das wird ein wunderbares Haus«, wiederholte sie, diesmal mit Nachdruck.
Darauf sagte er: »Ich frage mich, wie unseres es überstanden hat.«
»Das hier läßt mich hoffen«, antwortete Gaby und zeigte auf ihre Umgebung.
Alan sprach nicht aus, was er dachte: daß das eine nicht unbedingt mit dem anderen zusammenhing.
»Ich glaube, wir sollten unsere nassen Sachen wieder anziehen«, sagte er ein wenig später.
»Ja.«
Er stand auf und begab sich dorthin, wo sie beide beim Ausziehen gestanden hatten. Er beugte sich über seinen Kleiderhaufen. »Naß und kalt«, stellte er fest.
»Ich hätte uns zusätzliche Sachen mitbringen sollen«, sagte sie. Sie war dabei, das übrige Essen in den Korb zu packen. Alan warf ihr ihre Kleider zu, und sie trafen mit einem auffällig lauten *Plumps* auf dem Boden auf. Als er seine Hose wieder anzog, reagierte er mit einem Aufschrei auf die Kälte und hüpfte auf und ab.

Bis sie die Decken ausgeschüttelt und gefaltet, die Essensreste und die Thermosflaschen im Auto verstaut hatten, war ihnen schon wieder wärmer, obwohl Alan jedesmal eine Gänsehaut bekam, wenn die kühle Brise ihn traf. Gaby fuhr ihn bis zum Ende der Auffahrt der Amundsens, wo er seinen Wagen stehengelassen hatte, und sie machten sich auf den Heimweg, er voran, Gaby hinterher.

Noch ehe sie einen Kilometer gefahren waren, erreichten sie einen Baum, der quer über der Straße lag, ein Gewirr von Kabeln im Geäst. Dahinter parkte ein Arbeitsfahrzeug der Elektrizitätswerke, und mehrere Männer mit Schutzhelmen eilten hin und her. Alan konnte eine Motorsäge hören.

Er lehnte sich aus dem Fenster. Der Mann, der auf ihn zukam, schüttelte bedauernd den Kopf und winkte Alan zurück.

»Ich muß nach Bowman«, rief Alan. »Ist der Weg über Cobbtown frei?«

»Soweit ich weiß, sind dort keine Leitungen heruntergerissen worden, aber die Brücke über den Weiher ist unterspült.«

»Sie meinen also, wir können nicht nach Bowman?«

»Nicht, ehe wir hier fertig sind, würde ich sagen.«

»Wie lange werden Sie Ihrer Meinung nach brauchen?«

Der Mann sah sich um. »Schwer zu sagen. Mindestens noch eine Stunde. Oder länger.«

Alan und der Mann grinsten sich an. »Okay«, sagte Alan. Er stand auf und ging zu Gabys Wagen, der hinter ihm angehalten hatte. »Es sieht so aus, als würden wir hier festsitzen. Bis das da geräumt ist.«

Nachdem sie einen Augenblick den Schaden begutachtet hatte, sagte Gaby: »Was schlägst du vor?«

»Wir beenden unser Picknick, würde ich sagen.«

Sie zuckte die Achseln und zog einen Flunsch.

Und so kam es, daß sie wendeten und zurückfuhren zu den Amundsens. Förmlicher, feierlicher als zuvor bauten sie sich aus den Decken ein richtiges Bett. Alan empfand einen Anflug von Schüchternheit, während sie sich zu beiden Seiten dieses Ruhelagers auszogen, als wären sie Halbwüchsige, die etwas Aufregendes, Verbotenes vorhatten. Zärtlicher als beim ersten Mal vollzogen sie erneut den Akt der Liebe und schliefen anschließend eine Weile auf dem harten Boden. Als sie aufwachten, war die Sonne untergegangen, und der Himmel hatte eine dramatische tiefrosa Färbung angenommen. Sie lagen Seite an Seite da, aßen langsam das letzte Plätzchen, die letzten Beeren, und als sie sich anzogen, waren ihre Kleider fast schon wieder trokken. Alan half Gaby, alles wieder in ihr Auto zu schaffen. Die Luft fühlte sich sauber und kalt an. Sie lehnten eine Weile am Auto, stumm, unwillig, all dem ein Ende zu machen. Dann hob Gaby die Hand und berührte Alans Wange. »Ich habe dich vermißt, Alan. Lily ... sie macht mich unsicher, wo meine Loyalitäten liegen, fürchte ich.«

Er nickte. »Nun, der heutige Tag war eine Erholungspause.«

»Ja. Und ich freue mich. Es gefällt mir gar nicht, so zu empfinden, aber ich tue es. Es ist nicht leicht mit ihr umzugehen, arme alte Frau.« Sie seufzte und öffnete die Wagentür. Alan ging zu seinem Auto hinüber.

Sie kamen dort vorbei, wo die Männer gearbeitet hatten. Der Baum war nur soweit zersägt worden, daß die Straße wieder passierbar war, und die blassen runden Sägeflächen blinkten zu beiden Seiten weiß im Dämmerlicht. Während er dahinfuhr, kniff Alan die Augen zusammen und spähte in die schattige Runde. Mancherorts sah es entlang der Straße ganz normal aus, dann wieder hatte der Wind eine Schneise in den Wald geschlagen und mit seiner anhaltenden Wucht Bäume entwurzelt oder gefällt. Wenn er an Häusern vorbeikam, hielt er noch sorgfältiger Ausschau. Er bekam einige Schäden zu sehen, und sämtliche Vorgärten waren mit Ästen übersät, aber es schien nicht so schlimm gewesen zu sein, wie er es sich vorgestellt hatte. Kerzen oder Petroleumlampen sorgten für blaßgelbes Licht in vereinzelten Fenstern, und hier und da waren Leute draußen im Halbdunkel noch bei der Arbeit.

Ihre eigene Auffahrt war frei, bis auf einen Teppich aus Laub und Zweigen, über den seine Reifen knirschend hinwegrollten. Als er am

Ende des Weges freies Gelände erreichte, war es gerade noch hell genug, um etwas zu erkennen, denn das Laub war vollständig verschwunden. Auf dem Hof lag verstreut ein tiefes Gewirr aus Ästen. Alan fuhr an den Rand, um Gaby Platz zu machen, und schaltete den Motor aus. Dann sah er den großen Ast, der auf die Veranda und den Treppenaufgang gefallen war. Er stöhnte und stieg aus. Umsichtig bahnte er sich einen Weg über den dunklen Hof. Er zerrte den Ast von den Stufen. Sie waren unter seiner Wucht gesplittert, als hätte jemand eine riesige stumpfe Axt genommen und mittendurchgehauen.

Er packte das Eisengeländer und erklomm die Stufen, wobei er nur den äußeren Rand mit seinem Gewicht belastete. Der Boden der Veranda war unversehrt, und er ging auf der Suche nach weiteren Schäden ums Haus herum nach vorn. Das Glas in einer der Terrassentüren zum Wohnraum war zerbrochen, mehr war an jenem Abend nicht zu erkennen. Er kehrte an die Treppe zurück und half Gaby hinauf. »Das hier ist wohl der schlimmste Schaden«, berichtete er.

Das Hausinnere war dunkel und still, frei von den unbemerkten elektrischen Geräuschen, die in ihrem Dasein normalerweise summten und tickten.

»Ich hole Kerzen«, sagte Gaby.

»Wir haben auch irgendwo eine Taschenlampe«, meinte Alan.

Während Gaby die angezündeten Kerzen auf der Arbeitsfläche, auf dem Tisch und auf den versammelten Gartenmöbeln verteilte, kramte Alan blindlings in verschiedenen Küchenschubladen und suchte nach der Taschenlampe.

»Was meinst du, Alan?« fragte Gaby. Er sah zu ihr hinüber. »Ich werde Noreen anrufen, aber ich finde, wir sollten bis morgen warten, ehe wir Lily abholen, falls Noreen sie dabehalten kann. Wir können sie unmöglich über den Hof und die Treppe hinaufschaffen, schon gar nicht jetzt im Dunkeln.«

»Ich bin völlig deiner Meinung«, sagte Alan.

»Wenn das Telefon überhaupt funktioniert«, ergänzte Gaby.

Während Gaby anrief, fegte Alan in der einen Ecke des Wohnraums das Glas zusammen. Er hörte, wie sich in jäher Sorge ihre Stimme hob, und er hielt inne und wartete, bis sie fertig war.
Sie legte den Hörer auf. »Lily ist nicht da«, sagte sie.
»Aber du hast sie doch selbst hingefahren«, wandte er ein.
»Nein«, antwortete sie. »Ich habe Linnett gebeten, es zu tun. Lily hatte einen sehr guten Tag und fand, Linnett komme mit ihr zurecht. Aber Noreen sagt, sie sind nie dort angekommen.«
»Ja, wo zum Teufel sind sie dann?« fragte er.
»Noreen hält es für möglich, daß Linnett Lily mit zu sich genommen hat, daß die Straßen vielleicht schon nicht mehr frei waren.«
»Oje. Na gut. Also Linnett. Hast du die Nummer?«
»Nein.« Gaby rieb sich die Stirn. »Und sie steht auch bestimmt nicht im Telefonbuch, weil es sich um ein Ferienhaus handelt.«
»Vielleicht hat Lily sie irgendwo bei sich im Zimmer.« Er nahm die Taschenlampe.
»Oder nein. Warte. Von wem hat sie das Haus gemietet?«
»Thayer heißen die Leute«, entgegnete er.
»Ich ruf sie an. Sie werden Bescheid wissen.«
»Na gut. Das ist am einfachsten.«
Und während sich Gaby erneut ans Telefon hängte, ging Alan mit der Taschenlampe zu dem großen Vorratsschrank am Ende des Flurs, um ein Stück Pappe zu suchen und als Ersatz für die zerbrochene Fensterscheibe zurechtzuschneiden. Er hatte gerade das Teppichmesser gezückt, als Gaby laut nach ihm rief.
»Lily ist auch dort nicht«, sagte sie, als er aus dem Schrank trat. Sie stand am anderen Ende des Flurs im Kerzenschein neben dem Telefon. Sie sah erschrocken aus.
»Was willst du damit sagen?«
Sie hob die Hände. »Sie ist nicht da. Linnett hat sie nicht mitgenommen. Sie behauptet, Lily hätte ihr gesagt, daß Noreen sie abholen würde.«
»Aber davon war doch nie die Rede, nicht wahr? Oder?«
»Nein. Und Noreen. Also, die wußte nichts von so einer ...«

»Jesus, das ist doch Wahnsinn. Wo ist sie?« Sie sahen sich im ungewohnten gelben Licht stirnrunzelnd an. »Sie kann doch nicht einfach verschwunden sein.«

Dann veränderte sich Gabys Gesichtsausdruck. »Alan! Sie ist hier!« rief sie. »Sie muß irgendwas mißverstanden haben ...«

Aber Alan war bereits wieder an den Vorratsschrank gegangen, um die Taschenlampe zu holen. Und schon kam er mit großen Schritten auf sie zu und ging an ihr vorbei durchs Zimmer, während der unstete ovale Lichtkegel der Taschenlampe vor ihm über den Boden tanzte. Gaby war noch dabei, es ihm und sich selbst zu erklären, als er die Tür aufstieß und Lily entdeckte.

17

Sämtliche Bauarbeiter und Handwerker sind mindestens auf einen Monat ausgebucht mit Sturmreparaturen, darum nimmt Alan sich vor, den Treppenaufgang selbst instandzusetzen. Da Ettie und Thomas die zehn Tage bis Semesterbeginn zu Hause verbringen, beschließen Alan und Gaby, lieber damit zu warten, bis sie abgereist sind – die Reparatur ist eine jener Aufgaben, bei der Ettie eine echte Hilfe gewesen wäre. Aber Thomas hätte Schwierigkeiten gehabt, sich zu beteiligen, weil er um seine Hände fürchten mußte. Drei- oder viermal erkundigt sich Ettie während der Tage, die er daheim ist, nach der Treppe: »Ich meine, wie lange würden wir dazu brauchen? Ein, zwei Tage? Mehr nicht.« Aber Alan legt die kleine Trittleiter neben der kaputten Treppe an die Veranda an, und so gelangen sie alle ins Haus hinein und wieder heraus. Dann fahren die Jungen ab, und Gaby, die jedes Jahr gleich nach dem Labor Day, dem Feiertag am ersten Montag im September, zwei Wochen lang das Geschäft zumacht, fliegt zu ihrem inzwischen alljährlichen Besuch nach Frankreich. Erst dann macht sich Alan an die Arbeit.

Er schraubt vorsichtig das gestrichene Eisengeländer ab und legt die Einzelteile auf die Terrasse. Dann fängt er an, die Treppe auseinanderzunehmen. Die Setzstufen und Tritte sind nicht zu retten, das wußte er gleich, als er sie gesehen hat – zerschmettert und mittendurchgebrochen vom Aufprall des Astes. Als er nun jedoch darunterkriecht, entdeckt er, daß nur eine der Wangen ersetzt werden muß. Er macht sich eine genaue Liste für den Holzhändler.

Er verbringt viel Zeit dort im düsteren, höhlenartigen Lagerraum und begutachtet Holz verschiedener Qualität, ehe er das Arbeitsmaterial kauft. Außerdem sieht er sich Edelhölzer an, Scharniere und Schlösser, Werkzeug, das er noch nie benutzt hat und wohl auch in Zukunft nicht benutzen wird. Alan hat während seines Architekturstudiums jedes Jahr im Sommer für einen Bauunternehmer gearbeitet, und gelegentlich auch noch danach, bis er ein festes Einkommen hatte. Er liebt alles, was mit dem eigentlichen Baubetrieb zu tun hat. Er hat sich auch auf dieses Projekt gefreut. Vielleicht war das einer der Gründe, warum er nicht anfangen wollte, solange Ettie zu Hause war: Er wollte allein sein, das wird ihm jetzt klar, mit dem Holz, mit dem Werkzeug. Er will langsam und exakt und in aller Stille arbeiten. Er will sich darin verlieren, will dabei menschlichen Kontakt vermeiden. Er sehnt sich nach der tröstlichen Vernunft des Maßnehmens, nach der Logik von Passung und Normkonformität, nach dem Vergnügen, das der Geruch und die Glätte des Holzes versprechen, seiner Formschönheit, die unter Säge und Hobel, unter seinen Händen entsteht.

Am Dienstag holt er sein Werkzeug aus dem Lagerraum – Kreissäge, Hobel, Schraubzwingen, Wasserwaage, Hammer und Bohrer. Im seltsam wintrigen Sonnenlicht unter den entlaubten Bäumen des sommerlichen Hofes arbeitet er. Mit heikler Sorgfalt mißt er die Winkel, einmal, dann noch einmal. Er sägt die gezackte Stufung der Treppenwange zurecht, hobelt und schmirgelt die Trittflächen, die Setzbretter, glättet jede Kante, ehe er das Holz einpaßt.

Die Luft ist warm und windig, die gekringelten Sägespäne schweben über den Hof. Was vom Wasser des Flusses zu sehen ist, glitzert hell. Alan zieht nach einer Weile das Hemd aus, und das nackte Sonnenlicht wärmt seine Haut. Das unbehandelte Holz und die Späne riechen nach Neubeginn, nach Hoffnung. Der Zauber des Bauens, denkt er.

Seine Gedanken durchwandern frei, ungehindert, unbestimmt sein Leben. Gaby, seine Kinder, Lily, der Tod. Auch an seinen eigenen Tod denkt er: wie es dazu kommen wird und ob er wohl je in Versuchung geraten wird, es Lily gleichzutun.

Seine Hände führen die fast monotonen Bewegungen aus, und er denkt über seine Arbeit nach, über die Befriedigung, die er darin findet. Er denkt an Gaby bei ihrer Familie in Frankreich. An Clary, an Lilys Asche. Und dann an Lilys Gesicht, wie es an jenem Abend ausgesehen hat. Er sieht noch einmal den zitternden Lichtkegel der Taschenlampe über die erschlaffte graue Oberfläche tanzen. Die Augen sind einen Spalt breit geöffnet und glasig, der Kiefer herabgesunken. Er stellt die Arbeit ein, richtet sich auf und schaut sich einen Augenblick lang auf dem leeren Hof um.

Der logische Zeitpunkt zum Verstreuen der Asche wäre natürlich der Tag der Gedenkfeier gewesen (kein Gottesdienst, so stand es in Lilys Testament), aber Clary war überzeugt, daß Rebecca selbst auftauchen oder sich melden würde, darum hatten sie gewartet. Während der drei Tage, als sie in Chicago versammelt waren, hatte Alan sie oft beobachtet – seine Schwester, grobknochig wie er, blond wie er, die Frisur mit Sorgfalt geformt und fixiert. Er hatte beobachtet, wie ihre Augen nervös durchs Zimmer schweiften, wie sie eifrig aufsprang, sobald das Telefon läutete. Selbst bei der Gedenkfeier hatten ihre Blicke, während sie die letzten Gäste begrüßte, mehrmals den Raum abgesucht, als hielte sie es für möglich, daß sich Rebecca zwischen den alten Leuten versteckte, die sich zum Gedenken an Lily versammelt hatten. Nun steht Alan daheim auf dem Hof, und auf einmal erinnert er sich deutlich an Rebecca, daran, wie sie ausgesehen hat: Sie war die einzige, die dunkles Haar hatte wie Lily. Möglicherweise, denkt er, ist sie wie Lily auch früh ergraut. In dem Fall wäre es von Clary nicht so töricht gewesen, nach ihr Ausschau zu halten; Rebecca hätte sich unbemerkt unter die übrigen weißhaarigen Gäste mischen können.
Er hält erneut inne, um an Rebecca zu denken wie seit Jahren nicht mehr. Er erinnert sich, daß sie und Clary hin und wieder zu einer Rettungsaktion aufgebrochen waren, wenn ihrer Meinung nach in seinem Leben wieder einmal alles mögliche schiefging. Dann war er vorübergehend gewaltsam in ihre Welt versetzt worden, ohne sie oder die Beweggründe seiner Schwestern je zu verstehen. Er erinnert sich

an ein Monopolyspiel, das er eines Abends mit ihnen gespielt hat, als er elf oder zwölf Jahre alt war. Er war im Pyjama gewesen, Clary und Rebecca in ihrer Unterwäsche. Und wenn er es recht bedenkt, war diese Wäsche durch und durch unschuldig gewesen. Kein Spitzenbesatz, keine Gaze, die Unterhosen taillenhoch, die Büstenhalter umfänglich wie ein Korsett, alles aus klinisch weißer Baumwolle. Dennoch hatte er dauernd gegen seine Erregung ankämpfen müssen, hatte er jede Locke ihrer Schamhaare wahrgenommen, die er hin und wieder zwischen ihren Schenkeln erspähte, genau wie die wechselnde Form ihrer Brüste, wenn sie sich vorbeugten, um zu würfeln oder ihre Figuren auf dem Brett zu bewegen.

Clary hatte ihm später ihre Theorie erklärt: Ihr Verhalten war als Gegenmittel gegen Lilys Lieblosigkeit gedacht gewesen. Ihre entspannte Haltung sollte ihm helfen, im Umgang mit Frauen und Sexualität selbstbewußter, lässiger zu werden. Auf seinem sonnigen Hof stehend, lacht er nun laut heraus, wenn er daran denkt, wie falsch sie damit lagen, wie komisch die Szene war.

Er und Clary haben am letzten Tag in Chicago die Asche verstreut, während Gaby und die Jungen für die Rückreise packten. Es war windig, ein zu windiger Tag für ein Vorhaben wie dieses, aber sie hatten keine andere Wahl und begaben sich auf die felsige Spitze der Landzunge, die wie ein grüner Daumen an der Fünfundfünfzigsten Straße in den Michigan-See hinausragt. Das Wasser schlug gegen die Felsen, und der Wind blies ihnen ins Gesicht. Clary bestand auf einem Gebet zur Feier des Augenblicks. Während sich ihre Lippen bewegten, betrachtete Alan ihre alt gewordenen geäderten Hände, die den Plastiksack mit der Asche festhielten. Er betrachtete das Pulver in dem Sack, gesprenkelt mit einzelnen Knochenstücken, die wie kleine Steine aussahen. Er hörte undeutlich Clarys verwehte Stimme, als sie im vertrauten Rhythmus das Vaterunser sprach, und er war ihr dankbar. Er hatte das Gefühl, daß hier ein notwendiges Zeremoniell stattfand.

Als sie geendet hatte, blieben sie einen Augenblick stehen, vom Wind gezaust, auf leicht unsteten Beinen. Dann warf Alan eine erste Handvoll Asche und merkte, daß sie zu ihm zurückgeweht wurde, in seine Augen, sein Haar, seinen offenen Mund. Er blinzelte. Er schluckte. Er fuhr sich mit der Zunge über die Lippen.

Er drehte sich nach Clary um.

»Es geht nicht«, sagte er.

Am Ende mußten sie sich auf die Seite der Landzunge begeben, die der Siebenundfünfzigsten Straße am nächsten war, um dem Wind zu entgehen. Dort angekommen, kauerte sich Alan auf die Felsen und stülpte den Plastiksack einfach um, so daß Lilys Asche herausrieselte. Ein Teil versank, ein anderer trieb zunächst davon, weiß auf der dunklen Fläche des Sees. Binnen weniger Sekunden war alles im aufgewühlten Wasser verschwunden.

Clary kamen die Tränen, als es soweit war, aber sie faßte sich schnell wieder. Auf dem Rückweg über den Rasen seufzte sie und sagte: »Herrgott, ich sage es nicht gern, aber Mutter ist, was mich angeht, im allerletzten Augenblick gestorben.«

»Was meinst du damit?« fragte Alan.

»Geld, mein Kleiner.« Sie hob die Hände, rieb Finger und Daumen gegeneinander. »Schnöder Mammon.«

Alan war trotz seiner eigenen Verwirrung in bezug auf Lily überrascht, wie entschieden, wie kaltblütig Clary reagierte: Lily schien für sie erledigt zu sein.

Als er rund eine Stunde später im Flugzeug saß, unterwegs in die Heimat, fiel ihm Clarys seltsame Geste wieder ein und er erkannte plötzlich, woran sie ihn erinnert hatte – an die unablässige Bewegung von Lilys Händen, wenn sie besonders müde war. Er blickte auf seine eigenen Hände herab. Unter jedem Fingernagel der rechten Hand hatte sich ein dunkler Halbmond abgesetzt. Er fing an, mit dem linken Zeigefinger unter einen Nagel zu fahren, um ihn zu säubern, als ihm klar wurde, was er da herauskratzte – Lilys Asche. Da drehte er hastig die Hände um, die Handflächen wie ein Bittsteller nach oben gekehrt auf seinem Schoß.

Das Telefon klingelt vier- oder fünfmal, während Alan bei der Arbeit ist, aber er hört nicht auf, um ranzugehen. Er ißt draußen zu Mittag, auf der Terrasse sitzend, und arbeitet bis in den späten Nachmittag. Da ist es bereits kühl, und er hat sein Hemd wieder angezogen. Die herbstlichen Schatten auf dem Hof sind lang, selbst am hellichten Tag. Erst am frühen Abend, nachdem er geduscht und sich ein Glas Wein eingeschenkt hat, drückt er auf den Wiedergabeknopf seines Anrufbeantworters und wartet mit gezücktem Stift, um zu notieren, was anliegt.

Die erste Stimme ist die von Peter Amundsen, der ihm knapp sein Beileid wegen Lily ausspricht. Dann sagt er: »Jetzt, wo Sie wieder da sind, könnten wir uns vielleicht am Haus treffen und ein paar Einzelheiten besprechen.« Alan stöhnt laut.

Als nächstes ergeht an ihn und Gaby eine Einladung zum Abendessen, Ende des Monats bei den Mercers. Dies wird das erste Mal seit Lilys Ankunft sein, daß sie sich wiedersehen.

Dann ein Anruf von Linnett Baird.

Ihre Stimme läßt Alan auffahren, und er stellt sein Weinglas ab. »Hallo, Gaby, hallo, Alan. Ich hoffe, es war alles ... ist alles glattgegangen bei der Gedenkfeier. Alan, was meinen Sie, ob ich mich wohl mit Ihnen unterhalten könnte? Ich dachte, ich komme vielleicht Donnerstag oder Freitag vorbei, wenn es Ihnen recht ist. Ich habe noch ein paar letzte Fakten und dergleichen abzuklären. Könnten Sie mich zurückrufen?« Und sie spricht eine Nummer mit einer Vorwahl in West-Massachusetts aufs Band.

Ettie hat ebenfalls angerufen, mit einer Aufzählung von Sachen, die er aus Versehen zu Hause zurückgelassen hat. Ob sie sie ihm schicken könnten? Und zwar bald?

Alan beantwortet der Reihe nach die Telefonate. Als er Linnett zurückruft, ist ihr Anrufbeantworter eingeschaltet, und er teilt ihr mit, daß ihm beide Tage recht sind, daß er zu Hause arbeiten wird. Er legt den Hörer auf und nimmt einen Schluck Wein. Draußen ist es fast dunkel. Er hat inzwischen mehrere Lampen eingeschaltet und bemerkt auf einmal sein Spiegelbild im Fenster. Er hebt sein Glas, stellt

es wieder hin. Warum ist er nervös? Warum ist er ein wenig aufgeregt bei dem Gedanken, Linnett zu sehen?
Es ist nichts, redet er sich ein. Der kleine Flirt damals zwischen ihnen, die Tatsache, daß er jetzt allein ist. Die Verbindung zu Lily. Er hatte Linnett anziehend gefunden, gewiß. Attraktiv. Aber er hat darüber hinaus keine Absichten, darin ist er ganz sicher. Und er erinnert sich auch, wie wütend er am Abend von Lilys Tod auf sie war. Furchtbar wütend.
Alan wird am nächsten Tag mit der Treppe fertig. Er reinigt bedauernd sein Werkzeug und räumt es ordentlich wieder weg. Er bringt mehrere Stunden damit zu, das neue Holz zu beizen, und dann ist seine Aufgabe getan. Als er erst den Pinsel, dann seine Hände mit Verdünner reinigt, hat er das Gefühl, aus weiter Ferne zurückzukehren – als riefe ihn sein Leben, sein kompliziertes, aber angenehmes, normales Leben zurück. Am Abend nimmt er vor dem Zubettgehen einen Karton und sucht in Etties und Thomas' Zimmer nach den Sachen, um die Ettie gebeten hat: einen Stapel Fotos, den Alan durchsieht, in der Mehrzahl Aufnahmen aus New York, von jungen Leuten, die er nicht kennt. Ein Lehrbuch, in dem Ettie gelesen hat, die ersten zwanzig Seiten dick unterstrichen, danach wie neu. Seine Fußballschuhe, eine Schachtel mit CDs, ein grüner Pullover, der an einem Haken im Schrank hängt. Alan sieht sich im Zimmer um, bevor er das Licht ausschaltet. Jedes Jahr, so scheint es ihm, büßt es einen Teil seines Charakters als Zimmer seiner Söhne ein, wirkt es eher wie ein Abstellraum. Nachdem sie den letzten Satz Poster abgenommen hatten – berühmte Sportler, Rockgruppen, eine schöne junge Pianistin namens Hélène Grimaud –, hatten sie keine neuen mehr aufgehängt. Statt dessen hingen nun gerahmte Familienfotos an den Wänden, dazu eine Skizze vom Hafen, die ein Freund angefertigt hatte, doch über die Auswahl hatte Gaby entschieden. Das Leben der beiden, ihre Entscheidungen, wurden inzwischen anderswo getroffen. Sie sind fort, denkt er, und es gab soviel, was ich ihnen zu sagen, ihnen zu geben versäumt habe.
Aber haben Eltern nicht grundsätzlich dieses Gefühl? Er denkt an

Lily und daran, wie schwer es für sie gewesen sein mußte, Mutter zu sein, außer Gefecht gesetzt durch ihren Starrsinn, ihre Gefühlskälte.
Und dann mutet ihn der Gedanke erstaunlich an. Lily, *außer Gefecht gesetzt*. Er staunt über die Sympathie, die Versöhnlichkeit, die in dieser Redensart anklingt. Während er Etties Karton in die Küche bringt und anfängt, ihn mit Klebeband zu verschließen, denkt er, wie oft ihn doch seit Lilys Tod seine Gefühle erstaunt haben.

Linnett kommt am Freitagnachmittag. Alan ist dabei, Diakästen für seine Vorlesungen im Herbst neu zu ordnen. Er sitzt in seinem Arbeitszimmer an der Rückseite des Hauses, und der Projektor summt, darum hört er es nicht, als ihr Auto vorfährt. Die Türklingel überrascht ihn.
Als er auf den Flur hinaustritt, kann er ihre Silhouette vor der Fliegengittertür erkennen. Einen Augenblick lang erkennt er sie nicht. Während er zur Tür geht, merkt er, daß sie nicht mehr ihre Krücken mit sich herumträgt, beziehungsweise daß sie sich nicht mehr von ihnen herumtragen läßt.
Er ist beeindruckt davon, wie groß sie ist, irgendwie größer, als er sie in Erinnerung hat. Sie trägt Jeans und ein Trägerhemd, und darüber wie eine Jacke ein offenes rotes Leinenhemd. Ihr Haar ist im Nacken zum Pferdeschwanz gebunden, aber es haben sich bereits einzelne silbrige Strähnen gelöst, die in der leichten Brise flattern.
Als die Tür aufgeht, nimmt sie die Sonnenbrille ab und streckt die Hand aus. »Alan!« sagt sie. Und gleich darauf: »Es hat mir ja so leid getan, das mit Lily.«
Soll er sie küssen? Alan kennt sich nicht mehr aus. Sie geben sich entschlossen die Hand, aber sie beugt sich dabei nicht vor, darum drückt er nun einen Augenblick lang fester zu. »Danke«, antwortet er. »Es war … schwierig.«
»Und so unerwartet«, ergänzt sie.
Sie stehen immer noch zu beiden Seiten der Türschwelle. Nun tritt Alan einen Schritt zurück. »Also, kommen Sie herein«, sagt er.

Sie geht an ihm vorbei, mit sicheren, langen Schritten. Sie ist nur wenige Zentimeter kleiner als er, merkt er zum ersten Mal, und ihre Haltung verrät eine maskuline Kraft, die ihn verblüfft. Er hat ihre Verletzung als Teil ihrer selbst gewertet.

»Ich bin Ihnen sehr dankbar, daß Sie Zeit haben, mich zu empfangen«, sagt sie.

»Natürlich gelten die üblichen Bedingungen«, antwortet er und folgt ihr nach drinnen.

Sie dreht sich grinsend um. »Selbstverständlich.«

Sie steht im Wohnraum. Alan ist weitergegangen in den Küchenbereich. »Nehmen Sie Platz«, fordert er sie auf. »Möchten Sie etwas?«

»Ich könnte ein Bier vertragen, wenn Sie eines dahaben.«

»Kommt sofort«, sagt er. Er holt für sie ein Bier heraus und schenkt sich selbst ein Glas Mineralwasser ein. Als er mit beidem ankommt, hat sie sich bereits auf dem eingebauten Polstersitz vor den Fenstern niedergelassen und zur Seite gedreht, um auf den Hof hinauszublikken.

»Der Hurrikan hat sich hier wahrhaftig wild aufgeführt«, sagt sie.

»Ja. Dabei hat er gar keinen echten Schaden angerichtet. Und die Bäume erholen sich wieder. Dies ist unser Winterlicht.« Er wies in die Runde. »Ein früher Gast dieses Jahr.«

»Mmm«, sagt sie. »Danke.« Sie nimmt das Bier entgegen und trinkt.

Alan setzt sich ihr gegenüber in einen von Lilys Sesseln. »Sie sind wieder ganz genesen«, stellt er fest.

»Oh!« Sie betrachtet ihr Bein. »Fast«, entgegnet sie. »Ich habe einen Haufen Übungen aufgetragen bekommen. Aber Joggen kann ich noch nicht wieder. Das fehlt mir sehr. Ich habe, seit die *Tortur* angefangen hat, fünf Pfund zugenommen.«

»Es ist komisch, Sie so zu sehen, gipslos.«

»Sie haben mich halt nicht anders kennengelernt.«

»Genau.«

Sie blickt zu ihm hinüber, der wie eingerahmt in der kunstvoll geschnitzten hölzernen Umrandung der Sessellehne sitzt. »Es ist komisch, sie hier ohne Lily zu sehen.«
»Ja. Nun, Sie haben mich halt nicht anders kennengelernt.«
Sie lächelt. »Stimmt.«
Für kurze Zeit herrscht Schweigen.
Dann rappelt Linnett sich auf. »Der Gottesdienst war in Chicago?«
»Soweit davon die Rede sein kann. Ich meine, es gab keinen Gottesdienst. Auf Lilys Anweisung. Wir haben eine Art ...« Seine Hand beschreibt einen Kreis. »... Gedenkfeier abgehalten.«
»Oh!« Sie nickt. »So was wie eine Totenwache.«
»Nein, eben nicht wie eine Totenwache.« Alan lacht, als er sich an die Feier erinnert, an die Versammlung der Lahmen und Gebrechlichen in dem angemieteten Saal, an den wäßrigen Klang, den ein Raum voller alter Stimmen hervorbringt. »So was wie ein Kaffeekränzchen. Und dann haben Clary – meine Schwester – und ich ihre Asche über den See gestreut. In den See.«
Er lächelt immer noch, denn ihm ist eingefallen, daß das Hotel den gemieteten Raum als »Ballsaal« bezeichnet hat, worüber sich die Jungen sehr gefreut haben.
Linnett, die ihn genau in Augenschein nimmt, findet seine Reaktion seltsam. Distanziert. »Das war's also«, sagt sie und versucht, sich seiner vermeintlichen Stimmung anzupassen.
»Nun ja, es ist nach wie vor eine Menge zu erledigen, im Hinblick auf den Nachlaß und dergleichen, aber im wesentlichen war's das tatsächlich.«
»Woran genau ist sie gestorben?« Sie hat vorgehabt, viel langsamer auf diese Frage hinzuarbeiten, aber das erscheint angesichts der Gemütslage, die sie Alan andichtet, nicht nötig.
Alan ist überrascht, zuckt jedoch scheinbar lässig die Achseln. »An Altersschwäche. An der Parkinsonschen Krankheit.«
»Nein, ich meine, es muß doch eine Ursache gegeben haben. Was stand denn auf dem Totenschein?«

»Herz, glaube ich. Ich hab ihn nicht gelesen.« Das kann es doch nicht sein, was sie wissen will.
»Herz? Ich wußte gar nicht, daß sie Probleme mit dem Herzen hatte.«
»Ich hab ihn nicht gelesen. Ich glaube, das war es, was der Arzt für die Todesursache gehalten hat. Das Naheliegende.« Er stellt sein Glas ab. »Hören Sie, Sie schreiben doch wohl nicht über ihren Tod, oder?«
»Nun ja, den muß ich natürlich mit einbeziehen. Ich meine, ich kann ihn doch nicht einfach ignorieren, oder? Er ist doch in gewisser Hinsicht zum Kernpunkt der Geschichte geworden.«
»Vielleicht sollten Sie sie dann gar nicht erst schreiben.« Er runzelt die Stirn. »Die Geschichte. Ihn. Den Artikel.«
»Oh, aber ich kann gar nicht anders, und sei es nur, um das Killhonorar zu kassieren.«
»Das Killhonorar?«
»Reizender Ausdruck, nicht wahr? Also, ich meine, daß ich was abliefern muß, um für den Zeitaufwand bezahlt zu werden. Und ich habe viel Zeit aufgewendet. Wenn der Artikel angenommen wird, bekomme ich natürlich das vollständige Honorar. Wenn die Story gekillt wird, bekomme ich weniger, aber immerhin etwas. Das sogenannte Killhonorar. Natürlich wäre es mir lieber, wenn es mehr wäre. Ich lebe ein klein wenig von der Hand in den Mund. Ich könnte es gut gebrauchen. Und in der Redaktion wird natürlich das mit dem Tod gewünscht. Das ist jetzt das Heißeste an der Story.«
»Dieser ... Jargon ist lächerlich.«
»Der Jargon ist aber üblich. Ich hab ihn nicht erfunden.« Linnett hat inzwischen gemerkt, daß es ein Fehler war, ihn so ungezwungen auf Lily angesprochen zu haben. Was immer er empfindet, es ist nicht so einfach, wie sie angenommen hat. Sein Tonfall, denkt sie, hat etwas so Zimperliches, Altjüngferliches, daß es schwerfällt, Mitleid mit ihm zu haben. Sie beschließt, unmittelbar zur Sache zu kommen. »Haben Sie sie gefunden?« fragt sie.
»Ich möchte nicht darüber sprechen.« Er lehnt sich plötzlich im Ses-

sel vor, stützt die Ellenbogen auf die Knie und faltet einen Augenblick lang die Hände. »Wissen Sie«, sagt er, »ich glaube, es war ein Fehler, Sie eingeladen zu haben.«
»Na, was haben Sie denn gedacht, weshalb ich komme?«
»Ich weiß es auch nicht. Sie haben von Fakten gesprochen. Ich muß wohl gedacht haben: Geburtsdatum, Tag der Eheschließung, Orte, Namen. Sonstige Fakten.«
»Na, um sonstige Fakten geht es doch. Ich meine Todesdatum, Todesursache, die Umstände. Das sind doch sonstige Fakten.«
Er lehnt sich zurück und sieht sie an. Er läßt seine Stimme sachlich klingen. »Gut. Todesdatum 26. August. Natürliche Ursachen, im Bett gestorben.«
»Sie war im *Bett*. Was hat sie denn im Bett gemacht?«
»Jesus, was weiß ich denn. Sich ausruhen? Sie hat sich hingelegt und ist gestorben. Können Sie es nicht dabei belassen?« Er hört sich ernstlich böse an, denkt Linnett.
»Also, an sich schon. Es ist nur so, daß sie mich angelogen hat. Wußten Sie das?«
»Was wollen Sie damit sagen? Sie hat jeden ein klein wenig angelogen.«
»Nein, ich meine, an dem Tag. Sie hat mir erzählt, daß Noreen sie holen kommt, und das war einfach nicht wahr. Ich hab mit Noreen gesprochen.«
»Ach, verdammt noch mal, Linnett. Es war ein Hurrikan im Gang. Das alles, sämtliche ... Abmachungen sind an diesem Tag durcheinandergeraten. Ich selbst war konfus. Ich dachte, Gaby hätte sie zu Noreen gebracht. Es überrascht mich nicht, daß Lily auch konfus war.«
»Das war keine Konfusion. Es war eine Lüge. Sie hat mir weisgemacht, Noreen hätte mit ihr gesprochen. Sie angerufen, mit ihr gesprochen. Ihr dies und jenes erzählt. Und das ist einfach nicht passiert. Punktum. Das ist etwas anderes, etwas *ganz* anderes als bloße Unsicherheit darüber, was Gaby zu ihr gesagt hat. Und es reitet mich mit rein.« Sie kann schließlich auch böse werden. Sie kann sich

genausogut wie er moralisch aufs hohe Roß setzen. »Glauben Sie etwa, ich hätte sie alleingelassen, wenn ich nicht sicher gewesen wäre, daß Noreen kommt? Für mich war es das Entscheidende, daß Noreen sie angerufen haben sollte. Und nun stellt sich heraus, daß sie nicht angerufen hatte.«

»Lily war krank. Sie war manchmal so verwirrt, daß sie nicht wußte, was passiert ist. Im Gegensatz zu dem, was nicht passiert ist. Sie ... Sie hatten sie am Wochenende nicht erlebt. Am Wochenende vor ihrem Tod. Sie war sehr konfus. Sie war ... Es ging ihr schlecht. Sehr schlecht.« Und plötzlich erinnert sich Alan mit großer Deutlichkeit an Lily, wie sie mit ihren zwei Gehstöcken hereingekommen war, spinnengleich, grotesk, die Gesichtszüge mit zittrigen Strichen aufgemalt. Er wendet sich von Linnett ab.

Linnett kann sehen, daß er irgendwie betroffen ist. Sie schlägt einen sanfteren Ton an. »Wissen Sie, Alan, ich habe sie auch ein wenig gekannt. Und ich glaube, ich könnte Ihnen einiges darüber sagen, wie es war, wenn es Lily schlechtging. Außerdem kann ich Ihnen sagen, daß es ihr am Tag, als der Hurrikan kam, nicht schlechtging. Wenn überhaupt, dann ging es ihr gut.«

Nach einer Weile sagt er leise: »Selbst wenn Sie recht hätten, selbst wenn sie gelogen hätte, was ändert das?«

»Wenn ich recht habe, war sie nicht konfus. Das ist es, was sich ändert.«

»Ja? Und?«

»Hat sie Selbstmord begangen?« fragt Linnett.

»Was reden Sie da?«

»Das ist nämlich meine Theorie. *Meine* Theorie. Daß Lily dafür gesorgt hat, daß sie allein ist, indem sie mich angelogen hat, und daß sie sich das Leben genommen hat, sobald sie allein war.«

»Wenn Sie es wagen, das zu schreiben oder zu veröffentlichen, verklage ich Sie.« Er hatte sein Glas aufgenommen, und nun stellt er es mit zuviel Nachdruck wieder ab.

»He, kommen Sie, Alan. Ich *rede* doch nur mit Ihnen. Mit *Ihnen*. Ich *spekuliere*.«

»Sie reden von meiner Mutter. Ich wünschte, Sie würden das bedenken. Nicht über ein beliebiges faszinierendes ... Subjekt.«
»Na klar. Na klar denke ich daran. Und dieser Artikel wird, das verspreche ich Ihnen, vor allen Dingen verständnisvoll auf Lily eingehen.« Ihr fällt ein neuer Anknüpfungspunkt ein. »Wußten Sie, daß sie nicht mehr schreiben konnte?«
Er sieht sie scharf an. »Was wollen Sie damit sagen?«
»Nun, Sie wissen doch, daß sie mich sozusagen als Sekretärin angeheuert hatte, im Austausch für die Interviews?«
Er nickt.
»Und ich sollte ihr helfen, eine Kurzgeschichte zu schreiben. So lautete die Abmachung. Sie hatte die Geschichte fertig angelegt, im Kopf oder so. Und vielleicht auch noch andere, wer weiß. Jedenfalls haben wir es auf sechs verschiedene Arten versucht, haben es aber nicht geschafft. *Sie* hat es nicht geschafft. Sie konnte ... ich weiß auch nicht. Es kam mir vor, als ob sie keinen Gedanken mehr zu Ende führen konnte. Das hat sich, wissen Sie, nicht konkret geäußert. Real. Sie hatte irgendwie ... keinen Zugang mehr zu ihrer Phantasie. Möglich, daß es neurologisch bedingt war. Sie selbst hat gesagt, daß es so war, daß sie es so empfunden hat: als hätte die Krankheit, die Parkinsonsche Krankheit die Synapsen zerstört, über die das sonst gelaufen ist.«
Einen Augenblick später sagt er: »Ich verstehe.«
»Das alles ist in der Woche vor dem Hurrikan passiert. Wir haben es die ganze Woche auf die eine oder andere Art versucht. Ich habe versucht, mir *diktieren* zu lassen, ich habe versucht, sie allein *auf Band* sprechen zu lassen. Nichts.«
Alan blickt jetzt aus dem Fenster.
»Sie sehen also, warum ich auf die Idee gekommen bin, sie könnte geglaubt haben, ... irgendwie am Ende zu sein. Sie könnte geglaubt haben, daß ihr Leben oder ein wesentlicher Teil ihres Lebens vorbei war.«
»Lily hat sich nicht das Leben genommen, Linnett.« Er hat sich ihr wieder zugewandt. Er sieht plötzlich alt aus, müde.

»Na gut.« Sie wartet. »Ich wollte nur meine Theorie nachprüfen.«

Er nickt steif. Linnett ist überzeugt, daß er immer noch böse auf sie ist. Er ist es nicht. Er ist mit seinen Gedanken gar nicht bei Linnett, sondern bei dem, was sie über Lily gesagt hat, bei der zunehmenden Leere, die es ihn hat erkennen lassen. Und dann wallt in ihm bitteres Mitleid auf, das reinste Gefühl, das er bis dahin für seine tote Mutter aufgebracht hat.

»Hat sie Papiere hinterlassen, Briefe?«

Er sieht sie an. »Ein paar.«

»Und was wird mit ihnen geschehen?«

»Die Briefe habe ich vernichtet.« Er hört, wie sie scharf einatmet, doch ihre Miene ändert sich nicht. »Sie war dabei, sie durchzugehen, davon wußten Sie. Es waren nur noch einige wenige, die sie nicht selbst vernichtet hatte. Aus neuerer Zeit. Nicht sehr interessant.«

»Und die Papiere? Was waren das für Papiere?« Kurzes Nachdenken. »Die haben Sie doch wohl hoffentlich nicht auch vernichtet.«

»Nein. Sie hat einen literarischen Nachlaßverwalter. Verwalterin müßte es wohl heißen. Ihre Agentin. Ich habe sie ihr geschickt. Ich halte es also für möglich, daß einige davon in Druck gehen werden. Aber genau weiß ich es nicht. Ich hatte den Eindruck, daß es sich um alte Sachen handelt. Sehr frühe Sachen. Anfänge von Geschichten. Jugendwerke, mehr nicht. Als wäre sie je jung gewesen.«

Er versucht, sie anzulächeln, aber sie ist jetzt ganz bei der Sache. »Ich denke, ich werde sie anrufen. Die Agentin.«

»Klar, von mir aus.«

»Und ihr übriger Nachlaß besteht aus ...?«

»Möbeln, Büchern, Schmuck. Fest angelegtes Geld von ihrer Familie. Wird alles in drei Teile geteilt.«

»In *drei* Teile.«

»Ja, Rebecca bekommt auch ihren Anteil. Falls sie je wiederkommt. Damit sie sich nicht zurückgesetzt fühlt.«

Sie schüttelt den Kopf. »Jesus. Nach wie langer Zeit? Nach fünfunddreißig Jahren?«

»Nun ja, Sie kennen den Spruch. ›So wird auch Freude im Himmel sein über einen Sünder, der Buße tut, mehr als über neunundneunzig Gerechte, die der Buße nicht bedürfen.‹« Er ist überrascht und doch wieder nicht überrascht, daß er dies so hat herunterbeten können, einen Spruch, von dem er behauptet hätte, daß er sich nicht daran erinnern könne, daß er ihn unwiederbringlich vergessen habe.

Nachdem Linnett gegangen ist, versucht Alan weiterzuarbeiten, kann es jedoch nicht. Die hellen Bauten, ihre Fassaden, ihre Innenräume, die an der nackten Wand seines Arbeitszimmers aufscheinen, sagen ihm nichts. Er schaltet den Projektor ab und wandert durchs Haus.

Er geht ins Gästezimmer, Lilys Zimmer, und bleibt stehen, um aus dem Fenster zu starren. Er denkt daran, was Linnett gesagt hat: daß Lily nicht mehr schreiben konnte. Er fragt sich, warum er Linnett nicht hat sagen wollen, daß Lily sich das Leben genommen hat. Selbstmord begangen hat. Was macht es schon aus, ob Linnett Bescheid weiß?

Es macht etwas aus. Nicht wegen der Schande. Aber es macht sehr wohl etwas aus.

Teilweise deshalb, nimmt Alan an, weil er sich selbst gewisse Beschränkungen auferlegen will, wieviel von Lilys Leben der Öffentlichkeit bekannt werden soll. Ihr hätte es vielleicht nichts ausgemacht, aber er hat über diesen Aspekt der Geschichte zu bestimmen. Ihr diesbezügliches Schweigen hat ihm dazu das Recht gegeben, meint er. Und er hat entschieden, das wird ihm nun klar, daß er geheim bleiben soll, nur seiner Familie bekannt. Er lächelt, als ihm aufgeht, daß diese Rücksichtnahme auch mit Wut zu tun haben könnte, daß er möglicherweise das genaue Gegenteil von dem tut, was Lily gewünscht hätte.

Außerdem (er versucht, ehrlich mit sich selbst zu sein, und denkt nun an Linnett, daran, daß er sich ohne den Gipsverband, ohne die Krükken ganz neu, ganz anders zu ihr hingezogen gefühlt hat), außerdem war es ihm vielleicht, so geschmacklos das sein mochte, zupaß ge-

kommen, daß er den Keil der Empörung zwischen sich selbst und Linnett hatte treiben können. Wenn ja, tut es ihm nicht leid.
Er weiß es nicht. Er hat das Gefühl, überhaupt nichts zu wissen.

Als der Arzt an jenem Abend endlich eingetroffen war – der Arzt der Familie, ein alter Freund –, waren sie zusammen ins Gästezimmer gegangen. Gaby hatte bereits Lilys benutztes Geschirr abgeräumt, hatte erst Lilys Augenlider und dann Lilys Mund geschlossen, indem sie ihr ein Taschentuch um den Kopf gebunden hatte. Sie hatte Kerzen im Raum verteilt, damit der Arzt – Greg Halliday hieß er – etwas erkennen konnte. Man hatte den Eindruck, vor einem Totenbett des neunzehnten Jahrhunderts zu stehen. Lily hatte nur noch friedlich ausgesehen, die Gesichtszüge im flackernden Licht tief verschattet, die Hände über der Decke auf die Brust gelegt.
Alan hatte sich noch im Zustand ungläubiger Hysterie befunden, hatte nicht aufhören können zu reden, seine Geschichte zu erzählen, die voller irrelevanter Details war – wie die zersägten Enden des Baums zu beiden Seiten der Straße im Dämmerlicht ausgesehen hatten, wie sich der Hurrikan übers Land bewegt hatte, wen sie auf der Suche nach Lily angerufen haben.
Greg war an so etwas gewöhnt und hatte Alan höflich zugehört, während er seiner Arbeit nachging. Er hatte eine oberflächliche Untersuchung vorgenommen, ein paar Fragen gestellt und einen Krankenwagen bestellt. Er hatte Alan angewiesen, am nächsten Morgen das Bestattungsunternehmen zu kontaktieren. Er hatte gesagt, es täte ihm schrecklich leid. Er hatte noch ein schnelles Glas Bourbon mit ihnen getrunken, im Kerzenschein zwischen dem zusätzlichen Mobiliar im Wohnraum sitzend, und dann hatte er sich damit verabschiedet, daß sein Haus schwer beschädigt sei.
Nachdem der Krankenwagen Lilys Leichnam abtransportiert hatte, waren Gaby und Alan fast bis vier Uhr im Kerzenlicht sitzengeblieben und hatten sich unterhalten. Alan hatte Gaby drei- oder viermal mitgeteilt, daß er das Gefühl habe, Lily könne jeden Moment den Wohnraum betreten und ihn ansprechen.

Im Bett war Alan in seltsam unruhigen Schlaf versunken, voller Wachträume über alles, was sich ereignet hatte. Und dann, irgendwann nach dem Morgengrauen, kam bodenlos tiefer Schlaf.
Gaby hatte ihn gegen zehn Uhr geweckt. Sie war schon im Laden gewesen und hatte festgestellt, daß auch dort wie erwartet der Strom ausgefallen war. Sie hatte ein Schild gemalt und es aufgehängt. Dann war sie heimgefahren, und als sie den Mülleimer aufgemacht hatte, um den Satz aus einer Tasse Kaffee zu beseitigen, die sie sich frühmorgens gemacht hatte, hatte sie obenauf, auf dem Müll vom vergangenen Tag, die leuchtend bunten Tablettenkapseln entdeckt. Sie hatte eine der kleinen Kapselhälften in die Hand genommen. Dann war sie zum Spülbecken gegangen und hatte das Geschirr abgewaschen, das Lily benutzt hatte – sie hatte es abends zuvor ungespült stehengelassen, weil es kein fließendes Wasser gab. Sie hatte daran gerochen, den eigentümlichen Geruch in der Schale wahrgenommen. Sie hatte sich eine Weile allein hingesetzt und alles durchdacht, ehe sie Alan geweckt hatte.
Sie hatten sich mehrere Stunden darüber unterhalten, ob es ihre Pflicht sei, Greg anzurufen und Lilys Tod untersuchen zu lassen.
Nein, hatten sie entschieden. Gaby war besonders entschlossen gewesen: Es sei nicht mehr rückgängig zu machen. Lily habe es offensichtlich von langer Hand geplant. Es habe keinen Sinn, die Sache zu komplizieren. Es sei im Grunde eine Leistung – *Laistuhnge,* hatte sie gesagt, und Alan hatte das Wort eine Sekunde lang nicht wiedererkannt –, daß Lily es so reibungslos durchgezogen habe. Alan hatte den Bestattungsunternehmer angerufen und eine Feuerbestattung angeordnet. Dann hatten er und Gaby einen langen Spaziergang unternommen.
Nach ihrer Rückkehr war Alan in Lilys Zimmer gegangen. Er sah, daß Gaby das Bett abgezogen hatte, und war dankbar dafür gewesen. Lilys Bettjäckchen war unordentlich über die Rückenlehne ihres Sessels geworfen, und er hatte es aufgehängt. Auf ihrem Arbeitstisch hatte ein Aktenordner gelegen, aus dem einzelne Papiere herausgeglitten waren. Der Papierkorb war voll.

Alan hatte begonnen, die Papiere auf dem Schreibtisch durchzusehen, hatte nach einem Brief an ihn, einem Abschiedsbrief, einer Erklärung gesucht.
Und nichts gefunden. Die letzten Briefe, diejenigen, die sie nicht mehr gelesen hatte, stammten von Bewunderern, von Leuten, die sich genötigt gefühlt hatten, ihr etwas von ihrer eigenen Geschichte mitzuteilen. Alan hatte zwei oder drei mit Interesse gelesen, doch dann war bei ihm bereits das Gefühl aufgekommen, daß sie sich ewig wiederholten. Noch einige andere Briefe hatte er gesehen, als er den letzten Ordner durchgeblättert hatte, von Freunden aus neuerer Zeit, von Lilys Agentin. Nichts von Bedeutung. Er hatte sie alle in den Papierkorb geworfen, auf die Briefe, die sie selbst hatte hineinfallen lassen.
Er war durchs Zimmer gegangen und hatte jeden Fetzen Papier aufgehoben. Er hatte Merkzettel gefunden: *Linnett sagen, keine Vorträge. Briefe:* und dann eine Liste mit Namen, die ihm nichts sagten. *Dr. Freilich anrufen.* Eine Liste: *Zahnpasta, Gaviscon-Tabletten, Kalzium.* Und dann ein kleines Blatt, auf dem oben nur sein Name stand: »Alan«
Er hatte Gabys Stimme am Telefon im Nebenzimmer gehört. Er hatte auf seinen verwüsteten Hof hinausgeblickt, auf das kahle Geäst der Bäume, auf die verschmierten Fenster. »Alan.« Er hatte sich Lilys Stimme vorgestellt, wie sie ihn sagte, seinen Namen sagte. Ihre alte Stimme, ehe sie erkrankt war, kraftvoll, tief und eindringlich. »Alan!« Was wäre danach gekommen? Wieder hatte er seinen Namen angestarrt.
Und dann hatte er das Blatt zerknüllt und ebenfalls in Lilys Papierkorb fallengelassen und war einen Müllsack holen gegangen, um alles wegzuwerfen.

Inzwischen hätte Alan behaupten können, daß er über Lilys Tod nachgedacht, ihn aus jeder Perspektive betrachtet habe. Daß er ihn bewältigt habe. Doch das Mitleid, das Mitgefühl, das er empfand, als Linnett ihm mitgeteilt hat, daß Lily nicht mehr schreiben konnte, als sie ihm diesen neuen Grund genannt hat, warum Lily den Tod gewählt haben konnte, ist ihm klargeworden, daß er es nicht getan hat. Daß er nicht damit fertig ist. Daß er selbst jetzt noch neue Gefühle in bezug auf Lily haben kann, die ihm nicht ganz verständlich sind.

Nachdem Gaby aus Frankreich zurückgekehrt ist, bleiben ihr vier Tage, ehe sie wieder an die Arbeit muß. Sie ist früher zurückgekommen – hat ihr Flugticket gegen erhebliche Unkosten umgebucht –, weil sie die Zeit nutzen will, um mit Alan zusammen zu sein. Aber sie ist auch aus anderen Gründen froh, daß sie früher als geplant abreisen konnte. Ihr Vater ist zwar nicht richtig krank, aber auch nicht richtig gesund, und die Tage in Frankreich waren lang, da der ganze Haushalt nur um sein Wohlbefinden bemüht war, ausschließlich auf seine endlose Litanei kleinlicher Beschwerden hörte. Das Haus selbst hatte Reparaturen nötig, und in Gabys Augen sah es darin nur noch schäbig und verdreckt aus. Die Küche war seit Jahren nicht mehr ordentlich geputzt worden. Und Paris selbst war ihr laut vorgekommen, mit Autos überfüllt. Die Luft hatte ihre Augen tränen lassen, und sie hatte sich vorgestellt, wie sie sich in ihren Lungen absetzte.

Als das Flugzeug in Logan gelandet war und sie über das gelber werdende Sumpfgras zu den weißen Holzhäusern hinübergeblickt hatte, zum klaren, intensiven Blau des Himmels dahinter, hatte sie sich heimisch gefühlt, begierig auf ihr hiesiges Leben.

Alan hat sie vermißt und freut sich, daß sie wieder da ist, doch er stellt fest, daß er nicht auf das Mitgefühl reagieren kann, das sie wegen Lily für ihn empfindet. Er kann keinen Nutzen daraus ziehen. Seine Gefühle für seine Mutter sind zu kompliziert, zu schwierig geworden, als daß Gaby sie nachvollziehen könnte. Sie unterhalten sich ein paarmal über Lilys Tod, und jedesmal ertappt er sich bei dem Versuch, das Thema zu wechseln, zu etwas anderem überzugehen. Er glaubt nicht, daß sie es bemerkt hat. Jedenfalls hofft er es. Allerdings spürt er nach diesen Gesprächen das eine oder andere Mal, daß ihre Blicke auf ihm ruhen.

Er arbeitet auch während dieser gemeinsamen Ferientage ein wenig, meist jedoch in seinem Arbeitszimmer zu Hause – hauptsächlich an seinen Vorlesungen, aber auch an den Plänen für den Anbau an das große Haus im Dorf, das Projekt, für das er den Zuschlag erhalten hat. (Die Kirche in Vermont ist in politische Verstrickungen geraten und hat fürs erste den Versuch aufgegeben, die nötigen Finanzmittel zu beschaffen. Drei verschiedene Stellen haben Alan diese Entscheidung mitgeteilt. »Es sieht demnach so aus, als wäre es ihnen wirklich, wirklich ernst damit«, sagt er zu Gaby.)

Meistens hört er rechtzeitig zum Lunch mit der Arbeit auf. Sie gehen zweimal schwimmen. Sie lieben sich jeden Nachmittag und bleiben anschließend im Bett liegen und unterhalten sich – über die Kinder, darüber, was sie mit dem Geld aus Lilys Nachlaß anfangen könnten, über ein Kochbuch, das Gaby vielleicht zu schreiben versuchen will.

An einem Abend haben sie Freunde zu Besuch, und am letzten freien Abend gehen sie nach dem Essen miteinander spazieren, bis hinunter ins Dorf. Es ist schon fast dunkel, als sie die Pier hinter sich lassen und den Heimweg antreten. Zwei schwarze Hunde, die sich vor einem der alten Häuser im Ort vom Bürgersteig aufgerappelt haben und umgänglich hinter ihnen hergetrottet sind, bleiben nun immer weiter zurück, beriechen die verschiedenen Wohlgerüche des Hafens, holen dann aber wieder auf. Nur etwa die Hälfte aller Fenster ist erleuchtet – die Sommerurlauber sind fort, obwohl der Luftzug vom Wasser her immer noch feucht und warm ist. In den bewohnten Häusern sind Musik oder der salbungsvolle Ton eines Fernsehdialogs zu hören, hin und wieder auch Gesprächsfetzen, die sich darüber und darum herum erheben. Weit draußen auf dem Wasser läutet eine Glocke. In der Ferne fängt ein Hund zu bellen an, und die beiden schwarzen Hunde reagieren, indem sie ebenfalls bellen und Gaby und Alan umkreisen, als müßten sie sie beschützen.

Einige andere Hunde hier und da im Dorf stimmen mit ein, und die schwarzen Hunde rennen aufgeregt voraus in die Dunkelheit, den Rufen nach, die überall erklingen. Gaby und Alan kommen an einem Haus vorbei, in dem jemand Klavier übt, eine Etüde für Anfänger. Die Luft riecht stark nach Meer.

Sie haben auf ihrem Spaziergang nicht viel gesagt, nur ab und an auf ein Büschel herbstlicher Blumen gezeigt, auf die Vögel, die nebeneinander auf den Telefonleitungen sitzen und sich vor dem verblassenden Himmel abheben wie eine Reihe von Viertelnoten. Nun zieht Gaby ihren Pullover enger um sich und seufzt. »Ach, Alan, was für ein *amerikanischer* Abend.«

Welcher Teil seiner Vorgeschichte, seiner überraschenden Trauer, seiner fortdauernden Beziehung zu Lily ist in seinem Innern am Werk, so daß er am liebsten sagen möchte, daß dies, dieser Traum, nicht Amerika sei?

Aber er tut es nicht. Weil er Gaby liebt, sagt er es nicht. »Findest du?« antwortet er.

18

Die Monate vergehen für Alan, Monate des Vergessens und Erinnerns, des Vergessens und des Erinnerns. Mitte November kommen Lilys Sessel neu bezogen zurück. Gaby hat für einen davon einen dicken brokatähnlichen Stoff ausgesucht, für den anderen seidene Streifen. Alan hat nicht mitbekommen, wann sie abgeholt wurden, aber am Tag ihrer Wiederkehr bleibt er auf dem Weg durch den Wohnraum stehen und starrt sie an, als hätte er ein Gespenst erblickt. Lily, so scheint es ihm, ist plötzlich wieder da.

Dann klingt das Gefühl ab, und er erfaßt auf einmal das Mysterium des Unterschieds zwischen den Lebenden und den Toten, das absolute Schließen der Pforte zwischen ihnen, die Endgültigkeit von Lilys Dahinscheiden – warum sollte es ihn von Zeit zu Zeit immer wieder neu erstaunen?

Als er Gaby aufwecken geht und das Licht aus dem Flur hereinscheint, über das Bett und auf die alte Steppdecke, über ihre kräftigen Hände, die auf ihr liegen, erinnert er sich an den Strahl der Taschenlampe auf Lilys Gesicht, als er sie gefunden hat, an die furchterregende letzte Erschlaffung, die sie hatte erschrocken und dennoch wächsern aussehen lassen, die Augen einen Spalt breit geöffnet im tiefsten Schlaf. Er beugt sich über Gaby, atmet ihren vertrauten hefigen Duft ein, spürt die Wärme ihres Lebens, nimmt wahr, wie sie mit einem Wimmern und einer Bewegung auf ihn anspricht, als er sie berührt. Er hat fast das Gefühl, als habe sein Wille dieses Erwachen erzwungen, und er ist so dankbar dafür, daß sie, als sie die Augen aufschlägt und in die seinen schaut, Tränen darin erblickt.

Im Dezember fahren Gaby und Alan an einem Sonntagnachmittag nach Boston, um eine Aufführung des *Messias* zu hören. Ettie ist noch auf der Hochschule und wird erst in zehn Tagen daheim erwartet, und Thomas kommt, obwohl sie ihn eingeladen haben, nicht mit – er hat an diesem Tag Karten für ein anderes Konzert, gespielt von einem Interpreten, von dem sie noch nie etwas gehört haben, in einem winzigen Saal, den sie nicht einmal dem Namen nach kennen. Sie haben sich anschließend zum Abendessen verabredet.

Es ist ein sonniger kalter Tag. Frostiger, leichter, frühwinterlicher Schnee bedeckt wie glitzerndes Pulver den Boden. Weiße Möwen kreisen schreiend hoch über den Gebäuden der Stadt, eine Besonderheit, die Alan schon immer an Boston geliebt hat. An der Newbury Street waren sie manchmal vor ihren Mansardenfenstern gelandet, erstaunlich groß und häßlich anzusehen, eine urtümliche, alptraumhafte Variante der Gattung Vogel. Und hatten dann im Davonfliegen ihre Anmut wiedergewonnen.

Unter dem Vordach der Symphony Hall scharren die Menschen mit den Füßen und stampfen auf. Es ist angenehm, sich in den Trubel zu stürzen, sich umgeben zu fühlen von ihrer Körperwärme, ihrem gepflegten Geruch, ihrem Gelächter. Sie drängen mit der Menge langsam in das beheizte Gebäude und dann ins Heiligtum des großen Konzertsaals mit seinen riesigen glitzernden Lüstern hoch über ihren Köpfen, mit der hell erleuchteten Bühne, auf der hinten die Stühle für die Sänger aufgereiht sind. Alan und Gaby finden ihre Sitze, legen ihre Mäntel ordentlich zusammen, werfen einen flüchtigen Blick in ihre Programmhefte. Ihr Gespräch läuft wie schon auf der Herfahrt im Auto mit Unterbrechungen ab. Alan ist in Gedanken mit Problemen befaßt, die das Semesterende betreffen, mit den letzten Einzelheiten der Innenausstattung für das Haus der Amundsens, in das sie bis Weihnachten eingezogen sein möchten.

Gaby ist nur einfach müde. Sie hat am Vorabend bei einem großen Fest am Ort für die Bewirtung gesorgt. Außerdem trägt sie sich mit dem Gedanken, ihren Geschäftsanteil zu verkaufen, ohne Alan bislang etwas davon gesagt zu haben. In diesem Herbst ist ihr der

Geschäftsalltag auf einmal zuviel geworden – über Gebühr anstrengend. Sie überlegt, daß sie vielleicht auf Stundenbasis weiterarbeiten und endlich anfangen will, ihr Kochbuch zu schreiben. Sie hat keine Ahnung, ob das alles praktikabel ist, aber sie hat begonnen, sich zu erkundigen.

Und so sitzen sie nebeneinander im vollen Saal, der erfüllt ist vom dumpfen Dröhnen Tausender verschiedener Gespräche, vom leisen Rascheln anderer, die ebenfalls in ihren Programmheften blättern.

Die Ausführenden betreten die Bühne und lassen sich nieder, und dann kommen die Solisten und der Dirigent. Die Musik beginnt.

Alan stellt fest, daß er weder vom ersten noch später vom zweiten Teil so tief bewegt ist, wie er erwartet hat. Vielleicht liegt es daran, daß die Musik auf historischen Instrumenten gespielt wird, die den Eindruck größter Zurückhaltung machen. Auch die Stimmen werden offensichtlich im Zaum gehalten, damit sie zur gedämpfteren Instrumentierung passen. Alan ist den musikalisch zweifellos nicht korrekten *Messias* gewohnt, die schwülstige, hochdramatische Fassung – sie ist es, die er in seiner Jugend mehrmals in der Rockefeller Chapel gehört und genossen hat. Diese Version kommt ihm eigentümlich blutleer vor.

Er läßt seine Gedanken schweifen, während die schöne entrückte Musik Christi Geburt nachzeichnet, den Verrat an ihm, seinen Tod, seine Auferstehung. Er sieht die Arbeit vor sich, die noch am Haus der Amundsens zu tun ist; er stellt sich das Gesicht eines Studenten vor, den er besonders unsympathisch findet, der mit Sicherheit gegen die Note protestieren wird, die Alan ihm zu geben gedenkt, und sich vermutlich deshalb an seine Vorgesetzten wenden wird.

Im Anschluß an den Halleluja-Chor und die zweite Pause kehrt ungefähr ein Viertel des Publikums nicht mehr in den Saal zurück. Alan und Gaby zum Beispiel sind in ihrer Reihe allein, und sie spricht im Scherz die Möglichkeit an, sich flachzulegen und wie üblich vor dem Abendessen ein wenig zu schlafen.

Die Musik dieses Abschnitts ist Alan weniger geläufig. Man hat sie ihm im Gegensatz zu den Chören der ersten beiden Teile noch nicht zur Weihnachtszeit in Lebensmittelläden und Buchhandlungen über Lautsprecher ins Ohr geblasen. Er schlägt den Text auf, um mitzulesen, und ist betroffen, als er zu der Zeile gelangt, die besagt, daß wir »plötzlich, in einem Augenblick« verwandelt werden, betroffen über die Schlichtheit des Ausdrucks. Und dann geht ihm auf, daß der Ausdruck deshalb so schlicht und vertraut ist, weil er aus der Bibel stammt. Nun singt der Baß ein schönes Duett mit der Trompete. »Und wir werden verwandelt werden«, singt er ein ums andere Mal hoffnungsvoll beharrlich, während die Trompete beredt seine Behauptung unterstreicht. Und Alan hört mit Lilys Ohren, hört die Verheißung, an die sie geglaubt hat – betet gewissermaßen für sie mit seinem intensiven Zuhören, spürt aber zugleich seine eigene kummervolle Distanz zu dieser Gewißheit und zu ihr.

Und nun setzen Alt und Tenor zu ihrem Duett an: »Tod, wo ist dein Stachel? Hölle, wo ist dein Sieg?« Ihre Stimmen ranken sich umeinander, rufen wieder, immer wieder: »Tod!« »Hölle!« Alan ist hingerissen von den herzzerreißend schönen Harmonien, vom flehentlichen, aber frohlockenden Tanz der Stimmen, vom Glauben. Vom Glauben. Und für sich allein vom Ende – von Lily, von Paul und allem, was sie für ihn lebendiggehalten haben. *In ihm*, erkennt er. Seine Kehle schwillt an. Er senkt den Kopf, schließt die Augen und hält den Kopf gesenkt, während der Chor munter Gott dankt, während er freudig Christi Würdigkeit verkündet, während sich eindrucksvoll das letzte Amen emporschwingt. Während der Applaus beginnt, der für ihn nicht das Ende bedeutet.

Es ist dunkel geworden, als sie herauskommen, und es schneit wieder leicht. Der Weg nach Süden auf der Mass Avenue, vorbei an der U-Bahnstation, vorbei an den Backsteinbauten mit den runden Erkern, die Wohnungen dahinter mehrheitlich voller Leben, zahlreich die Neonleuchten im Innern, wo einst Kronleuchter hingen. Sie sind sich einig, daß die Musik wunderbar gewesen ist, sie haben beide ihre Lieblingsinterpreten genannt. Und nun spricht ihn Gaby, als hätte sie geahnt, was in ihm vorgeht, auf die Passage an, die seine Gefühle in

Wallung gebracht hat. »Es ist schon seltsam, vom ›Stachel des Todes‹ zu sprechen, nicht wahr? ›Death, where is thy *sting*?‹«
Laß mich, möchte er sagen. Doch er beherrscht sich und sagt im Plauderton: »Was ist daran seltsam?«
Sie rümpft die Nase. Sie sieht ein paar Sekunden lang wie ein kleines Mädchen aus. »Es ist ein komisches Wort. Es ist schäbig, kümmerlich. Ich weiß! Es klingt wie *stink*, das ist es!« Er antwortet nicht. »Jedenfalls klingt es für mich ... nicht richtig.«
»Wie heißt es denn auf französisch?« fragt er nach kurzem Schweigen. »Stachel?«
»Es ... es steht, glaub ich, in der Bibel, in der Passage heißt es *aiguillon*. Und das klingt besser, nicht wahr? Es ist ... tiefgründiger als *Stachel* oder *sting*. Bedeutungsvoller.« Unter ihren Füßen knirscht der Schnee. »Mir war richtig danach zumute, ein wenig zu kichern, als sie davon gesungen haben.«
»Mir nicht«, entgegnet er. »Ich war tief bewegt.«
Sie wirft ihm einen raschen Blick zu und wendet sich ebenso rasch wieder ab. Sie fühlt sich gerügt und ist verärgert, weil er sie wieder einmal ausgeschlossen hat von seinem Kummer, falls es überhaupt Kummer ist.
Der Wind pfeift durch Alans wollenen Mantel, und er zieht zum Schutz dagegen die Schultern hoch. Sie kommen an einer Bar vorbei, einem Pizzarestaurant. Überall schwarze Gesichter. Wenn nicht die Architektur wäre, könnte er genausogut in Chicago sein.
Sie dringen über die Columbus Avenue ins South End vor. Sie sind dort mit Thomas in einem Restaurant verabredet, von dem Gaby gelesen hat und das sie ausprobieren will. Als Gaby und Alan noch in Boston gelebt hatten, hatte dieses Viertel bestenfalls auf der Kippe gestanden. Inzwischen hat es sich deutlich zum Besseren gewandelt, wie sehr, das ist von Straße zu Straße und von Haus zu Haus verschieden. Alan ist die Umgebung vertraut, und er fühlt sich wohl.
Das Restaurant befindet sich in einem ehemaligen Laden im Erdgeschoß eines der städtischen Backsteinhäuser. Es ist warm und gut

besucht, geräuschvoll. Als sie eintreten, erhebt sich Thomas von einem Tisch, der vorn im Schaufenster steht, und winkt ihnen zu. Nachdem sie ihre Mäntel aufgehängt haben, schlängeln sie sich zwischen den Tischen zu ihm durch. Er ist überschwenglich und lebhaft, aufgeregt über die Musik, die er gehört hat, auch ein wenig aufgeregt über den Schnee. Wie ein kleines Kind, denkt Alan.
Alan fühlt sich den anderen fern, gefangen im kurz zuvor Erlebten. Gaby und Thomas scheinen es nicht zu merken. Sie lassen sich über die Musik aus, dann über die bevorstehenden Feiertage, dann über die Speisekarte – darüber, was vielversprechend aussieht. Alan sitzt mit Blick zur Straße, Gaby und Thomas ihm gegenüber. Während sie sich unterhalten, starrt er an ihnen vorbei in den Schnee, der manchmal, vom Wind erfaßt, beinahe waagrecht niedergeht. Unter den Straßenlaternen ist die Luft erfüllt von dicken, mottenhaften Flocken, doch im schwarzen Tal außerhalb ihres Lichtkreises scheint der Schnee zu verschwinden oder sich in leichten Nebel zu verwandeln, durch den er diese Welt erkennen kann – die hohen, rötlichen Gebäude, die hellen Wohnungsfenster, die warm gekleideten Fußgänger. Sein eigenes Zuhause, das Haus, das er gebaut hat, erscheint ihm von hier aus betrachtet entlegen und wenig einladend – die lange, einsame Fahrt zurück, die dunkel bewaldete Zufahrt, das Haus, das vereinzelt am kalten, schwarzen Fluß steht. Er wünscht sich, hier bleiben zu können, inmitten dieser Lichter, dieser Stadt.
Nach dem Essen nehmen sie ein Taxi zurück zum Parkhaus, und Alan gibt Thomas Geld, damit er die Fahrt fortsetzen kann. Schweigend holen sie ihren Wagen ab, fahren auf die Schnellstraße und dann nach Süden, in Richtung Heimat.
Gaby ergreift schließlich das Wort, obwohl sie weiß, daß das gefährlich ist. »Woran denkst du, Alan? Immer noch an die Musik?«
Alan blickt zu ihr hinüber. Die Heizung hat endlich das Auto erwärmt, und sie hat sich entspannt, den Mantel aufgeknöpft und ihre Handschuhe ausgezogen.
»Zum Teil. An die Musik. An Boston wohl auch.«

»Mmm.«
»Würdest du je in Betracht ziehen, wieder in der Stadt zu wohnen?«
Ah, jetzt kommt es. Sie setzt sich zurecht, blickt auf ihrer Seite aus dem Fenster. »Nein. Das würde ich nicht. Mir gefällt mein Leben so, wie es ist.«
»War ja nur eine Frage.«
Sie fährt zu ihm herum. »Nein, Alan, das ist es nicht. Es ist mehr als das, und du weißt es.«
Er ist überrascht. »Was ist es deiner Meinung nach?«
»Ich weiß es auch nicht.« Sie schüttelt den Kopf. »Ich wünschte, ich wüßte es, damit ich dir helfen kann. Nur weiß ich es nicht. Es hat wohl mit Lilys Tod zu tun. Aber da wir darüber nicht sprechen können ...«
Er antwortet ihr nicht. Sie beobachtet ihn, während er den Blick nicht von der dunklen Straße abwendet, die vor ihnen liegt.
Schließlich zuckt sie die Achseln. »Also, nein, ich habe nicht den Wunsch, mein Leben zu ändern.«
Und auf einmal wird ihm klar, was für eine Frage er ihr da gestellt hat. Es wird ihm klar, daß das Leben, das er Gaby geboten hat – ihr Leben zu zweit –, ein Geschenk ist, das er nicht wieder wegzunehmen berechtigt ist. Er lehnt sich hinüber und berührt ihre Hand. »Natürlich nicht.«

Die Jungen werden zu Weihnachten heimkommen, Thomas für fünf Tage, Ettie für zwei Wochen. Sie werden jeden Morgen ausschlafen, und dann werden sie mindestens bis mittags in Pyjama und Pantoffeln durchs Haus wandern und Teile der Tageszeitung in alle möglichen Ecken und Winkel verschleppen. Gaby wird tütenweise süße Brötchen und Muffins bereitlegen – sie nennt sie »Frühstücksgebäck« –, und sie werden sie aus der Hand essen, zu Orangensaft oder Kaffee, und überall auf dem Mobiliar Krümel und klebrige Ringe hinterlassen. Im Haus wird von mittags bis abends Thomas' Musik erschallen, und Alan wird sich manchmal dafür begeistern

und sie ein andermal schlicht als Lärm ansehen, den es zu ertragen gilt.
Ettie wird in der zweiten Nacht von Thomas' Aufenthalt ins Gästezimmer umziehen, »weil er im Schlaf spricht. Herrje. Die ganze Nacht.« Und wenn er dort eines Abends tief in der Schublade des Nachttischs kramt – weswegen, wird er nicht verraten –, wird er ganz hinten einen alten Beutel aus geblümter Seide entdecken, der Lily gehört hat. Drinnen wird er eine Lesebrille finden, zwei Knöpfe, ungefähr zwanzig Dollar in Fünf- und Eindollarscheinen, einen alten Familienring, den sie gelegentlich getragen hat, und ein Medaillon, in dessen aufgeklappten Hälften je ein Bild von ihrem Vater und eines von ihrer Mutter zu sehen ist.
Er wird verlegen aussehen, beinahe beschämt, wenn er es hinausbringt zu Alan, der im Wohnzimmer sitzt. Wortlos wird er es seinem Vater reichen.
»Ein Täschchen zu Weihnachten, Ettie?« wird Alan lächelnd fragen.
»Mach es auf, Papa.«
Alan wird an den Bändern ziehen, die den Beutel oben verschließen, und ihn weit aufreißen. »Oh!« wird er sagen. Er wird nacheinander den Inhalt entnehmen und auf der Armlehne seines Sessels ausbreiten. Er wird bedächtig den Kopf schütteln über dieses seltsame, dieses rührende Sammelsurium.
Ettie wird es als Kummer interpretieren und rasch die Hand ausstrecken, um sie seinem Vater auf die Schulter zu legen. Aber Alan wird lediglich das Gefühl haben, daß Lily das Etui vergessen hat, daß er eine Möglichkeit finden muß, es ihr zurückzuerstatten – als wäre sie eine Reisende, die etwas Wichtiges dagelassen hat. Er wird Verwirrung empfinden, Verpflichtung, Unvollständigkeit.

An einem bitterkalten Wintertag wird Alan aus Gründen, die ihm selbst nicht klar sind, den Entschluß fassen, daß es an der Zeit ist, Lilys Buch zu lesen – ihre Prosa, ihre Sammlung von Kurzgeschichten. Er wird es mit ins Büro nehmen, wo er meint, eher damit allein

sein zu können. Er will eine Geschichte nach der anderen lesen, wann immer er einen Augenblick frei hat.
Aber natürlich wird es anders kommen. Die Kirchturmuhr wird beinahe drei Uhr anzeigen, wenn er am ersten Tag damit anfängt, und er wird solange weiterlesen, bis er aufblickt und sieht, daß es Zeit ist, heimzufahren und Gaby zu wecken. Tags darauf wird Alan sich einfach hinsetzen und zu lesen anfangen, sobald er angekommen ist, und sich selbst seinen Drang eingestehen, Lilys Worte zu verschlingen.
Er hat die meisten dieser Geschichten schon einmal gelesen, da sie einzeln in Zeitschriften erschienen waren, und sie hatten ihn meist deshalb bewegt, weil sie einen für ihn erkennbaren Aspekt des Lebens von Lily, Paul oder der ganzen Familie behandelten.
So zusammengestellt werden sie ihn auf andere Weise bewegen. Er wird nach wenigen Tagen das Gefühl haben, in eine Sensibilität eingetaucht zu sein, die er nicht als die von Lily erkannt hätte. Er wird das Gefühl haben, eine genauere Vorstellung von ihr zu haben, von ihrem Begriff der Welt. Er wird sich unfähig fühlen, dies zu erklären, nicht einmal sich selbst, es sei denn im Gegensatz zu dem, wie er sie zuvor verstanden hat: daß sie als Autorin dieser Geschichten irgendwie milder, versöhnlicher erscheint, als er sie im Leben oder in ihren Memoiren gekannt hat. Hinter der Verzweiflung, die diesen Erzählungen anhaftet, verbirgt sich eine für ihn unerklärliche Großzügigkeit.
In der letzten Geschichte – die im vergangenen Frühjahr in der Zeitschrift *The Atlantic* veröffentlicht worden ist – hat sie über ihre Hauptfigur, eine alte Frau, geschrieben:

Stellen Sie sich vor, wie sie sie sich vorstellt. [Ihre Kinder, die sie vor langer Zeit verlassen hat.] Sie sitzt in ihrem Studioapartment – was man ein Studio nennt, ist in Wirklichkeit ein möbliertes Zimmer mit Kühlschrank und Kochplatte. Von nebenan hört sie durch die dünne Wand die unflätige, nächtelange Auseinandersetzung zwischen ihren Nachbarn beginnen, die unweigerlich jeden Abend einsetzt, egal, wodurch sie ausgelöst wird. Geld, das Essen, Alkohol, Sex, Reinlichkeit, eine bestimmte Ausdrucksweise. Sie empfindet eine Art Dankbarkeit, denn dies ist auch für sie der Auslöser, der Beginn ihrer wahren Nacht. Sie hat das Telefonbuch dort aufgeschlagen, wo die Karte der Vereinigten Staaten abgebildet ist, aufgeteilt nach Vorwahlen. 202 – Washington D.C.: die weißen Bauten, die breiten gepflegten Gehwege und Blumenrabatten. 802 – Vermont: das hügelig grüne Land der alten Gehöfte. 312 – Chicago: berühmte Gebäude, der graue See. Und an jedem Ort sieht sie das Gesicht eines ihrer Kinder, mal auf die eine Art gewandet – als Arzt oder Anwalt –, mal auf die andere – als Maler, Lehrer. Aber immer jugendlich, genauso wie sie sie zurückgelassen hat.

Es ist kein Wunder, daß die Stimmen, wenn sie die unter ihrem Namen angegebenen Nummern anruft, immer falsch klingen. Zu alt, zu niedergeschlagen, zu brüsk. Sie hat ihnen in der Erinnerung Perfektion verliehen. Sie hat sie sich nicht erbittert, nicht traurig, nicht geschwächt vorgestellt. Was blieb ihr, arme Frau, schon anderes übrig? Denn natürlich wäre die erste Veränderung, mit der sie hätte rechnen müssen, diejenige, die durch ihren Fortgang herbeigeführt worden war.

Damals jedoch und auch seither hat sie sich eingeredet, daß sich dadurch nichts ändern würde. Sie haben eine gute Erziehung genossen, sind gebildet, finanziell gesichert und glücklich. Ihre Kinder würden sich wohl an sie erinnern, aber keines war noch auf sie persönlich angewiesen. Sie hatte das Gefühl gehabt, daß sie mit ihr fertig waren, und insofern ließe sich ihr Fortgang als eine Art Geschenk an sie deuten. Wenn sie Gelegenheit gehabt hätte, mit ihnen zu sprechen, hätte sie vielleicht gesagt: »Ich habe wahrhaftig nicht mehr getan, als früher in den Zustand der Erinnerung überzugehen, als ich es hätte tun sollen.«

Wie konnte sie alles nur so mißverstanden haben? Es ist das Vorrecht der Kinder, die Eltern zu verlassen. Sie müssen es tun, um erwachsen zu werden.

Und die Verwandlung eines Elternteils in Erinnerung ist ein Geschenk, das wir mit Freuden nur den Toten machen, nur von ihnen dankbar entgegennehmen.

Alan wird in seinem Büro am großen Erkerfenster sitzen, während er dies liest. Draußen wird es hell und sonnig sein. Das Gras auf dem Dorfanger gegenüber seinen Fenstern wird erstarrt aussehen, mit Rauhreif überzogen, die Äste der winterlichen Bäume schwarz wie Tusche, mit breiter Feder vom Blau des klaren, kalten Himmels abgehoben.

Linnetts Artikel wird Mitte Februar erscheinen. Eine von Gabys Angestellten wird die Zeitschrift ins Geschäft mitbringen, um ihn Gaby zu zeigen, und Gaby selbst wird auf dem Nachhauseweg beim Drugstore haltmachen, um ein Exemplar für Alan zu kaufen.
Der Artikel wird kürzer sein, als Alan erwartet hat, in Anbetracht der Zeit, die Linnett mit Lily verbracht hat, und insgesamt recht schmeichelhaft. Er wird mit dem Tod beginnen.

Lily Maynard, die bekannte Memoirenschreiberin und Autorin zahlreicher Kurzgeschichten, starb im vergangenen August in einem Küstenort in Massachusetts, während um sie herum ein Hurrikan wütete. Irgendwie scheint es vollkommen angemessen, daß die Elemente selbst aufbegehrten gegen ihren Tod. Denn obwohl sie alt war und die Parkinsonsche Krankheit – die sie im großen und ganzen vor ihrer bewundernden Leserschaft geheimgehalten hatte – sie an manchen Tagen fast ganz außer Gefecht setzte, war Lily Maynard eine faszinierende, lebendige und komplexe Persönlichkeit – schön, erstaunlich rege, absichtlich rätselhaft, schlagfertig, humorvoll und hin und wieder regelrecht niederträchtig.

Was dann kommt, wird Alan zum Teil wohl deshalb, weil er so erleichtert ist, wenig bemerkenswert finden, eine ganz gewöhnliche Zusammenfassung ihrer Karriere und ihrer Errungenschaften. Sie wird häufig geschickt formuliert sein, und Linnett wird Lily sehr gut beschreiben – eine Geste zum Beispiel oder eine Redensart, mit der Lily ganze Jahrzehnte ihres Lebens abgetan hat. Über Lilys Parkinson-Stimme berichtet sie:

Diese hastige, tonlose, nahezu ausdruckslose Sprechweise wirkt so, als wolle sie ihrem Gegenüber ihre oft empörenden Ansichten unterjubeln. Man hört eine Bemerkung als den bescheiden geäußerten, beiläufigen Gedanken einer älteren Frau, und erst später kommt man darauf, daß sie etwas zutiefst Beleidigendes gesagt hat, etwas politisch völlig Inkorrektes, etwas schockierend Intimes.

Insgesamt jedoch wird der ganz neue Ansatz, auf den Linnett aus war, nach Alans Ansicht fehlen. Vielleicht macht Lilys Tod die Story tatsächlich heiß genug, daß sie gut ankommt, denkt er. Er wünscht ihr nichts Böses.

Im späten Frühjahr wird er endlich dazu kommen, das Gästezimmer wieder so einzurichten, wie es vor Lilys Ankunft war, nachdem Gaby ihn schon mehrmals dazu aufgefordert hat. Als erstes wird er den Tisch hinausschaffen, an dem Lily gearbeitet hat, und dann wird er sich anschicken, die Kommode an ihren alten Platz zu rücken. Und unter ihr wird er einen Brief entdecken, der Lilys Zerstörungswut entgangen ist.

Dies ist etwas Besonderes, eine willkommene Gabe, wird Alan denken, und allein auf dem Bett im Gästezimmer sitzend wird er sich gestatten, ihn zu lesen. Er stammt von Lilys Mutter, eindeutig zu einem frühen Zeitpunkt von Lilys Ehe abgeschickt.

Mein liebes Mädchen [schrieb Violet],
dieser Brief ist in Eile entstanden, da ich versuchen will, ihn dem Postboten mitzugeben, wenn er vorbeikommt – zu bald! Ich höre die Standuhr ticken, während ich schreibe.

Inzwischen wirst Du Dich ganz eingelebt haben. Ich bin dankbar für all die detaillierten Grundrisse, die Stoffproben und den Bericht über die Aufstellung der Möbel, damit ich mir Dein dortiges Leben vorstellen kann. Wie aufregend das alles sein muß, vor allem nach dem ruhigen Leben hier daheim, nur mit mir und Deinem Vater! Die Zahl der Gäste, die Du innerhalb weniger Wochen bewirtet hast, raubt mir buchstäblich die Sinne.

Ich halte es für eine gute Idee, die Speisepläne aufzuschreiben, nicht bloß deshalb, damit Du nicht derselben Gruppe dasselbe noch einmal vorsetzt – wie klug Du bist, daran gedacht zu haben –, sondern auch, damit Du Dich erinnern kannst, welche Gerichte besonders erfolgreich waren. Ich frage mich, ob Du genug Geschirr hast? Ich habe noch zwölf Eßteller, die ich nicht mehr benötige, von Cousine Laurie. Könntest Du sie nicht eher gebrauchen? Dies ist ein Angebot, Liebes, denk drüber nach.

Wir haben die Tante noch eine Woche länger dagehabt. Sie war nach meinem Empfinden nicht gesund genug, um die Heimreise zu bewältigen. Darum habe ich Onkel Patch ein Telegramm geschickt, und wir haben sie dabehalten. Sie ist heute abgereist. Dein Vater hat sie auf die Bahn gebracht. Und ich

werde ihre Sachen packen und sie ihr in ein, zwei Tagen nachschicken. Es war nicht leicht für Henry, sie so lange um sich zu haben – er legt, wie Du weißt, Wert auf seine Privatsphäre, aber ich hatte das Gefühl, daß wir sie nicht guten Gewissens früher fahren lassen konnten.
Und nun muß ich schließen, mein Herz, denn die Uhr schlägt zur Viertelstunde, und Mr. Bement ist nun einmal besonders pünktlich. Ich müßte die Fenstermaße bis nächsten Freitag haben, damit ich Mrs. Stickley veranlassen kann, die Vorhänge zu nähen, die Du Dir wünschst. Das würde ich sehr gern für Dich tun.
Du fehlst mir schrecklich, und ich freue mich sehr auf meinen ersten Besuch bei Dir in Deinem neuen Leben. Bitte grüße den lieben Paul von mir und sei gewiß, daß Dir meine Liebe ewig zufließt, geliebte Tochter.

Deine Dich liebende Mutter.

In dem Brief steht nichts Neues, nichts halbwegs Interessantes, doch Alan wird zu Tränen gerührt sein von der Gegenwart und zugleich der Ferne dieser neuen Lily, die so geduldig darauf wartet, sich zu offenbaren. Aber was ist neu?
Er weiß es nicht genau. Daß ihre Mutter sie als Kind angesehen hat, als sie sechsundzwanzig oder siebenundzwanzig war? Daß sie so innig geliebt, ja, angebetet worden war, auf eine Weise, die sie nicht an andere hatte weitergeben können? Daß ihr Leben mit Paul mit so gewöhnlichen, vertrauten Maßnahmen begonnen hatte – Möbel aufstellen, Vorhänge nähen, die ersten Gäste empfangen?
Der Brief ist auf hauchdünnem Transparentpapier geschrieben, das raschelt und knistert, wenn er es anfaßt. Die Tinte ist schwarz, zu gelblichem Braun verblaßt. Die Schrift ist kraftvoll, vertikal und wohlgeformt, die Handschrift einer Frau, die zweifellos vier oder fünf Briefe am Tag geschrieben hat. Seine eigenen Hände werden zittern, während er das Blatt vor dem Wegwerfen erst in zwei Hälften, dann in Viertel zerreißt.
Das muß das letzte gewesen sein, denkt er. Die letzte Überraschung, das letzte Geschenk.
Im nächsten Frühherbst wird er einen Anruf von Marcea McKendrick erhalten. Er wird ihre Stimme erkennen, noch ehe sie ihren

Namen genannt hat, als sei es nur einen Tag oder zwei her, seit er sie zum letzten Mal gesehen hat.
Sie wird beinahe schüchtern sagen, daß es ihr leidgetan hat, von Mrs. Maynards Tod zu hören.
Er wird ihr dafür danken.
»Ich nehme an, es ist passiert, kurz nachdem ich mich mit ihr unterhalten habe.«
»Ja«, wird er sagen. (Er wird nicht sagen: »Tags drauf.«)
Daraufhin wird sie erzählen, daß sie am nächsten Wochenende an den nahegelegenen öffentlichen Strand fährt und sich überlegt hat, ob er vielleicht die Kopie ihrer Doktorarbeit haben will, die sie seiner Mutter hatte geben wollen.
»Ich habe allen, mit denen ich geredet habe, ein Exemplar zu schikken versprochen. Das war sozusagen Teil der Vereinbarung, verstehen Sie? Es ist nur eine Fotokopie, die ich selbst gezogen habe. Ich konnte mir keine gebundenen Kopien leisten, aber sie gehört ihr, wenn ...« Ihre Stimme wird verebben.
Und Alan, der schlicht froh sein wird, von Marcea McKendrick zu hören, der gerührt sein wird, weil sie sich so an ihre Abmachung mit Lily hält, und der denken wird, daß sie ihm auch etwas von Lily bringt, wird sagen: »O ja, bitte kommen Sie doch vorbei. Ich würde mich freuen, die Doktorarbeit zu bekommen. Es würde mich interessieren, sie zu lesen.«
»Okay, prima«, wird sie sagen. »Ich werde allerdings mit Freunden kommen. Sie haben das Auto, deshalb werde ich sie wirklich nur vorbeibringen können.«
Sie werden eine Zeit verabreden, Samstag am späten Nachmittag.
Alan wird eine gute Stunde vor ihrer Ankunft daheim ankommen. Er wird sich vergewissern, daß genug Wein, Mineralwasser, Bier und kalter Zitronentee da sind, falls doch alle Lust haben, zu bleiben.
Aber wie Marcea angekündigt hat, wird sie allein aus dem Auto steigen und über den Hof kommen (er wird wieder grün sein, ganz im

belaubten Schatten liegen). Sie wird einen losen Hänger aus rosa Baumwollstoff anhaben, ein Strandkleid, und ihr unfrisiertes Haar wird ihr in erstaunlich winzigen Locken über die Schultern fallen, dunkelbraun mit einem Hauch von Gold an jeder Windung.

Er wird die Tür aufreißen, noch ehe sie geklingelt hat, und sie werden ein paar Augenblicke beieinanderstehen und sich unterhalten. Sie wird seine Einladung ablehnen, doch hereinzukommen. Sie wird auf ihre wartenden Freunde zeigen (schwarze und weiße, wird Alan feststellen). Kurz bevor sie geht, wird sie noch einmal versichern, wie leid es ihr tut, und sie wird ihm die Doktorarbeit im schwarzen Schnellhefter überreichen.

Dann wird sie sagen: »Ach ja, und ich habe eine ziemlich komische Botschaft, die ich genausogut an Sie weitergeben kann. Ich habe ein paar von den Frauen ausfindig gemacht, wissen Sie, aus der Kirchengruppe? Und eine von ihnen, Iva Lewis, kannten Sie sie?«

Alan wird nicken, wird sich an Iva erinnern, die einen dicken Sohn in seinem Alter hatte, Charley mit Namen, und die den Jugendchor geleitet hat, mit eiserner Hand und einem unerschöpflichen Vorrat an Plätzchen mit eingebackenen Schokoladenstücken.

»Bevor mir klar wurde, daß sie nicht wußte, daß Ihre Mutter tot ist, hat sie mit ihren ganzen Erinnerungen ausgepackt. Und sie hat gesagt, ich soll ihr ausrichten: ›Na, Mädel, wie steht's?‹«

Sie spricht es hölzern aus, und Alan wird einen Augenblick lang vergebens versuchen, sich einen Reim darauf zu machen.

Marcea wird lachen, ein wenig unbehaglich, ein wenig schüchtern. »Also, in Wirklichkeit hat sie gesagt –« Und an dieser Stelle wird sie bewußt ihre Stimme verändern, so daß sie wie aus dem Süden klingt, schwarz, lauter, wohl auch eine Spur höher. »– *Na*, Mädel! Wie *steht's*?!«

Und Alan wird ebenfalls lachen, als er die Worte so ausgesprochen hört, voller Zärtlichkeit, Güte, Wärme, die Lily von ihrem Leben in der Kirche von Blackstone gehabt hat, voll der Zuneigung, die Iva für seine Mutter empfunden hat, die Frau, für die sie ein »Mädel« war.

Und Lily wird für ihn wiedergeboren werden, als hätte sie auch hierauf gewartet. Und er wird verstehen, daß alle diese liebevollen Augenblicke, diese Wiedergeburten etwas sind, das in ihm steckt und immer gesteckt hat, obwohl er nichts von ihnen wissen konnte, bis sie befreit worden waren durch den Tod. Durch das Geschenk, das Erinnerung heißt. Ihr Geschenk an ihn.
Sein Geschenk an sie.

Nancy Thayer

Frauen aus guter Familie

Roman. 352 Seiten. Gebunden

Nancy Thayer bleibt sich auch mit diesem Roman treu:
Sie porträtiert Frauen verschiedener Generationen
und unterschiedlichster Lebenseinstellungen
und webt daraus einen spannenden Roman,
in dem sie unsere Zeit einfängt, in der
für Frauen sehr viele Lösungen möglich scheinen.

»Thayer wieder in alter Frische ...
Frauen aus guter Familie ist ein
starker Roman und für ihre Leser
eine willkommene Reprise.«

Kirkus Review